MA CRUELLE

RÉDEMPTION

AUTEURE DE BEST-SELLERS CLASSÉS AU NEW YORK TIMES

J. KENNER

Te désirer

T'enflammer

T'envoûter

❦

En mille éclats

Dans ton ombre (prequelle)

En mémoire de nous

En demi-teinte

En haute voltige

En ton nom

En plein cœur

❦

Droit au cœur - Mister Janvier

Vague à l'âme - Mister Février

Raison d'être - Mister Mars

Coup de sang - Mister Avril

État d'âme - Mister Mai

Droit au but - Mister Juin

Au beau fixe - Mister Juillet

Diable au corps - Mister Août

Cri du cœur - Mister Septembre

Corps à corps - Mister Octobre

État d'esprit - Mister Novembre

Force d'âme... - Mister Décembre

❦

Mon Ange Déchu

Mon Doux Péché

Ma Cruelle Rédemption

MA CRUELLE

RÉDEMPTION

AUTEURE DE BEST-SELLERS CLASSÉS AU NEW YORK TIMES

J. KENNER

M&O

Traduit de l'anglais par Laure Valentin

relire, et je viens à peine d'atteindre la dernière page. »
iScream Books Blog

« Damien Stark est détrôné. Voici un nouveau roi. Quelque chose d'inimaginable et d'extraordinaire s'est produit avec *Mon ange déchu*. Devlin Saint vient de ravir la première place dans mon cœur comme seuls les héros brisés, dominateurs et délicieusement alpha de J. Kenner savent le faire. Cette histoire était explosive et captivante. C'était un mélange si puissant de passion, de suspense et de tourments. Je n'ai pas de mots pour la décrire. Pas de mots. » **PP's Bookshelf**

« *Mon ange déchu* était le premier tome follement excitant, mystérieux, trépidant, sexy et émouvant, d'une toute nouvelle série romantique à suspense ! » **BJ's Book Blog**

LA SÉRIE DE L'ANGE DÉCHU

MON ANGE DÉCHU
MON DOUX PÉCHÉ
MA CRUELLE RÉDEMPTION

A*utrefois...*

Alejandro Lopez tenait le Glock noir dans sa main. Il était sur le champ de tir, à côté de son père, sous le soleil de plomb du désert. Âgé de dix ans, il était plutôt grand pour son âge, longiligne et mince. Il arrivait presque à l'épaule de son père. Bientôt, il le dépasserait sans doute. En force, aussi.

Ce serait bien. Peut-être qu'alors, il pourrait cesser d'avoir peur. Peut-être qu'alors, il pourrait dire à son père qu'il voulait qu'on l'appelle à nouveau Alex, comme sa mère le faisait quand ils étaient seuls. Quand ils étaient en sécurité. Avant qu'elle ne meure.

Il s'en souvenait à peine, maintenant, mais chaque soir, il essayait de penser à ses câlins et à ses histoires pour s'endormir. Celles dans lesquelles il était Alex, le téméraire, qui combattait les méchants.

Elle ne lui avait jamais dit qui étaient les méchants, mais il connaissait la réponse maintenant. C'étaient les hommes avec qui il vivait. Tous les hommes, mais surtout son père. *Le Loup.*

Il ravala la boule dans sa gorge, forçant ses épaules à ne pas trembler, le visage impassible. Il était interdit de montrer ses émotions en présence du Loup. Aucune exception, aucun prétexte.

Alex arborait des bleus qui prouvaient cette règle.

Il devait travailler dur, s'améliorer, enfouir tout ce qu'il ressentait au fond de lui pour que son père ne voie jamais sa haine. Jamais. Ou pire, sa peur.

Il devait faire sa vie ici, trouver un moyen d'être à sa place tout en alimentant sa haine profonde et secrète. Mieux encore, en préparant sa vengeance.

Il le devait, parce que c'était le seul moyen pour lui d'être en sécurité. Le seul moyen d'être certain que son père ne déciderait pas de se débarrasser de lui aussi, comme il s'était débarrassé de sa mère.

Le Loup ne le lui avait jamais avoué, bien sûr, mais Alex avait appris depuis longtemps qu'il valait mieux écouter que parler. Il avait entendu des choses au fil des ans. Et même s'il n'était qu'un petit enfant quand son père l'avait ramené ici, dans le désert, il se souvenait de certaines choses. Des choses qu'il s'était assuré que le Loup ne connaisse jamais.

Le Loup.

C'était comme ça que son père aimait s'appeler. C'était comme ça que tout le monde au camp le désignait en parlant de lui.

Le Loup a convoqué une réunion, vous devez vous présenter au bureau.

Le Loup est en colère aujourd'hui. L'opération Phoenix a échoué. Ne l'approchez pas.

Le Loup a un œil sur Frank. Le pauvre.

Après cela, on n'avait plus jamais revu Frank. Dommage, parce qu'Alex l'avait toujours bien aimé. L'homme aux cheveux gris lui donnait en douce des bonbons au caramel emballés dans du papier jaune. Mais Frank avait parlé à quelqu'un qu'il n'aurait pas dû voir, et le Loup l'avait appris. Cela avait signé son arrêt de mort.

À côté de lui, le Loup se déplaça, tenant nonchalamment son arme dans sa main.

— Tu t'es entraîné, Alejandro ?

Alex acquiesça.

— Oui, Père.

Son père exigeait que tout le monde l'appelle le Loup, à l'exception d'Alex. Le Loup voulait qu'Alex sache à qui il appartenait. Il devait prendre soin de l'appeler « Père » chaque fois qu'il prenait la parole. Mais dans sa tête, lorsqu'il pensait à son père, c'était le Loup qu'il l'appelait. Parce que cet homme n'était pas un père. Pas vraiment. Pas comme les hommes qu'il avait connus, à Los Angeles. Les pères gentils et aimants que ses amis appelaient Papa ou Pap, et vers lesquels ils couraient les bras tendus pour recevoir câlins et compliments.

Alex aurait voulu vivre cela, lui aussi. Mais en sentant le poids de l'arme dans sa main, il savait qu'il ne le connaîtrait jamais.

— Voyons ça, alors.

Le Loup fit un signe de tête en direction de l'étendue aride du désert du Nevada. Au loin, plusieurs bottes de foin avaient été installées et des cibles en papier blanc y étaient accrochées, sur lesquelles se détachaient des silhouettes d'hommes en noir. Sur chaque visage, quelqu'un avait peint deux yeux rouges.

— Cet homme est ton ennemi. Il t'a causé du tort. Il pense que tu es inférieur à lui à cause de ce que tu es et de ce que tu fais. Est-ce que cet homme a raison ?

— Non, Père, répondit Alex, chassant les trémolos dans sa voix.

Son père lui faisait peur quand il était de cette humeur. Alex l'avait vu, une fois, fracasser le crâne d'un homme qui n'avait pas répondu à une question exactement comme le Loup le voulait. Cet homme s'appelait Michael et il racontait à Alex des histoires drôles sur la fois où il avait visité Paris. Maintenant, Michael ne se souvenait même plus de cette époque.

La plupart du temps, il ne se souvenait même pas de son propre nom.

— Que fait-on aux hommes qui nous ont causé du tort ? demanda le Loup.

— On leur donne une leçon, Père.

La voix d'Alex était sourde à ses propres oreilles. Il espérait que son père n'entendrait pas la peur qu'il essayait tant de cacher. La peur et le dégoût. Il détestait cet homme. Mais il savait qu'il ne pouvait pas laisser sa haine transparaître.

— Oui. *Oui.*

Alex pouvait entendre la fierté dans sa voix, et ça le rendait malade.

— C'est bien, mon fils. Maintenant, montre-moi comment tu donnes cette leçon. L'homme qui t'a causé du tort est juste là, il te regarde à l'autre bout de ce champ. Tu vas le laisser t'humilier comme ça ?

— Non, monsieur.

— Alors, lève ton arme et montre-moi ce que tu sais faire.

Alex s'exécuta. Il leva le pistolet, s'efforçant d'empêcher son bras de trembler. Il visa comme on le lui avait appris. Son père voulait qu'il atteigne l'œil rouge de la cible.

Précision et exactitude, Alejandro. C'est ce que j'exige des hommes qui se tiennent à ma droite. Tu es mon fils, mais tu dois gagner ta place. Précision, exactitude, et la plus grande loyauté.

Alex avait travaillé pendant des semaines pour parvenir à toucher la cible à cette distance. C'était loin pour une si petite cible – vingt mètres – et son père s'attendait à ce qu'il s'entraîne jusqu'à réussir au moins à quarante mètres, ensuite il passerait au fusil. Avec une inspiration, il s'accorda un moment pour étudier le vent, puis il appuya tout doucement sur la détente.

Il sentit la déflagration dans ses bras, et ses oreilles se mirent à sonner en dépit des bouchons que son père l'autorisait à porter pendant l'entraînement.

L'instant d'après, il se sentit devenir glacial.

Il avait raté sa cible.

Les deux yeux rouges étaient encore intacts. Mais il y avait un trou entre les deux, une tache noire sur le papier blanc.

La cible serait morte à coup sûr, pourtant, aux yeux de son père, ce ne serait pas suffisant.

— Je croyais que tu avais dit que tu t'étais entraîné, fit le Loup d'une voix teintée de déception – et d'une pointe de fureur.

— Je l'ai fait, Père.

Il entendit sa propre voix chevroter et il eut envie de pleurer. Les larmes lui piquaient les yeux. Quel bébé !

— Tu ne t'es pas assez entraîné. Regarde-moi, mon garçon.

Alex se tourna lentement, puis il leva la tête. Son père le regardait, la mine renfrognée. Ses yeux sévères balayèrent son visage, puis parcoururent son corps frêle. La déception n'était plus uniquement dans sa voix, maintenant. Alex la voyait partout sur cet homme.

— Tu dois être meilleur que ça, dit le Loup. Dis-moi, mon garçon. Qui est ton père ?

Alex déglutit.

— C'est vous.

— Et tu m'as rendu fier, tu penses ?

Il s'efforça de ne pas tressaillir, conscient de ce qui allait se passer.

— Non, Père.

Lentement, le Loup hocha la tête.

— C'est bien que tu le saches. Maintenant, ajouta-t-il en tendant violemment la main, l'acier froid de son canon heurtant la mâchoire d'Alex, lui projetant la tête en arrière. Maintenant, tu vas t'en souvenir.

Alex tituba, ses genoux flageolant comme des spaghettis. Mais il ne tomba pas. Tomber n'aurait fait qu'empirer les choses.

— Oui, Père.

— Bien.

Les yeux grands ouverts, le menton stable, il répéta les mots dans sa tête. *Ça ne faisait pas mal. Ça ne faisait pas mal. Ce n'était pas son visage qui était brisé et en feu. C'était celui de quelqu'un d'autre. Il allait bien. Bien. Parfaitement bien.*

Il retint un gémissement. Le mantra que sa belle-mère, Aurelia, lui avait inculqué ne l'aidait pas du tout. Il avait envie de porter la main à son visage.

Il avait envie de pleurer.

Au lieu de quoi, il resta debout comme une statue. Il le devait. Sinon, ce serait pire. Bien pire.

Des années s'écoulèrent dans les secondes qui suivirent, mais il resta figé.

Enfin, après une éternité, son père posa les mains sur les épaules d'Alex.

— Regarde-moi, mon garçon.

Alex pencha la tête en arrière et, une fois de plus, rencontra les yeux de son père, leur sombre cruauté à présent adoucie par quelque chose que le Loup considérait sans doute comme de l'amour.

— Je veux juste faire de toi un homme, dit-il. Je fais tout ça pour que, quand tu grandiras et prendras ce qui t'appartient, tu sois respecté, redouté. Tes lieutenants se battront pour toi, parce qu'ils sauront que tu es fort, que tu les dirigeras, et que, s'ils te trahissent, tu les pourchasseras comme les chiens qu'ils sont. Tu comprends, mon garçon ? Sais-tu que tout ce qui est à moi sera un jour à toi ?

— Oui, Père.

— Et peux-tu gouverner notre empire si tes hommes ne te respectent pas ?

— Non, Père.

— Comment comptes-tu gagner leur respect ?

— Je serai excellent, Père. Je serai le meilleur dans tout ce que j'entreprends.

— Y compris en frappant tes ennemis ?

— Oui, Père.

— Si tu ne peux pas exercer ton habileté sur ta cible avec une précision d'orfèvre, tu échoueras, mon garçon. Non seulement à atteindre l'œil d'une cible, mais dans tout objectif que tu te fixes. Si tu apprends ça, tu mériteras d'hériter de tout ce que j'ai bâti et tu le feras fructifier, encore plus que je ne l'ai fait. Tu comprends combien je t'aime ? Tout ce que j'ai construit pour toi ?

La bile remonta dans la gorge d'Alex et il acquiesça.

— Oui, Père.

— Maintenant, va voir ta mère. Dis-lui que tu as échoué. Mais comme tu feras mieux demain, tu auras le droit de manger un cookie avec ton déjeuner.

— Oui, Père.

Une fois de plus, ses genoux étaient caoutchouteux. Cette fois, c'était l'effet du soulagement.

— Allez, va-t'en. Je dois parler à Éric, puis je te verrai à la maison.

— Je...

Mais il ferma la bouche. Il savait qu'il ne valait mieux pas poser de questions ni chercher à discuter. Il espérait seulement qu'Éric, l'homme qui l'entraînait quotidiennement au stand de tir, serait encore en vie demain.

— Oui, Père, dit-il docilement.

Puis, avant que son père ne puisse dire un mot de plus, Alex Lopez se mit à courir.

— J e le déteste, dit Alex.

Sa belle-mère, Aurelia, se raidit à côté de lui.

— Chut, répondit-elle d'une voix douce, mais sévère, empreinte d'amour et d'un soupçon de peur. S'il t'entend...

Elle recula et son timbre de voix fit frémir Alex. Elle avait raison. Il n'aurait pas dû dire ça.

Malgré tout, il ne put s'empêcher d'ajouter :

— Ce n'est pas un loup. Les loups sont gentils. Ils se protègent les uns les autres. J'ai regardé dans mon encyclopédie. On devrait l'appeler la Hyène.

À côté de lui, Aurelia gloussa avant de le faire taire à nouveau.

— Tu vas nous attirer des ennuis à tous les deux.

C'était la femme de son père, mais elle n'était pas beaucoup plus âgée que lui. À seulement dix-huit ans, elle paraissait beaucoup plus jeune. Sa dernière belle-mère avant elle avait vingt-quatre ans. Elle était partie, maintenant. Un jour, comme ça, elle avait disparu. Le Loup l'avait traitée de tous les noms – le mot en S dont Aurelia disait qu'il était vraiment, vraiment très laid – et il avait dit à Alex qu'elle était partie et qu'elle ne reviendrait jamais.

C'était deux ans plus tôt, et sur le moment, Alex avait cru qu'elle était partie en voyage. Elle lui disait toujours qu'un jour, ils iraient en Californie et à Disneyland. À vrai dire, il lui en voulait d'être partie sans lui. Mais c'était encore un enfant stupide, à l'époque. Maintenant, il connaissait la vérité. Maintenant, il savait qu'elle était morte.

Il avait honte d'avoir continué à parler même si Aurelia lui avait demandé de se taire.

Il ne voulait pas qu'elle meure, elle aussi.

— Excuse-moi, dit-il en se blottissant contre elle, alors qu'elle passait un bras autour de lui.

Il murmura, sans trop savoir si elle pouvait l'entendre par-dessus l'épisode de *Friends* qui passait à la télévision.

— Je ne veux pas qu'il te fasse du mal comme il en a fait à ma mère.

Une fois de plus, il sentit son corps se crisper.

— Qu'est-ce que tu en sais ? dit-elle. Tu ne peux pas t'en souvenir. Enfin, même moi je m'en souviens à peine. J'avais treize ans quand elle... enfin, quand tu es venu vivre ici.

— Je me rappelle qu'elle a beaucoup pleuré. Et je me rappelle que la police est venue à la maison le soir. Ils ont dit qu'elle avait quitté la route, mais ce n'était pas vrai, si ?

Il se retourna et la regarda d'un air de défi.

— C'est *lui* qui a fait ça. Il a tué ma mère. Et puis, il m'a amené ici.

Il vit la vérité sur son visage, mais elle se contenta de répondre :

— Tu ne peux pas dire des choses comme ça. Tu ne dois même pas les penser.

Il allait rétorquer, mais il aperçut alors le garçon dans l'embrasure de la porte et entendit le petit soupir d'Aurelia.

— Manny, allez hop, file au lit. Tu m'entends ?

— Alors *lui*, il a le droit de rester debout ?

Le garçon avait une tignasse noire sur la tête, un nez retroussé et des yeux sombres qu'il dardait sur Alex.

— Il a dix ans. Toi, tu en as sept.

— Je veux te montrer le jeu que j'ai fait.

Elle secoua la tête.

— Je t'ai dit d'aller te coucher il y a une heure. Tu es censé dormir, pas jouer sur cet ordinateur. Maintenant, écoute-moi et va te coucher. Tu pourras me montrer ton jeu demain matin.

— Tu n'es pas ma Momma. Tu ne peux pas me dire ce que je dois faire.

— Je suis ta sœur, notre Momma est morte et je peux tout à fait te dire quoi faire. *Lui* aussi.

Personne dans la pièce n'avait besoin qu'on lui rappelle de qui elle parlait.

Avec une dernière grimace envers Alex, Manuel Espinoza détala dans le couloir.

— Elle lui manque, dit-elle. Maintenant, tout ce qu'il fait, c'est jouer sur cet ordi. Je le laisserais bien rester avec nous, mais si ton père entrait, il nous battrait tous les trois.

Alex hocha la tête.

— Je sais. Ce n'est pas grave. Ma mère me manque aussi.

— Je le sais bien.

— Tu la connaissais ? demanda-t-il en fronçant les sourcils.

Elle acquiesça, les lèvres pincées.

— Dis-moi quelque chose sur elle.

Les yeux remplis de larmes, elle cligna des paupières.

— Elle était gentille. Quand tu étais bébé, elle me payait pour l'aider. Je l'aimais bien. Elle me disait de l'appeler Cat. Et elle était très jolie.

D'un geste tendre, elle lui caressa les cheveux.

— Tu lui ressembles, tu sais.

Il se renfrogna, même si cela lui plaisait.

— Je ne suis pas *joli*.

Elle pouffa.

— Tu seras un homme bien. À l'intérieur comme à l'extérieur. Promets-le-moi, d'accord ? Pour elle. Tu dois être bon pour elle. Pour la rendre fière. Elle t'aimait tellement.

— Mais pas mon père.

Elle fronça les sourcils, jetant un œil vers la porte ouverte de la cuisine, à l'autre bout de la pièce. Il n'y avait personne dans la maison à ce moment-là, et si quelqu'un entrait par devant, ils le verraient. Par derrière, en revanche, ils ne le sauraient même pas.

Soudain, il eut froid. Son père pourrait être là en ce moment même, il pourrait être entré silencieusement par la porte de la cour, dans la cuisine, et Alex venait de parler à voix haute. Si son père avait entendu et...

— Mais si, répondit Aurelia. Il... il t'aime à sa façon.

Elle secouait légèrement la tête, comme si elle essayait de s'en convaincre.

— Mais... mais tu ne dois pas le fâcher, d'accord ? Promets-moi que tu ne le mettras pas en colère. Il ne...

Elle se mordit la lèvre inférieure, puis la relâcha, refermant les bras autour de son buste.

— Il n'aime plus les gens qui le mettent en colère, dit Alex avec provocation.

Pourquoi ne pas le dire, après tout ? C'était la vérité.

Elle cligna des yeux, puis hocha la tête.

— Oui, fit-elle dans un murmure. Mais ne dis jamais ça à quelqu'un d'autre que moi.

Il se sentit brusquement petit et très seul. Il voulait retrouver ses bras autour de lui.

— Je sais. Je ne dirai rien.

— C'est bien.

Il entendit le soulagement dans sa voix. Après une hésitation, il ne put s'empêcher de poser la question qui le taraudait :

— Alors, ce n'est pas vraiment de l'amour, hein ?

Sa gorge tressauta lorsqu'elle déglutit.

— Non, c'est vrai. Mais tu es beaucoup trop intelligent, ça va te jouer des tours.

Il sourit, conscient que c'était ce qu'elle voulait. Mais il ne se sentait pas intelligent. Sinon, il saurait comment faire pour qu'elle n'ait pas peur. Il saurait comment ne pas avoir peur lui-même. Il se redressa lorsqu'une idée lui vint.

— Ne me dis plus rien sur ma mère, déclara-t-il.

— Pourquoi ?

— Parce que ça pourrait le mettre en colère. Et les gens meurent quand il se met en colère.

— Alex... il faut qu'on te parle de ta mère.

Il opina très lentement.

— D'accord. Mais s'il l'apprend, je te protégerai. J'étais trop petit pour la protéger, elle, mais toi, je peux. Je le ferai. C'est promis.

Il vit un nouvel afflux de larmes dans ses yeux alors qu'elle souriait.

— Tu es un bon garçon, et tu vas devenir un homme très bien.

Sa voix s'enraya un instant, mais elle reprit :

— Tu seras comme ton père. Fort et puissant et...

— *Espèce de salope.*

Alex resta pétrifié. Il n'avait pas vu son père entrer par la porte de la cuisine. Aurelia avait dû le voir, cependant. Voilà qui expliquait ce qu'elle venait de dire. Mais cela ne l'aida pas. Avec son père, rien n'aidait jamais.

— Tu parles à ce garçon du genre d'homme qu'il va devenir ? Tu crois qu'écarter les jambes pour moi te donne le droit de parler à mon fils comme si tu savais qui il est ?

— Je... non, Daniel. On était juste...

— Sale pute de merde. Tu n'es bonne qu'à ça. Les femmes ne servent qu'à ça, Alejandro. Ne l'oublie jamais. Rappelle-toi toujours le jour où cette minable salope a posé son cul à côté de toi pour essayer de te dire quel genre d'homme tu deviendras. Tu seras l'homme que *je* te dirai d'être. Le genre d'homme que tu dois être. Pas une femmelette. Tu m'entends, mon garçon ?

Il leva courageusement le menton, évitant le regard d'Aurelia pour se retenir de pleurer.

— Oui, monsieur.

— Cette salope qui minaude t'a dit que tu étais spécial, c'est ça ?

— Je...

Il déglutit sans savoir quoi répondre.

— Toi, dit le Loup à Aurelia. Dégage d'ici.

Elle acquiesça, jeta un rapide coup d'œil à Alex, puis décampa vers la cuisine.

— Spécial, cracha son père, sa lèvre recourbée avec mépris. Tu n'es pas spécial, mon garçon. Tu pourrais l'être, mais tu dois travailler pour ça. Tu dois grandir. Tu ne seras rien sans ça. On ne devient pas quelqu'un sans rien faire. Tu dois développer ton héritage, comme je l'ai fait pour toi. Ton empire doit devenir plus grand que le mien. Fais tes preuves, comme je l'ai fait avec ce que ton grand-père m'a légué, et son père avant lui. Ton arrière-grand-père a commencé à faire passer de l'alcool en contrebande par la frontière pendant la Prohibition. C'était un des « tequila people », comme on les appelait. Mais il était plus que ça, tout comme son fils, mon père.

Alex déglutit en hochant la tête.

— Maintenant, je les ai surpassés tous les deux. J'ai transformé ces petites graines d'initiative en un véritable empire.

— Oui, Père.

— Tu dois faire encore mieux, Alejandro. Tu dois me rendre fier. En attendant, tant que tu n'auras pas fait tes preuves, tu n'es rien. De l'argile brut. Et au cas où tu ne le saurais pas, l'argile avant d'être travaillé ressemble beaucoup à de la merde.

❧ 3 ❧

D *e nos jours...*

— C'est la première fois que je te vois aussi nerveux, commenta Ellie, s'avançant à côté de Devlin alors qu'il ajustait son nœud papillon pour la quatrième fois de la soirée.

Elle croisa son regard dans le miroir en pied qui occupait un coin de la chambre, dans la suite en toit-terrasse, son sourire vaguement taquin.

— Le grand Devlin Saint a la frousse. C'est plutôt adorable.

— Je ne suis pas nerveux. C'est...

— Quoi ?

Il soupira.

— Bon, d'accord. C'est peut-être les nerfs.

Ils échangèrent un sourire. Lui et son El, la femme qu'il aimait. La seule personne avec qui il pouvait vraiment être lui-même. La seule personne à qui il était prêt à avouer tout ce que cette soirée représentait pour lui.

Belle à l'intérieur comme à l'extérieur, elle l'avait subjugué la première fois qu'il l'avait vue, le jour de son seizième anniversaire. Elle lui avait souri timidement, rien qu'un regard avant de détourner les yeux, mais ce simple regard s'était répercuté en lui. Il avait dix-huit ans, et il avait compris à ce moment-là qu'elle était sienne. Même s'il ne s'était jamais rien passé entre eux – comment aurait-il pu arriver quoi que ce soit ? – il avait décrété qu'elle était à lui, tout entière.

Et puis, par miracle, ce dont il avait la certitude dans son cœur s'était réalisé. La route avait été longue et tortueuse, et pourtant, enfin, ils étaient ensemble, vraiment ensemble. Cette femme était un trésor. Son miracle. Et maintenant, elle se tenait devant lui, les yeux brillants d'amour en dépit de qui il était et de tout ce qu'il avait fait.

— Tu le mérites, dit-elle comme si elle lisait dans ses pensées.

Elle posa les mains sur ses épaules pour lisser sa veste de smoking, la tête inclinée afin de le regarder dans les yeux.

— Tu es un homme incroyable. Tu as parcouru un long chemin depuis Alejandro Lopez, le fils du Loup. Et même depuis Alex Leto, mon premier petit ami. Tu es Devlin Saint, maintenant. Influent. Puissant. Incroyablement sexy, ajouta-t-elle avec un timbre enjoué qui lui arracha un sourire. Tu es l'homme que j'aime. L'homme le plus formidable que j'aie jamais connu. Et ce que tu as bâti, c'est exceptionnel.

Elle recula en le toisant du regard, puis ses yeux croisèrent à nouveau les siens et la fierté qu'il vit se refléter dans son regard faillit suspendre les battements de son cœur.

— Le prix du Conseil Mondial de l'humanitaire. C'est incroyable. Une reconnaissance de tout ce pour quoi tu as travaillé. Une reconnaissance de tout ce que la Fondation Devlin Saint a accompli. Tu dois être si fier de toi !

Il prit une grande inspiration.

— Oui, c'est vrai, admit-il. C'est la seule chose que mon père a réussie.

Le regard d'Ellie se troubla et il sourit.

— Il me disait toujours que je ne serais rien, à moins de

bâtir quelque chose par moi-même, de réussir tout seul. Eh bien, je l'ai fait. Et ce que j'ai construit a bien plus de valeur que tout ce que ce fils de pute a jamais accompli.

— Oui, dit-elle, sobrement et simplement, ce mot empli de tant d'amour et de fierté qu'il crut que son cœur allait exploser.

En même temps, il savait que cette conversation ne concernait que la Fondation Devlin Saint, l'organisme philanthropique qu'il avait créé cinq ans auparavant. Une association impliquée dans le sauvetage et la réinsertion des victimes de trafic sexuel, leur éducation, et bien plus encore.

Mais que répondrait-elle s'il lui parlait de l'autre agence qu'il avait fondée ? Une agence qui lui tenait tout autant à cœur. Les Anges de Saint faisaient un travail incroyable, mais ils opéraient dans l'ombre. Ils avaient organisé le sauvetage d'otages et de victimes d'enlèvement, certes, mais aucune organisation humanitaire ne leur remettrait jamais de récompense. En partie parce que personne ne connaissait l'existence des Anges, mais surtout parce que personne ne remettait de prix aux milices autoproclamées qui abattaient froidement les ravisseurs, s'assurant ainsi qu'ils ne tortureraient plus jamais d'enfants. Surtout pas Ellie, policière dans l'âme et animée par une puissante éthique et une morale inébranlable.

Pourtant, elle connaissait la vérité maintenant, et elle était à ses côtés. Il voulait sa pleine et entière bénédiction, mais pour l'heure, elle ne le condamnait pas. C'était déjà ça. Il allait devoir s'en contenter.

— Devlin ?

Elle le regardait, les sourcils froncés, la bouche pincée avec inquiétude.

— Est-ce que je t'ai perdu, là ?

— Désolé. Mon esprit vagabondait.

Il écarta de ses pensées le clivage qui persistait entre eux pour se concentrer sur ce dont il était le plus reconnaissant : elle.

— Tu sais de quoi d'autre je suis fier ?

Elle le dévisagea, puis secoua lentement la tête.

— D'être vu avec toi à mon bras. Crois-moi, El. Je ne pourrais pas être plus fier qu'en étant l'homme que tu aimes.

Il vit ses joues rougir de plaisir. Il sourit, puis la parcourut des yeux comme elle l'avait fait quelques instants plus tôt.

— Bien sûr, ça ne fait pas de mal que tu sois aussi magnifique.

Elle éclata de rire, aux anges.

— J'en déduis que tu aimes ma tenue ?

— Tu le sais bien.

Ils étaient à Manhattan pour la cérémonie de remise des prix, et elle lui avait dit la veille qu'elle allait faire du shopping pour trouver la robe parfaite, pendant qu'il enchaînait ses nombreux rendez-vous de promotion en tant que lauréat du prix de l'année.

— J'habite ici depuis des années, avait-elle dit, mais je n'ai jamais eu aucune occasion de faire du shopping digne de ce nom. Cinquième Avenue, me voilà.

À présent, il lui fit signe de tourner sur elle-même et elle se fit un plaisir de faire virevolter la robe bronze fluide qui scintilla dans la lumière, irradiant de mille feux à chaque mouvement. Elle portait des sandales à lanières parfaitement assorties à la robe. Les talons de dix centimètres ne lui donnaient pas seulement la hauteur nécessaire pour le regarder dans les yeux, mais ajoutaient un splendide galbe à son mollet, révélé par la fente à hauteur de cuisse.

Il l'admira sans bouder son plaisir : la sensualité avec laquelle la robe épousait ses fesses, lui provoquant des fourmis dans les paumes, la courbe de sa taille, sa poitrine gonflée sous le corsage en drapé, et la topaze fumée sertie de bronze qui accentuait son décolleté et faisait ressortir les reflets auburn des vagues brunes autour de son visage.

Elle était éblouissante, et plus il la regardait, plus il était impressionné de se dire qu'elle lui appartenait. Cette femme, le plus beau miracle de sa vie.

— Combien t'a coûté ce collier ? plaisanta-t-il. Et l'ensemble de la tenue, d'ailleurs ?

Elle agita la main dans un geste évasif.

— Avec mon salaire de journaliste ? Disons que je vais continuer à payer pendant le reste de ma vie, dit-elle en se blottissant dans ses bras. Heureusement, mon petit ami en vaut la peine.

— Hmm, dit-il en se promettant de renflouer le compte en banque d'Ellie à la première occasion. C'est vrai que la perfection n'a pas de prix.

Son sourire s'agrandit, faisant briller ses yeux couleur caramel.

— Je t'aime, dit-elle.

Comme si c'était possible, il sentit son cœur se gonfler encore plus.

— Attention, sinon on ne sortira pas d'ici à temps.

La réception avait appelé quelques minutes plus tôt pour annoncer que la limousine arriverait dans un quart d'heure. Ils allaient bientôt devoir descendre.

— Je ne suis pas inquiète, dit-elle en se rapprochant, passant les bras autour de sa taille. Tu es l'invité d'honneur. Rien ne commencera sans toi.

Elle se dressa sur ses orteils pour l'embrasser, et bien que son corps tout entier soit tendu par l'envie de la jeter sur le lit, de la déshabiller et d'exprimer toutes ses émotions par un corps-à-corps torride, fougueux et exigeant, il se contenta de secouer la tête en la repoussant, doucement mais fermement.

— Non.

Elle haussa les sourcils.

— Non ?

— Ne va pas croire que tu n'es pas la tentation incarnée, lui dit-il.

C'était exactement ce qu'elle était. Y avait-il eu un seul instant dans sa vie où il n'avait pas eu envie d'elle ? Dans des circonstances normales, il la désirait déjà. Mais en ce moment, rien n'était normal, et cela ne faisait qu'aiguiser son envie. Il se sentait mal, comme s'il devait fuir cette remise de prix. Il avait le sentiment de ne pas le mériter, d'être hypocrite à cause des secrets qu'il renfermait.

Pourtant, c'était faux.

Il en était parfaitement conscient. Toute sa vie d'adulte, il avait œuvré pour essayer de rendre le monde meilleur, pour soulager la souffrance, combattre le crime, fournir une éducation aux victimes. Tout ce qui pouvait être fait, il l'avait fait, et les fondations qu'il avait construites brique par brique, jour après jour, avaient servi de base solide pour tant de vies à présent sur la bonne voie. Tant de victimes qui avaient été sauvées, des femmes et des enfants perdus, enfin retrouvés.

Il pensait à tous les enfants qu'il avait serrés dans ses bras, aux parents qu'il avait consolés, aux victimes d'abus qu'il avait protégées. Aux nombreux malfrats, aussi, qu'il avait personnellement tués, leur ôtant la vie en rétribution de leurs crimes, et sans une once de remords. Son seul regret, c'était de ne pas avoir trouvé et détruit ces monstres avant qu'ils n'aient l'occasion d'infliger ne fût-ce qu'un soupçon de douleur supplémentaire.

Le sourire d'Ellie était empreint de tendresse lorsqu'elle tendit le bras pour effleurer lentement sa cicatrice, passant sur son front, son œil et le long de sa pommette. Une balafre de combat qu'il portait avec fierté, car elle représentait la chute d'un sinistre personnage. Un autre pion dans une partie d'échecs interminable.

— Ça ne me plaît pas que tu aies été blessé, déclara-t-elle. Mais tu es tellement sexy avec ta cicatrice de guerrier, ton smoking et tes lunettes à monture écaille de tortue.

— Tu m'en vois ravi.

— Tu sais ce que je pense d'autre ?

— Dis-moi, fit-il en posant les mains sur ses fesses, la rapprochant de telle sorte qu'elle sentit son membre rigide contre son ventre.

— Exactement la même chose que toi, répondit-elle en se

tortillant juste assez pour le rendre dingue. Mais comme tu l'as dit, pour le moment, nous avons une limousine qui attend en bas, et il faut y aller. Après tout, tu es l'homme du jour.

— C'est vrai, dit-il en lâchant ses fesses pour pouvoir lui prendre la main.

Il s'arrêta devant la porte.

— J'y renoncerais, tu sais.

Il la regarda avec insistance pour s'assurer qu'elle comprenait le sous-entendu.

— Je renoncerais à tout s'il le fallait pour te garder à mes côtés.

Il tenait à lui faire parfaitement comprendre ce qu'il voulait dire. Ce qu'il était prêt à abandonner pour la garder dans sa vie.

— Je te crois, répondit-elle en prenant sa main dans la sienne. Mais si tu renonçais, tu ne serais plus toi. Allez, viens, on va être en retard.

$$\text{❦} \quad 4 \quad \text{❦}$$

Elle le tenta encore dans la limousine, bien sûr. Cette robe fendue qui révélait sa cuisse jusqu'en haut. Comme ce serait délicieux de brûler un peu de cette énergie refoulée, de la prendre ici, à l'arrière, avec le panneau de communication fermé, de la baiser avec vigueur devant le paysage de Manhattan qui défilait derrière la vitre, d'avoir son goût et son odeur sur lui quand il s'avancerait sur cette estrade pour donner son discours.

Elle le rendait fort, son Ellie. Et Dieu sait qu'elle avait été son talisman tout au long du voyage de sa vie. Le phare qui avait éclairé son chemin pour qu'il devienne l'homme qu'il était. Bon. Mauvais. Peu importe le point de vue, il était cet homme-là grâce à elle. Bon sang, il *était* à elle.

Et elle aussi était à lui.

Comme pour le prouver, il appuya légèrement sa main sur sa cuisse, la faisant glisser sur sa peau nue et veloutée. Il entendit sa légère inspiration et remarqua ses tétons dressés sous le tissu fin qui recouvrait sa poitrine. Ses jambes s'écartèrent et son gémissement lui fit un effet immédiat avant qu'elle ne lui serre délicatement la main, interrompant sa trajectoire vers le haut.

— Hors de question que tu m'allumes avant d'avoir accepté ce prix.

Il perçut la chaleur dans sa voix et son pouls s'accéléra en réaction, son sexe frémissant par anticipation. Il sourit. Combien de fois lui avait-il dit que l'attente et l'impatience l'excitaient au plus haut point ?

— Et après ? demanda-t-il.

Sa main demeura sur la sienne, mais elle écarta les jambes. Il la contempla, ses lèvres brillantes entrouvertes, la promesse dans ses yeux.

— Après, sans problème. Combien de filles peuvent se vanter d'avoir baisé l'humanitaire de l'année à l'arrière d'une limousine ?

— Je ne voudrais pas que tu rates ça.

Il passa son pouce d'avant en arrière sur sa cuisse et son corps entier se crispa lorsqu'il vit la réaction de son corps à cet infime contact.

— Tant mieux. Parce que je n'en ai pas l'intention. Allez...

Elle s'interrompit avec un sourire, posant sa main sur la sienne. Pendant un moment, elle la laissa immobile, puis lentement, pour l'attiser, elle fit glisser sa main plus haut jusqu'à ce que son pouce effleure son sexe. Elle ne portait pas de culotte.

— Juste un aperçu.

Il gémit tout haut.

— Bébé, comment veux-tu que je fasse un discours en sachant que tu ne portes rien sous cette robe ?

Elle serra les jambes, le prenant au piège, l'invitant à enfouir ses doigts avides entre ses replis moites.

— J'ai confiance en toi, dit-elle. Considère ça comme une inspiration, ajouta-t-elle en soupirant lorsque le bout de son doigt trouva ce point sensible en elle.

Elle se cambra en haletant de plaisir.

— Oh, non, dit-elle dans un souffle, en retirant sa main. Ce sera pour plus tard. On fera un long détour pour rentrer à l'hôtel.

— Oui, dit-il, l'esprit déjà concentré sur leur trajet de retour au lieu du discours qu'il s'apprêtait à prononcer. Sans hésiter.

Elle lui sourit en s'adossant contre la banquette, sa tête sur son épaule tandis qu'il passait un bras autour d'elle. Ils avaient encore quelques minutes avant d'arriver, et le silence s'installa alors que la limousine progressait dans les rues animées.

Au bout d'un moment, cependant, elle lui tendit à nouveau la main.

— Ça va ?

Il comprenait pourquoi elle lui posait cette question. Après tout, les dernières semaines étaient franchement sorties de l'ordinaire. Anna Lindstrom, l'une de ses plus anciennes amies et assistante de direction à la fondation, avait prouvé qu'elle était une traîtresse, non seulement envers lui, mais aussi envers l'organisme.

Comme si cela ne suffisait pas, un ancien ennemi avait réapparu à l'horizon. Et Devlin avait failli perdre Ellie. Seuls le destin, un bon timing et des racines profondes et robustes à flanc de ravin l'avaient empêchée de faire une chute mortelle avant qu'il n'arrive à temps pour la sauver.

Même si la disparition d'Anna lui faisait mal, sa mort et sa trahison n'étaient rien en comparaison avec ce qu'il avait failli perdre.

Et le plus grand miracle, dans tout cela ? Même si elle était ébranlée après avoir découvert ses secrets les plus enfouis et les plus sombres, ce soir-là, quand sa voiture avait quitté la route, elle était en chemin pour lui dire qu'elle l'aimait encore. Qu'elle avait toujours besoin de lui.

Putain, cette fille était tout son univers. Et Anna avait failli la lui enlever.

— Devlin ?

— Tout va bien, lui assura-t-il.

Il croisa son regard et perçut l'inquiétude qui y régnait.

— J'ai seulement...

— Quoi ?

Il fronça les sourcils, sans savoir comment exprimer ses craintes. Elle était revenue vers lui, même après avoir appris la vérité sur l'assassinat de Myers. Plus encore, après avoir appris qu'il était le cerveau et le portefeuille des Anges de Saint, une milice illégale ultra-secrète qui, selon lui, faisait au moins autant de bien dans le monde que sa Fondation Devlin Saint.

Ce dernier point, toutefois, était caché au grand public. Avec son expérience dans les forces de l'ordre, il ne s'attendait pas à ce qu'Ellie le comprenne. C'était son plus grand secret... et sa plus grande peur.

Pourtant, elle était là, à ses côtés. Leur amour était plus fort que les obstacles les plus puissants, y compris ses propres hésitations.

— Alors ?

Il déglutit, les doutes qu'il avait repoussés remontant à la surface.

— Ce prix, dit-il. Qu'en penses-tu ?

Était-elle fière de lui pour ce que la fondation avait accompli, ou pensait-elle que les Anges de Saint et leurs méthodes peu orthodoxes faisaient de cet honneur humanitaire une marque d'hypocrisie ?

Elle prit son temps avant de répondre. Juste assez pour inspirer, mais pendant ce délai aussi bref qu'imperceptible, il sentit ses appréhensions ravivées. Enfin, il vit la fierté briller dans ses yeux, et avant même qu'elle prenne la parole, il sut ce qu'elle allait répondre. Son cœur se gonfla lorsqu'elle lui dit que, non seulement, il méritait le prix, mais bien plus encore. Et, ajouta-t-elle, qu'il ne devait pas douter de lui-même.

À ces mots, il éclata de rire.

— Je doute rarement.

Avec El, cependant, il savait qu'il n'avait pas besoin d'être fort en permanence. Il pouvait montrer ses doutes, ses peurs. Et quoi qu'il arrive, elle l'aimerait.

C'était une vérité simple, pourtant elle l'impressionnait toujours. Il laissa la douce chaleur de cette réalité l'envahir pendant le reste de leur conversation, jusqu'à ce que la limousine s'arrête devant le Dorset Theater, un théâtre récemment restauré dans le quartier des spectacles de Manhattan, où avait lieu la cérémonie.

— Nous sommes arrivés, dit-il avant de l'attirer pour un dernier baiser.

Enfin, le voiturier ouvrit la portière et ils sortirent sur le tapis rouge.

Il s'arrêta, balayant la foule, prenant conscience du tapage, des appareils photo, puis du visage d'Ellie, qui rayonnait de fierté. Il s'en imprégna, laissant son bonheur s'infiltrer jusque dans ses os alors qu'ils commençaient à marcher vers la porte. Elle se tourna vers lui et il lut une intense perplexité dans son regard. Il allait lui demander ce qui n'allait pas, mais ce n'était pas nécessaire.

Il avait fait abstraction de la cacophonie jusqu'à présent, mais maintenant, des voix se faisaient nettement entendre. Des interpellations de journalistes, des questions brutales et impitoyables. Au début, c'était un peu flou. Puis il entendit distinctement ces deux mots atroces : « Le Loup ».

Non.

Son sang se glaça dans ses veines alors qu'il cherchait à en localiser l'origine, mais il se rendit compte que la question aurait pu venir de n'importe qui et il resserra sa poigne sur la main d'Ellie, alors qu'un journaliste anonyme lui criait : « Votre nom est-il vraiment Alejandro Lopez ? »

Il accéléra le pas, les épaules raides et le visage impassible, les portes en point de mire. Ellie suivait le rythme à ses côtés. Il savait qu'il devrait répondre. Qu'il devrait s'arrêter et parler. Peut-être l'aurait-il fait si une question n'avait pas éclaté, plus forte et plus intrusive que toutes les autres :

« Devlin, est-ce vous qui avez tué votre père ? »

Non.

Non, non, non.

Toute sa force s'évanouit en cet instant. Il avait de nouveau l'impression d'être le petit Alejandro de dix ans, au camp. Son père exigeait qu'il le rende fier, parce qu'un jour, il hériterait de son empire.

Il n'avait jamais voulu cela. Il avait travaillé toute sa vie pour l'éviter, pour s'en débarrasser.

Et voilà qu'on le lui imposait à nouveau, sous le feu des questions et des objectifs.

Putain !

S'il poussa un juron intérieurement, il garda tout son calme en apparence. Il était de marbre, de glace. Il avait appris depuis longtemps à ne pas montrer ses émotions. C'était l'unique point sur lequel il pouvait remercier son père. Les leçons que lui avait inculquées ce monstre allaient au moins les mener, Ellie et lui, jusqu'à la sécurité du bâtiment.

— Je suis désolée, Monsieur Saint, s'exclama une femme aux cheveux roux flamboyants en s'empressant de les faire entrer.

Elle fit signe aux portiers de refermer derrière eux. Ce ne fut qu'une fois les portes bien fermées que Devlin s'autorisa à baisser sa garde, très légèrement. Juste assez pour regarder Ellie.

Elle lui renvoya son regard, l'air aussi perdu que lui.

— Devlin, chuchota-t-elle. Tu me fais mal.

Il se rendit compte qu'il lui broyait presque la main. Immédiatement, il la lâcha et ouvrit la bouche pour s'excuser. S'excuser pour la douleur, pour la foule, s'excuser d'être l'homme qu'il était, un homme dont l'existence même lui avait infligé un cruel spectacle.

Mais les mots ne vinrent pas. Au même moment, un homme émacié vêtu d'un smoking s'approcha d'eux. Il avait des cheveux poivre et sel, un visage avenant et le regard triste.

— Je suis Arthur Packard, dit-il en tendant la main. Le président du comité. Pourrions-nous avoir un mot ?

Le cœur de Devlin se serra. Il n'était pas idiot. Il savait ce que cela signifiait. Sans lâcher la main d'Ellie, leurs doigts entrelacés, il suivit Packard dans une salle reculée. L'homme s'éclipsa un moment.

— Ils vont me retirer le prix.

Il savait qu'il parlait, mais il entendait à peine les mots qui sortaient de sa bouche. Il était engourdi, complètement anesthésié.

À côté de lui, Ellie hocha la tête.

— Oui.

— *Bon sang* ! pesta-t-il en écrasant son poing sur sa cuisse.

Il voulait ressentir la douleur, la fureur. Il voulait de l'indignation, tout sauf cette brume d'impuissance qui l'enveloppait. Et cette peur atroce, oppressante. Peu importe la distance qu'il parcourait, peu importe ce qu'il accomplissait, il avait désormais la certitude d'être à jamais souillé par les péchés de son père.

$$\text{❧}\quad 5 \quad\text{❧}$$

— Devlin.

Sa voix était douce, presque timide. En un clin d'œil, il sut qu'il pourrait s'en sortir. Quelles que soient les embûches que l'univers lui réservait, El serait toujours à ses côtés.

Lentement, il se rapprocha d'elle et referma sa main autour de la sienne avec tendresse. Elle la serra, comme pour lui transmettre sa force, et il l'attira contre lui, l'étreignant avant de baisser la tête pour déposer un baiser sur ses cheveux parfumés.

— Tu vas bien ? fit-elle.

Il s'écarta et elle dut pencher la tête pour rencontrer son regard.

— Ça va, répondit-il dans le seul but d'atténuer l'angoisse qu'il devinait dans ses yeux.

— Non, ça ne va pas.

— Non, concéda-t-il. Tu as raison. Mais tant que tu es avec moi, je peux encaisser.

— Je ne partirai pas.

Il avait envie de l'étreindre, de dissoudre sa colère dans la passion. Mais ce n'était pas possible, pas maintenant. La porte s'ouvrait déjà sur Packard qui revenait. Apparemment, même un baiser n'était pas envisageable.

Sa main toujours dans la sienne, il se tourna vers le président du comité et l'autre homme qui l'avait rejoint.

Décelant la vérité sur leurs traits tirés, Devlin fut le premier à prendre la parole :

— Vous me retirez la récompense.

— Je suis vraiment désolé, répondit Packard, visiblement contrarié et embarrassé. Ce n'est pas ma décision.

— C'est la mienne, précisa l'inconnu en s'avançant, le menton levé. Je m'appelle Blair Livingston. Je suis responsable de toutes les opérations du comité. Au vu des circonstances, je crains que nous ne puissions pas risquer notre réputation.

— Vous pensez que votre réputation sera honorée si vous refusez de décerner un prix humanitaire à ma fondation, simplement à cause de l'identité de mon père ?

— Nous ne sommes pas prêts à risquer une mauvaise publicité. Vous avez gardé votre filiation secrète, expliqua Livingston en haussant les épaules. Qui sait quels autres secrets vous taisez ?

Devlin se crispa, en proie à une violente fureur. Ce n'était pas une situation qu'il pouvait régler avec de l'argent, du pouvoir ni même un fusil automatique. C'était l'ombre de son père, à nouveau, et en ce moment, tout ce qu'il voulait, c'était laisser libre cours à cette fureur refoulée sur le cuir d'un sac de frappe. Ou, mieux encore, sur un corps en chair et en os.

L'obtention de ce prix n'était que le début, il le savait. Pendant des années, il s'était forgé un nom et une réputation. *Devlin Saint.*

Et maintenant, tout cela s'écroulait. Packard et Livingston n'étaient pas la cause de sa fureur, ils n'en étaient qu'un symptôme.

Devlin avait de plus gros soucis sur les bras, à présent. Bien plus gros.

Ainsi, au lieu d'objecter ou de plaider sa cause, Devlin se contenta d'une inspiration avant d'expirer lentement.

— Je comprends votre position. Vous comprendrez donc que Mademoiselle Holmes et moi ne resterons pas pour le banquet. D'ailleurs, s'il y a une sortie de service, je pense que nous allons partir tout de suite.

— Oui, dit Monsieur Packard, toujours un peu gêné. Je vous en prie, suivez-moi.

Livingston resta dans la salle pendant que Packard les conduisait dans les couloirs en direction de la ruelle. Tout en marchant, Devlin envoya un message au chauffeur, lui indiquant où les retrouver.

— Et voilà, dit Packard en s'arrêtant devant une épaisse porte métallique. Je pourrais sortir avec…

— Ce ne sera pas nécessaire, l'interrompit Devlin.

Avec une impulsion sur la barre, il ouvrit la porte. Il fit signe à El de le précéder, hocha la tête pour remercier Packard, qui avait l'air totalement désemparé, puis il sortit à son tour.

La limousine n'était pas là.

Pas étonnant, puisque le chauffeur s'était probablement garé à quelques rues, prêt à les attendre pendant des heures en lisant ou en écoutant de la musique.

Ce qui était surprenant, en revanche, c'était l'homme qui se trouvait là, adossé contre une échelle de secours rouillée. Un homme brun, élancé, avec le genre de visage qui pourrait propulser la carrière d'un acteur et une confiance qu'il portait comme un manteau familier. Un homme que Devlin n'avait jamais rencontré, mais qu'il reconnut pourtant instantanément – l'ancien tennisman professionnel devenu milliardaire des technologies, Damien Stark.

— Monsieur Stark, dit Devlin, arquant les sourcils d'un air étonné. Je suppose que vous n'êtes pas ici parce que vous vouliez prendre l'air.

— J'aimerais que ce soit aussi anodin. Non, je voulais vous

faire savoir que la décision du comité de retirer votre prix n'était pas unanime.

Il haussa les épaules en s'éloignant de l'échelle et tendit la main vers lui, ses yeux bicolores croisant enfin son regard.

— Je voulais aussi me présenter, ce que j'avais l'intention de faire après votre discours. Mais en l'occurrence, c'est le mieux que je puisse faire.

— J'en ai bien peur, répondit Devlin en serrant la main tendue. Mais cela signifie beaucoup que vous soyez venu ici. Merci.

Il se tourna vers El.

— Elsa Holmes, je te présente Damien Stark.

— Je vous reconnais, bien sûr, dit-elle. Appelez-moi Ellie.

— Tout le plaisir est pour moi, Ellie, répondit Stark avant de reporter son attention sur Devlin. Je suis ravi de faire enfin votre connaissance. Désolé pour les circonstances. À l'évidence, nous aurions dû nous rencontrer il y a cinq ans.

Pendant un moment, Devlin ne comprit pas. Puis il eut un déclic.

— La fondation. Nos bureaux à Laguna Cortez.

Il se tourna vers Ellie, répondant à son regard interrogateur.

— L'architecte qui a conçu les bureaux, Jackson Steele, est le frère de Damien.

— Le monde est petit, commenta Ellie.

— On peut le dire.

Stark jeta un coup d'œil dans la ruelle, vers la limousine qui approchait.

— On dirait que votre chauffeur est là. Je ne vais pas vous retenir. Je voulais juste vous présenter tous mes regrets. Et aussi mes félicitations.

Les sourcils de Devlin remontèrent sur son front.

— Des félicitations ?

— Vous n'avez pas besoin d'un prix, Saint. Le travail de votre fondation parle de lui-même.

Devlin hocha la tête, laissant les mots s'imprimer en lui.

— Merci. C'est très important pour moi.

— Je sais ce que c'est que d'être le centre d'intérêt des médias. Et je sais encore mieux ce que c'est que d'être encombré par la réputation d'un père que l'on n'aime pas et que l'on respecte encore moins. Vous allez vous en tirer. Ce ne sera pas facile, mais vous surmonterez cette sombre histoire.

— Oui, déclara Devlin avec détermination.

Stark avait raison. Il n'avait pas d'autre choix que de la surmonter.

Mais ce qu'il ne disait pas, c'était que même s'il était facile d'étouffer le scandale de son identité en tant que fils du Loup et de prouver au monde entier que ses efforts humanitaires étaient légitimes, ce n'était pas le fond du problème.

Non, ce que ni Stark, ni le comité, ni la presse ne savaient, c'était qu'en révélant la filiation de Devlin, ces journalistes trop zélés avaient peut-être placé une cible sur le dos de Devlin, une cible sur laquelle les anciens alliés et ennemis de son père n'allaient pas se faire prier pour tirer.

Le pire, c'était que leur véritable objectif était de le punir. De le *blesser*.

Ce qui signifiait que la presse, dont Ellie faisait partie par son métier, était aussi responsable et venait de placer cette même cible sur son dos, à elle.

❧   6   ☙

Mon cœur souffre pour Devlin, et pas seulement parce que ce connard de Livingston a manipulé le comité pour qu'il retire le prix. Non, ce que Monsieur Stark a dit est vrai. Prix ou pas, la Fondation Devlin Saint fait un travail incroyable et le monde entier le sait très bien. Une récompense n'y changera rien.

Ce qui me fait trembler de rage, c'est que ces putains de journalistes l'ont mis dans le même panier que le Loup. Et Devlin n'a rien à voir avec le meurtrier qui l'a engendré, un trafiquant de drogue et d'êtres humains.

Nous sommes à l'arrière de la limousine, en direction de l'hôtel, et Devlin n'a toujours pas dit un mot depuis cinq minutes. Je me penche et lui prends la main, la serrant doucement.

— Tu vas bien ?

Il marque une pause avant de répondre. Quand il se tourne vers moi, je vois la douleur dans ses yeux.

— Je crois que j'ai toujours su que la vérité éclaterait un jour, même si j'espérais pouvoir l'enterrer. Je n'aurais jamais choisi de m'associer à cet homme, et le fait d'avoir réussi à m'en détacher a été l'une des premières joies de ma vie. Mais maintenant...

Il s'interrompt et sa main se resserre douloureusement autour de la mienne, comme s'il essayait d'évacuer de son corps toute la souffrance de son arbre généalogique.

— Je sais, mais tu n'as rien de commun avec lui. Le monde le sait. Ce n'est qu'un écran de fumée, et une fois qu'elle se sera dissipée, le monde n'aura d'yeux que pour le bien que tu as fait. Les péchés de ton père ne sont pas *tes* péchés.

Il se tourne vers moi et je vois les ombres sur son visage, ainsi que le doute dans ses yeux.

— Tu crois vraiment ?

Cette fois, la fureur s'empare de moi.

— Ne t'avise pas de dire ça. Tu n'en doutes pas, et moi non plus.

— C'est vrai ?

Je sens mes épaules s'affaisser sous le poids de la frustration. Pas envers lui, mais envers moi-même.

— Tu le sais pertinemment. Je ne serais pas avec toi si c'était le cas. Devlin, je...

Je m'interromps en prenant une inspiration.

— Je t'aime, quoi qu'il arrive. Et les Anges n'ont absolument rien à voir avec ce que ton père faisait.

— Il a tué. Nous aussi, nous tuons.

— Tu essaies de me taper sur les nerfs ? m'exclamé-je, perdant mon sang-froid. Ou bien tu es juste d'humeur massacrante et tu cherches à te punir ? Tu *sais* que ce n'est pas vrai. Ton père a tué par vengeance. Parce que les gens lui étaient insupportables. Les Anges de Saint sauvent leurs prochains. Ils rétablissent le juste équilibre. Ils rendent la justice.

Les mots sont sortis de ma bouche avant que j'aie le temps d'y réfléchir. J'en prends conscience lorsqu'il écarquille les yeux et penche la tête sur le côté. Les sourcils froncés, il me dévisage. Je le regrette aussi. Non que mes mots ne soient pas sincères, mais je ne sais absolument pas quoi faire de cette vérité.

— La justice, répète-t-il doucement. Je n'étais pas sûr que ce soit ce que tu ressentais.

Je hausse les épaules, espérant paraître plus décontractée que je ne le suis.

— Si, c'est exactement ça.

Les Anges de Saint sont un groupe de justiciers que Devlin a fondé avant même de créer son organisme caritatif. Il s'agit de deux entités totalement différentes : il n'existe aucun lien financier entre la fondation légitime et l'opération secrète illégale. En revanche, certaines personnes ont un pied dans les deux agences, notamment Devlin et son meilleur ami, Ronan Thorne.

J'étais sous le choc quand mon enquête sur l'assassinat d'un meurtrier en série et ravisseur d'enfants a révélé que Devlin était le tireur embusqué. Ce genre de justice autoproclamée est contraire à tout ce en quoi j'ai toujours cru. Si les forces de l'ordre et les tribunaux existent, ce n'est pas pour rien. C'est d'ailleurs pour la même raison que les règlements de comptes de type Far West sont interdits aujourd'hui.

Mais cela concerne les règles et la personne qui inflige la punition. Le résultat, lui, ressemble de près à la justice. C'est peut-être une ligne floue, mais c'est toujours une limite. Pendant un moment, c'était même un gouffre, je dois dire. Or maintenant, je l'ai franchi pour être aux côtés de Devlin et je ne le regrette pas. Hors de question que je le laisse utiliser mon éthique personnelle pour alimenter son apitoiement sur soi. C'est le fils de son père, et après ?

— Ton père a assassiné, triché et manipulé. Il mettait les gens en danger. Il les exploitait. Il tuait sur un simple coup de tête. Si tu répètes encore une fois que tu es comme lui, je te jure que je te gifle.

Pendant un moment, il garde le silence. Puis il m'attire brutalement à lui et m'embrasse sur le front.

— Mon Dieu, comme je t'aime.

— Tant mieux. Alors, arrête de critiquer l'homme que j'aime. Tu as fait de la justice ton métier, Devlin, ne l'oublie pas.

Son regard reste fixe, puis il hoche la tête et détourne les yeux, resserrant sa main autour de la mienne. Je ne sais pas s'il se sent vraiment mieux par rapport à ce que son père a fait, mais pour l'instant, la conversation est mise de côté. Nous sommes arrivés à l'hôtel. Le chauffeur évite l'entrée classique et se dirige vers l'arrière, comme Devlin le lui a demandé quand nous avons quitté le théâtre. Il a également appelé à l'avance pour que le gérant rassemble nos bagages et les apporte à la limousine.

Au départ, nous avions prévu de passer une nuit de plus à l'hôtel aux frais du comité, de boire du champagne et de faire l'amour dans la suite bien aménagée pour fêter son prix.

Maintenant, nous ne voulons pas nous attarder. La presse sait pertinemment où le comité lui a réservé une chambre.

Au lieu de ça, nous nous rendons dans mon appartement, près de l'Université de Columbia et de Morningside Park. C'est petit, mais bien agencé et confortable. Comme nous avions prévu d'y aller le lendemain, de toute manière, j'avais déjà demandé à Roger, mon ami et rédacteur en chef du magazine *The Spall Monthly*, où je travaille en tant que journaliste, de passer remplir le frigo.

En un sens, c'est grâce à Roger que je suis avec Devlin aujourd'hui. Il m'a demandé d'écrire un article sur la Fondation Devlin Saint, dans ma ville natale de Laguna Cortez, en Californie. J'ai accepté la mission avec enthousiasme, d'autant plus que j'avais l'intention, en parallèle, d'utiliser mon temps là-bas pour enquêter sur le meurtre de mon oncle, assassiné quand j'étais adolescente.

À l'époque, j'étais loin de me douter que Devlin n'était autre qu'Alex Leto, le seul garçon que j'aie jamais aimé. Sans parler de tous les secrets et des drames qui ont accompagné cette révélation.

Maintenant, bien sûr, j'ai la ferme intention de rester en Californie. L'objectif de ce voyage est en partie de faire mes valises, de trouver quelqu'un pour sous-louer mon appartement et de profiter d'un peu de temps à New York avec

Devlin avant de retourner vivre sur la côte ouest à plein temps.

Pendant que nous attendons, le chauffeur ouvre le coffre pour le voiturier et y range nos bagages. L'instant d'après, nous roulons à nouveau.

— Je préfère, commente Devlin. L'hôtel était bien, mais au moins, dans ton appartement, nous serons chez nous.

Il me serre la main et ajoute :

— Là maintenant, l'idée d'être chez nous avec toi m'attire tout particulièrement.

— C'est vrai, acquiescé-je en me blottissant contre lui.

Il passe son bras sur mon épaule. Les yeux fermés, je me laisse aller à regretter de ne pas avoir de pouvoirs magiques pour agiter une baguette et tout arranger. Mais je n'en ai pas, et je me contente d'être bercée par la limousine et la sensation du bras de Devlin autour de moi.

La circulation est fluide et avant que je m'en rende compte, nous nous sommes arrêtés devant mon immeuble. Le quartier n'est pas exactement l'un des meilleurs de Manhattan, mais ce n'est pas loin de Columbia, ce qui était vraiment très pratique pour moi. Avec les revenus locatifs de la maison dont j'ai hérité à la mort de mon père, et grâce au loyer très modeste du studio de Manhattan, j'ai réussi à couvrir toutes mes dépenses personnelles et mes frais de scolarité sans avoir à travailler en parallèle de mon master.

J'ai gardé le même appartement après l'obtention de mon diplôme. Même si j'ai un emploi maintenant, je ne roule pas sur l'or. Et puis, malgré le quartier un peu malfamé, j'aime vraiment ce coin, sans compter que mon appartement est adorable. Il faut dire que j'ai passé mes premières semaines à New York à repeindre les murs et à poncer les parquets.

C'est petit, mais bien équipé, et je n'ai pas besoin de plus d'espace. Même la plomberie qui laisse à désirer lui donne un certain cachet, en fin de compte. L'immeuble s'est aussi considérablement amélioré au fil des ans. Un nouveau propriétaire est arrivé environ six mois après la signature de mon bail, et maintenant, il y a un garde de sécurité à plein temps dans le hall rénové, de la peinture brillante sur tous les murs, et d'après les rumeurs, un ascenseur pourrait être installé bientôt. Les tuyaux qui m'avaient donné du fil à retordre dans les premiers mois fonctionnent mieux, maintenant, même s'ils produisent encore un étrange sifflement que je m'amuse à considérer comme les fantômes des anciens résidents.

En d'autres circonstances, je serais triste de le rendre, mais comme je retourne à Laguna Cortez et auprès de Devlin, tout ce qui m'importe vraiment, c'est de trouver quelqu'un qui reprendra le bail et qui aimera cet endroit autant que moi.

— C'est ici, dis-je en prenant la main de Devlin.

Il fait sombre et l'on distingue mal les détails de l'architecture, mais le nouveau propriétaire a ajouté un éclairage extérieur plutôt correct en même temps qu'il donnait un coup de neuf à l'entrée.

— Mademoiselle Holmes, quel plaisir de vous revoir.

William, le gardien de nuit, me sourit alors que nous entrons à la suite du chauffeur qui porte déjà nos valises.

— Voulez-vous que je fasse monter vos bagages ?

C'est l'une des meilleures initiatives du nouveau propriétaire : faire installer un monte-charge en même temps que la réparation de la plomberie. Ce n'est pas assez grand pour les gens, mais c'est parfait pour les bagages et les courses.

— C'est très gentil.

— Les sacs vous retrouveront à l'étage, lance-t-il avec un immense sourire. Vous nous avez manqué. Bonsoir Monsieur Saint, ajoute-t-il en hochant la tête à l'attention de Devlin. Monsieur, on ne s'attendait pas à vous voir aujourd'hui. Mais j'ai entendu parler de votre récompense. Félicitations.

— Merci, William, dit-il sans prendre la peine de lui expliquer nos déconvenues.

Je fronce les sourcils, en espérant que William ne se sentira pas mal à l'aise demain matin, quand il reverra Devlin et réalisera que les félicitations étaient mal placées. Après tout...

Mes pensées s'arrêtent net. *Je n'ai pas prononcé le prénom de William à haute voix.*

Alors, comment Devlin le sait-il ? Et d'ailleurs, comment se fait-il que William connaisse aussi bien Devlin Saint ? Je connais William depuis des années, et il n'a jamais été du genre à s'intéresser aux potins de stars.

J'allais rejoindre les escaliers, mais je m'arrête.

— Ellie ?

Je lève les yeux vers lui, puis lui adresse un sourire, ainsi qu'à William.

— Rien. Je suis juste fatiguée. On ferait mieux de monter. Je suis au cinquième.

Est-ce bien utile de le préciser ? À ce stade, je suis certaine que Devlin sait exactement où j'habite. Il doit aussi savoir depuis combien de temps je vis ici, quel est mon historique de crédit et le montant de mon loyer.

Le temps que nous atteignions le palier, le monte-charge a apporté nos sacs. Nous les récupérons, et dès que j'ouvre la porte, Devlin les emporte à l'intérieur.

— Voilà, c'est ici, dis-je avec un grand geste pour désigner mon modeste appartement.

Après mon diplôme, j'ai fait des folies et engagé un entrepreneur pour qu'il vienne m'installer une bibliothèque coulissante. Je voulais à la fois un coin pour mes livres et une cloison de séparation avec la chambre. Pour l'instant, les deux éléments de la bibliothèque se chevauchent, ouvrant la vue sur la chambre. Mais si j'ai des invités, je peux dissimuler l'entrée derrière un pan de la bibliothèque pour former un mur solide.

— C'est bien, dit-il avec, dans sa voix, ce que j'interprète comme de la fierté.

Je souris.

— Eh bien, j'espère que tu es sincère. Après tout, tu possèdes cet immeuble.

Il ricane en admettant :

— Grillé.

Puis il désigne les bibliothèques :

— Il me semble que c'est une infraction aux conditions de ton bail.

— Ah, ah. Sérieusement, Devlin. Cet immeuble est à toi, mais comment ça se fait ?

Il hausse les épaules.

— C'était un bon investissement. Et puis, je voulais m'assurer que tu sois en sécurité et bien installée.

— Tu as acheté cet immeuble et tu l'as rénové pour m'offrir un bon cadre de vie ?

Ce n'est pas vraiment une question, puisque je connais déjà la réponse.

Son sourire s'agrandit et je secoue la tête, sans savoir si je suis impressionnée, agacée ou amusée.

— Mais comment as-tu...

Je marque une pause. Je sais parfaitement comment il a fait son coup. Il m'a observée pendant les années qui ont suivi le meurtre de Peter et sa fuite de Laguna Cortez... ainsi que mon départ. Et pendant tout ce temps, il s'est soigneusement assuré que j'ignore sa présence constante.

Comme il me surveillait, il a su que je m'étais inscrite à l'université et que j'y avais été admise. Ensuite, il lui a suffi de faire une offre généreuse au propriétaire de l'immeuble, après ma signature du bail.

— Au moins, je sais à qui m'adresser, maintenant, quand la plomberie se détraque.

— Bébé, dit-il, tu sais que je prendrai toujours soin de ta tuyauterie.

Il a parlé avec un regard si ridicule que je ne peux m'empêcher de rire en l'attirant vers le canapé avec moi. Je l'y pousse et le chevauche.

— Nous avons perdu tant de temps, dis-je. Surtout quand

on pense combien nous étions proches, pendant ces années où je nous croyais si éloignés.

— Tu sais pourquoi.

J'acquiesce. Je comprends pourquoi il est parti, et pourquoi il est devenu Devlin Saint, et même pourquoi il n'a jamais eu l'intention de me rechercher et de me dire la vérité.

— Je comprends, concédé-je. Mais je pleure toujours le passé que nous aurions pu avoir.

— Le passé s'impose toujours, dit-il d'une voix soudain plus dure.

Je me crispe, dépitée que l'on en revienne au prix humanitaire et à son père, même si je sais qu'en réalité, cet événement n'a jamais été très loin sous la surface, malgré notre apparente légèreté. Nous l'avons mis de côté en présence du chauffeur et de William. Mais maintenant que nous sommes seuls, c'est différent. Maintenant, il est libre de ressentir de la douleur, et je suis là pour l'aider à la surmonter.

Je presse ma main sur sa joue.

— Tu as le droit d'être en colère, dis-je. Contre ton père, contre le comité. Bon sang, même contre Damien Stark. Manifestement, il n'a pas réussi à convaincre Livingston de ne pas tout annuler.

Il sourit à demi avant de retrouver son sérieux.

— Je suis énervé, dit-il. Je peux le reconnaître. Furieux, blessé et... merde !

Il me repousse en se levant du canapé et commence à faire les cent pas, comme si cet échange avait déclenché un interrupteur. Je vois la colère qui bouillonne en lui, mais il y a autre chose aussi. Quelque chose de plus grand, de plus sombre. Quelque chose que je ne suis pas encore sûre de toucher du doigt.

D'ailleurs, je ne sais même pas si j'en ai envie.

— Devlin ?

Son prénom semble hésitant sur mes lèvres.

— Devlin, tu vas bien ?

Il revient vers moi, l'air autour de lui vibrant d'une férocité inédite alors qu'il me hisse sur mes pieds. Il me tend la main, enroule ses doigts dans mes cheveux et bascule ma tête en arrière, puis sa bouche s'empare de la mienne dans un assaut fougueux de dents et de langue, avec une passion et une envie telles que mes genoux en tremblent. Je me lève, m'agrippant à ses épaules pour garder l'équilibre.

Son autre main se dirige vers la fermeture éclair de ma robe qu'il tire, dénudant mon dos jusqu'à la courbe de mes fesses. Ses doigts glissent vers le bas, m'écartent les fesses, et je tressaille lorsqu'il y caresse les muscles sensibles. J'entends un faible grognement monter de sa gorge. Son pouce reste en place et je me surprends à désirer quelque chose que je n'ai jamais connu auparavant, alors que ses autres doigts descendent plus bas, s'enfonçant brutalement en moi.

— Oui, murmuré-je en me trémoussant contre lui, avide de le sentir plus profondément, plus brutalement.

Je veux qu'il me jette par terre et qu'il me prenne sans ménagement, parce que tout ce que je désire vraiment en ce moment, c'est d'être connectée à lui, de ne faire qu'un avec lui.

Je commence à lever la main avec l'intention de me libérer des fines bretelles de la robe.

— Non.

Il ne dit rien de plus, et avant que je puisse poser une question, ses doigts ont quitté mes cheveux. Il arrache lui-même ces fichues bretelles, de sorte que le tissu chatoyant tombe maintenant autour de mes pieds, me laissant sans rien d'autre que les talons Louis Vuitton à lanières que je n'ai pas encore enlevés.

— J'aimais bien cette robe, protesté-je faiblement.

— Je te préfère nue.

J'essaie de répondre, mais ses doigts s'enfoncent plus profondément, me privant de la parole. Avant même que je comprenne ce qui se passe, il s'est retiré. J'ai tout juste le temps de respirer qu'il me pousse contre le mur. Il attrape ma cuisse, la soulève et la referme autour de sa hanche. Puis j'entends le frottement métallique de sa fermeture éclair, et l'instant d'après, il est en moi, me prenant avec vigueur, plaquant un peu plus mon dos à chaque coup de reins puissant et exigeant.

Je commence à crier, mais sa main se referme sur ma bouche pour me faire taire tandis qu'il me pénètre sans relâche, avec une brutalité qui me dresse les tétons. Mon orgasme déferle comme un train incontrôlable, vers une explosion si intense que je crains de me déchirer sous l'effet des spasmes qui ébranlent mon corps.

Très vite, Devlin explose en moi. Nous ne nous quittons pas des yeux tandis que mon corps se contracte autour du sien. J'ai beau avoir le dos à vif, je crois que je ne me suis jamais sentie aussi merveilleusement et délicieusement utilisée.

— El, dit-il, d'une voix si douce que j'ai du mal à l'entendre.

Il m'attire vers le sol, où nous atterrissons brutalement.

— Oh, waouh, soufflé-je sans même me soucier du plancher en bois ferme sous mon corps.

Mon cœur bat la chamade et chaque centimètre carré de ma peau me semble vivant.

— C'était...

— Tu le pensais vraiment ? demande-t-il alors, d'une voix basse et régulière.

Quelque chose m'inquiète dans son timbre.

Je roule sur le côté et me redresse, les sourcils froncés, essayant de comprendre à quoi il fait allusion.

— Tu m'as dit une fois que je pouvais t'utiliser, explique-t-il, posant les mains sur mes hanches pour m'inviter à le chevaucher. Que je pouvais être brutal, doux, tout ce dont j'avais besoin.

Il est encore à moitié dur et il guide mes hanches, mon sexe se frottant contre le sien. La friction sur mon clitoris sensible propage de nouveaux tremblements d'extase à travers moi.

— Tu le pensais vraiment ? répète-t-il.

— Que tu peux m'utiliser ? dis-je dans un souffle. Tu viens de le faire, il me semble.

Son expression s'assombrit et je fronce les sourcils, regrettant mon intonation taquine.

— Devlin, oh, mon Dieu, oui. Bien sûr que je le pensais. Tout ce dont tu as besoin. Comme tu voudras. Tu n'as pas besoin de me le demander.

Je me penche en avant, mes seins nus effleurant le revers en soie lisse de sa veste de smoking. J'effleure son oreille de mes lèvres.

— C'est mieux quand on ne demande pas.

Je sens son rire, mais je ne l'entends pas.

— Je t'aime, El. Je t'aime et je suis vraiment désolé.

— Pardon ? dis-je en m'écartant pour le dévisager. Pourquoi ça ?

— J'ai menti, El. Je suis un putain de lâche, et j'ai menti.

❦ 7 ❦

Je le regarde fixement, tenaillée par la peur tandis que je le repousse et me détache de lui pour me retrouver sur le sol, à côté, les genoux ramenés contre ma poitrine.

— Mais de quoi est-ce que tu parles ?

Il se redresse lui aussi, puis retire lentement sa veste et la pose par terre, révélant sa doublure en soie.

— Je t'ai dit une fois que je partirais si c'était nécessaire, pour te protéger, mais c'était faux. Même si, en m'en allant à cet instant, je pouvais enlever cette cible de ton dos, je ne partirais pas. Tu m'appartiens, dit-il avec virulence. Merde, El, dis-moi que tu m'appartiens.

Je l'observe attentivement, son expression à la fois déterminée et vulnérable.

— Devlin. Oh, Devlin, mon amour. Tu le sais bien.

Je prends conscience que je pleure en sentant les larmes chaudes ruisseler sur mes joues. Je me rapproche de lui, puis entreprends de déboutonner sa chemise.

— Je t'appartiens, répété-je. Donne-moi une fessée, baise-moi. Utilise-moi comme tu veux. Mais ne me quitte jamais, jamais !

— Non, c'est promis. Bon sang, El, je me déteste tant pour ça.

— Non.

Je sens presque mon cœur se briser.

— Devlin, non !

— Tu réalises dans quel danger tu t'es mise ce soir ?

Il y a de la fureur dans sa voix. Contre celui qui a divulgué son identité et contre lui-même.

— Si je t'avais repoussée quand tu es revenue à Laguna Cortez. Si je ne t'avais jamais laissé voir sous mon putain de masque...

— Quoi ? dis-je d'une voix éraillée. Alors, je ne serais peut-être pas en danger ? Mais *j'étais* déjà en danger, et tu le sais. J'étais un putain de danger pour moi-même.

C'est vrai. J'ai pris tant de risques. Depuis les décisions stupides comme coucher avec des hommes dangereux jusqu'aux comportements plus graves, comme prendre trop vite des virages de montagne. J'ai été imprudente en tentant le destin, lui qui m'a volé tous ceux que j'aime.

— Tu ne me mets pas en danger. Mon Dieu, Devlin, après tout ce que nous avons traversé, tu ne comprends pas ? C'est tout le contraire, tu me gardes en sécurité. Tu me permets de rester concentrée sur ce qui compte. Ce n'est plus *moi* qui fais un doigt d'honneur au destin. C'est toi et moi, ensemble, et nous disons à tous ceux qui essaient de nous faire du mal qu'ils feraient mieux de courir vite et loin. Parce que tu... parce que *nous* ne les laisserons pas s'en tirer comme ça.

Je lui serre les deux mains.

— S'il te plaît, je t'en prie, écoute ce que je te dis. Je suis en sécurité avec toi. Je suis vivante avec toi. Ici.

Je porte sa main à mon cœur, où je la presse.

— Et ceux qui nous veulent du mal ? Qu'ils aillent se faire voir. Nous sommes plus forts ensemble.

Pendant un moment, le silence persiste. Je sens mon pouls battre dans ma gorge, et aussi entre mes jambes. Mes paroles étaient vraies, mais je dois dire aussi qu'elles m'ont excitée. Mes mamelons sont tendus et je ne peux nier que j'ai envie qu'il me prenne à nouveau. Mieux, qu'il m'*utilise* à nouveau. Que ce soit sauvage, bestial, dangereux. Je veux tout cela. Je veux *ressentir*. Dévaler une route de canyon en Shelby à plus de 100 km/h ? Ce n'est rien en comparaison avec les sommets où j'aimerais que Devlin m'entraîne en cet instant.

Et pourtant, il ne dit rien, se contentant de me regarder avec une chaleur qui évoque le danger, qui suggère qu'il aimerait me dévorer. Oui, je l'avoue, j'aimerais qu'il me dévore.

Je pourrais gémir. J'ai tant envie de glisser la main entre mes cuisses pour me faire jouir. C'est malsain, je le sais, et j'ignore si je suis seule à le ressentir ou s'il en a envie, lui aussi. Oh, pitié, mon Dieu, je l'espère !

Il doit y avoir une puissance particulière dans mon désir, car je devine une envie similaire dans ses yeux.

— Dis-moi, fait-il.

La lumière tamisée éclaire à peine la cicatrice qui traverse son œil et sa pommette parfaitement ciselée, lui donnant un aspect redoutable et infiniment érotique. Seigneur, je suis tellement excitée que je vibre presque.

— Tu n'auras rien tant que tu ne m'auras pas dit ce que tu veux.

Mon pouls bat la chamade en réaction à ses paroles exigeantes, à son intonation impérieuse.

— Utilise-moi, déclaré-je.

Il hausse son sourcil si sexy.

— Tu m'as dit que je l'avais déjà fait, non ?

— J'en veux plus, insisté-je en passant la langue sur mes lèvres.

— Tu veux ma bouche. Ma queue.

— Oui.

Du bout du doigt, il effleure mon sein nu.

— De la brutalité ?

À ces mots, mon entrejambe se contracte et ma bouche se dessèche complètement.

— Oui.

Il pince mon téton entre deux doigts, puis le serre un peu plus et j'en ressens les effets jusqu'à mon clitoris.

— De l'intensité ?

Je hoche la tête, le dos cambré et le souffle court.

— Mon Dieu, oui.

— Petite gourmande...

— Avec toi, toujours.

C'est la vérité. En compagnie de Devlin, je deviens la femme la plus insatiable au monde.

Sans crier gare, il utilise sa prise sur mon téton pour m'attirer à lui. Je lâche un cri de surprise et de douleur, mais mon plaisir en est décuplé. Mon corps palpite, ma peau grésille, parcourue de courants électriques. Je suis tellement excitée que je suis certaine d'exploser au moindre contact, puis de me briser sans cesse, ballottée sur cet océan de plaisir que l'autorité de ses doigts fait déferler en moi.

Il se penche, taquinant mon oreille du bout de la langue.

— Tu veux de la brutalité, de l'intensité. Mais qui a dit que tu pouvais réclamer quoi que ce soit ?

À ce moment-là, je manque exploser sur place, et plus encore lorsque, sentant ma réaction, il se met à caresser mon sexe.

— Non, dit-il. Ton orgasme m'appartient, bébé. Tu dois le mériter.

Je déglutis, puis acquiesce, étourdie par ce jeu auquel nous nous livrons. À moins que ce ne soit pas un jeu. C'est peut-être nous deux, tout simplement. Je sais que Devlin me refuse rarement le plaisir, et ce changement est tellement sensuel que je me sens presque fondre. Il me paraît différent, ce soir. Une ferveur se reflète dans ces yeux verts qui ne sont pas ceux d'Alex, dans la cicatrice qui définit l'homme puissant et dangereux que mon amour d'adolescence est devenu.

Dangereux.

Ce mot fait irruption dans ma tête, colorant mes émotions. Cet homme incarne le danger avec lequel j'ai flirté toute ma vie. Le fil du rasoir que j'ai recherché à chaque virage, pied au plancher, dans chaque baise imprudente. Je l'ai toujours su, mais je le vois clairement maintenant. J'ai couru après le danger toute ma vie, non seulement à cause de ma culpabilité d'être en vie, mais aussi parce qu'en réalité, c'était après lui que je courais.

— Dis-moi, exige-t-il. Dis-moi ce que tu penses.

— J'ai envie de toi, dis-je d'une voix éraillée. J'ai envie de ce que tu es.

— Et qu'est-ce que je suis ?

J'avale péniblement avant de répondre :

— Un homme dangereux.

Il ne réagit presque pas. C'est tout juste s'il écarquille les yeux. Je ne l'aurais peut-être pas remarqué si je ne le connaissais pas si bien. J'ignore s'il s'attendait à cette réponse ou si je l'ai pris au dépourvu. Tout ce que je sais, c'est que mon cœur s'emballe lorsqu'il referme sa grande main autour de mes deux poignets et me tire vers lui, tordant mon corps à un angle presque douloureux.

Je grimace un peu, mais il ne me lâche pas. Au lieu de quoi, il chuchote :

— Je suis plus périlleux que tu ne le crois. Est-ce que ça t'excite ?

Ses doigts glissent entre mes cuisses et il émet un grognement guttural.

— Oh, oui, bébé. Ça t'excite, c'est évident.

Il nous déplace rapidement, me poussant devant lui. Je dois m'efforcer de démêler mes bras à temps pour éviter de basculer en avant.

— À quatre pattes, ordonne-t-il.

Je pose les coudes sur la doublure en soie de sa veste alors qu'il s'agenouille derrière moi, les mains sur mes fesses. Il se penche et je sens le tissu de sa chemise et de son pantalon frôler sensuellement ma peau nue.

Il écarte mes cheveux et ses lèvres viennent taquiner ma nuque. Puis il entreprend de déposer un chemin de baisers le long de ma colonne vertébrale, s'arrêtant au niveau de mes reins. Il se retire, m'écarte doucement les fesses, et je gémis lorsqu'il me taquine du bout du doigt, le pressant sur l'anneau de muscles compact.

— Je vais te baiser par-là un jour, déclare-t-il.

Cette promesse propage de légers tremblements à travers tout mon corps.

— Tu l'as déjà fait ?

— Pas avec un homme, dis-je en secouant la tête.

— Comment ça ? demande-t-il, visiblement étonné.

Je rougis bêtement.

— Tu sais. Avec des jouets.

Un bruit rauque monte de sa gorge et il se penche sur moi, augmentant la pression de son doigt entre mes fesses tandis qu'il murmure :

— Pourquoi ?

Je répète ce mot sans comprendre.

— Tu dois aimer ça si tu utilises des jouets. Alors, pourquoi pas les hommes ? Tu sais aussi bien que moi qu'il devait y en avoir des dizaines disposés à se prêter au jeu ? Ils ne rêvaient que de ça, je parie.

Je grimace un peu à l'évocation de ces années où je baisais pour le simple plaisir du danger, en équilibre sur un fil, avec le désir de survivre un jour de plus en dépit de tous mes mauvais choix, histoire de me réveiller le lendemain matin et d'envoyer le destin se faire foutre.

— Dis-moi, ordonne-t-il, son doigt si insistant que j'étouffe un cri de désir. Dis-moi pourquoi.

Je rougis, et j'en suis la première étonnée, car je ne suis absolument pas du genre à me laisser décontenancer.

— Je leur ai dit non.

Il recule légèrement, ses lèvres effleurant toujours ma colonne vertébrale.

— Tu vas me dire non, à moi aussi ?

— Jamais.

— Pourquoi ?

— Parce que je veux tout de toi, Devlin. Et je... tu ne sais pas qu'avec chaque homme, j'ai fantasmé que ce soit toi ?

— Dis-moi tout.

Je fronce les sourcils en secouant la tête.

— Raconte-moi un de tes fantasmes.

Je me mords la lèvre inférieure en pensant à l'un d'eux en particulier, une nuit à New York où Alex et Devlin Saint étaient tous deux présents dans mon esprit.

— Tu te souviens, quand je t'ai raconté la fois où tu étais à New York et que j'étais tellement en colère parce qu'un putain de milliardaire du nom de Devlin Saint s'était mis en tête de construire une fondation dans ma ville natale, juste à l'endroit qui symbolisait Alex et moi ?

— Comment pourrais-je l'oublier ?

Il m'aide à me relever, puis me conduit dans la chambre, refermant la bibliothèque amovible derrière nous. Je m'attends à ce qu'il se déshabille, mais il n'en fait rien. Il s'allonge simplement, adossé contre la tête de lit. Toujours tout habillé, il m'ordonne de m'avancer, puis me demande de le chevaucher. Je me retrouve à genoux au-dessus de lui. Les mains sur mes hanches, il fait aller et venir mon corps contre lui, tout doucement. Je tremble tandis qu'il continue à me parler avec désinvolture, comme s'il n'était pas conscient le moins du monde de l'effet qu'il produit sur moi.

— Tu es sortie cette nuit-là, dit-il. Tu voulais brûler ta colère et tes souvenirs en trouvant le premier crétin venu pour le baiser.

— J'ai choisi le mauvais type, dis-je, lâchant un gémissement lorsque son sexe dur comme la pierre se presse contre son pantalon et vient me taquiner le clitoris. Un chevalier blanc est venu à mon secours, ce soir-là.

— J'étais tellement furieux contre toi, s'exclame-t-il, grognant presque à ce souvenir. Furieux et frustré, parce que je voulais te jeter dans cette ruelle et te baiser moi-même. Mon Dieu, El, je voulais te plaquer contre le mur de cette ruelle et te baiser si fort que tes cris feraient trembler la ville. Je voulais t'emmener au bout du monde, te faire vraiment peur. Je voulais que ce soit *moi* qui combatte tes démons à tes côtés, et pourtant je ne pouvais rien te dire.

— Je n'aurais jamais cru que c'était toi dans cette ruelle, avoué-je. Pas consciemment, en tout cas. Mais je pense qu'au fond, je le savais, parce que j'avais ce fantasme. Je l'ai joué dans ma tête à de si nombreuses reprises après cette nuit, encore et encore, seule dans le noir.

— Raconte-moi.

Ses yeux sont dardés sur les miens, leur intensité assortie à la sensualité de sa voix.

Je pose les mains sur ses épaules, mes yeux dans les siens tandis que je me presse contre lui. Ses mains se dirigent vers mes seins, à présent, attisant mes tétons alors que j'essaie de parler malgré la montée de l'orgasme qui menace de me submerger comme un tsunami.

— Il m'a suivie jusqu'à la maison. Cet homme dans la ruelle. Il m'avait demandé de partir pour qu'il puisse s'occuper du type qui voulait me faire du mal.

Je tremble à ce souvenir, sachant pertinemment que j'aurais pu mourir ce soir-là. J'inspire et gémis lorsqu'il me pince un mamelon, mais je me force à continuer, d'une voix rauque et hésitante.

— Il... il s'est introduit dans l'appartement. L'inconnu qui m'a sauvée, je veux dire. Je ne sais pas comment. Mais dans mon fantasme, je me suis changée pour aller au lit, encore secouée, effrayée par ce qui s'était passé. J'étais nue et j'ai entendu un bruit derrière moi. Je me suis retournée. Et il était là. Juste là, derrière moi.

Je respire fort, maintenant, le souvenir du fantasme me revenant rapidement.

— Il s'est approché et je pouvais le sentir. C'était ton odeur – celle d'Alex. J'étais un peu perdue. Puis il m'a regardée dans les yeux et il m'a dit : « Si c'est du danger que tu veux »...

— Et ensuite ?

Il déboutonne son pantalon, tire sur la fermeture éclair. Je me lève et gémis en baissant les yeux pour constater qu'il a libéré sa verge. Elle est dure. Mon corps tout entier se contracte avec avidité. Je croise son regard et il acquiesce d'un signe de tête, un mouvement bref et rapide. Je suis tellement mouillée que mon corps n'émet pas la moindre résistance. Nous haletons de concert lorsque je m'abaisse, l'accueillant tout entier. Puis j'oscille lentement tandis qu'il caresse mon clitoris. Nous nous regardons fixement dans les yeux, le souffle court.

— Il m'a poussée contre le mur, dis-je en me remémorant les gestes de Devlin, ce soir-là. Il... il était en colère. Il m'a dit que j'aurais pu mourir.

Je déglutis.

— Et il a demandé si c'était le danger dont j'avais besoin.

— Tu lui as dit que c'était bien ça ?

— Oui.

Je prends une autre inspiration, puis je le regarde dans les yeux en le chevauchant.

— C'est ça. En tout cas, ça l'était. Le danger, je veux dire. J'en avais désespérément besoin, parce que je voulais me sentir en vie.

Je m'humecte les lèvres en pensant à toutes les fois où je me suis allongée nue sur ce même lit, en me touchant pendant que ce fantasme se déroulait comme un film dans ma tête.

— Et qu'a-t-il fait ? Cet inconnu bienveillant ?

Il porte une main à mon sein tandis que l'autre attise toujours mon clitoris.

— Vas-y, insiste-t-il. Dis-le-moi.

— Comme si je pouvais parler, grommelé-je dans un souffle. Je peux à peine penser.

— Dis-le-moi.

Cette fois, ce n'est pas une requête. C'est un ordre, et mon corps se comprime autour de lui en réaction à son timbre autoritaire.

— Il... il me l'a donné, avoué-je en fermant les yeux alors que le souvenir continue sa course. Le danger, je veux dire. C'était brutal, bestial, violent.

À chaque mot, je me balance contre lui, les yeux clos. Je laisse le souvenir de cette nuit déferler à nouveau sur moi.

— Je savais que ce n'était pas réel, que ce n'était qu'un fantasme, mais je m'y suis quand même perdue.

Les mains de Devlin m'agrippent les hanches, m'aidant à le chevaucher. Il est vigoureux et impénitent.

— Vas-y. Dis-moi le reste.

— J'étais sur lui, comme ça, mais il nous a fait basculer et sa main s'est refermée autour de ma gorge. Il était en moi, il me pilonnait, je ne pouvais plus respirer, j'étais prise au piège.

Je sens mon pouls s'accélérer, à la fois de peur et d'excitation, alors que le souvenir me submerge.

— Ce n'était pas réel, et en même temps, ça l'était. J'ai joui si fort que j'ai cru que j'allais exploser sur place.

Je déglutis, puis j'ouvre les yeux.

— Il m'a regardée exactement comme tu me regardes maintenant. Et il a chuchoté : « Il n'y a pas de plaisir sans douleur. »

— Il avait raison.

Je pince les lèvres.

— Oui. Ensuite, il m'a dit...

J'inspire, surprise par la force de mes battements cardiaques.

— Il m'a dit que si je voulais ça, si j'en avais besoin, je pouvais toujours venir le voir.

— Et tu l'as fait ? demande-t-il, comme si nous parlions d'un homme réel et non du fruit de mon imagination.

— Non, dis-je à voix basse, soutenant résolument son regard. J'ai dit que je ne voulais pas de lui. Que je ne voulais que toi.

Pendant un moment, il ne bouge pas. Bon sang, il ne respire même pas. Puis il lève une main et effleure ma joue. C'est seulement à ce moment que je réalise que j'ai pleuré.

— Je savais, Devlin. Pas consciemment, mais d'une certaine manière, au fond de moi, je savais que mon sauveur dans cette ruelle, c'était toi. Et je t'ai ramené ici. Dans mon esprit.

Il essuie une larme.

— Pourtant, ce n'était pas comme ça entre nous.

Notre unique nuit ensemble avait été douce. Merveilleuse, certes, mais tendre. Alors, je comprends ce qu'il veut dire. Ce passage de la douceur à la brutalité. De la tendresse à la punition.

— Non. Mais il n'aurait pas pu en être autrement.

Il me dévisage et je sais qu'il comprend. Il a été témoin de mon jeu avec le danger, de la façon dont je repoussais les limites pour l'excitation de survivre, de faire un doigt d'honneur à ce destin qui m'avait arraché tous les êtres chers à mon cœur. Il ne m'a pas encore attrapée, ce destin. Cette pensée provoque toujours une bouffée d'adrénaline puissamment addictive. Même maintenant qu'Alex est de retour dans ma vie en tant que Devlin, ramené de ce néant où le destin l'avait jeté, je peux encore goûter au frisson. Je ne vais plus aussi loin qu'avant, quand ma conduite aurait pu me faire tomber du haut d'une falaise. Je suis prudente maintenant, grâce à lui. Parce que je ne peux pas supporter l'idée de quitter la route et de le perdre à jamais. Mais ai-je toujours envie de cette déferlante ?

Oui, j'en ai même besoin. Alors, je me lance.

Il me regarde toujours et je sais parfaitement qu'il a remarqué ce besoin en moi. Le contraire m'aurait étonnée. Devlin a toujours su voir clairement dans mon jeu. Avant même que je comprenne ce qui se passe, il bascule en avant, me plaquant sur le dos, sous son corps, son membre toujours enfoui en moi.

— Que...

Mais je n'arrive pas à poser ma question, parce que sa main est sur ma gorge et ses yeux impitoyables sont rivés aux miens. Avec n'importe quel autre homme, je n'aurais jamais accepté, mais avec Devlin, c'est différent. Je lui fais entièrement confiance. Je sais qu'il comprend mes limites, et qu'il ne jouerait jamais à ce jeu s'il n'en connaissait pas les règles.

— Oui, murmuré-je.

Puis je ferme les yeux, lui cédant tout le contrôle. Son sexe s'enfonce profondément et tout mon corps tremble. Je suis en proie à une euphorie sauvage qui projette mille couleurs vives sur l'orgasme croissant, m'emplissant de sensations aiguës.

Je le sens en moi. J'entends ses gémissements mêlés à ses murmures, qui m'invitent à le suivre. Mais je ne suis plus moi-même, à ce stade, je ne suis que sensations et expériences, passion et douleur, je suis à cet endroit précis que nous essayons tous d'atteindre sans jamais vraiment y parvenir. Alors que je me disloque, que j'explose entre ses bras, je n'ai qu'une certitude, celle d'avoir atteint les étoiles.

Enfin, il se retire et je prends une profonde inspiration, me blottissant contre lui, dans son étreinte.

— Je t'aime, chuchote-t-il.

Ces mots me procurent encore plus de plaisir que l'orgasme et m'emplissent à nouveau.

— Je sais. Je t'aime, moi aussi.

Je ne sais pas vraiment comment il a fait, mais sans que je m'en rende compte, nous avons changé de position. Nous sommes tous les deux sur le côté, à présent, en cuillères. Il est derrière moi et sa main entre mes cuisses me caresse déli-catement.

— Continue et on va devoir remettre ça.

— Je n'y verrais aucun inconvénient, répond-il avant de marquer une pause. Ça t'a plu, reprend-il.

Sa main vagabonde toujours entre mes cuisses, comme si mon sexe détrempé en était la preuve flagrante.

— Mon Dieu, oui !

— Dis-moi pourquoi.

— Tu sais très bien pourquoi. Je suis passé du flirt avec le danger au flirt avec toi.

— Si ça, c'était du flirt, dit-il en ricanant, je suis curieux de savoir ce que tu qualifies de sexuel.

Je suis bien obligée de rire à mon tour.

— C'est vrai.

— Mais tu n'as pas répondu à ma question.

— Tu sais pourquoi. Parce que je flirte avec le danger.

— C'est plus que ça.

Sa franchise affichée me pousse à me retourner dans ses bras pour le regarder.

— Douleur, plaisir, continue-t-il. Tout cela est intimement lié.

Je hoche la tête, touchée de près par ses paroles.

— Tu es plus vulnérable quand tu éprouves de la douleur ou de la joie. Mais la joie peut t'être arrachée et la douleur peut dépasser les limites de la sécurité. La confiance, par contre... La confiance, c'est la chose la plus intime de toutes.

— Oui, dis-je, les larmes aux yeux. Je te fais entièrement confiance. Je sais que tu prendras toujours soin de moi. Et, Devlin, ajouté-je en tendant la main pour lui caresser la joue. Je prendrai toujours soin de toi, moi aussi.

❦   8   ❦

Devlin s'assoupit légèrement sans réussir à sombrer dans un sommeil réparateur. Lorsqu'il décida enfin d'abandonner et de s'extirper du lit à trois heures du matin, les mots d'Ellie résonnaient encore dans sa tête. *Je prendrai toujours soin de toi, moi aussi.*

C'était plus vrai qu'elle ne le pensait. Elle avait toujours pris soin de lui, elle avait toujours été la boussole qui l'orientait vers le nord. Sa version du nord, en tout cas. Ellie et lui étaient différents sur les détails, bien sûr, mais ils n'avaient jamais flanché dans la vérité de ce qu'ils voyaient l'un chez l'autre.

La seule vraie question, c'était de savoir comment il avait survécu si longtemps sans El dans sa vie.

Et la seule vraie réponse, c'était qu'il n'avait pas vécu. Pas vraiment, du moins. Comment aurait-il pu être en vie pendant toutes ces années, avec un morceau du cœur en moins ?

Il enfila un pantalon de pyjama, puis s'arrêta à côté du lit pour la contempler. Cette femme qui avait attiré son attention dès le premier instant où il l'avait vue. Et pourquoi ? C'était une question qu'il se posait sans cesse depuis des années. Ce n'était pas comme si sa beauté l'avait immédiatement conquis. Elle était jolie, certes, mais Ellie n'avait jamais eu cette allure de mannequin qui aurait fait tourner la tête de n'importe quel garçon de dix-huit ans.

Au contraire, à seize ans, elle était un peu gauche, comme si elle n'était pas encore très à l'aise dans son nouveau corps de femme. Il y avait aussi une certaine timidité chez elle, et ce n'était pas quelque chose qui l'attirait en temps normal, pas même à l'époque. Pourtant, elle l'avait séduit, et avec une telle force et une telle puissance qu'il en avait la tête qui tournait.

Il avait produit le même effet sur elle, il le savait. Mais pourquoi ?

Il n'avait jamais trouvé la réponse, et peut-être était-ce sans importance. Mais ce dont il avait l'intime conviction, c'était qu'ils formaient les deux moitiés d'un tout. La preuve que les âmes sœurs existaient bel et bien. Voilà pourquoi, bien sûr, il ne se sentait vraiment vivant qu'avec elle.

Il se pencha et ramena le drap fin sur son épaule nue. Elle souriait dans son sommeil et il sentit son cœur se serrer. Elle était comblée. Malgré tout ce qui s'était passé la nuit dernière, et les nombreuses ramifications que cette fuite dans la presse avait entraînées, elle dormait paisiblement, certaine que, quoi qu'il advienne, tout irait bien pour eux en fin de compte.

Il sourit, car il y croyait, lui aussi. Il regrettait seulement de devoir escalader des rochers et enjamber des fils de fer barbelés pour atteindre ce glorieux but, « aller bien ».

Il s'étira et bâilla, décrétant qu'un café était à l'ordre du jour. Repoussant la bibliothèque, il ouvrit la chambre, puis se dirigea vers la petite cuisine avant de se figer en découvrant une silhouette sur le canapé.

La terreur ne dura qu'une fraction de seconde, un éclair de frustration parce qu'il n'avait pas d'arme sur lui, puis son corps se détendit et il insulta son ami :

— Putain, Ronan ! Ça t'arrive de frapper ?

Ronan le fixait de ses yeux bleus intenses, ses cheveux dorés brillant sous la faible lueur de la lampe. Un jour, Ellie avait dit à Devlin que Ronan ressemblait à un dieu nordique, et en cet instant, cette comparaison lui semblait pertinente. Un dieu amusé, apparemment, car la bouche de Ronan esquissait un sourire presque moqueur.

— Oui, eh bien, j'ai essayé, mon pote. J'ai appuyé sur la sonnette et je t'ai appelé sur ton téléphone. Je ne serais pas entré par effraction, mais vu les circonstances, j'ai pensé qu'une vérification s'imposait.

À présent, sa bouche frémissait franchement.

— J'ai failli faire irruption dans la chambre, aussi, jusqu'à ce que je réalise que ce n'étaient pas des cris de torture. Ou alors, une délicieuse torture...

— Espèce de con, grommela Devlin. Si tu avais un peu de jugeote, je te conseillerais de ne pas le dire à Ellie. Elle te ferait frire les couilles pour le petit-déjeuner.

En toute honnêteté, il pensait surtout qu'El serait très excitée de savoir qu'on l'avait écoutée. Mais Ronan n'était pas obligé de le savoir.

— Du nouveau sur les infos qui ont fuité ? demanda-t-il, changeant de sujet avant de se rendre dans la cuisine pour mettre une dosette dans la cafetière.

Ils n'avaient pas parlé depuis le fiasco, pourtant ce n'était pas vraiment une question. Il connaissait son équipe, et il connaissait surtout son ami. Ronan était forcément passé à l'action sans tarder.

— On analyse les vidéos pour identifier les journalistes qui ont eu vent de l'affaire dès le début, ceux qui ont posé des questions sur le tapis rouge. Plus d'une douzaine t'ont interrogé à ce sujet, et pour l'instant, on a déjà réussi à en retrouver cinq. On devrait parler aux autres aujourd'hui. La plupart n'ont pas répondu à nos appels ni à nos messages la nuit dernière.

— Et ?

— Apparemment, ça provient d'un compte Gmail anonyme : NYCnewsFairy@gmail.com.

— Je vois. Et personne n'a essayé de recouper ses sources avant de se jeter à l'eau ?

Ronan se renfrogna.

— Le seul gars à qui j'ai parlé m'a dit qu'il était prêt à prendre le risque et à faire confiance à ce message. Il avait intérêt à se lancer en premier. Il s'est dit qu'en te posant la question, selon ta réaction, il aurait la confirmation qu'il attendait. Si tu tressaillais, alors c'était vrai, mais si tu avais l'air de ne pas comprendre, il lui suffirait de s'expliquer, de dire d'où provenait l'info pour qu'une enquête publique soit menée.

Il haussa les épaules.

— Après tout, ce n'était pas comme s'ils risquaient une plainte pour diffamation. Ils ne faisaient que te lancer des questions, tu vois ?

— Pour la plupart, concéda Devlin. Quant à la diffamation, peut-être, peut-être pas. Comme je n'ai aucune envie que la lumière soit faite sur cette allégation, c'est un point discutable.

— Ils doivent bien le savoir.

— J'imagine, répondit Devlin, tendant la première tasse de café à Ronan avant d'en faire une seconde. Tu es venu au milieu de la nuit pour me dire ça ?

— Et pour te faire savoir que je t'ai collé une équipe de protection. Charlie et Grace. Ils surveillent l'immeuble en ce moment même.

Devlin hocha la tête. Sa fierté voulait protester, mais au fond, il était d'accord. C'était nécessaire. Tout ce qui pouvait aider à créer un bouclier autour d'Ellie, il le validait.

— Dis-leur que la priorité, c'est elle, pas moi, dit Devlin, sachant que Ronan comprendrait qu'il parlait d'Ellie.

Son ami fronça les sourcils.

— Je suis sérieux. Leur premier instinct sera de protéger leur patron. Le personnage public qui est censé être l'objectif de leur mission. Alors, je modifie officiellement cet objectif.

— Dev...

— Je sais que tu ne comprends pas.

Il ignorait pourquoi Ronan avait toujours cherché à préserver son cœur pendant toutes ces années, mais son ami avait toujours fait preuve de retenue et de froideur, maîtrisant ses émotions et évacuant toute frustration sexuelle refoulée avec des call-girls, des rencontres d'un soir sur Tinder et le genre de clubs qui ne s'annonçaient pas et exigeaient une carte de membre.

— Tu vas devoir me croire sur parole, poursuivit-il d'une voix éraillée. Je ne peux pas la perdre, Ronan. Je l'ai toujours su. Mais quand elle est tombée de cette falaise et qu'elle a failli...

Il ne pouvait même pas se résoudre à prononcer le mot, alors il se contenta de dire :

— Je ne peux pas la perdre.

— Je comprends, dit doucement Ronan. Et je t'envie un peu.

Devlin attendit que son ami développe. C'était la première fois qu'il faisait allusion à une quelconque vie sentimentale.

Mais Ronan se contenta de conclure :

— Ils vont la protéger, ne t'inquiète pas. Ils vous protége-ront tous les deux.

🦋   9   🦋

Un rayon de soleil provenant de la fenêtre orientée à l'est me réveille et j'ouvre les yeux sur un nouveau jour. Un jour meilleur, je l'espère, même si je n'ai pas à me plaindre de la nuit que je viens de passer dans les bras de Devlin. Il m'a délicieusement utilisée, et maintenant, mon corps est raide et endolori. J'adore ça. Bien sûr, le sexe était incroyable, naturellement, mais je sais surtout qu'il en avait besoin. Besoin de *moi*.

Et moi, j'avais besoin de lui, aussi. De l'intensité, de la passion.

Par-dessus tout, j'avais besoin d'entendre sa promesse. Pas de secrets, plus jamais.

Et j'avais besoin de l'entendre dire la vérité que je connaissais déjà : il est resté caché toutes ces années pour une bonne raison, et maintenant, il est encerclé par les loups. Il m'a dit que l'on chercherait à le blesser, à le punir.

La meilleure façon de punir Devlin, c'est de me faire du mal.

Je me redresse lentement, laissant cette désagréable réalité s'imprimer dans ma tête. Il y a un an, cela m'aurait revigorée, allumant un feu en moi, le brasier de la passion, une envie irrépressible.

Le désir ardent de sortir et d'affronter les fils de pute qui oseraient s'en prendre à moi. Je serais allée au combat avec l'intention de gagner. Et, bon sang, je le ferais encore si nécessaire. C'est facile de se battre quand on ne craint pas l'issue. Quand ai-je jamais eu peur de la mort ? Au contraire, je l'ai toujours accueillie. Je l'attendais presque.

La mort était comme une vieille amie qui ouvrait une porte fermée et me conviait à la fête.

Plus maintenant.

Maintenant, il y a la peur. Pas celle de la mort – après tant d'années de survie dans un nihilisme absolu, j'ai banni cette crainte. Non, ma peur, c'est de ne pas être en vie. De ne pas être *ici*.

Ma peur, c'est de ne pas être avec Devlin.

La mort n'est pas à redouter pour ce qu'elle est. Si la mort est à redouter, c'est à cause de ce qu'elle peut faire – m'enlever l'homme que j'aime. Ou me prendre à l'homme que j'aime.

Ils vont essayer. Ils doivent déjà être en route en ce moment même.

Les mots résonnent dans ma tête comme le mantra d'un shérif du Texas avertissant son adjoint, dans l'un des vieux westerns que mon père aimait regarder après une longue journée de travail.

Je me lève et m'ébroue comme un chien qui se débarrasse de ses puces. À la place, ce sont les idées noires que j'essaie de chasser.

Je jette un coup d'œil à Devlin, toujours endormi, le visage détourné de la fenêtre et du rayon de lumière qui m'a réveillée. Il porte un pantalon de pyjama et je fronce les sourcils en me demandant quand il s'est levé pendant la nuit.

Aucune importance. Je vais fermer les stores, puis je me faufile sans un bruit dans la salle de bain.

Je me rafraîchis, m'aspergeant le visage d'eau froide avant d'essuyer la trace de mascara sous mes yeux. Puis j'enfile la robe de chambre courte en soie que je garde toujours suspendue derrière la porte et je sors discrètement, prenant soin de ne pas réveiller Devlin en quittant la chambre pour me diriger vers la pièce principale.

Dès que j'ai dépassé le mur de la bibliothèque, je me retourne en réalisant, perplexe, qu'elle était déjà ouverte. Pourtant, je suis sûre que Devlin l'a complètement fermée la nuit dernière, nous enfermant dans la bulle de passion qui nous enveloppait tous les deux.

Au début, je pense qu'il a dû se lever pour aller manger un morceau, mais la bibliothèque et le pyjama ne sont pas les seuls éléments étranges. Il y a une couverture sur le canapé, soigneusement pliée, ainsi que l'oreiller habituellement rangé dans le coffre qui me sert de table basse, au cas où un rare invité aurait besoin de dormir dans le salon.

— C'est quoi tout ça ? marmonné-je avant de sursauter lorsque les murs semblent me répondre.

— Ronan.

Je me retourne pour voir Devlin, debout derrière moi.

— Ronan ?

— Il a débarqué la nuit dernière.

— Je ne l'ai pas entendu frapper.

— Parce qu'il ne l'a pas fait.

Je croise les bras sur ma poitrine.

— Ça m'étonne, Saint. L'appartement de ta petite amie est censé être une vraie forteresse, mais n'importe qui peut s'y introduire ?

Ronan Thorne, bien sûr, n'est *pas* n'importe qui. Ce type a des compétences de dingue, et nous le savons tous les deux. Mais quand même...

— Il a ton code de sécurité, dit Devlin.

Pour le coup, je suis surprise.

— Il *quoi* ? Le code de ma porte ?

Tous les logements de l'immeuble ont des serrures avec pavé numérique à deux codes. L'un attribué au service de sécurité, et l'autre choisi par le locataire.

— Pourquoi ?

—Je le lui ai donné, il y a des années, me dit Devlin. Ronan passe plus de temps à Manhattan que moi, et je voulais qu'il puisse te rejoindre si tu avais des problèmes.

—Je... oh.

Je secoue la tête, laissant mes pensées vagabonder. Il n'y a pas si longtemps, cette révélation m'aurait agacée. Aujourd'hui, je ne suis pas franchement étonnée. Au contraire, j'aime savoir qu'il a fait des efforts et qu'il a dépensé sans compter pour me surveiller et me protéger, pendant le temps où nous étions séparés.

Bien sûr, je me garde de le lui dire. Je le rejoins et lui assene une tape sur la poitrine, constatant avec délice qu'il est torse nu.

—Je n'ai pas eu de problèmes hier soir, commenté-je. D'accord, j'étais captive, peut-être. Mais pas en difficulté.

— Captive ? Ça me plaît.

En guise de démonstration, sa main se referme sur mon poignet et m'attire, puis il replie mon bras dans mon dos et je fonds contre lui. Je ne porte rien d'autre que la robe de chambre en soie et je le sens durcir dans son pyjama de flanelle. Mon pouls s'accélère immédiatement, comme si je n'étais rien de plus qu'un jouet dont on vient de remonter le mécanisme et dont Devlin Saint serait la clé.

Mais je suis toujours curieuse de savoir pourquoi Ronan était ici. Je recule avec l'intention de l'interroger. Évidemment, il ne me laisse pas faire. Au contraire, ma tentative l'a rendu plus dur encore.

Je me trémousse contre lui, le souffle court, avant de décréter que je me fiche éperdument de Ronan.

— Tu n'as pas eu ta dose hier soir ?

—Jamais.

Il y a une ardeur toute nouvelle dans sa voix. Une chaleur et une brutalité que je n'avais encore jamais perçues auparavant.

— Devlin...

Il m'attire tout contre lui et j'étouffe un cri, en proie à un élan de désir que stimule sa passion vibrante.

— Je n'aime pas qu'on m'enlève ce que je veux.

Sa main libre, celle qui ne retient pas mon bras dans mon dos, vient se glisser entre mes cuisses. Je suis déjà mouillée, mon corps en feu pour lui, et je gémis lorsque ses doigts s'enfoncent en moi.

— Je préfère de loin prendre ce que je désire.

Il resserre sa poigne, la pression me faisant mal à l'épaule.

Me mordant la lèvre, je me force à lui dire :

— Qu'est-ce que tu veux ?

— À ton avis ?

— Alors, prends-le.

Dieu merci, il s'exécute.

Nous sommes insatiables, tous les deux. Nos mains, nos bouches et nos doigts. Tout et n'importe quoi. Je suis encore endolorie après la journée d'hier, véritable marathon sexuel, aussi intense qu'incroyable. Et pourtant, j'en veux toujours plus. Je sais que Devlin ressent exactement la même chose.

Cela va au-delà de la chaleur que nous avons toujours provoquée l'un avec l'autre. Cette fois, c'est un combat, une bataille. Le monde a déclaré la guerre à Devlin Saint, et à nous deux, nous susciterons en lui une véritable réaction nucléaire capable de faire disparaître ces salopards. Peut-être pas de la surface de la Terre, mais au moins de son esprit.

C'est pour la force que nous baisons, pour nous battre et pour oublier. Mais en fin de compte, cela n'a aucune espèce d'importance. Je ne me rappelle pas un seul instant où je n'ai pas voulu de Devlin, et quand il empoigne mes cheveux, quand ses baisers font couler le sang, quand il me prend contre le mur jusqu'à ce que je ne sois plus retenue que par ses bras, poupée de chiffon alanguie qu'il manipule pour son plaisir, je sais que je me soumettrai toujours – *toujours* – à ses besoins, aussi sombres soient-ils.

J'en ai besoin, moi aussi, après tout.

Lorsque nous sommes enfin épuisés, nous glissons le long du mur, nous raccrochant l'un à l'autre sur le sol ferme. J'adorais le parquet quand j'ai emménagé, mais en cet instant, je n'aurais pas refusé de la moquette ou un bon tapis moelleux.

— Je t'aime, me dit-il en écartant une mèche de cheveux de mon œil pour la passer derrière mon oreille.

— Tu crois que je ne le sais pas ?

Il sourit, posant sur moi ses yeux d'un brun sablonneux.

— Ça me plaît de te le dire, c'est tout.

— Tant mieux, dis-je en laissant mon regard dériver sur ce corps incroyable. Parce que j'aime l'entendre.

Après quelques minutes, son sourire lascif se change en un rictus.

— Tu me reluques ou je rêve ?

— Disons que tu es très agréable à regarder.

Franchement, c'est un euphémisme.

— Mais encore ?

Je fais la grimace. Sérieusement, cet homme a le pouvoir de lire dans mes pensées.

— Je te vois mieux que quiconque, tu sais, lui dis-je.

— Je le sais.

Je tends la main pour passer mes doigts sur sa peau nue, effleurant les lignes de son corps alors qu'il est allongé sur le côté.

— Je vois même ce que Packard et ce serpent de Livingston ne voient pas.

Il fait mine de baisser les yeux vers son sexe.

— Pour le coup, c'est vrai.

Bien sûr, je feins d'être agacée, même si son sens de l'humour m'amuse.

— Je vois combien tu es fort, combien tu peux encaisser. Et je vois combien tu mérites d'être reconnu. Pour ça, ajouté-je en appuyant ma main sur son cœur. Parce que tu es un homme bon, avec un bon cœur.

Je commence à retirer ma main, mais il y pose la sienne, me retenant immobile.

— Merci, dit-il, ses mots plus doux qu'un murmure résonnant en moi.

— Tu aurais dû te battre. Ce prix te revient de droit.

— Non. On aurait pris ça pour une crise de colère. Mais j'aurai mon mot à dire plus tard.

Il pince les lèvres d'un air un peu suffisant.

— C'est une danse, El, une danse dont j'ai appris les pas pendant des années.

— Quoi donc ?

— La vie de personnage public.

Je fronce les sourcils.

— Je ne suis pas sûre que ce mode de vie m'intéresse, tu sais.

Il penche la tête et me dévisage.

— Vraiment ?

Je passe la langue sur mes lèvres en comprenant ce qu'il demande.

— Dans l'absolu, non. Mais tu fais pencher la balance, Saint.

Ses yeux se braquent sur les miens.

— Ah bon ? Et comment ça ?

— Ne fais pas semblant de ne pas me comprendre. Tu sais très bien que je traverserais les flammes de l'enfer pour toi. Et au cas où tu l'ignorerais, les yeux du monde entier, c'est ma vision de l'enfer.

J'essaie de hausser les épaules malgré ma position.

— Que veux-tu que je te dise ? Avec toi, même l'enfer ressemble à un paradis.

— J'aime entendre ça. Même si c'est vraiment ringard comme flatterie.

Nous rions ensemble. C'est un agréable moment de répit avant qu'il ne retrouve son sérieux.

— En fait, j'ai toujours su qu'on pourrait en arriver là. Je m'attendais seulement à ce que nous ayons encore quelques années devant nous.

— C'est pour ça que Ronan était là ? Il cherche d'où proviennent les fuites dans la presse ?

Devlin acquiesce et me résume leur conversation. Je fronce les sourcils en réfléchissant.

— Alors, il espère que même si la fuite provient d'un compte Gmail intraçable, l'un des journalistes aura un indice sur l'expéditeur ?

— C'est à peu près ça. Il va jouer au détective pendant quelques jours. En attendant, il nous assigne une équipe de sécurité.

— Je crois que cette enquête est une vraie chasse au dahu, tu sais. J'espère me tromper, bien sûr. En tout cas, la sécurité est une excellente idée, et sur ce point, je suis sûre d'avoir raison.

— Je suis d'accord sur tous les points. Et je suis désolé.

— Pourquoi ? demandé-je, les sourcils froncés.

— Les projecteurs seront braqués sur toi aussi. Sauf si tu me quittes. Et je ne te laisserai pas me quitter.

— Vraiment ? Ça tombe bien, je n'en avais pas l'intention.

Avec un soupir, j'ajoute :

— Comme je l'ai dit, tu fais pencher la balance, Saint. Comme toujours.

Je suis reconnaissante à Roger d'avoir garni mes placards, mais pas au point de le rappeler lorsque mon téléphone vibre alors que j'attends que mon café coule, après une douche rapide avec Devlin. S'il avait appelé hier avant le fiasco, je me serais empressée de décrocher. Maintenant, je ne suis pas prête à faire face aux inévitables questions sur la véritable identité de Devlin.

Il doit supposer, à juste titre, que je suis au courant pour le Loup depuis un moment. Il s'inquiète pour moi en tant qu'ami, et même pour ma sécurité quand on pense aux ennemis qui vont sans doute commencer à sortir du bois.

Mais il ne m'appelle pas uniquement parce qu'il se fait du souci. Il est aussi question de travail. Après tout, je devais rédiger un profil sur Saint et sa fondation. Ce détail a son importance. En le laissant de côté, je témoigne de mon parti pris, et ce n'est pas quelque chose que Roger verra d'un bon œil. Son patron, l'éditeur Franklin Coates, sera encore moins content de moi.

Alors, oui. J'esquive son coup de fil. Jetez-moi la première pierre.

Je laisse l'appel rejoindre la messagerie vocale pendant que je récupère mon café. Ce n'est qu'à ce moment-là que je remarque deux autres appels en absence – Brandy et Lamar.

Tous deux connaissent la vérité sur le père de Devlin depuis un moment. Ils m'ont laissé des messages. Celui de Brandy est court et attentionné : « Je voulais juste te faire un câlin virtuel. Appelle-moi si tu as besoin. Et fais aussi un câlin à Devlin de ma part. »

Le message de Lamar est du même ordre. Je souris quand il précise que Devlin ne méritait pas d'être démasqué de cette façon. Il sort avec Tracy Wheeler, la stagiaire de Devlin, une jeune femme que j'apprécie de plus en plus. Elle prend la parole une seconde au cours du message pour ajouter que le comité a mal agi et que Devlin méritait d'autant plus le prix qu'il avait surmonté tous ces obstacles.

Leurs messages me remontent le moral, mais surtout celui de Lamar. Il s'est converti tardivement à la Team Devlin, alors la sincérité dans sa voix me fait l'effet d'une étreinte chaleureuse.

Après avoir préparé deux tasses, je retourne dans la chambre. Je suis sortie de la douche avant Devlin, et à présent, je dépose nos deux cafés sur la commode avant de quitter ma robe de chambre. Je suis penchée en avant pour sortir un jean du tiroir du bas quand j'entends Devlin derrière moi.

—Jolie vue, commente-t-il. On devrait peut-être rester pour le petit-déjeuner.

— On ne peut pas. Tu m'as épuisée. Je n'ai même pas l'énergie de cuisiner.

Je suis nue, et maintenant je me retourne, offrant à sa vue le reste de mon corps. J'apprécie tout autant de le voir avec une serviette autour des hanches.

— En plus, ajouté-je, je crois que tu as eu ton compte cette nuit.

Il hausse les sourcils.

— Oh, vraiment ? Tu crois ?

—Je ne me lasserai jamais de toi, précisé-je en m'approchant. Mais si on ne s'arrête pas pour faire des pauses de temps en temps, on perd l'excitation de l'attente, c'est dommage.

— Je n'aurais jamais dû te dire que l'attente m'excitait, répond-il en riant.

— C'est absurde, dis-je, déposant un baiser sur ses lèvres. Tu es censé tout me dire. En parlant de ça, Brandy et Lamar ont appelé. Ils trouvent tous les deux que tu as subi une injustice. Même Tracy a ajouté son grain de sel.

Je lui fais un résumé de leurs messages.

— Cette fille sera précieuse où qu'elle aille après la fac, dit-il.

Je suis tout à fait d'accord.

— Tamra m'a envoyé un texto, ajoute-t-il.

Tamra Danvers est l'attachée de presse de la fondation. Elle était amie avec sa mère et a joué le rôle d'ange gardien auprès de Devlin, veillant sur lui pendant des années.

— Que pense-t-elle des infos qui ont fuité ?

Il fait la grimace et j'entends la chaleur dans sa voix quand il dit :

— Elle cherche un moyen de bricoler une histoire officielle. Que veux-tu qu'elle fasse d'autre ? La personne qui a divulgué ça a lâché une vraie bombe. Maintenant, il faut faire face aux éclats d'obus.

— Devlin...

Mais bientôt, ma voix s'éteint d'elle-même.

Il secoue la tête.

— Ça va aller. C'est personnel, mais c'est aussi du business. Je me sens bien.

J'acquiesce. C'est la vérité. Il va bien. Certes, il est en colère, mais cet homme est passé maître dans l'art de compartimenter les domaines de sa vie, et ce depuis son plus jeune âge. Il a vécu une double vie pendant environ la moitié de son existence. Peut-être que « bien » n'est pas le terme le plus exact, mais il convient. Et pour l'heure, c'est suffisant.

Je lui prends la main et lui dis avec un sourire charmeur :

— Tu te sens bien et tu sens bon. Allez, habille-toi. Je te paie le petit-déjeuner.

— C'est parfait. Pendant une minute, j'ai cru que tu allais cuisiner.

Je lui assene une petite gifle enjouée, puis je détale avant qu'il ne puisse me rendre la pareille. Je m'habille en dansant, me trémoussant plus que nécessaire alors que je remonte mon jean.

Une fois que nous sommes tous les deux habillés, il m'attire à lui et m'embrasse avec fougue.

— Merci, dit-il.

Je penche la tête.

— On peut savoir pourquoi ?

— Pour hier. Pour avoir tourné à notre avantage une soirée aussi lamentable.

Mon sourire est un peu triste alors que j'effleure ses lèvres.

— Saint, tout le plaisir était pour moi.

Je m'écarte en faisant mine de le toiser du regard. Il porte un jean et un t-shirt gris. On dirait un dieu de la mythologie.

— Casquette de baseball, décrété-je. Tu es trop beau et trop reconnaissable. Il vaut mieux éviter de rameuter la presse.

— Je n'en ai pas apporté.

En réponse, je fouille dans mon armoire, y déniche une casquette souvenir que j'ai achetée lorsque Roger m'a emmenée à un match des Yankees, et la lui lance.

— Et maintenant, nourris ta femme, déclaré-je. Sinon, je n'aurai pas l'énergie nécessaire pour continuer à améliorer ton humeur.

— N'en dis pas plus, c'est comme si c'était fait.

Mon restaurant préféré est juste au coin de la rue, mais c'est un magnifique samedi d'automne et nous choisissons d'emporter nos bagels et notre café au parc.

— Personne ne nous remarquera, c'est certain. Les chasseurs de scoop d'hier soir, au théâtre, n'imagineront jamais te trouver en balade à Morningside Park.

— Nous serons en sécurité. N'oublie pas qu'on nous surveille.

Je fronce les sourcils à ces mots.

— Vraiment ?

En effet, Devlin m'a dit que Ronan nous avait assigné une équipe de sécurité.

— Je ne vois personne.

— C'est parce que mes employés sont doués pour leur travail, répond-il en riant.

Je souris.

— Tu as raison.

— De toute façon, même sans sécurité, il suffirait que ces chasseurs de scoop dégainent leurs appareils photo pour que...

— Quoi ? demandé-je alors qu'il laisse sa phrase en suspens.

Il hausse une épaule, le sourire aux lèvres.

— Pour qu'ils soient reçus à ma manière.

Comme j'ai les bras chargés, je résiste à l'envie de lui taper dans la main. À la place, je lui donne un coup de hanche.

— J'aime ta façon de penser.

— Viens, dit-il en désignant un banc près d'une petite aire de jeu pour les enfants.

Je m'y installe, puis j'utilise l'espace entre nous en guise de table et pivote sur le banc pour lui faire face.

— Tu as toujours su que ça arriverait un jour, n'est-ce pas ? demandé-je en déballant mon bagel et mon fromage fouetté.

— Ce n'était pas une certitude. Mais je ne suis pas surpris.

— Le bon côté des choses, c'est que tu ne vis plus dans la clandestinité.

Il acquiesce lentement en plissant les paupières.

— Mais...

— Le *mais* est évident. Quelqu'un t'a exposé en pleine lumière. Quelqu'un a averti la presse.

— Oui, mais qui ?

— C'est la question du jour ! Ce que Ronan essaie de savoir en ce moment même.

Hier soir, nous avons évité de parler de celui ou celle qui a mis le feu aux poudres, mais maintenant, je suis prête à commencer à chercher des réponses. Il ne m'a pas attendue, bien sûr, et d'après ce qu'il m'a dit tout à l'heure, Ronan s'est déjà lancé dans l'enquête.

— Qui voudrais-tu que ce soit à part Blackstone ?

Plus âgé que Devlin d'une dizaine d'années, Joseph Blackstone a grandi sur le domaine du Loup, lui aussi. Maintenant, il a sa propre entreprise criminelle, qu'il dirige depuis la région de Chicago. C'est un sale type, mais il est brillant, parce qu'il a toujours réussi à échapper aux poursuites. Il s'est retrouvé sur le radar de Devlin lorsqu'une enquête au sujet des failles de sécurité à la fondation a conduit au réseau de Blackstone.

Ajoutez à cela le fait que Blackstone et cette garce d'Anna étaient tour à tour amis, amants et peut-être même ennemis à différents moments... Difficile d'en avoir le cœur net, puisqu'elle est morte, maintenant. Je ne la pleurerai pas. Elle connaissait Blackstone depuis leurs années communes, chez le Loup. Plus récemment, elle a fait appel à lui pour tenter de me tuer. Apparemment, à ses yeux, j'avais volé ce qui était censé lui revenir de droit, Devlin.

Conclusion ? Même si nous ne pouvons pas encore en être certains, tout indique que Blackstone n'est pas du côté des gentils innocents dans cette affaire.

J'essuie le fromage frais au coin de ma bouche tout en regardant le parc. Une maman en jeans pousse un petit garçon aux boucles rebondies sur une balançoire. Plus loin, un joggeur vêtu de rouge ralentit sur le chemin en passant devant l'aire de jeux, puis accélère à nouveau.

Je prends une autre bouchée, avale et reporte mon attention sur Devlin.

— J'imagine que Ronan concentre encore plus ses efforts sur Blackstone ?

— Oui. Il m'en a dit un peu plus ce matin. D'après les

rumeurs, Joseph avait récemment repris l'opération de Harvey White. J'ai compris que ce n'était pas une reprise à l'amiable.

Je jette un coup d'œil au joggeur avant de me tourner vers Devlin.

— Je devrais savoir qui c'est ?

— L'un des anciens lieutenants de mon père. Anna et moi, nous l'avons bien connu dans le Nevada. Il s'y est fait une place après la mort de ce cher vieux papa. Et il n'était pas content qu'une si grande partie de l'empire de mon père revienne à Alejandro – qui, jusqu'à hier, avait disparu dans la nature après avoir été renvoyé de l'armée.

— Alors, Joseph pourrait être celui qui t'a démasqué. Et White aurait eu ses raisons, lui aussi. Tu es parti et tu l'as privé de ce qu'il croyait être à lui. S'il a appris la vérité d'une manière ou d'une autre...

Devlin acquiesce.

— J'ignore comment il serait au courant, mais comme tu l'as dit l'autre fois, aucun secret n'est parfaitement gardé. Je fais confiance aux gradés qui m'ont aidé, mais il y en avait d'autres, au bas de l'échelle, qui auraient bien pu avoir accès à ces informations.

— S'ils ont été soudoyés, c'est le moment de commencer à poser des questions.

Il hoche la tête.

— Ronan a déjà mis une partie de l'équipe sur le coup.

Cela ne m'étonne pas. Devlin et son équipe savent ce qu'ils font.

— Je parierais quand même sur Blackstone. La coïncidence est trop flagrante. Anna lui a sûrement révélé ta véritable identité.

— C'est possible, mais Christopher jure qu'elle ne l'a pas fait.

Ce prénom m'arrache une grimace involontaire.

— En supposant qu'elle le lui ait dit. Et qu'il dise la vérité.

— Tu n'as toujours pas confiance en lui ?

Je commence à secouer la tête, puis je hausse les épaules. Auteur de thrillers, Christopher Doyle est venu à Laguna Cortez officiellement pour utiliser la bibliothèque de la fondation dans le cadre de ses recherches sur un nouveau roman qui traite du trafic des êtres humains. Tout cela est vrai. C'est ce qu'il nous cache toujours qui m'inquiète.

— Il sort avec Brandy, dis-je, énonçant l'évidence. C'est le demi-frère de Joseph Blackstone et c'était un ami proche d'Anna. Nous savons que Blackstone a divulgué des informations confidentielles sur tes opérations, ou qu'il en profite, du moins. Sans compter qu'Anna a essayé de me tuer. Plusieurs fois. D'un côté, je déteste l'idée de culpabilité par association. Mais de l'autre...

Je ne termine pas ma phrase. Honnêtement, ce n'est rien de plus que de la culpabilité par association. N'est-ce pas exactement le procès que dresse la presse envers Devlin en ce moment même ?

Je rassemble mes pensées en regardant un couple qui flâne sur un chemin. Un joggeur les dépasse et tourne la tête dans notre direction. Je fronce les sourcils, pratiquement certaine que c'est le même joggeur en rouge que j'ai remarqué il y a quelques instants. Je m'apprête à en toucher un mot à Devlin, mais le type a reporté son attention sur sa course et il passe son chemin.

—Je t'ai perdue ?

— Excuse-moi, j'étais distraite.

Je prends une inspiration.

— D'accord, je ne suis pas juste envers Christopher. Il est attentionné avec Brandy. Il lui fait du bien. Je peux comprendre pourquoi il ne voulait pas que son nom soit associé à Blackstone. Qui le voudrait ?

—Je suis d'accord, répond Devlin. En plus, l'enquête après la mort d'Anna n'a rien révélé qui suggère son implication. Au contraire, Christopher a témoigné contre Joseph, tu t'en souviens ?

Je hoche la tête. Après la mort d'Anna, il s'est avéré que Christopher avait dénoncé son demi-frère pour des affaires de drogue, des années auparavant.

— Je sais. Seulement...

— Tu ne veux pas que Brandy soit blessée.

Il pose son café et me prend la main, au moment où un labrador énergique qui me rappelle Jake bondit à la poursuite d'un frisbee.

— Crois-moi, je ne veux pas non plus. Mais Christopher s'est montré parfaitement coopératif. Lamar a dit qu'il avait réussi le polygraphe avec brio.

— Je sais.

Je hausse les épaules en me remémorant le moment où Lamar m'a confirmé cette information.

— C'est juste un homme issu d'une mauvaise famille, qui est venu à la fondation pour faire des recherches sur un thriller et s'est retrouvé aspiré dans le bourbier. Tu sais quoi ? Ça pourrait être l'intrigue de son prochain livre.

Il partage mon sourire.

— Pour le coup, c'est bien vrai.

Il termine son bagel, puis jette l'emballage dans la poubelle à côté de notre banc.

— Comment va Brandy ?

— Ça va. Comme tu l'as dit, il a toujours été formidable avec elle. Je crois qu'elle lui en a voulu de ne pas lui avoir dit qu'il avait un rapport avec Joseph Blackstone, mais pourquoi l'aurait-il fait ? Blackstone est issu du monde du Loup, et Christopher ignorait que c'était un monde dont tu faisais partie.

Il fronce les sourcils.

— Elle le lui a dit ?

— Non, dis-je en secouant la tête. Mais j'imagine qu'il le sait, maintenant. Le monde entier le sait. Y compris Joseph Blackstone.

Je prends une profonde inspiration.

— Ce qui signifie qu'il n'est pas la seule menace.

— Non, concède Devlin. Seulement la mieux identifiable.

Je soupire et chiffonne le papier dans lequel mon bagel était emballé.

— Saint, tu mènes vraiment une vie très compliquée.

— Heureusement que j'ai une femme très simple à mes côtés.

Je manque recracher ma gorgée de café en m'étranglant de rire.

— Tu n'as pas intérêt.

— Bon, d'accord. J'ai une femme compliquée que j'aime tendrement. Et, ajoute-t-il, le regard sombre. Une femme pour laquelle je m'inquiète.

— Je comprends, dis-je. Honnêtement, je m'inquiète pour nous deux. Mais je persiste à dire que c'est peut-être positif. Plus besoin de se cacher, au moins.

— Bébé, répond-il en riant. Je me cachais pour une raison. Enfin, peut-on seulement dire que je me cachais ? Je ne suis pas Alex. Je ne suis pas Alejandro. Je suis Devlin Saint, et cet homme a toujours été très ouvert.

— Oui, dis-je avec un petit rire. C'est vrai.

— Mais mes ennemis s'en moquent royalement. Certains auraient voulu prendre le contrôle de l'empire de mon père, mais ils n'en ont pas eu l'occasion quand je l'ai démantelé. D'autres encore comptaient parmi les amis de mon père. Ceux-là veulent simplement venger sa mort.

— Même s'ils savent que tu étais Alejandro, ils ne peuvent pas savoir que c'est toi qui as tué le Loup.

— N'en sois pas si sûre, répond-il.

Il a raison. Daniel Lopez a été tué et Alejandro a hérité. Puis le jeune homme a disparu. Il y a fort à parier que les amis du Loup l'ont toujours eu dans le collimateur.

Or comme il n'y avait pas d'Alejandro à trouver, personne n'a pu se venger.

Maintenant, Alejandro est de retour sous le nom de Devlin Saint. Ce qui signifie que la cible dans son dos est devenue plus grande. Mais à quel point ? On ne le sait toujours pas.

❦

— Et Ronan et Tamra ? demandé-je alors que nous descendons le trottoir pour retourner à l'appartement. Ou Reggie ?

Il s'agit de Regina Perez, l'unique autre membre des Anges de Saint que j'ai rencontré jusqu'à présent. Je ne connais pas beaucoup de détails sur son parcours, mais je sais qu'elle travaille sous couverture. Quant à Ronan, il est aussi redoutable que Devlin. Ils étaient tous les deux dans les forces spéciales et leurs compétences indéniables sont là pour le prouver.

Je le regarde de travers.

— Ils mettent les bouchées doubles, n'est-ce pas ? Ils essaient de découvrir non seulement qui a divulgué ton identité, mais aussi qui d'autre risquerait de te tirer dessus ?

— Tu ne crois pas si bien dire.

Sa réponse ne me surprend pas.

— Tout le monde dans l'équipe travaille sur les renseignements. On devrait avoir une liste des menaces potentielles et des sources de la fuite dans les quarante-huit heures.

— Bien.

Je froisse mon dernier papier et marque quelques points en mettant un panier dans une poubelle voisine.

— Tu sais, il est possible que la liste ne soit pas si longue. Après tout, la plupart des hommes avec lesquels ton père a travaillé sont assez vieux maintenant. Ils ont peut-être pris leur retraite dans un ranch en Amérique du Sud ou une villa en Grèce. Ou alors, ils pourraient être en prison. Ils ont peut-être même réussi dans le milieu de la pègre et ils se disent que le risque de s'en prendre à toi ne vaut pas la récompense.

— Peut-être, mais nous ne le saurons pas tant que nous n'aurons pas creusé. S'il y a une menace, je dois être au courant.

— Bien sûr. Parce que...

Je ravale le mot alors qu'il me pousse derrière lui. Presque instantanément, je vois le joggeur en rouge se précipiter vers nous. La terreur s'empare de moi. Quelques mètres plus loin, un homme et une femme surgissent comme par magie du renfoncement d'une porte.

— Monsieur Saint ! dit le joggeur, essoufflé, tandis que l'homme − Charlie, je suppose − lève une main par-dessus laquelle il a posé un pull léger.

Je suis sûre qu'en dessous, il dissimule une arme. La femme, Grace, n'est plus qu'à quelques mètres, se rapprochant de la menace. Je commence à contourner Devlin, mais il me retient, son bras formant une barrière impénétrable.

—Je suis vraiment désolé de vous déranger, reprend le nouveau venu.

Tout s'est déroulé dans une fraction de seconde, et pourtant la situation a changé du tout au tout. La tension s'estompe dans l'air qui nous entoure. Bien que Charlie et Grace soient toujours sur leurs gardes, cela ne ressemble plus à un état d'alerte.

—Je voulais juste vous dire que j'étais navré pour vous. Pour tout ce qu'on raconte, je veux dire.

— Merci, j'apprécie, répond Devlin.

Je doute que le joggeur s'en rende compte, mais je perçois assez clairement la tension dans sa voix. Il est toujours hésitant, comme on peut le deviner à sa réaction. Charlie et Grace se rapprochent un peu plus.

Je m'avance à mon tour et Devlin me prend la main. Je sais qu'il est prêt à bondir devant moi s'il le faut. Il n'en aura pas besoin, cependant. Ce type n'est pas une menace, et mon impression se confirme lorsqu'il raconte à Devlin qu'il a vécu dans un refuge avec lequel la fondation était associée, où il a reçu une formation professionnelle. Maintenant, il travaille à la saisie de données dans une compagnie d'assurance et il est propriétaire de son appartement.

— Ceux qui ont essayé de vous faire passer pour un méchant sont de vraies ordures, dit-il. Je tenais à vous remercier.

— Je suis heureux que vous l'ayez fait, répond Devlin d'une voix douce et amicale. C'est merveilleux de savoir que la Fondation fait la différence.

Ils échangent quelques mots de plus, puis l'homme s'éloigne. Je vois la tension s'évacuer du corps de Devlin. Il hoche la tête vers Charlie et Grace, remerciant leur effort et leur faisant savoir que la menace – si tant est qu'elle ait existé – est terminée.

Il se tourne vers moi. Tout à coup, je dois lutter contre les larmes.

— Il était gentil, dis-je, contrainte de parler sous peine de laisser libre cours aux larmes de soulagement. J'ai cru que... mais il était gentil.

Je respire pour m'apaiser alors que Devlin m'attire contre lui.

— Ça ne m'a pas plu, dis-je en basculant la tête en arrière pour le regarder. J'ai eu peur. Devlin, tu dois être prudent. Honnêtement, si je te perdais à nouveau, je crois que je n'y survivrais pas.

Il me caresse les cheveux.

— Tu es forte, bébé. Bien sûr que tu survivrais.

— Peut-être, concédé-je, mais je n'en aurais pas envie.

❧　I I　❧

Le bras de Devlin est autour de moi et je ris lorsqu'il essaie de m'embrasser fougueusement dans le hall d'entrée.

— Les caméras de sécurité, dis-je avec espièglerie. Tu veux vraiment laisser une vidéo du propriétaire en train de batifoler avec une de ses locataires ?

— Je ne veux paraître en fâcheuse posture sur aucune vidéo. Mais avec toi, je ferai une exception. Tu veux bien batifoler avec moi une fois à l'intérieur ? Et d'ailleurs, tu as envie que je filme nos batifolages ?

Mes sourcils remontent alors que je glisse la clé dans la serrure.

— Saint, je ne savais pas que c'était l'un de tes fantasmes. On pourrait éventuellement...

Je ne termine pas ma phrase, car au moment de pousser la porte, je sursaute. Il y a un homme, debout au milieu de mon appartement. Devlin me pousse sur le côté, son arme déjà dégainée et brandie en moins d'une fraction de seconde. Il ne m'en faut pas plus pour que la réalité émerge en moi :

— *Non*, m'écrié-je. Tout va bien. C'est Roger. Mon rédac chef.

Le pauvre Roger est figé sur place, les mains en l'air, les yeux hagards. Il a laissé ses cheveux dans leur teinte naturelle argentée et arbore à nouveau une barbe. Dans l'ensemble, il ressemble un peu à un Père Noël en version mince, pris sur le fait.

— Toutes mes excuses, dit Devlin en rangeant son arme. Mais vous voulez bien m'expliquer ce que vous faites dans le salon d'Ellie ?

— Tout va bien, dis-je à Devlin.

Il sait parfaitement à quel point je suis proche de Roger. Pas sur un plan romantique, bien sûr, mais nous sommes amis.

— Il s'occupe de l'appart quand je suis en déplacement. Je te l'ai dit. C'est lui qui a rempli les placards de la cuisine pour nous.

— Pourtant, nous sommes là, maintenant. Et il débarque comme ça ?

— J'apprécie que vous preniez soin d'Ellie, dit Roger, mais comme elle essaie de vous le dire, je ne suis pas une menace pour sa sécurité.

Devlin plisse les yeux.

— Pas pour sa sécurité, mais une menace quand même, n'est-ce pas ?

Mon regard alterne entre eux.

— Mais de quoi parlez-vous ?

— Dites-lui pourquoi vous êtes ici.

Maintenant, je n'y comprends plus rien. Pourquoi Devlin saurait-il quelque chose au sujet de Roger et mon travail ? À moins, bien sûr, qu'il soit impliqué là-dedans.

— *Putain.*

J'ai à peine murmuré, mais les deux hommes se tournent vers moi.

— Tu es venu ici pour me virer, c'est ça ?

Roger fait la grimace.

— Non, en fait, je suis venu pour te ramener au bureau. Franklin veut te parler. En personne, apparemment.

Je ferme les yeux et respire, maintenant que le doux parfum

d'un sursis m'est offert. Franklin est clairement énervé – il ne vient presque jamais au bureau le week-end –, mais je supporterai volontiers un sermon de sa part. Et même une diatribe. Avec un peu de chance, je n'aurai qu'à endurer quelques mois de missions au ras des pâquerettes avant que mon monde ne redevienne d'aplomb.

— Elle est l'un de vos meilleurs atouts, grogne Devlin. Et vous allez la virer comme ça ?

J'admire Roger, car il ne se dégonfle pas. Il s'avance vers Devlin, le menton dressé, sans le quitter des yeux un seul instant.

— J'ai pris des coups pour elle, dit-il. La virer ? C'était l'intention de Franklin. J'ai réussi à le dissuader.

Devlin baisse la tête, visiblement toujours sur les nerfs.

— Devlin, dis-je en posant doucement la main sur son bras. Ça va.

— Ellie est comme une fille pour moi, poursuit Roger, les yeux plissés derrière ses lunettes à monture métallique. Je l'ai vue devenir une excellente journaliste, et je sais que même les excellents journalistes commettent des erreurs.

— Des erreurs ?

J'entends l'agressivité dans la voix de Devlin et je presse ma main sur son coude.

— Ça va, répété-je. Vraiment. Je reviens tout de suite, et puis, je pouvais me douter que cette conversation m'attendait.

— Je viens avec toi.

— Non, dis-je en secouant la tête. Je suis...

— Tu as oublié les dernières vingt-quatre heures ? Tu ne comprends pas que celui qui veut me faire du mal le fera plus efficacement à travers toi ?

— J'ai une voiture qui attend, s'empresse de préciser Roger. Elle est devant l'entrée de service de l'immeuble.

— Je reviens très vite.

Sur ce, je me hisse sur mes orteils pour l'embrasser.

— Tout va bien se passer, chuchoté-je. Tu pourras me donner la fessée si je rentre en retard.

— Dans tous les cas, tu y auras droit, grommelle-t-il.

Malgré cela, je perçois une petite note d'humour sous-jacente.

— Tu as du travail à faire, toi aussi, lui rappelé-je. Un tas de coups de fil à passer, j'imagine. Comme ça, on s'occupe tous les deux de nos affaires.

— Bon, très bien. Tu as gagné.

Son attention quitte Roger pour revenir vers moi.

— Si un seul de ses cheveux n'est pas à sa place, je vous jure que je vous étripe.

— C'est un plaisir de faire votre connaissance, Monsieur Saint. J'aurais aimé que ce soit dans d'autres circonstances, parce que je dois admettre que vous me plaisez beaucoup.

Sur ce, nous partons. Je me retiens de rire, car Devlin arbore un sourire que je reconnais comme exprimant une certaine admiration, tandis que Roger a l'air plutôt choqué par sa propre audace.

Ma bonne humeur s'estompe rapidement lorsque nous atteignons la voiture. Une fois n'est pas coutume, un silence gêné s'installe entre Roger et moi. Quel que soit le sermon que je m'apprête à subir, c'est Franklin qui me l'assenera. Mais il ne s'agit pas que de travail, on dirait que nous évitons tous les autres sujets de conversation.

Nous passons devant une Mustang classique décapotable, Roger assis au volant à côté de moi. Je m'attends à ce qu'il en profite pour reprendre la parole, peut-être me dire à quel point Shelby lui manque, ma Shelby Cobra classique de 1965, aujourd'hui à la casse, mais toujours chère à mon cœur. Je la laissais dans son garage pour éviter les parkings hors de prix de Manhattan.

Mais un moment s'écoule et il ne dit toujours rien. Il sort son téléphone comme s'il venait de recevoir un texto, mais je suis certaine qu'il n'a rien reçu du tout.

Ce n'est qu'une fois dans l'ascenseur conduisant au bureau du directeur qu'il dit enfin :

— Je suis désolé, Ellie. C'est vraiment trop injuste.

C'est la première fois qu'il me parle directement de Devlin et de ce qu'il s'est passé hier soir.

— Je sais, lui dis-je.

Il hésite, comme s'il s'attendait à ce que j'en dise plus, mais je n'ai aucune envie d'en parler. Le silence persiste donc jusqu'au bureau de Franklin.

— Tiens, la voilà enfin, s'exclame Franklin Coates, directeur du *Spall Monthly*, alors que Roger et moi entrons dans son bureau tout en bois sombre et en lumières tamisées.

C'est un homme de grande stature, un ancien joueur de football issu d'une famille aisée. Il est chauve et ses joues habituellement rouges le sont encore plus aujourd'hui. Il me lance un regard furieux à travers la pièce.

— Notre toute nouvelle ex-employée.

Je titube lorsque ses mots me frappent et je jette un coup d'œil à Roger, qui semble tétanisé comme s'il avait reçu une pluie de balles.

— Franklin, à quoi jouez-vous ? Vous m'avez dit que...

— Quoi ? Que je la garderais comme pigiste ? Une journaliste qui n'a aucune notion des sujets pertinents ? Une journaliste qui, alors qu'elle avait reçu des critiques pour sa relation étroite avec Devlin Saint, n'a pas révélé que c'était le fils disparu de l'un des criminels les plus célèbres du pays ?

Il reporte son attention vers moi alors que Roger reste interdit à mes côtés.

— Vous voulez bien m'expliquer ça, Mademoiselle Holmes ?

— Pas vraiment. Et comme je ne travaille plus ici, je ne suis même pas dans l'obligation de le faire.

Virée. Ce connard m'a envoyé Roger pour ensuite m'annoncer qu'il me vire ?

— Tu ne vas rien dire ? m'agacé-je, ignorant Franklin. Il s'est foutu de toi, et tu restes planté là...

— Roger n'a rien à voir dans cette conversation, intervient Franklin, ramenant de force mon attention sur lui alors qu'il contourne son bureau et s'avance vers moi, les yeux réduits à deux fentes étroites, comme si cela allait m'intimider.

Je m'avance à sa rencontre sans me laisser troubler. Je suis seulement furieuse, c'est tout.

— Tu étais au courant, me dit-il. Mais tu n'as pas dit un mot.

La voix de Franklin est comme de la glace et je suis tentée de partir. Pourquoi pas ? Qu'est-ce qu'il pourrait faire, me virer à nouveau ?

— J'apprécierais une réponse, Mademoiselle Holmes.

— Vous ne m'avez pas posé de question. Vous avez énoncé un fait. Je n'ai pas dit un mot sur l'identité du père de Devlin. Pas à vous, ni à mes lecteurs. C'est sa vie personnelle. *Ma* vie personnelle.

— C'est une info.

Franklin a pratiquement grogné ce mot magique.

— Non, ce sont des ragots, rétorqué-je, le corps brûlant de fureur.

Il plisse les yeux, mais je lève la main.

— Je sais. Je suis virée.

Je me tourne ensuite vers Roger, qui a l'air malheureux comme les pierres.

— Excuse-moi si je t'ai déçu.

— Jamais, dit-il pour me rassurer.

Je déglutis, la bouche sèche, et je le regarde dans les yeux.

— Eh bien, j'aimerais pouvoir dire la même chose.

— Viens, dit-il en se raclant la gorge. Je vais te raccompagner jusqu'à la sortie.

— Je peux marcher toute seule.

— C'est la bonne décision, commente Franklin lorsque j'arrive à la porte.

Je marque une pause et me retourne.

— Peut-être bien. Mais ma décision aussi était la bonne.

Je tourne enfin les talons et quitte le bureau sans attendre de réponse.

Roger me rattrape dans l'ascenseur.

— Tu aurais dû prendre ma défense, m'exclamé-je. Tu n'as pas dit un seul mot. Pourquoi ?

Je comprends parfaitement pourquoi Franklin m'a virée, mais il a menti à Roger, mon ami. Et pourtant, Roger est resté là, à encaisser en silence.

— Pourquoi ? répété-je.

Son corps semble s'affaisser.

— J'ai soixante-deux ans et je suis débordé. Je ne peux pas me permettre de perdre mon emploi maintenant. Je n'en suis pas fier, mais c'est la réalité dans laquelle je vis.

J'expire, puis acquiesce. J'ai compris, vraiment. En même temps, je ne peux m'empêcher de penser à Devlin qui a risqué sa vie avec les Anges pour essayer d'équilibrer la balance de la justice. Il a pris des risques innombrables. Roger ne ferait jamais cela. Bon sang, la plupart des gens ne le feraient pas. Cela ne fait pas d'eux de mauvaises personnes, mais en comparaison, Devlin est vraiment extraordinaire.

Je prends conscience que je souris lorsque Roger pose une main sur mon épaule. Je ne le rejette pas.

— Tu vas t'en sortir, Ellie.

Une fois encore, je pense à Devlin. Je ne suis pas une femme qui se contenterait de vivre dans l'ombre de son homme, mais je sais aussi qu'il sera toujours là pour moi, prêt à me tendre la main et à m'aider à surmonter les obstacles vers la prochaine étape de ma vie.

— Je sais, dis-je à Roger. Je vais m'en sortir.

Nous nous embrassons et je promets de garder le contact. Je le pense sincèrement. Je devrais être plus en colère qu'il se range si facilement du côté de Franklin, mais ce n'est pas le cas. Je comprends pourquoi j'ai été virée et pourquoi Roger a suivi sans broncher la ligne du parti.

En fin de compte, même si j'aime mon travail, j'aime encore

plus Devlin. Maintenant, je dois seulement trouver quoi faire avec mon diplôme de journalisme légèrement dévalué.

Tel est le sens que suivent mes pensées tandis que je range mes quelques effets personnels dans une boîte en carton. C'est dimanche. Il n'y a que quelques personnes dans les parages, ce dont je me réjouis. J'apprécie tous mes collègues, mais je ne me suis jamais vraiment liée à l'un d'eux en particulier.

La relation professionnelle la plus proche que j'ai eue, c'était avec Corbin Dailey, et elle était basée sur une aversion mutuelle.

Malgré tout, je jette un coup d'œil à son bureau, surprise de ressentir de la mélancolie. Il a peut-être été mon ennemi juré, mais il m'a aidée quand c'était important. La vérité, c'est qu'il est un journaliste sacrément talentueux.

Je me dirige vers son bureau, prévoyant de lui laisser un petit mot, quand j'entends sa voix basse, de l'autre côté de la pièce.

— On fouine pour trouver une piste ? Bon sang, Holmes, je n'aurais jamais pensé que tu t'abaisserais à ce point.

Je lève les yeux, prête à me défendre, mais je constate qu'il sourit. Étrangement, je souris en retour.

— Laisse-moi deviner. Maintenant que tu sais que Saint est le fils du pire connard au monde, tu lui as tourné le dos et tu reviens à New York pour m'emmerder.

— Pas exactement.

Il s'approche et s'appuie contre le bureau. Il a des cheveux blonds qui tirent sur le blanc et ses yeux bleu clair sont dardés sur moi comme deux lasers. Au bout d'un moment, il se racle la gorge.

— Écoute, je suis vraiment désolé pour ce qui s'est passé. Il me semble être un type bien. C'est un coup dur qu'il a reçu pour son grand jour.

— Tu l'as dit.

Je jette un œil autour de moi, puis je regarde sous son bureau avant de me relever en haussant les épaules.

— C'était quoi, tout ça ?

— Je me demande juste dans quel terrier de lapin je suis tombée. J'ai l'impression d'être comme Alice.

— Non, fait-il d'un air évasif. J'ai juste… Oh, putain. Franklin t'a lâchée, c'est ça ? Quel abruti.

Les larmes me piquent les yeux, et j'ai envie de me liquéfier sur le sol.

— Oui.

Ma voix est rauque et je déteste que Corbin me voie dans cet état.

— Je suis vraiment désolé, dit-il avec une douceur inhabituelle.

Je renifle et prends un mouchoir.

— Ça aurait été bien que tu me dises que tu n'étais pas un vrai con il y a des années, tu sais ?

Un sourire sans joie se dessine sur son visage.

— Oui, mais où aurait été le plaisir dans tout ça ?

D'un mouvement de tête, il désigne mon carton rempli de papiers et de bibelots.

— Viens, je vais le descendre pour toi.

— Merci, dis-je avant de m'approcher.

— Et maintenant ?

— Maintenant, je retourne en Californie. J'avais déjà prévu de rester là-bas, de toute façon.

— Quand est-ce que tu pars ?

— Bientôt. On comptait rester au moins une semaine, mais avec l'explosion médiatique, il vaut mieux rentrer dès que j'aurai trouvé un agent immobilier pour s'occuper de la sous-location. Ensuite, on fiche le camp.

— Désolé que tu ne puisses pas passer tes vacances à New York avec ton homme.

Je m'arrête enfin sur le trottoir, devant l'immeuble du *Spall*.

— Pourquoi es-tu si gentil ?

— Écoute, je suis peut-être un con, mais je ne suis pas un connard. Tu es une bonne journaliste, même si tu as réussi à décrocher la plupart des bonnes histoires parce que Roger bande pour toi.

— Pas du tout !

Il agite la main.

— Oh, je t'en prie. C'est bien normal, je ne peux pas le lui reprocher. Tu es sexy dans le genre garce intello.

— Je commence à sentir qu'on retrouve notre relation normale, là. J'en perdais mon latin sans ce connard de Corbin.

Il ricane.

— Toujours est-il que j'ai horreur qu'on emmerde les gens talentueux. Ils se fichent complètement de toi. C'est pour ça que j'essaie d'être sympa. Et puis, je voulais aussi t'interroger sur ton appartement.

Je m'arrête net sur le trottoir, les bras croisés.

— Ne me dis *pas* que tu es gentil avec moi parce que tu veux une sous-location.

Il penche la tête et hausse les épaules.

— C'est possible. Ou alors, tu découvres une toute nouvelle facette de ma personne.

Je secoue la tête.

— Je n'en reviens pas de m'être fait avoir, dis-je en continuant sur le trottoir. Pendant un moment, j'ai pensé que tu avais peut-être bon fond.

— Hmm, mon fond t'intéresse, rétorque-t-il avec un sarcasme dans la voix qui me fait lever les yeux au ciel et réprimer un petit rire. Je ne pense pas que Devlin Saint aimerait que je te le montre.

— Il n'est pas le seul ! m'exclamé-je.

Après un autre ricanement, il s'interrompt.

— Écoute, Holmes, je sais qu'on s'est souvent pris le bec, mais tu es une bonne journaliste. Alors, je te donnerai toujours un coup de pouce. Ton appartement n'est pas loin du boulot à pied tandis que le mien est à quarante-cinq minutes en métro. Si tu déménages, j'apprécierais de pouvoir parler à ton proprié-taire. Encore mieux si je peux reprendre ton bail. Tu m'as dit le montant de ton loyer un jour. À Phoenix, je me serais arraché les cheveux, mais pour Manhattan, c'est une bonne affaire.

— Je ne savais pas que tu étais de l'Arizona.

— Tu ne savais pas non plus que je pouvais être poli. C'est un monde complètement dingue, tu vois ?

Je tends le bras pour récupérer mon carton.

— C'est ça.

— Alors ?

— Si tu veux.

Je ne devrais pas céder si vite, mais bizarrement, Corbin a égayé mon dernier jour au *Spall*, et je ne l'aurais jamais deviné.

— Ça veut dire que tu vas parler en ma faveur ?

— Ça veut dire que je vais te présenter au propriétaire. Et je peux presque te garantir qu'il fera ce que je lui demande.

Je croise son regard et hausse les épaules.

Il ne lui faut qu'une seconde avant de partir d'un grand éclat de rire.

— Tu te fous de moi. Saint est aussi propriétaire de ton immeuble ?

— L'une des coïncidences les plus bizarres de ma vie, dis-je, hésitant à lui avouer la vérité. Enfin, peut-être pas la seule bizarrerie, si on y réfléchit bien.

— Comment ça ?

Je fronce les sourcils en pensant à Roger.

— Parfois, les gens sur qui tu comptes te laissent tomber, expliqué-je avant de croiser son regard. Et parfois, d'autres personnes te surprennent.

Il hausse les sourcils.

— C'est un fait ?

— Oh, n'en fais pas tout un plat. Allez, viens. On peut régler ça tout de suite.

Comme prévu, le trajet n'est pas long. Corbin reprend le carton comme un parfait gentleman.

Quand nous arrivons à l'appartement, j'ouvre la porte et lui fais signe de me suivre. Aussitôt, je m'arrête net devant lui. La boîte vient me heurter le dos lorsque Corbin trébuche contre moi.

Je le remarque à peine. Tout ce que je vois, c'est Devlin qui baisse lentement le téléphone, la mine tendue et les yeux hagards.

— Devlin ? m'écrié-je en accourant à ses côtés, oubliant Corbin et son carton. Que se passe-t-il ?

— C'est Tracy, répond-il. Elle est morte.

A *utrefois...*

Alejandro regarda la dalle arrondie en granit gris, ses yeux pleins de larmes. *Aurelia Espinoza.*

Il n'y avait rien écrit d'autre. Juste son nom et les années qu'elle avait vécues. Vingt-trois au total.

C'était sa belle-mère depuis qu'il avait neuf ans. Il en avait quatorze à présent. Et elle était morte.

Rien sur la stèle ne précisait qu'elle avait été la fille de quel-qu'un. Ni l'épouse. Ni la mère, ou belle-mère en l'occurrence.

La pierre tombale ne mentionnait même pas Lopez. Son connard de père était allé jusqu'à lui refuser cela. Dans la vie comme dans la mort. Il l'avait épousée. Il l'avait baisée. Il l'avait utilisée et frappée, mais comme elle ne lui avait pas donné d'autre fils, il ne l'avait jamais véritablement faite sienne.

À la fin, il l'avait tuée. Il l'avait battue à mort dans la cuisine, parce qu'elle avait mal préparé son petit-déjeuner.

Personne ne l'aurait admis à haute voix, mais tout le monde le savait. La réalité était particulièrement difficile à supporter pour Alex. Il aurait dû rester à la maison ce matin-là. Il savait que son père était de mauvais poil et il avait eu envie de s'éclipser. Il avait donc sauté le petit-déjeuner pour se rendre au champ de tir. Il avait tiré cinq coups avant que Marta, la gouvernante, ne vienne lui dire que son père le convoquait. Aurelia était morte, lui avait-elle annoncé, les yeux écarquillés et effrayés. Un terrible accident, avait-elle dit.

Un accident.

Quel ramassis de conneries.

La version officielle était qu'elle était tombée et s'était cogné la tête. Mais pour croire cela, il fallait avoir de la merde à la place du cerveau.

Daniel Lopez avait du caractère. C'était le Loup, après tout. Et le Loup avait des attentes, des exigences. Sa femme devait agir d'une certaine manière, tout comme ses lieutenants.

Et son fils, aussi.

Alex sentait encore la brûlure sur sa joue, là où son père l'avait giflé le matin même. Il l'avait traité de mauviette parce qu'il avait tenu à venir se recueillir sur la tombe d'Aurelia. Et il avait encore les côtes douloureuses, car son père lui en avait fracturé une quelques mois auparavant, quand il l'avait jeté au sol et tabassé pour son insolence.

Son père lui avait dit que son tir n'était pas assez bon, mais Alex avait pourtant touché l'œil de cette putain de cible avec douze des treize balles de son pistolet. La cible était morte et il ne s'était pas privé pour le signaler à son père. Aussitôt, il s'était pris une raclée.

Il avait failli se défendre, cette fois-là. Mais il n'avait alors que treize ans, c'était un mois avant son anniversaire. Il était fort pour son âge, il le savait, mais toujours plus petit que le Loup. Même à quatorze ans, il n'était pas tout à fait prêt.

Cependant, il se rapprochait. Un peu plus grand, un peu plus fort chaque jour. Et son adresse au tir était parfaite. En tout cas, il s'efforçait de se perfectionner de jour en jour.

— Je me rattraperai, disait-il à présent à Aurelia. Un jour, je te le promets.

— Une grande promesse pour un petit garçon.

Alex se retourna pour voir Marco Giatti se diriger vers lui, ses cheveux noirs gominés rabattus sur son front. Il souriait. Contrairement au Loup, Marco souriait beaucoup. Et il parlait à Alex comme un homme, même quand il l'appelait *garçon*. Il lui racontait des histoires de sa vie sur la côte est. Des histoires qui rappelaient à Alex qu'il existait d'autres endroits, d'autres vies, quelque part.

— Je ne suis pas un petit garçon, répondit Alex.

— Non, en effet. J'aimerais bien que tu le sois. Tu grandis trop vite. Mais tu n'es encore qu'un *cugine*. Un soldat de plus dans les rangs. Tu n'es pas encore le *don*, gamin.

Et il n'avait aucune envie de le devenir un jour. Bien sûr, il ne le disait pas. Pas même à Marco. Au lieu de quoi, il leva le menton.

— J'ai presque quinze ans.

— Et encore assez jeune pour être un sacré idiot.

— Pas du tout.

Pourtant, il se sentit bête dès qu'il eut prononcé ces mots.

— Tu crois que tout va bien se passer si ton père apprend que tu es venu ici ? Que tu t'es mis dans tous tes états pour sa *goomah* ?

— Non, c'était sa femme.

— Et tu pleures pour elle. Du sentimentalisme, tout ça. C'est ce qu'il va penser. Tu crois qu'il ne te le dira pas avec les poings s'il te trouve ici ?

Alex haussa les épaules, d'humeur boudeuse. Marco avait raison.

— Et toi, qu'est-ce que tu fais ici ?

— Je t'aime bien, mon garçon. Et je ne voudrais pas qu'il t'arrive malheur parce que tu t'es attiré les foudres du Loup.

— Tu ne devrais pas dire des trucs comme ça.

La peur le saisit. Alex aimait bien Marco. Beaucoup, même.

Il ne voulait pas qu'il s'en aille, qu'il disparaisse comme certains des hommes de son père.

— Écoute, si tu ne me dénonces pas, je ne te dénoncerai pas non plus.

Alex fourra les mains dans ses poches et hocha gravement la tête.

— Évidemment.

Pendant un moment, ils restèrent tous les deux en silence. Puis Marco lui dit :

— C'était une gentille fille qui est devenue une gentille femme. Elle méritait mieux.

Alex inclina la tête en le dévisageant. À côté de lui, Marco haussa les épaules.

— Je dis juste la vérité devant toi, Aurelia et Dieu. Mais ça reste ici, n'est-ce pas ? Entre nous.

— Entre nous, lui confirma Alex.

Il prit une grande inspiration.

— Je pensais ce que j'ai dit. Je ne l'ai pas protégée contre *lui* parce que je ne le pouvais pas. Mais un jour, je la vengerai.

— Moi aussi, je pensais ce que j'ai dit, rétorqua Marco. C'est une grande promesse. J'espère que tu pourras la tenir.

Désignant la tombe, il ajouta :

— Fais tes adieux et rentre chez toi avant que quelqu'un te voie. Et pour info, je ne suis jamais venu ici.

— D'accord.

En regardant Marco s'éloigner, Alex aperçut quelqu'un d'autre derrière une stèle toute proche. Un garçon trapu, qu'il reconnut immédiatement : Manuel Espinoza. *Manny*. Le frère d'Aurelia.

Il attendit que Manny s'approche, mais le garçon se contenta de tourner les talons pour s'éloigner dans la direction opposée. Alex se renfrogna, puis n'y pensa plus. Manny avait toujours été un gosse bizarre, encore plus depuis la mort d'Aurelia. Cela dit, Alex ne le voyait pas souvent. Après la mort de la jeune femme, le Loup avait envoyé Manny vivre avec l'un de ses cousins germains, un homme calme et efflanqué du nom de Romeo Duarte, qui faisait des « missions » avec Joseph Blackstone, un lèche-bottes, lui aussi, parmi les jeunes prometteurs aux dents longues des opérations du Loup.

Manny avait pleuré tant et plus, mais Alex l'enviait. Il aurait donné n'importe quoi pour partir de la maison de son père, lui aussi. Manny ne se doutait pas qu'il avait eu de la chance, peut-être le seul bienfait à tirer de la mort d'Aurelia.

Avec un soupir, il chassa les larmes qui menaçaient et regarda une dernière fois la tombe d'Aurelia.

— Au revoir, murmura-t-il avant d'ajouter : Je tiendrai ma promesse.

Il n'en parlerait plus jamais, mais Alex savait qu'il se souviendrait toujours de cette promesse. Une promesse qu'il avait faite, en silence, à toutes les femmes de la vie de son père. Sa propre mère. Les épouses qui suivraient Aurelia. Les petites amies, aussi. Parce que le Loup les dévorerait toutes.

Son père se figurait qu'il pouvait faire du mal aux femmes et terroriser les enfants en toute impunité.

Plus maintenant.

Alex n'était plus un enfant et il se réjouissait déjà du jour où il pourrait lui donner une bonne leçon en personne.

D *e nos jours...*

Devlin se tenait dans le hall d'entrée de la copropriété, le corps tout engourdi. C'était une scène de crime, à présent. Ce n'était plus la maison de Tracy. C'était son lieu de mort.

L'endroit où elle avait été assassinée.

Bon sang, c'était aussi l'endroit où Ellie avait été menacée.

Il prit conscience qu'il serrait les poings et se força à se détendre. Ce n'était pas le moment d'être émotif, il y avait un temps pour tout. Pour l'heure, il devait évaluer la situation, en savoir le plus possible.

Et commencer à planifier ses prochaines étapes.

À nouveau concentré, il regarda le contour à la craie dans l'entrée carrelée. Les étiquettes adhésives sur le mur localisaient l'impact de l'unique balle. Elle avait traversé son crâne, l'avait tuée instantanément, puis s'était logée dans le mur. L'équipe balistique l'avait récupérée la nuit passée.

Ils avaient aussi récupéré l'œil de Tracy, qui avait été arraché après sa mort et disposé dans une petite boîte à cadeau par le malade qui l'avait tuée.

Œil pour œil.

Désormais, la police de Laguna Cortez travaillerait jour et nuit pour faire la lumière sur ce meurtre.

Devlin inspira, puis se dirigea vers le salon, où l'ami d'Ellie, l'inspecteur Lamar Gage, était assis, tendu, à côté d'elle. Ce grand gaillard, ex-enfant star, se comportait généralement avec assurance, occupant l'espace avec une personnalité affirmée. Mais pas aujourd'hui. Aujourd'hui, il avait l'air perdu à l'intérieur de lui-même, et sa peau noire était devenue presque cendreuse, blême de chagrin.

Lorsque Devlin et Ellie étaient arrivés, moins d'une heure auparavant, bien après la tombée de la nuit, Lamar faisait les cent pas. Il était sur les lieux depuis des heures et il aboyait encore ses ordres, tel un torrent bouillonnant mû par une énergie survoltée, comme s'il risquait de tomber s'il se hasardait à rester immobile un instant. Puis il avait vu Ellie et il avait enfin laissé le poids de la détresse s'abattre sur lui. Il s'était effondré contre elle. Après avoir lancé à Devlin un regard empreint d'une douleur infinie, elle avait conduit l'inspecteur jusqu'au canapé.

— Ça commençait à devenir sérieux entre eux, leur avait dit Tamra Danvers, amie de longue date et attachée de presse de la fondation, confirmant ce que Devlin savait déjà.

Le chagrin crispait ses traits et l'unique mèche grise dans ses cheveux semblait plus prononcée.

— Il se sent impuissant.

Devlin s'était contenté de hocher la tête. Que pouvait-il dire de plus ? Il se sentait impuissant, lui aussi. Plus encore, il se sentait effrayé. Ce n'était pas une émotion qu'il admettait volontiers, mais c'était la vérité. Comment aurait-il pu survivre si cette marque à la craie avait souligné les contours du corps d'El ?

Il en mourrait. Alors à ses yeux, Lamar Gage était l'un des hommes les plus forts qu'il connaisse.

Non que le meurtre de Tracy n'ait pas frappé Devlin durement, lui aussi. Il était bouleversé. Tracy faisait partie de son cercle. Elle était membre de son équipe, une stagiaire qui se serait sans doute vu offrir un poste permanent après l'obtention de son diplôme. C'était une femme pleine de vie et attentionnée, et quelqu'un l'avait enlevée à ce monde.

Pire, on l'avait prise à cause de lui.

Il avait son sang sur les mains, aussi nettement que la cible qu'il avait lui-même tracée sur le dos d'Ellie. Il le savait. Et il était certain que tout le monde dans la pièce le savait aussi.

— Ce n'est pas ta faute, lui dit Tamra, sa voix douce tout près de lui le tirant de ses pensées et de ses souvenirs.

— Tu crois ? Je n'en suis pas si sûr.

— Devlin, tu...

Il leva une main pour l'interrompre.

— Quelle importance ? Même si ce n'est pas ma faute, c'est quand même mon fardeau.

Elle pinça les lèvres, mais hocha la tête.

— Tu as supporté tant de choses. Je ne veux pas que ce poids te pèse aussi.

Elle posa une main sur son épaule et il sentit son cœur se serrer, écrasé par le chagrin. C'était la vérité, il en avait trop supporté. Tant d'années de deuil, de colère et de douleur. Quand Ellie était revenue dans sa vie, il avait laissé filtrer d'infimes rayons d'espoir – l'espoir qu'enfin, la douleur cesserait.

Mais rien n'avait jamais cessé.

Il était l'homme que le destin avait fait de lui. Et il porterait toujours la marque de son père.

Tamra le savait aussi bien que lui. Elle avait été une amie de sa mère. Elle était venue le voir quand il était encore Alejandro et elle était devenue un rouage essentiel de la fondation et des Anges de Saint. Elle connaissait ses secrets. Plus important encore, elle les comprenait.

— Ils l'ont tuée pour me transmettre un message.

— Je sais.

C'était si évident. Si dérisoirement simple. Un paquet livré à l'adresse de Tracy. Elle avait probablement ouvert la porte pour signer, puis elle avait remarqué que le colis était au nom de Devlin, même si c'était son adresse.

Elle avait levé la tête pour dire au livreur qu'elle n'était pas le bon destinataire, peut-être même avait-elle constaté qu'il portait un masque en latex de type effets spéciaux. Ce n'était pas évident, d'après l'image prise par la caméra de la sonnette, à cause de sa casquette enfoncée sur les yeux. En tout cas, elle n'avait rien vu d'inquiétant, puisqu'elle avait ouvert la porte et accepté le paquet.

Pourtant, au dernier moment, elle avait dû s'en rendre compte. Le faux visage et les noirs desseins. La peur l'avait envahie, car selon l'équipe médico-légale, elle avait reculé d'un pas.

C'était à ce moment-là qu'il avait levé son arme, probablement cachée par sa veste. Il avait tiré, rapidement et avec précision. Tracy s'était alors effondrée, le colis tombant sur le sol avec elle.

Il s'agissait d'une simple boîte, le fond et le couvercle emballés séparément et maintenus ensemble par une ficelle.

La police n'avait pas attendu l'arrivée de Devlin pour l'ouvrir. Ils avaient appelé l'équipe de déminage, au cas où, et avaient retiré la ficelle qui maintenait le couvercle en place sur la boîte de quinze par quinze. Devlin et Ellie étaient en vol quand Lamar les avait appelés par radio. Sa voix était assurée, mais Devlin avait tout de même perçu la douleur sous-jacente.

— *Œil pour œil*, avait dit Lamar, répétant les mots qui accompagnaient le globe oculaire. *Intérêts à payer ultérieurement.*

Sa voix avait buté sur un sanglot et Devlin avait serré la main d'Ellie un peu plus fort, le sang glacé.

— C'est ce qui est écrit, avait chuchoté Lamar alors que Devlin s'embrasait de rage. C'est tout.

— Nous trouverons qui a fait ça, lui avait promis Devlin, laissant la rage s'infiltrer en lui alors qu'il imaginait le livreur masqué arracher froidement l'œil de Tracy, puis ouvrir le paquet vide et le placer à l'intérieur avec ce message sinistre.

Il avait entendu l'acier dans sa propre voix lorsqu'il avait ajouté :

— Nous allons le trouver, et nous allons le lui faire payer.

— Oui, avait répondu Lamar. C'est une certitude.

À présent, comme s'il décelait le parfum des souvenirs de Devlin, Lamar leva la tête pour le regarder par-dessus l'épaule d'Ellie. Elle se retourna, elle aussi, les yeux rouges et le visage brouillé par les larmes. Elle murmura quelque chose à Lamar, puis le serra dans ses bras avant de se lever et de se diriger vers Devlin.

— Comment va-t-il ?

— Il est anéanti. Moi aussi, d'ailleurs.

— Je sais.

Il l'attira dans ses bras, puisant sa force dans la sensation de son corps contre le sien.

— Ce n'était pas ta faute, chuchota-t-elle d'une voix douce contre son torse.

— Je sais.

Après tout, c'était ce qu'il était censé dire, ce qu'il était censé ressentir. Pourtant, ce n'était pas parce qu'il le disait qu'il y croyait.

Elle s'écarta, le front plissé par la douleur, les yeux cerclés de rouge.

— Ce n'est pas ta faute, répéta-t-elle.

Il ne put retenir un sourire en voyant combien elle le connaissait.

— Notre criminel ne punissait pas Lamar, expliqua Devlin. Pas intentionnellement. C'était dirigé contre moi. Alors, j'en assume les conséquences.

— S'il y a un coupable en dehors de Blackstone, alors c'est Anna. Et tu l'as tuée parce qu'elle était sur le point de *me* tuer.

Il acquiesça. Visiblement, ni lui ni elle n'envisageaient la possibilité qu'il puisse s'agir de quelqu'un d'autre que Joseph Blackstone. C'était évident. Il était un ancien lieutenant du Loup, et même si on ne les avait pas vus ensemble récemment, Devlin avait confirmé que Blackstone avait aussi été l'ami, et parfois l'amant, d'Anna. Voilà qui constituait d'excellents motifs pour s'en prendre à lui.

Le plus probable, c'était que Blackstone n'avait pas commis le meurtre personnellement. D'ailleurs, Devlin parierait qu'il était toujours à sa base à Chicago, sans doute en train de faire quelque chose de très public dans le seul but d'avoir un alibi solide quand la police viendrait l'interpeller. Quant aux intérêts à payer ultérieurement...

C'était une autre histoire.

Devlin savait parfaitement que ce meurtre était une vengeance pour la mort d'Anna – mort qui avait permis de sauver Ellie.

C'était la clé. Tracy était morte pour aucune autre raison que d'attirer l'attention de Devlin, et ce gâchis pesait lourd sur ses épaules.

Blackstone n'avait pas encore assené son coup de maître. La mort d'Ellie serait la vengeance ultime. Les fameux intérêts à payer.

Devlin n'avait pas l'intention de payer ce prix-là. Ni maintenant ni jamais.

La main d'Ellie sur sa manche le tira de ses pensées.

— C'est Brandy, dit-elle en indiquant son téléphone, un texto à l'écran. Elle veut en savoir plus. Sur nous et Lamar. Elle veut aussi savoir quand on arrive.

— D'accord.

Il se massa les tempes pendant un moment, essayant de chasser la migraine menaçante. Ils étaient venus directement de l'aéroport à l'appartement de Tracy, et la pauvre Brandy, meilleure amie et colocataire d'Ellie, les attendait chez elle sans savoir exactement ce qu'il se passait dans cette pièce.

— Merde, elle doit être en colère. Dis-lui qu'on arrive bientôt. Tous ensemble.

Elle se renfrogna en jetant un coup d'œil vers Lamar.

— Tous ensemble, répéta Devlin. Qu'il le veuille ou non. Il ne doit pas rester seul ce soir.

— D'accord.

Elle l'embrassa sur la joue, et pendant un instant fugace, il eut l'impression d'être un héros. Mais l'instant d'après, tout changea et il se sentit atrocement impuissant.

— Je vais aller parler au chef, reprit-elle. Ensuite, on devrait sortir et laisser l'équipe faire son travail.

Il hocha la tête en regardant le chef Randall, qui discutait avec un grand échalas, le procureur du district. Bon, peut-être qu'Ellie obtiendrait des informations utiles. Randall était son ancien tuteur et il parlait librement en sa présence. De toute façon, Devlin était avide d'informations d'où qu'elles proviennent.

Alors qu'il la regardait, Lamar se leva et le rejoignit.

— Tu sais que sa véritable cible est Ellie.

La voix de Lamar était sèche, l'émotion qu'il retenait agissant comme du papier de verre sur ses paroles.

— Je sais.

Devlin ferma les yeux et prit une inspiration avant de continuer.

— Il a tué Tracy pour attirer notre attention à tous les deux. Mais Ellie est le prix qu'il compte me faire payer.

— Il veut te faire du mal, observa Lamar. Moi, je ne suis qu'un dégât collatéral.

— Je sais. Je suis vraiment navré.

— Elle l'a compris, elle aussi, bien sûr.

— Elle ne l'a pas dit. Mais tu as raison.

Ellie n'était pas idiote. Elle avait grandi entourée de policiers, avait elle-même porté l'uniforme et était diplômée en criminologie. Une bonne part de ses articles, maintenant qu'elle était journaliste, traitait du judiciaire et du juridique. Elle connaissait la chanson aussi bien que Devlin ou Lamar.

— Elle sait aussi qu'il pourrait ne pas s'en prendre directement à elle. Pourquoi mettre fin au jeu avant d'en avoir exploité toute la douleur possible ?

— Inspecteur...

Mais Devlin ne termina pas sa phrase. Il savait tout cela, naturellement. Et Lamar devait savoir qu'il comprenait parfaitement la situation. En parler maintenant, dans le couloir qui portait encore la silhouette de Tracy à la craie...

— Ça peut être utile, dit Lamar sur un ton monocorde, comme s'il avait entendu toutes les pensées de Devlin. Réfléchir à voix haute. Travailler sur l'affaire. Deviner comment les choses pourraient se passer ensuite.

Devlin hésita avant de dire lentement :

— Tu as peut-être raison. Il pourrait ne pas s'en prendre à Ellie tout de suite. Bon Dieu, s'il osait s'attaquer à quelqu'un d'autre que moi... C'est moi qu'il cherche à atteindre.

— Ce n'est qu'une théorie. Il faut aussi prendre en compte le fait qu'il ne veuille pas être surpris la main dans le sac. Il doit bien se douter que plus il te met de bâtons dans les roues, plus il s'expose. Vraisemblablement, il *aimerait* pouvoir aligner des cadavres de femmes à tes pieds. Mais en pratique, il va juste chercher à taper là où ça fait le plus mal.

— En m'atteignant à travers Ellie. C'est elle, les intérêts qu'il me reste à payer.

— Oui. Parce qu'on ne souffre pas si on est mort, n'est-ce pas ? Il ne veut pas te tuer. Il veut te *faire du mal*. C'est en tuant Ellie qu'il y parviendra.

La voix de Lamar était atone, ses yeux tournés vers la porte. La craie. L'étiquette indiquant le point d'entrée de la balle dans le mur. L'éclaboussure de sang.

— Lamar...

Les yeux de l'inspecteur revinrent vers lui, assombris par la douleur.

— Quoi ?

— Je... c'était une femme bien.

— Oui, je sais.

— Je ne la connaissais pas aussi bien que je l'aurais dû.

— Elle t'admirait, dit Lamar. Elle aimait travailler à la fondation. Elle croyait en ce que vous faisiez. N'arrêtez jamais, ajouta-t-il.

Quelque chose dans son intonation mit soudain les nerfs de Devlin à vif.

— Non, bien sûr, répondit-il avec désinvolture.

Lamar ne pouvait tout de même *pas* être au courant pour les Anges de Saint. Il avait dit à Ellie qu'elle pouvait discuter de tout avec Brandy et lui, mais si elle avait révélé un secret aussi sensible que celui-ci, elle lui en aurait forcément parlé. Non ?

Ce n'était pas une question à laquelle il pouvait répondre tout de suite, alors il garda le silence, laissant l'inspecteur poursuivre :

— Tu es certain que c'est Blackstone ?

— Aussi certain que je puisse l'être, mais jusqu'à preuve du contraire, ce n'est qu'une théorie.

— Et peux-tu la prouver ?

Devlin inclina la tête.

— Ce n'est pas à ça que sert la police ?

La gorge de Lamar tressauta lorsqu'il déglutit, esquivant le regard de Devlin.

— Tu as des ressources, Saint. Je le sais bien.

Devlin s'efforça de ne pas réagir, mais son corps devint glacial. *Alors, il savait.*

— Je sais que ta fondation participe à des opérations de sauvetage, qu'elle travaille en étroite collaboration avec les enquêteurs. Ce genre de choses.

À ces mots, le soulagement envahit Devlin.

— Bien sûr. Mais il y a un facteur temps dans beaucoup de nos initiatives. Ce n'est pas le genre de choses que nous voulons externaliser quand dix petites minutes peuvent faire toute la différence.

— C'est ce que je pensais. Et puis, tu n'es peut-être pas censé utiliser ces ressources en privé. Je n'en sais rien. Enfin, ce que je sais, c'est que tu *vas* les utiliser. Parce qu'on parle d'Ellie, là.

Lamar n'avait pas tort. Et Devlin utiliserait bien plus que cela pour obtenir ses réponses.

— Continue.

— Je veux savoir ce que tu sais. J'ai besoin de ton aide. De tes ressources.

— Tu les auras.

— D'accord. Parce que Blackstone est à moi.

Devlin le dévisagea.

— Ça ne te ressemble pas, Lamar.

Lamar eut la bonne grâce de ne pas faire semblant d'avoir mal compris.

— Si, peut-être...

Devlin considéra ses paroles. Peut-être, en effet... et peut-être qu'un jour, Lamar finirait comme l'un des Anges. Dieu sait qu'il serait un atout formidable. Mais si jamais il prenait ce chemin, Devlin refusait que ce soit sous l'effet de la haine.

— Rentre avec Ellie et moi, dit-il doucement. Je suis sûr que Brandy aimerait te voir et tu as besoin de tes amis.

— Saint...

— On ne la ramènera pas... mais on peut le faire souffrir. Je te le promets.

Lamar prit une inspiration, puis il passa les mains dans les poches de son pantalon.

— Raccompagne Ellie. Moi, je dois parler à l'équipe. Je travaille sur cette affaire. Même toute la cavalerie ne pourrait pas me la retirer.

— Je n'en doute pas. Mais tu n'as pas besoin d'y travailler dès ce soir.

— Je vais seulement rester un peu plus longtemps.

— Lamar. Ellie se fait du souci pour toi.

Il tentait le tout pour le tout, mais ce fut efficace. Les épaules de l'inspecteur s'affaissèrent et il finit par hocher la tête.

— Je vous suis. C'est juré.

— Tu ne devrais pas conduire.

— Je demanderai à un flic de jouer les chauffeurs.

— C'est promis ?

Il acquiesça.

— Dans moins d'une heure.

— Bon, très bien, dit Devlin.

Il aurait aimé pouvoir effacer la douleur de cet homme. L'inspecteur et lui n'avaient pas toujours été sur la même longueur d'onde, mais ils s'entendaient bien, maintenant. Quand bien même, personne ne devrait jamais avoir à subir une telle épreuve.

— Dépêche-toi. On t'attendra.

14

—O**h, mon Dieu.**

Brandy se jette à mon cou dès l'instant où nous franchissons la porte.

—Je n'en reviens pas.

Elle recule en s'essuyant le nez, puis elle tourne vers Devlin ses yeux rouges et gonflés.

—Je suis tellement désolée. Tracy était une fille géniale et drôle, je ne peux pas croire que ce soit la réalité.

—Je sais, dit Devlin en la serrant dans ses bras. Moi non plus.

Il la repousse avec délicatesse et la dévisage attentivement.

— Tu vas bien ?

Elle hoche la tête, passant les doigts dans ses cheveux blonds à longueur d'épaules, l'air aussi déboussolé que moi.

—Je ne sais pas trop.

Je fronce les sourcils en regardant autour de moi.

— Où est Christopher ? Tu as dit qu'il était là.

Je me suis sentie mal de laisser Brandy toute seule, mais elle m'a assuré que Christopher était avec elle depuis qu'ils avaient appris le meurtre, et qu'ils se soutenaient mutuellement.

— Il est allé promener Jake ?

Je jette un œil circulaire à la recherche du vieux labrador adorable, qui m'accueille toujours en remuant la queue et en me reniflant l'entrejambe.

— Jake est dans sa caisse. J'allais le laisser sortir quand vous êtes arrivés. Et Christopher était là quand tu as appelé, je te jure. Il a été génial. Mais il est parti il y a quelques minutes.

Je me renfrogne.

— Pourquoi ?

— Il a dit qu'il avait des choses à faire, dit-elle en rougissant.

Je ferme les yeux, agacée. Visiblement, elle ne nous dit pas tout.

— Et ?

Elle se voûte un peu, son regard alternant entre Devlin et moi.

— C'est juste que... tu sais. Je crois qu'il se sent toujours mal à l'aise. Après tout, Anna et lui étaient plutôt bons amis, avant qu'il ne découvre que c'était une psychopathe. Ajoute à ça son demi-frère et ces fuites d'informations... Déjà que tu le rendais nerveux avant, maintenant, je crains que ce soit un cas désespéré.

Devlin arque son sourcil fendu.

— Je le rendais nerveux ?

— Évidemment, s'exclame Brandy en penchant la tête. Tu rends tout le monde nerveux.

Je ne sais pas si je dois rire ou pleurer, mais j'apprécie cette touche d'humour taquin par une journée aussi sombre.

Brandy croise mon regard et nous échangeons un sourire.

Puis Devlin nous dirige vers le salon et je sais que Brandy ne va pas tarder à perdre son sourire.

— Écoute, Brandy, dit-il une fois que nous sommes tous assis. J'ai peur qu'il se sente encore plus mal à l'aise très bientôt. Figure-toi que Joseph Blackstone est notre principal suspect.

Elle porte la main à sa bouche en secouant la tête.

— Attends, quoi ?

Elle me regarde et je lui tends la main, qu'elle me serre alors si fort que c'en est douloureux. Je me mords l'intérieur de la joue et le supporte en silence.

— Alors, ce n'était pas un hasard ?

— J'en ai bien peur, dit Devlin.

— Mais... mais je ne comprends pas.

Je retire doucement ma main.

— Je vais te préparer un peu de thé vert, d'accord ? Devlin va tout t'expliquer.

Elle acquiesce et je me dirige vers la cuisine adjacente. Je dois absolument m'occuper les mains si je veux survivre à un énième récit des événements. Je fais bouillir de l'eau pour le thé et le café tout en écoutant Devlin lui raconter tous les détails sanglants.

Bien sûr, son monologue se termine par le point de départ, avec Joseph Blackstone comme principal suspect. Seulement, maintenant, Brandy sait que je suis aussi dans la ligne de mire.

— Non, dit-elle en secouant la tête. Non, c'est impossible.

Elle se frotte le visage avant de poursuivre :

— Enfin, si, c'est possible. Je comprends. Mais s'en prendre à toi ? me dit-elle. C'est tellement tordu.

— C'est comme ça que mon père l'a formé, commente Devlin, impassible.

— C'est ignoble. Il ne devrait s'en prendre à personne, dans l'idéal, mais si c'est la vengeance pour la mort d'Anna qu'il cherche, Ellie n'y est pour rien. Elle n'a rien fait. C'est la faute...

Elle s'interrompt tout net.

— La mienne, complète Devlin à sa place. C'est à cause de moi, tout ça.

— Non, attends. Non, bredouille Brandy. Je ne voulais pas dire ça comme ça. Je ne disais pas...

— Ça va.

Il quitte le fauteuil en face du sien pour aller s'asseoir sur la table basse, devant elle, et prendre ses mains dans les siennes.

— Je comprends. Honnêtement, tu n'as pas tort.

— Mais...

— Brandy, dit-il avec détermination. Ça va.

Ses yeux se tournent vers moi et je hoche la tête. Lentement, elle expire. Dans sa caisse, près de l'arrière-cuisine, Jake gémit. J'ouvre la porte et il me lèche la main, puis il trottine vers Brandy et se pelotonne sur le canapé à côté d'elle, comme s'il sentait qu'elle avait besoin de lui.

— Quel merdier ! souffle-t-elle.

Jake pose la tête sur sa cuisse et elle lui caresse la fourrure. Elle a raison, et cette grossièreté dans sa bouche ne fait qu'enfoncer le clou douloureux de la vérité.

— Tu peux le dire, confirme Devlin. À tous les niveaux.

Il passe les doigts dans ses cheveux, si manifestement désarmé que j'ai envie de contourner l'îlot de la cuisine pour le prendre dans mes bras.

— Je n'ai rien vu venir.

Sa voix est basse, empreinte de chagrin.

— Je me suis toujours targué d'être un bon juge de la nature humaine. Pourtant, je n'ai jamais deviné la duplicité d'Anna. Et maintenant, ce sont les conséquences de mon erreur que nous payons tous.

— Tu lui faisais confiance, dit Brandy. Elle était proche de toi.

Il a un ricanement désabusé.

— Si je lui faisais confiance ? Oui, c'était justement ça l'erreur.

— Non, dis-je en m'approchant. Il faut faire confiance aux gens.

Je m'agenouille devant lui, mes mains sur ses genoux, et je regarde son visage, assombri par la tristesse.

— Il le faut, répété-je. Après tout, sans confiance, on ne se serait pas remis ensemble.

Pendant un moment, il ne réagit pas. Puis il hoche lentement la tête et me caresse les cheveux, les yeux fixés sur les miens.

— Ce n'est pas ta faute, dit tendrement Brandy. Elle t'aimait vraiment. Seulement, tout a dérapé pour elle. Elle a tout gâché. Quoi qu'il en soit, ce n'est pas ta faute.

— Non, concède-t-il. En effet. Mais quand même, ça fait mal.

— Je peux le comprendre, dit-elle lorsque je me lève.

La bouilloire électrique bipe et je retourne chercher l'eau pour le thé de Brandy et nos cafés.

— Je ferais mieux d'appeler Christopher, dit-elle. Il était perturbé à cause du meurtre, et maintenant, il doit être au courant pour Joseph. Il connaît du monde au département de police. Je ne voudrais pas qu'il reste seul.

— Tu devrais lui proposer de revenir, dis-je en posant le plateau, avant de m'asseoir sur l'accoudoir de Devlin.

— Oui, acquiesce-t-il. Dis-lui qu'on ne lui reproche absolument rien. On ne le met pas dans le même panier que son frère. Crois-moi, je sais ce que c'est que d'être jugé pour les mauvaises actions d'un membre de sa famille.

— J'imagine. Je suis vraiment désolée, tu sais. J'ai vu tout ce tapage médiatique, dit-elle avec une grimace. Difficile à éviter, puisque c'était partout sur les réseaux sociaux. Se faire balancer comme ça, un jour qui devait être si incroyable. Ça craint.

— Je m'en remettrai, répond Devlin. Tout comme Christopher.

Elle replie les genoux et les serre contre sa poitrine.

— Oui. Je l'espère.

J'essaie de réfléchir à ce que je vais dire quand elle continue :

— Comment va Lamar ?

— C'est dur, dis-je alors que Devlin passe un bras autour de mon épaule. Mais il s'accroche.

— Il va vraiment venir ? Tu as envoyé un texto pour me dire qu'il passerait la nuit ici, lui aussi, mais où est-il ?

— En chemin, répond Devlin. Il a promis.

Je doute qu'il tienne sa promesse.

— Il habite dans le même immeuble que Tracy, commenté-je. Ce serait facile pour lui de changer d'avis et de rejoindre simplement son appartement.

— Alors, c'est nous qui irons là-bas, déclare Brandy avec détermination. Il ne devrait pas rester seul.

— Non, tu as raison, approuve Devlin. Mais il m'a donné sa parole. Laissons-lui quelques minutes de plus avant d'appeler pour vérifier qu'il va bien.

— Est-ce qu'il aura l'autorisation de travailler sur l'affaire ? Et d'ailleurs, est-ce vraiment une bonne chose ?

— Il y travaillera, lui dis-je. J'ai interrogé le chef à ce sujet. On pense tous les deux que ça l'aidera à tourner la page. J'espère ne pas me tromper.

— Bon. En tout cas, il peut rester ici aussi longtemps qu'il le souhaite. On le mettra dans ta chambre. Honnêtement, je serai contente d'avoir de la compagnie. Je n'essaie pas de te culpabiliser, mais ça me manque de ne plus t'avoir à la maison.

Il s'agit d'une villa à étage, avec trois chambres, dont la principale occupe tout le premier. Brandy a fait une bonne affaire, car elle dispose des lieux pour elle toute seule en échange d'un loyer modique et de tâches ménagères basiques. Le propriétaire, qu'elle surnomme Monsieur Plein aux As, ne rentre que quelques semaines par an, alors quand on m'a envoyée à Laguna Cortez, je me suis installée dans sa chambre d'amis. C'était un peu comme si nous étions à nouveau colocataires à la fac.

Techniquement, je n'ai pas déménagé, mais je passe la plupart des nuits chez Devlin. À terme, bien sûr, j'espère emménager chez lui. En fait, nous avons brûlé les étapes. Entre l'assassinat de mon oncle, sa fuite et son changement radical, nous avons sauté tous les rendez-vous classiques qui composent le début d'une relation. Pour tout dire, je trouve cela dommage. J'aurais aimé le retrouver pour un simple café. Sortir au cinéma. Voler une nuit l'un chez l'autre.

C'est peut-être bête, mais c'est important pour moi, et j'ai la chance d'être amoureuse d'un homme qui le comprend.

— Tu me manques aussi, dis-je à Brandy. Devlin et moi, on

va rester.

Nous n'en avons pas discuté, tous les deux, mais Devlin accepte.

— Lamar pourra dormir dans la chambre principale, ajouté-je.

Brandy fait grise mine.

— Personne n'a jamais dormi dans la grande chambre. Monsieur Plein aux As ne l'a jamais spécifiquement interdit, mais ça fait bizarre. Tu sais quoi ? Ça ne fait rien. Si Lamar me rejoint, ça ira. Allez chez Devlin, vous deux. Comme ça, vous pourrez vous balader tout nus sans craindre de vous faire surprendre.

Devlin exerce une pression sur ma hanche.

— Tu vois ? Je t'avais dit qu'on devait sauter sur l'occasion. Elle ne sait jamais en profiter, ajoute-t-il en regardant Brandy, qui rit à ces mots. Enfin, aussi attrayante que soit l'idée de courir après Ellie tout nu dans la maison, nous resterons ici ce soir. Donne à Lamar la suite principale. Tu as le droit d'utiliser toute la maison, n'est-ce pas ? Alors, j'imagine que ça ne dérangera pas ton propriétaire. Honnêtement, je me sentirai mieux de vous avoir toutes les deux sous ma surveillance.

— Tu es sûr ?

Il acquiesce.

— Absolument.

— D'accord. Mais vous deux, prenez l'étage. Il y a un grand lit, c'est plus cohérent.

— Lamar peut dormir dans la mienne, ajouté-je. On fait comme ça.

— Soirée pyjama, lance Brandy avec un sourire.

Aussitôt, toute trace d'humour disparaît et elle prend une profonde inspiration.

— Mon Dieu. Pauvre Lamar, dit-elle en clignant des paupières. Pauvre Tracy.

Une larme s'échappe et elle pince les lèvres.

— Désolée. Ça vient de me revenir de plein fouet.

— Je comprends. À moi aussi.

— Je suis vraiment désolé pour tout ça, nous dit Devlin.

— Pardon ? On a déjà établi que ce n'était pas ta faute. En plus, c'est vous deux qu'il vise maintenant.

— Mais il a commencé avec Tracy, insiste Devlin gravement.

Il s'approche et lui prend la main.

— Pas Ellie, alors qu'il savait que ça me détruirait vraiment.

Il ferme les yeux, inspire, puis continue :

— Il travaille peut-être sur une liste. Ça m'étonnerait, cela dit. Lamar et moi, nous pensons qu'il ne prendra pas le risque de se faire surprendre en faisant traîner les choses en longueur, mais je veux que tu restes sur tes gardes.

— Je ne vois pas ce que...

Ses yeux se tournent vivement vers moi avant de retourner sur Devlin.

— *Oh.*

— Comme je l'ai dit, je suis désolé.

— Tu ne dois pas oublier d'activer l'alarme, lui dis-je.

— La police affecte un agent à ta surveillance.

Elle fronce les sourcils.

— Je dois vraiment m'inquiéter ?

— Pas d'inquiétude, répond Devlin. Mais une certaine vigilance. D'accord ?

— Oui, d'accord, fait-elle, hochant la tête pour se rassurer. Juste des précautions.

— On s'efforce de neutraliser la menace.

À ces mots, Brandy ricane et Devlin et moi échangeons un coup d'œil.

— Je ne m'attendais pas à cette réaction, commente-t-il.

— Disons que je me sens mieux en le sachant. Ça fait très autoritaire et sérieux de t'entendre parler comme ça.

— Je peux te dire : fermons toutes les écoutilles, si tu aimes ce langage.

Cette fois, elle rit aux éclats.

— Non, sérieusement, c'est une priorité. Avec un peu de

chance, Blackstone sera inculpé rapidement et bientôt sous les verrous. Tu n'es pas une cible évidente, mais il faut prendre cette éventualité au sérieux. Espérons que la menace soit de courte durée.

— J'ai compris. Je n'aime pas ça, mais j'ai compris.

Elle se mord la lèvre inférieure.

— Quoi ? demandé-je.

— Ça ne fait rien si Christopher reste ici avec nous ? Enfin, s'il n'est pas trop gêné pour ça, bien sûr. Comme il y aura du monde ici, il ne restera pas tout le temps, mais...

— Tu plaisantes ? Bien sûr qu'il peut rester.

Je dois paraître trop enthousiaste, mais quand nous sommes partis pour New York, ils avaient à peine couché ensemble et tout était encore récent. S'ils sont assez proches pour qu'elle ait besoin qu'il l'aide à traverser cette épreuve, j'en déduis que tout va bien dans leur relation. Compte tenu des blocages et des appréhensions de Brandy, j'avoue que c'est une formidable nouvelle.

Sans compter que je suis plutôt curieuse de connaître l'homme que fréquente ma meilleure amie. Surtout quand on sait qui est son demi-frère.

Je fronce les sourcils, me reprochant d'avoir laissé mes pensées dériver dans cette direction. Comme Devlin l'a déjà fait remarquer, ce serait injuste de le mettre dans le même panier que son frère.

— Devlin ? demande Brandy, comme si l'endroit où Christopher allait passer la nuit dépendait de lui.

— C'est ta décision, répond-il. Comme je l'ai dit, j'aimerais que cette enquête soit rapide. Obtenir des preuves, retrouver Blackstone et boucler cette affaire.

Il décrit là ce que les Anges vont entreprendre, bien sûr, mais Brandy l'ignore. Elle doit se figurer qu'il parle de la police. Après tout, à ses yeux, c'est un citoyen puissant qui a le bras long auprès des forces de l'ordre. Dieu sait qu'il pourrait missionner toute une armée de détectives privés.

Quoi qu'en pense Brandy, le but ultime est de trouver Blackstone et de confirmer sa culpabilité.

Ensuite, comme l'a dit Devlin, ils neutraliseront la menace.

En fin de compte, il vaudrait mieux que Christopher revienne. Quel que soit l'état de ses relations familiales, ça lui fera tout drôle que son frère soit arrêté. Au moins, Brandy sera présente pour le réconforter.

Je prends une inspiration, un mot s'attardant dans mon esprit.

Neutraliser.

Un terme si simple pour un acte autrement plus complexe.

Il y a encore un jour ou deux, j'aurais pu le reprocher à Devlin. Mais pas aujourd'hui. Cette fois, arrêter la vendetta de Blackstone pourrait bien sauver des vies, y compris la mienne.

Je cligne des yeux en prenant conscience que j'étais perdue dans mes pensées, pour constater que Devlin me regarde.

— Quoi ?

Je vois le sourire dans ses yeux et je suis certaine qu'il peut lire dans mes pensées. Je me renfrogne un peu quand le sourire s'étend à ses lèvres.

— Je t'aime, me dit-il. C'est tout.

Brandy presse alors une main sur son cœur, aussi émue que moi.

— Tout va bien se passer, dit-elle.

C'est bien Brandy, elle voit toujours le bon côté des choses.

— Et je vous promets que je ferai attention. J'ai une tonne de travail à faire ici, alors je vais beaucoup rester à la maison.

— C'est un bon plan.

Soudain, je sursaute. On vient de sonner à la porte.

Brandy se lève pour aller répondre, mais Devlin lui lance :

— Caméra !

— D'accord, d'accord.

Elle attrape son téléphone, regarde la vidéo de sécurité et me sourit.

— C'est Lamar.

❈ 15 ❈

— Te voilà ! s'écrie Brandy en se jetant au cou de Lamar, les joues baignées de larmes. Je suis tellement, tellement désolée pour Tracy.

Lamar referme ses bras autour d'elle pour l'étreindre, comme s'il avait peur de la perdre, elle aussi. Je m'empresse de les rejoindre, m'absorbant dans ce câlin réconfortant avec mes deux meilleurs amis. Derrière nous, j'entends Jake gémir, et contre toute attente, Lamar se met à rire. C'est un rire sans joie.

— C'est dur, dit-il. Encore plus maintenant. Dans son appartement, au moins, je pouvais me dire que je travaillais, tout bloquer. Mais là...

— Je sais, dit Brandy. On comprend bien. Tu seras quand même mieux ici que tout seul chez toi.

Il lui prend la main et leurs doigts s'entremêlent. Finalement, son regard alterne entre nous deux et il finit par lever les yeux par-dessus ma tête en direction de Devlin.

— Oui. C'est mieux d'être ici avec vous, les amis. La famille, pas vrai ?

Je croise le regard de Brandy avant de me tourner vers Devlin en lui tendant la main. Il se joint à nous.

— Oui, dit-il. La famille.

Je sais qu'il le pense. Pour Devlin plus que pour n'importe qui, la famille est celle que l'on choisit, pas celle qui nous est imposée à la naissance.

Jake replie ses pattes avant et gémit un peu, jusqu'à ce que Lamar finisse par se mettre à genoux pour le gratter, recevant à son tour de gros baisers canins qui le font rire. Ces facéties détendent l'atmosphère et je suis reconnaissante envers ce bon vieux toutou.

Brandy recule, libérée de notre étreinte. L'air un peu perdue, elle jette un coup d'œil entre nous.

— Alors, euh, qu'est-ce que tu bois ? Un café ?

Lamar secoue la tête.

— Je ne cherche pas à vous éviter, c'est promis, mais je suis épuisé.

Il portait un sac à son arrivée, et maintenant, il se penche pour le ramasser.

— J'ai apporté quelques affaires. Si ça ne vous dérange pas, pour l'instant, j'ai besoin de dormir. Et d'être seul aussi, je crois.

— Tout ce dont tu auras besoin, lui dis-je. Prends ma chambre. Devlin et moi, nous allons à l'étage.

Lamar jette un coup d'œil en coin à Brandy.

— Tiens, tiens, on prend des risques. Tu vas vraiment ouvrir la chambre du haut à quelqu'un ?

Elle lève les yeux au ciel, mais je sais que c'est exactement ce qu'elle pense.

Lamar se dirige vers la chambre. Il s'arrête en cours de route et se retourne pour regarder Devlin.

— Tu penses vraiment ce que tu as dit ? Tu me tiendras au courant ? Quoi que tu apprennes, d'accord ?

Devlin hoche la tête.

— Bien sûr. J'imagine que la réciproque est aussi vraie ?

Le regard de Lamar est insondable quand il rencontre celui de Devlin.

— Même si je dois faire une entorse au règlement pour ça,

tu peux y compter. Je me fiche de ce qui est permis ou non. Je veux coincer celui qui a fait ça à Tracy.

Sans même me regarder, il tourne les talons et disparaît dans la chambre. Quant à moi, je reste abasourdie pendant un moment, les yeux sur la porte. Lamar est le flic le plus droit que je connaisse. La mort de Tracy l'a terriblement affecté, mais je suis surprise qu'il soit prêt à partager des informations sur une enquête pourtant confidentielle.

— C'est important pour lui, dit Devlin en me voyant lever les sourcils d'un air interrogateur. Il ne faut pas chercher plus loin.

Pendant que Brandy le suit pour s'assurer qu'il a des draps et des serviettes propres, je me tourne vers Devlin.

— Tu lui as parlé des Anges ?

— Non. Mais il connaît la fondation et il sait que nous avons un service d'enquête. Il a fait des suppositions, et j'ai laissé dire.

C'est logique. Lamar est peut-être prêt à s'arranger avec la loi pour arrêter le tueur de Tracy, mais je doute qu'il soit parfaitement d'accord avec une organisation comme les Anges de Saint. Il n'est pas ce genre de policier.

En même temps, je suis bien placée pour savoir que la réalité change en permanence. Ce que l'on pense ne jamais pouvoir faire devient tout de suite plus acceptable quand des proches sont en danger. Et ensuite, c'est une pente glissante, l'envie d'aider tous ceux qui rencontreraient ce type d'ennuis. Qu'on les connaisse ou non, on veut toujours en sauver plus. C'est ainsi que Devlin a pensé pendant des années, impatient de sauver un maximum de victimes des griffes de son père. Aujourd'hui encore, il rattrapait le temps perdu et ce qu'il n'avait pas pu faire lorsqu'il était enfant.

Brandy revient et nous lui souhaitons une bonne nuit.

La journée a été affreuse, et même si j'ai envie de me retirer à l'étage, je répugne à la laisser seule.

Mais elle secoue la tête en me jurant que tout va bien.

— Je prends Jake au lit avec moi, dit-elle. D'habitude, il dort dans sa cage, et il va croire que je lui fais un immense cadeau. En fait, je suis complètement anéantie. Je ne me suis jamais sentie aussi vidée émotionnellement. À moins que Jake ne m'en empêche, je crois bien que je vais m'endormir en quelques minutes.

— Oui, je comprends.

Nous nous étreignons une dernière fois. Elle a le souffle court, comme si elle retenait des larmes qui ne coulent pas.

Alors que nous montons à l'étage, je me dis que nous sommes tous dans un piteux état. Devlin peut-être plus que les autres.

J'ignore à quoi je m'attendais, mais certainement pas à ce qu'il me prenne brutalement le bras et m'attire à lui. Sa bouche prend possession de la mienne et il enfouit ses mains dans mes cheveux, me renversant la tête en arrière pour m'embrasser avec une telle intensité que nos dents s'entrechoquent. Je sens le goût du sang.

Il est hors d'haleine lorsqu'il me repousse.

— Bon sang, El, commence-t-il. Je ne devrais pas...

Je le saisis au col et le rapproche violemment.

— Si, lui dis-je. Fais-le.

Mon corps est à la fois chaud et froid. Il vient de déclencher quelque chose en moi. J'avais étouffé toutes mes émotions pour venir à bout de ces dernières vingt-quatre heures. Ni lui ni moi n'avons vraiment dormi, pas même dans l'avion. L'horreur de la mort de Tracy et les circonstances nous ont ébranlés, tous les deux. J'ai besoin de liberté, d'oubli. J'ai besoin de ressentir autre chose que cette atrocité abrutissante, cette douleur sourde.

J'ai besoin de Devlin. Et je sais qu'il a besoin de moi, lui aussi.

— Ça me ronge, dit-il en reculant, passant les doigts dans ses cheveux.

Il retire ses lunettes et les jette sur la table de chevet avant de se frotter le visage comme s'il était épuisé.

Et il *est* épuisé. Son teint blême fait ressortir la cicatrice qui entame le côté droit de son visage.

— J'ai besoin de toi, dit-il. J'ai besoin de me reconnecter.

J'acquiesce. J'ai besoin de lui, moi aussi. Mieux encore, je comprends parfaitement ce qu'il veut dire. Ces derniers jours, le monde s'est écroulé autour de nous. Autour de *lui*. Un homme habitué à avoir le contrôle, à tirer les ficelles et à faire bouger les choses en coulisses. Un homme habitué à sauver les gens, pas à les perdre. Il a perdu la main sur la situation, et plus que tout, il tient à la reprendre. Il réussira, je n'en doute pas. C'est une évidence. Mais il en a besoin tout de suite, et malheureusement, le monde ne se plie pas à sa volonté.

Moi, en revanche...

Je vais me plier, et avec grand plaisir. Parce que j'en ai besoin tout autant que lui. Il cherche à repousser les limites du contrôle ? Eh bien, moi, je cherche à repousser le danger.

Je respire et m'approche, mon cœur battant la chamade. Le désir me donne la chair de poule. J'ouvre la bouche pour parler, mais je n'en ai pas l'occasion. Il saisit mon poignet et m'attire à lui, puis le tord dans mon dos. Je me retrouve pressée contre son torse, incapable de bouger.

— J'en ai terriblement besoin, dit-il, son corps tout contre le mien, son érection soulignant ses propos. Demande-moi d'arrêter maintenant si tu veux, mais une fois que je t'aurai emmenée dans ce lit, je ne m'arrêterai pour rien au monde.

— Ne t'avise pas d'arrêter.

Je lâche un cri lorsqu'il saisit la ceinture de mon legging et le déchire jusqu'à la couture. Puis il me renverse sur le lit et se débarrasse du reste de mes vêtements.

— Tourne-toi, ordonne-t-il, m'indiquant d'un geste qu'il souhaite me voir sur le ventre.

Je m'exécute, m'étendant à plat ventre. J'ai la tête tournée. Dans ma vision périphérique, il se déshabille et me rejoint sur le lit. À cheval sur mes jambes, il pose ses mains sur mon dos. Il caresse mes cheveux, puis m'embrasse la nuque tandis que ses mains se glissent entre le matelas et mon buste pour trouver ma poitrine. En même temps, je sens son sexe me taquiner par-derrière.

Avec une lenteur délicieuse, il embrasse ma colonne vertébrale, puis me redresse sur mes genoux. Je ne suis plus qu'avidité et sensations. Lorsqu'il me donne une fessée aguichante, non pas une, mais deux fois, je lâche un cri de surprise. Enfin, sa main s'aventure entre mes jambes et il enfonce les doigts en moi. Je ferme alors les yeux et me cambre, prête à en redemander, à supplier qu'il m'en donne plus.

— Putain, j'ai trop besoin de toi, murmure-t-il avant de passer le doigt de mon clitoris jusqu'à mon sillon.

Je me mords la lèvre tandis qu'il m'attise, étouffant un cri lorsqu'il enfonce le bout de son doigt au-delà du muscle serré, tout en s'avançant pour me murmurer à l'oreille :

— Tu te rappelles ce que je t'ai dit ?

Je gémis, le corps en feu, alors qu'il se penche pour récupérer le lubrifiant que nous avons laissé sur la table de chevet.

— Mes doigts dans ta chatte, ma queue dans ton cul.

Les mots sont crus. Très explicites. Ils m'excitent follement.

— Oui…

L'envie est telle que je me balance légèrement contre lui, sans même m'en rendre compte. J'en ai envie. Il n'y a rien que je ne veuille pas, avec Devlin, et ce soir, je sais que nous en avons tous les deux cruellement besoin. J'ai besoin de m'abandonner entièrement. Et lui aussi. Il joue avec moi au début, me taquine et me caresse. Ses doigts sur mon clitoris, son sexe ferme derrière moi. Alors que je suis prête à le supplier, il enfonce ses doigts en moi en même temps que son membre. Je ressens plus de pression que de douleur, et un étirement merveilleusement sensuel.

Il joue avec moi dans les deux sens du terme, à un rythme qui me pousse jusqu'à ma limite avant de ralentir, sans jamais me submerger. Il est implacable et je flotte aux abords du plaisir, sans trop savoir comment survivre à la déferlante tant l'orgasme monte lentement.

Enfin, après ce qui me semble avoir duré des heures – et en même temps, une fraction de seconde –, je sens son corps se raidir et je sais que je dois me laisser aller avec lui. Je dois exploser dans ses bras, perdre le contrôle. Après tout, c'est bien de cela qu'il s'agit. Nous deux, le contrôle, la confiance et la passion.

La *passion*, pensé-je alors que mon corps se désintègre en mille étoiles, qu'il crie mon prénom et me remplit. Je m'écroule sur le matelas, ensevelie sous le poids de son corps, me sentant merveilleusement utilisée et entièrement aimée.

Nous restons ainsi jusqu'à ce que le monde reprenne ses droits, puis nous nous nettoyons avant de nous glisser à nouveau dans le lit, sous les couvertures cette fois. Il me serre contre lui. Pour la première fois depuis hier, nos corps sont libérés de toute tension.

Je ferme les yeux, laissant le sommeil me gagner, mais la voix de Devlin à mon oreille me ramène à la réalité et je cligne des paupières, troublée, lorsqu'il murmure :

— Merci.

— En quel honneur ?

— Merci de m'aimer, El. Rien que pour ça. Merci de m'aimer.

❧ 16 ❧

Je me réveille à sept heures et demie, avec un lit vide et des effluves de bacon frit. Comme je n'ai pas pensé à récupérer des vêtements dans la chambre qu'occupe Lamar, j'enfile le t-shirt que je portais hier et mes sous-vêtements, puis je descends. Tout le monde dans la maison m'a déjà vue plus dévêtue que ça, y compris Lamar, et je ne me sens pas suffisamment à l'aise pour emprunter la robe de chambre qui traîne derrière la porte de la salle de bains de Monsieur Plein aux As.

Devlin aussi porte la même tenue qu'hier. Il me toise du regard lorsque j'entre dans la cuisine, propageant un frisson de chaleur dans ma colonne vertébrale, tout comme le contact de ses doigts la nuit dernière.

— Tu as l'air très décontractée, commente-t-il alors que Brandy jette un coup d'œil dans ma direction.

Il rit lorsqu'elle me lance :

— Avoue-le, tu essaies juste de jouer avec les nerfs de notre Monsieur Saint.

— Hmm, j'adore jouer, dis-je avec un sourire enjôleur à Devlin.

Il s'éclaircit la voix.

— J'ai beau comprendre le concept d'amitié platonique, tu

veux bien couvrir ce très beau fessier avant que Lamar se réveille et vienne ici ?

Je secoue la tête.

— Après la journée qu'il a vécue ? Il va dormir jusqu'à midi au moins. Crois-moi.

Je remue le popotin, simplement parce que j'apprécie cette humeur plus légère. Je sais que ça ne peut pas durer, mais je veux profiter de tous les moments au maximum.

— À moins que tu n'aies un problème avec la tenue ? ajouté-je en levant un sourcil vers Devlin.

— Pour les tenues de détente à la maison, quand aucun autre homme n'est présent, je n'ai pas de problème. Je propose qu'on prenne le petit-déjeuner avant d'en discuter.

Je souris, puis je lui dépose un baiser sur la joue avant de me rendre derrière le plan de travail pour me servir une tasse de café et prendre un muffin et un morceau de bacon dans l'assiette recouverte de serviettes absorbantes.

— Eh, s'exclame Brandy en me tapant la main alors que je m'éloigne en dansant, manquant renverser mon café.

Ma lanière de bacon à la main, je m'installe sur le plan de travail, à côté de Devlin.

— C'est un délice. Lamar va peut-être regretter d'avoir fait la grasse matinée, après tout.

— Oh, il est déjà parti, commente Brandy. Il a dit qu'il était impatient de s'y mettre.

Je lui lance un regard, comme pour dire : « Qu'est-ce que tu me chantes ? », mais elle se contente de hausser les épaules.

— Quoi ? proteste-t-elle. Ça m'amusait de vous écouter vous chamailler.

— On plaisantait, corrige Devlin. On ne se chamaille pas vraiment.

Je prends une autre bouchée de bacon.

— Si, parfois, mais seulement parce qu'on peut se réconcilier après.

— Un avantage certain, concède Devlin.

— Vous êtes trop adorables, tous les deux. Ce qui me fait penser – parce que Christopher est adorable, lui aussi – que je lui ai parlé hier soir.

— Oh, super.

Mon soulagement est tellement palpable que je le sens me traverser.

— Tu lui as rapporté ce qu'on a dit ? Qu'on ne le mettait pas dans le même panier que son frère, tout ça ?

Elle acquiesce, et son sourire annonce sa réponse avant qu'elle ne parle :

— Il dit qu'il apprécie vraiment et qu'il viendra certainement aujourd'hui. Mais il ne passera pas la nuit ici.

Ses joues rougissent lorsqu'elle ajoute :

— Ce n'est pas à cause de vous.

— Vraiment ? demandé-je d'une voix inquisitrice.

L'une de ses épaules se soulève en même temps que son sourire s'agrandit.

— Il sait que je ne veux pas aller trop vite, et il a peur qu'on dérape si on partage un lit.

Je soupire et presse ma main sur mon cœur.

— Intéressant, dit Devlin en réprimant un sourire.

— Quoi donc ? demande Brandy.

— La réaction d'Ellie.

Il se tourne vers moi.

— Je n'avais pas réalisé que l'abstinence était si romantique. J'en prends note.

— Ne t'avise pas de le faire. Quant à toi, dis-je en me tournant vers Brandy. Tout ce que tu viens de dire, ce sont d'excellentes nouvelles.

— Oui, je le pense aussi. Oh, ajoute-t-elle à l'attention de Devlin. Il a dit qu'il irait à la fondation ce matin, pour continuer ses recherches. Mais il a dit aussi qu'il pouvait travailler sur Internet ici si je préférais.

Elle mordille sa lèvre inférieure avant de continuer.

— Je sais que les sources sont meilleures à la fondation, mais penses-tu que je devrais lui proposer de venir ici à la place ? Je veux dire, je vais fermer les portes et tout le reste, une fois que vous serez partis, mais...

— Si tu préfères qu'il soit ici, demande-le-lui. Mais j'ai déjà mis en place une sécurité dans la maison, alors tu n'as pas à t'inquiéter de rester seule.

— D'accord.

Elle esquisse un demi-sourire dans ma direction.

— J'aurais dû m'en douter.

— Eh oui, c'est mon mec, dis-je avant de l'embrasser sur la joue. Mais garde les portes verrouillées et l'alarme allumée quand même. Juste au cas où.

— Elle m'aime, mais elle met en doute mes ressources. Quel triste monde. Cela dit, ajoute Devlin, elle a raison. Même si c'est bien dommage.

— Je te remonterai le moral plus tard, rétorqué-je.

— En parlant de la fondation, reprend Devlin après avoir ri à ma plaisanterie. J'ai prévu une réunion à neuf heures. Des sources pour aider à l'enquête.

Il me jette un coup d'œil.

— Tu vas pouvoir t'habiller aussi vite ?

— Oh.

C'est la première fois que j'en entends parler, mais puisque je suppose que les sources en question ne sont nul autre que les Anges de Saint, il est hors de question que j'en rate une miette.

— Absolument, dis-je avec sérieux, toute plaisanterie mise à part.

Je m'adresse à Brandy :

— Garde-moi un muffin pour plus tard.

Sur ce, j'emporte mon café dans mon ancienne chambre pour prendre une douche rapide et me changer. Après avoir hésité entre une tenue décontractée et professionnelle, j'opte pour un beau jean, une paire de Manolo de l'année dernière et un débardeur blanc uni sous un blazer.

Devlin porte le même costume que la veille, mais il a

toujours l'air très chic. Nous prenons congé de Brandy et sortons au grand air.

— Qui allons-nous rencontrer ? demandé-je alors que nous nous garons sur le parking de la fondation.

C'est un bâtiment étonnant, avec des lignes épurées et d'immenses baies vitrées donnant sur le Pacifique. Conçu par le « starchitecte » Jackson Steele, demi-frère de Damien Stark, il est dans le style ultra-contemporain qui a contribué au renom de Steele. Malgré sa modernité, il s'intègre à merveille dans le paysage, sur son terrain en bord de mer non loin de la Pacific Coast Highway, bien mieux que beaucoup de restaurants et hôtels parmi les plus récents.

Toujours assise dans la Tesla de Devlin, je ressens un élan de chagrin proche du deuil en songeant à ma Shelby Cobra de 1965 que j'aimais tant.

— Ça va ?

Devlin est au volant, son attention sur moi. Je hausse les épaules et il m'adresse un tendre sourire.

— Il est doué dans son métier. Ta Shelby n'a sûrement pas dit son dernier mot.

— On dirait que tu lis dans mes pensées, dis-je, fondant un peu plus en sentant cette connexion entre nous. Ça me plaît beaucoup.

Il se penche pour m'embrasser, puis nous sortons de la voiture. Lorsque nous franchissons les portes, Éric lève les yeux derrière le bureau d'accueil, perdant momentanément son sourire avant de le retrouver. Je prends alors conscience que c'est la première fois que Devlin est de retour sur son propre terrain depuis que la presse a révélé qu'il était le fils du Loup.

— Bonjour, Éric, lance Devlin. N'ayez pas peur de dire quelque chose de travers, vous savez.

Le jeune homme fait la grimace.

— Désolé, Monsieur Saint. Enfin, désolé de ne pas savoir quoi dire. J'ai l'impression que vous ne vouliez pas que ça s'ébruite.

À présent, Devlin paraît amusé.

— Il se trouve que ce choix m'a été retiré. Mais pour tout dire, ça ne me dérange pas que vous connaissiez l'histoire de mon passé, tant que vous, et tout le monde ici à la fondation, comprenez aussi que je n'ai pas choisi la personne qui m'a engendré. En revanche, j'ai choisi de partir.

— Oui, monsieur, dit Éric. Ça a dû être... ça a dû être très dur.

— C'est vrai. Mais avec une organisation comme celle-ci et tous ces gens formidables dont vous faites partie, l'aventure est plus facile. Passez une bonne journée, Éric.

— Oh, oui. Merci, Monsieur Saint.

— Tu as assuré, dis-je une fois que nous sommes dans l'ascenseur.

— J'aurais dû leur en parler beaucoup plus tôt. Cet oubli est ma faute.

— Tu n'es pas revenu ici, et c'était le week-end.

— Dans ces circonstances, le week-end n'est pas une excuse. Et crois-le ou non, mon équipe est remarquablement douée pour les vidéo-conférences. Nous sommes un organisme de pointe, tu sais.

Je lève les yeux au ciel lorsque les portes coulissent au troisième étage.

— C'est vrai. Enfin, mieux vaut tard que jamais

— C'est ce que je pense. Tamra ! lance-t-il.

Je me rends compte qu'elle est assise à sa place, à l'extérieur de son bureau.

— Pouvez-vous prévoir un moment pour que je m'adresse au personnel aujourd'hui ?

— Bien sûr. Tiens, bonjour, Ellie. Comment vas-tu ?

— Je me sens toujours un peu bizarre. Vous voir à ce bureau...

Je ne termine pas ma phrase et elle hoche la tête.

— Je sais. D'abord Anna, maintenant Tracy. Dans l'ensemble, l'histoire de ce bureau est plutôt sinistre.

— C'est une putain de tragédie, d'accord, mais ce n'est pas une prophétie auto-réalisatrice, grommela Devlin.

— Bien sûr que non, s'empressa de répondre Tamra. Je ne voulais pas...

— Non, je sais.

Il appuie les doigts sur ses tempes, puis il tend la main vers moi. Je la prends et la lui serre, essayant de lui transmettre ma force.

— Je suis désolé. Je n'ai pas... commence-t-il avant de reprendre sa respiration. Je ne m'étais pas rendu compte que j'étais complètement à bout.

— C'est compréhensible, dit Tamra. En tout cas, sache que tu n'as pas à craindre d'être toi-même en ma présence.

— Je sais, et je vous aime pour ça. Je suis désolé pour le bureau. Aucun de nous n'est superstitieux, mais on devrait peut-être en commander un nouveau. Ce sera un nouveau départ avec notre future recrue.

— Pourquoi pas ? Et j'ai déjà appelé l'agence. Ils vont commencer à sélectionner des candidats pour le poste aujourd'hui.

— Merci, Tamra.

— Il n'y a pas de quoi.

D'un mouvement de tête, elle désigne les doubles portes qui mènent à son bureau.

— Penn et Claire sont déjà à l'intérieur, ajoute-t-elle. Tu es prêt ou tu as besoin d'un moment ? Je peux leur dire que tu as été retenu.

— Non, c'est bon. Ellie ?

Je hoche la tête. Je ne les connais ni l'un ni l'autre, mais ici, je ressens la douleur trop vivement. Les moments où je riais avec Anna, le grand sourire de Tracy et son envie insatiable d'apprendre.

— Très bien, dit Tamra en se penchant pour appuyer sur le bouton ouvrant les portes de son bureau.

Le vantail de bois pivote automatiquement. Comme

toujours, j'ai l'impression que ce mouvement devrait être accompagné d'une musique classique grandiose. Pourtant, ce ne sont que des portes, et je suis Devlin à l'intérieur, curieuse de savoir qui nous allons rencontrer.

Penn s'avère être Cory Pennfield, et Claire, sa femme, qui se lèvent tous les deux pour nous saluer. Claire est grande et mince, avec un sourire chaleureux. Elle dépasse Penn d'au moins quinze centimètres, un homme à la carrure trapue de lutteur.

— Enchantée de vous rencontrer, me dit Claire, tandis que nous prenons place, le couple sur le canapé, moi dans l'un des fauteuils et Devlin perché sur l'accoudoir, sa main sur mon épaule.

— Ils travaillent tous les deux avec moi depuis… quoi ? fait Devlin. Plus de cinq ans maintenant ?

—J'ai du mal à croire que nous l'avons supporté si longtemps, dit Claire avec un sourire. Au moins, son physique avantageux rend les missions plus tolérables.

— Pardonnez ma femme. Elle passe son temps à draguer Devlin.

—J'essaie toujours d'obtenir une réaction, dit-elle en riant, mais je n'ai jamais réussi.

Son sourire devient immense.

— Maintenant, je comprends pourquoi. Il attendait de rencontrer la bonne.

— Bien obligé, rétorque Devlin. Penn m'aurait massacré si j'avais succombé à ton sourire de tueuse.

— Eh ! dis-je en feignant l'indignation.

— Oh, sans oublier que j'étais amoureux de quelqu'un d'autre.

Il me prend la main, puis la porte à ses lèvres et l'embrasse.

— Blague à part, reprend Claire. C'est merveilleux de vous rencontrer enfin. Devlin nous a beaucoup parlé de vous au fil des ans.

—Je…

Je me tourne vers lui, abasourdie.

— Vraiment ?

— Penn me connaît depuis aussi longtemps que Ronan. Claire un peu moins.

— Devlin et Penn ont servi ensemble, explique-t-elle. Et moi, j'ai rencontré Penn d'une manière assez peu conventionnelle.

— Oh, dis-je, surprise et ravie de savoir qu'il parlait déjà de moi à l'époque.

J'attends qu'elle développe l'histoire de leur rencontre, mais comme elle n'en fait rien, je me racle la gorge et ajoute :

— Alors, Devlin a suggéré que vous pourriez avoir des informations sur le meurtre de Tracy. Ou savoir qui a divulgué son identité ?

Je prends conscience tout en parlant que je ne suis pas très sûre de ce qu'il voulait dire quand il a parlé de « source » au petit-déjeuner.

— Claire et Penn sont deux des membres originaux des Anges de Saint et ils dirigent l'opération du Midwest. Je leur ai demandé de travailler sur l'enquête de Blackstone, d'autant plus qu'il est basé à Chicago.

— Super. Et vous avez appris quelque chose jusqu'à présent ?

— Nous savons qu'il était ici, à Orange County, ces quatre derniers jours, dit Penn. En ce moment, il est dans un avion de retour pour l'Illinois.

— Et je sais qu'il a tué Tracy, ajoute Devlin. Mais je ne veux pas avancer sans preuve. Ma petite amie a des critères, après tout.

— En effet, acquiescé-je. Vous avez déjà des preuves ?

— Nous faisons des progrès, dit Claire. Donnez-nous encore douze heures et nous pourrons refaire un point.

Mon regard alterne entre les trois. Je suis impressionnée par la rapidité avec laquelle les rouages se sont mis en branle.

Devlin prend une inspiration et les dévisage longuement l'un et l'autre.

— Je veux savoir où il va quand il atterrit. Chez lui ? À son bureau ? Dans une planque sécurisée ? Tout à fait ailleurs ? Je veux la confirmation qu'il a fait le coup, soit de sa propre main, soit en déléguant. Et je veux des yeux sur lui en permanence, qu'on épie ses moindres mouvements. Autant d'informations que possible et aussi vite que vous pouvez les obtenir.

— Ce n'est pas notre premier rodéo, dit Claire.

— Blackstone est au courant pour les Anges ? demandé-je.

Devlin secoue la tête.

— A priori, non. Ce qui nous donne un avantage.

— Et nous faisons appel à tous les agents d'Amérique du Nord et d'Amérique centrale qui ne sont pas déjà en pleine mission, ajoute Penn.

Je garde le silence, m'assurant de ne pas trahir ma surprise en apprenant que cette organisation que je prenais pour un petit groupe de personnes est en réalité assez tentaculaire et organisée pour avoir un pied dans le monde entier. Au lieu de quoi, je pose la question qui me taraude le plus :

— Son demi-frère, Christopher, est-il aussi dans votre viseur ? Nous ne pensons pas qu'il soit impliqué, d'autant qu'il a témoigné contre Joseph il n'y a pas si longtemps. Mais j'aimerais en avoir le cœur net.

— Nous avons été impliqués dans l'enquête après la trahison d'Anna, dit Penn, d'une voix distante et formelle. Pour le moment, rien ne suggère qu'il travaillait avec son frère. Au contraire, tout ce que nous avons appris laisse plutôt entendre qu'en devenant témoin de l'État, il a creusé un fossé déjà infranchissable entre eux. Mais nous ne voulons négliger aucune piste.

— D'accord.

Je ne veux pas qu'il soit mêlé à cette affaire, et je ne crois vraiment pas qu'il fasse du mal à Brandy. Mais elle est en train de tomber amoureuse de lui et je tiens à m'assurer qu'elle connaisse toute la vérité.

— Ronan sera de retour demain, annonce Devlin.

— Il est à New York, ajouté-je avec une grimace ironique.

Enfin, furtif comme il est, il pourrait aussi bien être dans ce placard.

Les trois partent d'un petit rire.

— Ronan nous a parlé de sa visite de minuit, dit Claire. Il était désolé de ne pas avoir eu le temps de rester pour vous voir. Il vous aime bien, vous savez. Ce qui en dit long. Ronan ne se rapproche pas facilement.

— Oh.

Je ne sais pas quoi répondre. Quand je l'ai rencontré, Ronan se montrait tour à tour chaud et froid, et je me suis même laissé croire, pendant un moment, que c'était lui qui me tirait dessus. Maintenant, je me demande comment j'ai bien pu nourrir ces soupçons. Quand même, je n'en suis pas moins étonnée d'apprendre qu'il aurait aimé me voir, mais c'est une agréable surprise.

— J'ai hâte de le revoir, moi aussi, admets-je. Je veux connaître son point de vue sur tout ce qui s'est passé. Cet homme est très perspicace et vif d'esprit.

— En effet, confirme Penn. Nous avons déjà prévu de le rencontrer à Los Angeles ce soir. Il est au courant de tout.

— Voilà pourquoi je travaille avec de bonnes personnes, me dit Devlin. Ils sont toujours au top dans leurs domaines.

— On dirait bien.

Comme toujours, je suis impressionnée par le fonctionnement de Devlin. Le simple fait qu'il dirige d'une main de maître tout cet univers me fascine. C'est si différent de la vie que j'imaginais pour mon Alex à l'âge adulte.

En même temps, je n'arrive pas à imaginer l'homme que je connais maintenant autrement qu'en tant que chef puissant et autoritaire. Cet homme est une énigme, mais cela me plaît beaucoup.

— Tu réfléchis beaucoup, on dirait, commente Devlin alors que Penn et Claire échangent un regard amusé.

— Je me rappelais juste le garçon que j'ai connu, et comment il est devenu l'homme que tu es.

— Voilà une conversation à avoir autour d'un verre, observe Claire.

J'acquiesce avec enthousiasme. C'est une femme avec qui je pourrais bien devenir amie et je suis déjà triste qu'elle habite loin.

— Pendant que vous vous concentrez sur la gestion de l'équipe, je vais organiser une petite conférence de presse.

Devlin s'avance pour appuyer sur le bouton de l'interphone sans nous laisser le temps de réagir. Un moment plus tard, Tamra fait son apparition.

— Pensez-vous pouvoir organiser une conférence de presse sur invitation seulement, avec cocktails et desserts, jeudi soir ? Je sais que le délai est court, mais le plus tôt sera le mieux.

Je regarde Penn et Claire, visiblement aussi désemparés que moi.

Tamra fronce les sourcils.

— D'un point de vue logistique, c'est serré, mais je peux gérer. Devlin, penses-tu que ce soit vraiment raisonnable ? Si tu veux faire une déclaration, tu peux aller sur n'importe quelle chaîne de télévision. Tu n'as pas besoin d'organiser une fête.

Penn ricane avant de préciser :

— Ce qu'elle veut dire, c'est que tu es complètement fou.

— Je n'aurais pas pu dire mieux, renchéris-je. On ne fait que parler de la cible dans ton dos depuis que la bombe de la presse a explosé !

— Une liste d'invités triés sur le volet. Moins de soixante-quinze personnes. Des journalistes avec lesquels nous avons travaillé pendant des années, des soutiens de la fondation que nous connaissons personnellement. Une sécurité renforcée, des détecteurs de métaux aux portes. Il y a certaines choses que je veux dire et j'ai besoin d'un public de portée mondiale. Je n'ai jamais donné de conférence de presse officielle depuis la fondation sans qu'elle soit associée à un événement particulier, même modeste, et je n'ai pas l'intention de laisser Joseph Blackstone ni qui que ce soit me forcer à changer cette tradition. Surtout, je refuse de donner l'impression que je modifie mes habitudes parce que j'ai peur.

Il marque une pause, puis nous regarde à tour de rôle.

— Je ne vais pas me cacher, dit-il. En même temps, le risque est faible, mesuré. Et j'ai plus à y gagner qu'à y perdre.

— Tu es sûr ? demandé-je.

— Absolument.

Je hoche la tête.

— Très bien. Je n'ai pas mon mot à dire, mais si tu es sûr, je te suis.

— Merci. Mais tu te trompes. Si eux n'ont pas leur mot à dire, ajoute-t-il en regardant les trois autres personnes présentes dans la pièce. Toi, tu l'as.

— Bah merci, ronchonne Claire, allégeant un peu l'atmosphère pesante.

— Je m'y mets tout de suite et je t'envoie un programme préliminaire, lui assure Tamra. Tu m'enverras toutes tes idées supplémentaires et tes modifications ? Ainsi que quelques mots pour le communiqué de presse et l'invitation ? Au fait, ton discours au personnel est prévu dans quinze minutes.

— Parfait. Je m'occupe de tout ça aujourd'hui. S'il y a des ajustements, on pourra les faire pendant mon vol, demain matin.

— Ton vol ?

Je me repasse mentalement la conversation en me demandant ce que j'ai manqué.

— Je dois rendre visite à quelqu'un demain, répond-il. Toi et moi, nous partons pour l'Idaho.

17

Je regarde la campagne de l'Idaho défiler derrière la vitre de notre pick-up. Nous sommes venus à bord de l'un des jets privés de Devlin, qui a décollé tôt ce matin et a atterri vers midi sur une piste d'urgence à environ trois heures de notre destination finale. Apparemment, Devlin connaît le shérif, qui a autorisé l'atterrissage et nous a également prêté son propre pick-up.

Blottie dans les bras de Devlin la nuit dernière, j'ai mal dormi. Comment aurait-il pu en être autrement, avec tant d'incertitude autour de nous ? Alors bien sûr, j'ai somnolé pendant les six heures de vol. Après cela, me réveiller dans le paysage de l'Idaho était un peu surréaliste. Sans compter que je ne sais toujours pas pourquoi nous sommes ici. Devlin a été tellement occupé à parler aux membres de son équipe dans le monde entier et à répondre aux appels des nombreux contributeurs de la fondation que je n'ai pas insisté lorsqu'il m'a promis de me donner de plus amples détails pendant le voyage. Tout ce que je sais pour le moment, c'est que nous sommes en route pour rencontrer un vieil ami.

— Bien, dit Devlin dans son oreillette.

Il est en ligne avec le directeur d'un hôtel qu'il possède à

Londres. Enfin, non, je crois qu'il a terminé cet appel-là. Je n'ai aucune idée de la personne à qui il parle maintenant.

— Merci, j'apprécie. Oui, c'est une sacrée histoire. Exactement. Je vous verrai à la réunion du conseil d'administration.

Il lève la main et touche son unique écouteur. Le pick-up n'est pas équipé de Bluetooth et il ne pouvait pas entendre les communications sur le haut-parleur. Comme il n'y a personne d'autre à des kilomètres à la ronde, conduire avec une seule oreillette ne semblait pas particulièrement dangereux. Surtout en comparaison avec les risques que prend Devlin au quotidien.

— Tu dois arrêter de téléphoner, lui dis-je. Je comprends que tu aies des partenaires qui ont besoin d'être rassurés quant au fait que tu n'es pas la réincarnation de Satan, mais tu as aussi le droit de me consacrer un peu de temps. Je parle de moi, Ellie, ta petite amie qui aimerait aussi avoir un peu de ta personne.

— Crois-moi, moi aussi je voudrais un peu de sa personne. Et tu as raison. Cette journée te sera consacrée. Tamra peut bien garder ses questions pour demain.

— C'est si grave que ça ?

Maintenant, je me sens coupable de l'éloigner de sa gestion de crise.

— Honnêtement, non. Certains ont besoin qu'on leur tienne la main, mais la plupart sont vraiment compatissants. Mon principal défi, c'est de satisfaire leur curiosité sans perdre une journée entière à leur expliquer comment c'était de grandir avec le Loup.

— Je suis désolée.

Je me rapproche, profitant des avantages de la banquette, et pose ma main sur sa cuisse.

— Alors, parle-moi de cet ami à qui nous rendons visite.

— Il s'appelle Giatti. Marco Giatti. Il est vieux maintenant, et il fait profil bas. Mais profil bas signifie oreilles qui traînent un peu partout.

— C'est une source.

Devlin hoche la tête, puis jette un coup d'œil à son appli

GPS. Il emprunte un virage serré sur une route non carto-
graphiée.

— Tu penses qu'il sait quelque chose sur Blackstone ?

— Je n'en sais rien. Espérons-le.

Il se tourne vers moi alors que notre pick-up d'emprunt
rebondit en cahotant sur le chemin de terre jalonné d'ornières.

— Je t'ai amenée parce que je te veux avec moi en permanence. Mais les informations ont des conséquences. Et d'après
ce que j'ai appris aujourd'hui – et ce que Claire, Penn et le reste
de l'équipe m'ont dit – ça ne sent pas bon pour Blackstone.

— *Ça ne sent pas bon pour lui ?* Depuis quand tu tournes autour
du pot avec des euphémismes ?

— Bon, alors dès que j'aurai la confirmation que Blackstone
a soit tué Tracy lui-même, soit commandité le meurtre, je
réglerai son compte à ce salaud. Tu préfères ?

— Oui, dis-je, mon cœur battant la chamade alors que je
prononce ces mots. Oui, je suis d'accord avec ça. À la fois la
formulation et ce que ça signifie.

Ses mains sont à dix et deux heures sur le volant et je vois
ses jointures blanchir, ses doigts crispés avant qu'il ne relâche sa
poigne. Lentement, il se tourne pour me regarder. Nos yeux se
croisent, et à ce moment-là, je pense qu'aucun de nous ne l'aurait remarqué si le camion était tombé d'une falaise et que nous
avions basculé dans le vide. Il n'y a que nous deux et cette
énorme révélation.

— Est-ce que ça veut dire...

Il tambourine des doigts sur le volant.

— Ça veut dire que tu es d'accord avec les Anges de Saint
maintenant ? Je sais qu'on a parlé à New York, mais je pensais
que tu rationalisais en disant que nous ne faisions que servir la
justice. Tu cherchais un moyen dans ton cœur de pouvoir rester
avec moi. Mais là... es-tu en train de me dire que tu es sincèrement d'accord avec tout ça ?

— Non, dis-je par automatisme, pourtant pas convaincue
que cette réponse soit vraie à cent pour cent.

— Non, répète-t-il alors que je glisse à nouveau de mon côté de la banquette.

Il tend la main et la pose résolument sur ma jambe.

— Alors, pourquoi ?

— Parce que c'est toi, d'accord ? Parce que c'est toi qu'il recherche vraiment. Et parce que je connais ton code d'éthique, tes limites. Mais surtout, parce qu'il n'y a pas une règle que je n'enfreindrais pas si ta sécurité est en jeu.

Je m'attends à ce qu'il me reproche mon hypocrisie, mais il se contente de prendre silencieusement ma main avant de demander tout bas :

— Tu en es sûre ?

— Oui. Je ne peux pas franchir cette ligne avec toi. Mais malgré la vie que j'ai vécue — ou, je ne sais pas, peut-être à cause de ça —, je suis prête à te laisser franchir cette ligne.

Un moment passe, puis un autre. Enfin, le pick-up heurte un énorme nid-de-poule et nous rebondissons. Je crie, juste un peu, et lorsque le véhicule se stabilise à nouveau, je me rends compte qu'il a pris ma main. Je baisse les yeux sur nos doigts entrecroisés, puis les lève vers son visage.

Il sourit. C'est un petit sourire, mais il dit tout ce qu'il me faut savoir.

Il exprime : Je t'aime.

☙❦❧

— Eh bien, je vois que tu as tenu ta promesse.

L'homme assis sur le fauteuil à bascule, sous le porche, a la peau burinée par le soleil, des cheveux grisonnants et des yeux profonds si bruns qu'ils semblent presque noirs. Il nous regarde gravir les marches du porche en bois de sa ferme, les yeux sur le visage de Devlin. Un cendrier est posé sur la table à côté de lui, où un mince filet de fumée s'élève d'un cigare.

— Vraiment ? fait Devlin, ne me donnant aucun indice sur la promesse dont parle le vieil homme.

Ce dernier grogne, puis lève le menton, le dardant vers moi presque comme s'il s'agissait d'un index.

— Ellie, dit Devlin. Elle est avec moi.

— J'ai vu votre photo, me dit-il. Vous êtes Elsa Holmes. La journaliste Cendrillon tombée sous le charme du milliardaire philanthrope. Vous avez donné du grain à moudre à vos concurrents.

— Toujours prête à aider des collègues, répliqué-je du tac au tac.

La bouche de l'homme se fend d'un large sourire, révélant une série de dents d'un blanc nacré.

— Je l'aime bien.

— Moi aussi, dit Devlin.

Un silence s'ensuit, comme si personne ne savait quoi dire. Alors, je me lance, décidant de combler le silence qui s'est installé.

— Vous avez un avantage sur moi, lui dis-je. Devlin ne m'a rien dit d'autre que votre nom. Et que vous êtes un vieil ami.

Ses yeux se tournent vers Devlin.

— C'est ce que je suis ? Hmm, bon à savoir. Mais alors, je dois me demander l'ami de *qui* ? Devlin, Alex, Alejandro. Difficile de s'y retrouver.

Je jette un coup d'œil de côté à Devlin et les pièces de puzzle s'assemblent peu à peu.

— Vous travailliez pour le Loup.

— Bien vu.

— Pas au point de lire dans les pensées.

— Désolé, dit Devlin. Je pensais que tu l'avais compris.

— C'est bon.

Je reporte alors mon attention sur monsieur Giatti.

— Vous avez dit que Devlin avait tenu sa promesse. Laquelle ?

Le vieil homme ricane.

— Alejandro a juré qu'il vengerait sa belle-mère. Je dirais qu'il a tenu sa promesse. Je n'avais pas réalisé que tu étais encore en vie après ça. Content de voir que le gamin tête brûlée aux yeux plus gros que le ventre est devenu une anguille furtive.

Il sourit à nouveau.

— Je t'ai toujours encouragé. Tu as gagné, et j'en suis ravi.

— Gagné ? répète Devlin. Difficile à dire. Elle n'en est pas moins morte. Comme beaucoup de femmes mortes par sa main et qui méritaient bien mieux. Des hommes, aussi. Des gens bien qui voulaient juste une vie digne hors de l'emprise du Loup.

— Et tu es venu ici pour me pincer à mon tour ?

Je sens la pression de la main de Devlin s'accentuer dans mon dos, mais c'est sa seule réaction.

— Non, dit-il.

Le mot est calme. Facile. Je me rends compte que je n'ai jamais vu Devlin comme ça avant. Il marche sur une ligne délicate, tout en restant détendu. Je fais confiance à ses instincts, mais pour ce qu'on en sait, ce type pourrait appuyer sur un bouton d'alerte et un fourgon rempli de commandos armés débarquerait, exigeant que Devlin leur rende ce qu'ils ont perdu, à savoir ce qu'il a gagné quand le Loup est mort.

Ce n'est pas un scénario que j'ai envie de jouer et je dévisage l'homme à la recherche d'un signe que l'affection pour Devlin que j'entends dans sa voix reflète bien la réalité.

Il récupère son cigare, puis tire une longue bouffée sans quitter Devlin des yeux. Il crache lentement la fumée, puis parle enfin.

— Alors, pourquoi es-tu venu ? C'est sacrément loin de ton coin de pays. Et tu n'as pas l'air de vendre des biscuits de boy-scout.

Devlin retire sa main de mon dos pour unir nos doigts.

— Je suis venu te dire que je suis désolé.

— D'avoir tué ton vieux père ? Tu n'as pas à t'excuser auprès de moi. Je l'aurais fait moi-même si j'avais eu les *cojones*.

— Qui te dit que j'ai tué ce salaud ?

La bouche de monsieur Giatti se retrousse aux commissures.

— Tu ne vas pas me le dire, c'est ça ? Je ne suis pas sur écoute. Tu devrais mieux me connaître.

— Je te connais. C'est pour ça que je voulais te voir. Tu faisais partie des bons. C'est toujours le cas, d'ailleurs.

— Et toi, tu es le disparu de la bande, répond monsieur Giatti. Rayé de la carte. Transformé en quelqu'un d'autre.

— Je suis toujours moi.

Le vieil homme regarde Devlin dans les yeux.

— Oui, j'imagine. Tu n'as pas à t'excuser d'être parti. Bon sang, je t'aurais pété le nez si tu avais pris le risque de rester ne serait-ce qu'une minute de plus, pour des raisons sentimentales à la con. Ne t'avise pas de t'excuser.

Il inspire, puis passe la langue sur ses lèvres sèches et craquelées.

— Si tu veux t'excuser, fais-le pour m'avoir fait verser des larmes. J'ai cru que tu étais mort, mon garçon.

— Désolé de te décevoir.

Je vois Devlin esquisser un sourire.

— Oh, et puis merde, fait l'autre homme avant de se mettre à rire, cédant l'instant d'après à une toux grasse. Bon, de toute façon, les excuses sont acceptées. Maintenant, tu veux bien me dire ce que tu fais vraiment ici ?

— Des ragots, répondit Devlin platement. J'ai entendu certaines choses. Et notamment que tu as toujours un pied dans le milieu. J'aimerais savoir à combien de retours de bâton je dois m'attendre, exactement.

— Pour être le fils du Loup, revenu d'entre les morts comme un Lazare plein aux as ? Ou pour avoir tué Anna Lindstrom ?

Devlin grimace. La presse n'a jamais sous-entendu que Devlin Saint avait fait autre chose, cette nuit-là, que de sauver la vie de sa petite amie. À savoir, moi. Mais maintenant que tout le monde sait que le sang du Loup coule dans ses veines, les gens vont-ils essayer de réécrire l'histoire ? Peut-être laisser entendre qu'il y a là-dessous quelque chose de plus infâme qu'un amour non réciproque et la tentative d'Anna de se débarrasser d'une concurrente gênante ?

C'est une réelle possibilité et j'attends avec impatience ce que Giatti va dire.

— Ça pourrait être pour l'un ou l'autre, répond-il enfin. Mais beaucoup de gens savent qu'Anna n'était pas très stable avec les hommes. C'était le cas quand elle était jeune, en tout cas. Je n'imagine pas qu'elle ait beaucoup changé après avoir quitté la communauté.

— Et son père ? Est-ce qu'il va venir fouiner dans le coin ?

Devlin et moi avons beaucoup parlé d'Anna depuis cette fameuse nuit, et je sais que son père et le Loup étaient proches. S'il est toujours en vie, il pourrait bien être enclin à rechercher et punir Devlin. Très certainement en me tuant.

Œil pour œil, dent pour dent. J'ai comme l'impression que c'est le leitmotiv de tout être vivant.

Monsieur Giatti me regarde dans les yeux tout en répondant à Devlin :

— Ce n'est pas une menace. Il a le cancer. Il est sur son yacht avec une infirmière et une perfusion de morphine. Tu n'auras aucun problème de ce côté-là.

— Alors, dans quelle direction dois-je regarder ?

— C'est une question difficile, Alejandro, et tu le sais très bien. Tu n'as pas repris l'affaire de Papounet, mais tu vis avec son argent.

— Non, figure-toi.

— Bon, peut-être pas. Enfin, c'est toujours de l'argent sur lequel ils n'ont pas pu mettre la main. Pour eux, il y a juste un homme qui a tué leur patron et qui en a profité, même si ce n'est qu'une impression. Un mauvais moyen de se faire des amis, si tu veux mon avis. Tu en as énervé plus d'un.

Monsieur Giatti hausse les épaules.

— Enfin, un grand nombre d'entre eux sont morts. Ceux qui ont continué et qui ont essayé de construire leurs propres petits fiefs ? Ils semblent tous avoir été supprimés. Soit par des luttes internes, soit par des opérations secrètes du gouvernement ou je ne sais quoi.

Il darde son regard sur Devlin.

— J'imagine que tu ne sais rien à ce sujet.

— J'entends les rumeurs, je lis les nouvelles. Mais si tu me demandes ce que je pense que tu me demandes, alors je te répondrai que je dirige une fondation caritative. Je ne suis pas dans le business de la chasse aux criminels.

Je me force à ne pas réagir et je me demande si Monsieur Giatti a remarqué la façon dont Devlin a esquivé la question.

— Bonne nouvelle pour moi, alors, répond-il platement avec une expression indéchiffrable.

— Tu crois vraiment que quelqu'un les supprime ?

— Oui. Non. Je ne sais pas.

Il prend une canette de bière posée à côté du cendrier et boit une gorgée.

— Ceux qui travaillent encore... eh bien, après tout, c'est un métier dangereux, n'est-ce pas ? J'ai entendu parler de représailles après de sales opérations. Une concurrence féroce, des forces de l'ordre sur les nerfs, un homme rancunier. Va savoir.

— Impossible à dire, reconnaît Devlin. Quand on mène cette vie, on se fait des ennemis.

— C'est ton cas ?

Devlin se renfrogne.

— Qu'est-ce qui te fait penser que c'est ma vie ? Tu sais que je n'ai jamais voulu ça.

— Non, en effet. Peu importe ce que ton père voulait, toi, tu es resté indépendant. J'ai décelé ça chez toi, même quand tu étais jeune.

Ses yeux se tournent à nouveau vers moi avant de revenir sur Devlin.

— J'ai vu aussi un feu en toi. Je sais que tu protégeras ce qui t'appartient.

— Sans la moindre hésitation, convient-il.

Maintenant, Monsieur Giatti reporte toute son attention sur moi.

— Alors, Elsa Holmes, quels sont vos objectifs ?

Je me rapproche de Devlin et son bras passe autour de ma taille.

— Je n'ai aucun objectif à part Devlin.

L'homme hoche la tête, puis change de position dans son fauteuil à bascule pour pouvoir récupérer son portefeuille dans sa poche. Il l'ouvre, en sort une photo et la tend à Devlin, qui s'avance pour la prendre avant de revenir à mes côtés. C'est une belle jeune femme à la coiffure qui semble dater des années 70.

— Ma Maria. Tu t'en souviens ? Cette photo date d'avant ta naissance, mais elle n'a jamais paru plus vieille tout au long de sa vie.

— Oui, je m'en souviens.

— Une femme bien. Elle m'a aidé à garder les deux pieds sur terre.

Il tend la main pour reprendre la photo et Devlin la lui rend. Monsieur Giatti est délicat dans son geste, comme si elle était à la fois précieuse et fragile. Pour lui, bien sûr, c'est le cas.

— C'est bien d'avoir une boussole, poursuit-il. Ton père n'en avait pas. Il pensait que les femmes n'étaient rien d'autre que des... pardon, il y a une dame avec nous, ajoute-t-il à mon intention.

— Mon père avait tout faux à ce sujet.

— Évidemment.

Monsieur Giatti se tourne alors pour me regarder franchement dans les yeux.

— Assurez-vous que notre Monsieur Saint vous traite convenablement.

— Il me traite bien. Il l'a toujours fait.

— Toujours, répète-t-il avant de pincer les lèvres. Alors, vous le connaissez depuis longtemps ?

Je jette un coup d'œil à Devlin, mais il ne m'est d'aucun secours. Je finis par hausser les épaules en disant :

— Oui. On peut dire ça.

— Bon Dieu, s'exclame-t-il alors en plissant les yeux. *Holmes.* Vous êtes la nièce de Peter. Je dois me faire vieux, parce que je n'ai pas fait ce lien avant. Cet homme... pour lui, vous étiez sortie de la cuisse de Jupiter.

Mon cœur se serre à ces mots. Mon oncle Peter a fait beaucoup de mal, mais il a toujours pris soin de moi. Il m'aimait sincèrement. C'est bon de savoir que je ne suis pas la seule à m'en être rendu compte.

— Merci, chuchoté-je.

Il ferme les yeux et tourne la tête vers Devlin.

— Vous allez bien ensemble. À vous deux, vous trouverez cette boussole qui vous permettra de rester sur le droit chemin.

— Oui, dis-je résolument. Nous la trouverons.

Les doigts de Devlin se resserrent autour des miens.

— Et ma question ? reprend-il. Tu as appris quelque chose à propos de représailles ? Est-ce que je suis... est-ce que *nous* sommes dans le viseur de quelqu'un ?

— Tu as au moins un ennemi, c'est certain, mon garçon. Mais dans l'ensemble, je pense qu'il y a moins de gens qui veulent ta tête que tu ne pourrais le craindre. C'est une bonne nouvelle, dit-il avec un petit sourire. Ça te laisse de meilleures chances. Mais encore une fois, je n'ai jamais aimé parier.

$\maltese$ 18 $\maltese$

— Un monsieur intéressant, commenté-je alors que nous descendons le chemin de terre en direction de la route goudronnée qui nous mènera à Garfield, toujours dans l'Idaho, où nous passerons la nuit dans un motel avant de reprendre l'avion demain matin.

L'équipage s'est déjà enregistré à la réception et Marci, la pilote préférée de Devlin, nous a envoyé un texto pour nous dire qu'elle avait nos clés et que nous pouvions passer par sa chambre quand nous arriverions. D'après elle, le motel est plutôt confortable, mais à ce stade, je m'en fiche.

— Mais que fait Giatti dans l'Idaho ? On dirait qu'il vient du New Jersey, et apparemment, il vivait dans le Nevada avec toi.

— Maria, répond-il. Cette petite maison et ces terres sont dans sa famille depuis toujours. Ils disaient qu'ils y retourneraient un jour et qu'ils y mèneraient une vie tranquille et facile. Je ne sais pas s'il a eu cette chance avec elle. Je l'espère.

— Moi aussi. Je l'aime bien. Et il a l'air de vraiment t'apprécier.

— C'est un grincheux qui ne connaît pas les bonnes manières, et il a toujours été un peu rustre, dit Devlin. Mais il m'aime bien. Et moi aussi.

— Merci de m'avoir emmenée. Ça me rend heureux d'avoir ces petits aperçus de ton passé, des indices que tout n'était pas si mal. J'ai toujours détesté penser à ton enfance. Je ne dis pas que maintenant, je l'imagine pleine de câlins et de jolis chiots, mais au moins, je sais qu'il y avait quelques rayons de soleil qui perçaient la grisaille.

— C'est vrai, dit-il en me prenant la main. Et puis, je t'ai rencontrée et le soleil est vraiment apparu.

— Jusqu'à ce que les nuages reviennent, constaté-je.

Aussitôt, je regrette mes paroles. C'est un moment agréable. Pourquoi lui rappeler le drame qui a entouré son départ ou ces années pendant lesquelles je l'ai haï si intensément que je le ressentais jusqu'au bout des orteils ?

— Nous avons une seconde chance, chuchoté-je. Ce n'est pas le cas de tout le monde.

— Nous avons de la chance, convient-il. Mais c'est plus que ça. La chance nous a réunis, pourtant nous avons travaillé pour en arriver ici, là où nous sommes.

— Tu veux dire au milieu d'un champ dans l'Idaho ?

Il appuie sur les freins, arrêtant le véhicule sur ce chemin de terre isolé.

— Je suis sérieux. Nous aurions dû rester séparés pour une centaine de raisons. Bon sang, tout ce que j'avais à faire, c'était de garder mes distances et tu n'aurais jamais soupçonné qui était vraiment Devlin Saint. Même quand nous nous sommes revus, ça n'a pas toujours été une partie de plaisir. Mes secrets. La montagne de culpabilité que tu trimballes partout avec toi. Tant de choses qui auraient pu nous empêcher de devenir vraiment nous-mêmes, tous les deux.

J'ai envie d'émettre une objection concernant la culpabilité, mais il a raison. J'ai porté la culpabilité du survivant avec moi pendant si longtemps que je ne remarque même plus son poids. Dernièrement, il me semble pourtant que le fardeau est un peu plus léger.

— Nous nous sommes disputés, puis nous avons parlé avant

de nous fâcher encore, et nous avons fait l'amour, aussi, entre deux engueulades. Alors, si nous sommes ensemble aujourd'hui, c'est parce que nous avons œuvré dans ce sens. Nous nous sommes battus pour ça. Et je continuerai à me battre pour te garder éternellement. Maintenant, toi aussi, tu te bats à mes côtés. Nous sommes tous les deux contre tous ceux qui veulent nous séparer.

Ma gorge est nouée par une boule d'émotion et je peine à sortir les mots.

— Je me battrai toujours pour nous.

— Bébé, je sais, dit-il en me regardant droit dans les yeux.

Pendant un moment, il se contente de me dévisager. Nous restons perdus ainsi, pendant je ne sais combien de temps. Le pick-up est rempli d'émotions, et finalement, alors que je sens que mon cœur va exploser sous l'effet de l'amour que je ressens pour cet homme, il m'adresse un dernier sourire et reporte son attention sur le volant.

Ronan est à l'hôtel lorsque nous arrivons. Enfin, pas techniquement, même si c'est ce que je croyais quand Marci nous a dit que Ronan avait été installé dans notre chambre. En fait, il attend impatiemment en Californie que Devlin se connecte en visio.

— Quoi de neuf ? demande Devlin une fois que nous sommes virtuellement en présence les uns des autres.

— Je n'arrivais pas à te joindre par téléphone, répond Ronan.

Comme d'habitude, on dirait un dieu de la mythologie. Ou peut-être un héros de Marvel. Mais aujourd'hui, il y a une énergie plus sauvage en lui. Il s'est passé quelque chose, à l'évidence, et il est impatient de le raconter.

— La prochaine fois, tu voyageras avec ce foutu téléphone comme tu es censé le faire.

— Qu'y a-t-il ?

— Blackstone est notre homme. Nous en avons la confirmation.

— Notre homme, répète Devlin.

Ses mots sont prudents, mesurés. Comme s'il retenait une forte émotion. C'est évidemment le cas.

— Tu veux parler de la fuite d'informations ou de la mort de Tracy ?

— C'est confirmé pour Tracy. Et il y a de fortes chances que ce soit lui aussi pour les fuites.

Devlin s'adosse dans sa chaise et sa main trouve automatiquement la mienne. Nos doigts s'entremêlent.

— Nous sommes certains à cent pour cent sur ce point ? s'enquiert Devlin.

— Nous avons travaillé vite, mais efficacement. Nous avons pu utiliser la vidéo de l'interphone pour remonter la trace du masque. C'était une édition limitée, et nous l'avons suivie jusqu'au point d'achat. À partir de là, nous avons pu obtenir les images de sécurité du magasin pour voir qui l'a acheté. C'était l'un des hommes de Blackstone.

— Bon travail. Continuez.

— Il y a aussi la ficelle du colis. Nous avons remonté sa trace jusqu'à Chicago.

Mon regard alterne entre les deux hommes, vivement impressionné. Tout s'est passé dans un laps de temps incroyablement court et c'est un formidable travail de fourmi. Une fois de plus, il faut dire que Devlin a plus d'argent et de ressources à sa disposition que la moyenne des forces de police.

— Continue, dit-il.

— J'aurais dû commencer par la preuve la plus flagrante. Blackstone lui-même s'est vanté du coup. Nous avons un indic en place depuis un certain temps, ajoute-t-il, reportant son attention sur moi – Devlin devait déjà le savoir. Il évoluait en marge de l'organisation de Blackstone depuis un moment et nous l'avons rapproché de lui pour en savoir plus, après le début des fuites d'infos à Las Vegas. Je lui ai demandé d'organiser une réunion avec Blackstone sur un sujet mineur, puis de voir s'il pouvait orienter la conversation sur les nouvelles de Devlin et du Loup. Notre indic a réussi à merveille, Blackstone a carrément admis avoir fait le coup. Il avait l'air aux anges.

— Incroyable, m'exclamé-je.

— C'est vrai, acquiesce Devlin. Joe est un fanfaron, heureusement pour nous. Ce type n'a jamais été du genre à garder ses secrets pour lui. Il aime la reconnaissance de ce qu'il perçoit comme son propre génie. Et son ego lui a joué des tours.

— C'est une grande victoire, observé-je.

— On peut le dire. À moins qu'il se fiche de nous, précise Devlin. Peut-être qu'il n'essaie même pas de se cacher. Peut-être qu'il veut qu'on vienne le débusquer.

— Eh bien, son souhait va être exaucé, puisque c'est exactement ce que nous avons l'intention de faire.

— Où est-il ? demandé-je.

— Juste à la sortie de Chicago, répond Ronan. Il a une ferme là-bas, une vraie forteresse.

— On a un moyen d'entrer ?

— On y réfléchit, mais la réponse courte, c'est oui. On a déjà quelques pistes qui semblent présenter peu de risques.

— Bien, dit Devlin. On ira demain. Je dirai à Marci de changer le plan de vol et de te retrouver à Chicago. C'est possible de lancer l'opération d'ici là ?

— Pas de problème. J'y travaille depuis que j'ai appris la nouvelle. Mais qu'entends-tu exactement par « on » ?

— Je viendrai avec toi.

Je me raidis à côté de lui.

— Pas question, riposte Ronan avant que j'aie le temps d'exprimer la même pensée. C'est trop personnel.

— Il a raison.

— Merde, lâche Devlin en se penchant tout près de la caméra. Oui, *c'est* personnel. Tracy a été tuée en guise d'avertissement pour moi et de menace contre Ellie. Tu crois vraiment que je ne vais pas y aller ?

Ronan s'approche à son tour, son visage à présent en gros plan. Je pourrais presque m'attendre à ce qu'il traverse l'écran.

— Oui. Je pense vraiment que tu ne vas pas y aller.

— Merde, Ro...

— *Non.*

Devlin recule et dévisage son ami, la tête penchée.

— Si tu tiens à ma présence dans ton équipe, c'est parce que je ne te fais prendre aucun danger, dit Ronan. J'ai déjà merdé une fois, en traitant avec Blackstone et ses retombées. Je ne vais pas commettre une autre erreur.

— Mais de quoi est-ce que tu parles ?

— Je n'aurais jamais dû te laisser venir dans la maison, le soir où tout a dérapé avec Anna. Et encore moins Ellie. C'était elle, la cible, et tu étais trop investi émotionnellement. On a de la chance que ça n'ait pas complètement dégénéré.

— Ronan... commence Devlin.

— Non. Ça a marché, mais tu sais qu'on aurait pu tout gâcher. On ne fait pas de missions personnelles pour une très bonne raison. D'ailleurs, c'était *ta* règle.

— Il a raison, dis-je d'une voix douce.

Je n'ai pas vraiment pris part à cette conversation jusqu'à présent. Je me suis contentée de rester assise, d'écouter et de regarder ces hommes faire leur travail. Mais je ne compte pas garder le silence plus longtemps. Joseph Blackstone en veut à l'homme que j'aime et je suis prête à tout pour m'assurer de ne pas le perdre.

— Ronan a raison, répété-je. Mais penses-y de cette façon : Blackstone veut t'atteindre, non ? Vu ce qui s'est passé avec Anna, il va s'attendre à ce que tu ailles le chercher. Il a un œil sur toi, lui aussi, et nous le savons.

Devlin se tourne vers moi et je hausse une épaule, désinvolte.

— Alors, qu'il te surveille, ajouté-je.

— Mais de quoi parles-tu ?

Sur l'écran, je vois Ronan sourire. Il a compris avant Devlin, ce qui est plutôt rare.

— Tu as une conférence de presse prévue pour après-demain, non ? L'équipe va y aller.

— Et pendant que tu seras occupé avec la presse, nous, nous serons occupés à éliminer ton ennemi, complète Ronan.

— Je veux cet enfoiré, dit Devlin.

Il se lève et commence à faire les cent pas.

— Je le veux tellement que je peux presque en sentir le goût. Il a toujours été une épine dans mon pied et il ne fait que s'y enfoncer davantage.

— Tu vas l'avoir, lui dis-je. Cette équipe travaille pour toi, n'est-ce pas ? Tu as lancé les Anges de Saint sur sa piste. Tu t'attendais à participer à chaque mission ?

— Tu es un leader, grommelle Ronan, sa voix retentissant dans la chambre de motel miteuse à travers les haut-parleurs. Un putain de leader.

— Et toi, tu es un con, rétorque Devlin.

Ronan hausse les épaules dans le cadre de la vidéo.

— Ça fait partie de mes attributions.

Avec un coup d'œil dans ma direction, il ajoute :

— Mais ta copine a raison. Son plan est costaud. Si on fait ça, je pense qu'on a encore plus de chances d'en finir rapidement.

Il fusille Devlin du regard pendant que je me rengorge fièrement. C'est la première fois que je me sens vraiment intégrée et appréciée par Ronan.

— Alors ? demande-t-il au bout d'un moment.

Je vois Devlin prendre une inspiration, puis expirer. Il veut participer, je le comprends. C'est personnel. Ça aussi, je peux le comprendre. Mais je vois la décision dans ses yeux avant qu'il ne parle. Cette fois, c'est la bonne.

— D'accord, dit-il. Je vais garder mes distances.

Il coupe la communication juste après.

— J'ai besoin de toi ce soir, El. Enfin, j'ai besoin de toi tous les soirs, mais j'ai surtout envie de toi maintenant. Cette nuit.

Je hoche la tête. Je comprends ce qu'il ne dit pas, ce qu'il ne comprend peut-être pas lui-même. Pas sur le moment, en tout cas.

Il vient de céder le contrôle de cette mission à son meilleur ami. Cela ne l'affaiblit aucunement, mais ce n'est pas dans les habitudes de Devlin Saint. Il a besoin de ce sentiment de maîtrise absolu, de tout prendre en charge, de faire bouger les choses lui-même. Ce soir, je sais que je vais recevoir tous les avantages de cet intense besoin qui le constitue.

Me dressant sur la pointe des pieds, je passe les bras autour de son cou et effleure ses lèvres.

— Tu sais, je suis toujours à toi. N'importe quand. Tu n'as pas besoin de me le demander pour prendre. C'est ce que nous sommes l'un pour l'autre.

Je devine de la chaleur et de l'amour quand il me regarde dans les yeux.

— Oui, dit-il. C'est ce que nous sommes.

❧ 19 ❧

J'entends la voix de Christopher au moment où nous franchissons la porte d'entrée de la maison de Brandy. Il rit avec elle, quelque part dans la cuisine, et je croise le regard de Devlin avant que nous les rejoignions. Ils ne sont que tous les deux, je suppose que Lamar a été rappelé au travail. Christopher remplit deux verres. Il lève les yeux à notre arrivée, laissant couler un peu de vin sur le verre et sur le plan de travail en pierre. Il tâtonne, pose la bouteille et essuie les dégâts. Âgé d'une trentaine d'années, Christopher a un visage fin, des cheveux dorés et un sourire avenant qui, en ce moment, est un peu hésitant.

Il prend le verre et boit une longue gorgée de vin.

— C'est un plaisir de te voir, lui dit Devlin. Je suis désolé si toute cette histoire a été gênante pour toi, mais nous sommes tous conscients qu'on ne choisit pas sa famille.

— Merci, dit Christopher.

J'entends le soulagement dans sa voix. Il est content que Devlin ait tout de suite abordé le sujet qui fâche.

— Alors... Brandy m'a dit que vous aviez quitté la ville. Ça a été, le voyage ? C'était en rapport avec le meurtre de Tracy ?

— Du boulot pour la fondation, dit Devlin en me prenant la main. Gestion de crise après les fuites d'infos.

Je lui serre la main en espérant qu'il interprétera cela comme de la compréhension. Nous faisons confiance à Christopher, bien sûr. Mais il ne sait pas tout, et cela me convient. En ce moment, tout ce que je veux vraiment, c'est changer de sujet. Parce qu'il n'y a rien de plus troublant que de savoir que son petit ami s'apprête à faire tuer quelqu'un, et que ce quelqu'un n'est autre que le demi-frère du type qui se tient à un mètre de vous. Demi-frère éloigné, certes, mais quand même. Quand on y pense, c'est surréaliste.

— Je crois qu'on devrait se mettre un film bien nase et tous se détendre, proposé-je. Nous avons bien besoin d'une parenthèse dans la réalité. Et un peu de vin, ce serait une bonne idée aussi. Qu'en dites-vous ? Un film, ça vous tente ?

— Il faut vraiment que ce soit un mauvais film ? demande Christopher.

Brandy et moi échangeons un coup d'œil, puis nous éclatons de rire. Regarder des navets ensemble a toujours fait partie de nos activités préférées.

— Non, dit-elle en lui prenant la main. On peut regarder ce que tu veux.

— Mais pas un film d'espionnage ni un thriller, d'accord ?

— Je suis du même avis, ajoute Devlin.

— Marché conclu, dis-je en même temps que Brandy, en guise de conclusion.

Nous finissons sur le canapé, à regarder *Very Bad Trip* en riant aux éclats. Je suis blottie contre Devlin, appréciant le confort de son bras autour de moi. Je me sens en sécurité, et devant cette comédie absurde, je ne peux m'empêcher de constater le gouffre entre cette fiction et la réalité de notre vie en ce moment.

Je sais que je devrais avoir peur, mais ce n'est pas le cas. C'est l'une des choses que j'aime le plus chez lui. Il me suffit d'être près de lui pour me sentir en sécurité. Comme si rien au monde ne pouvait mal tourner.

Sauf que je suis bien placée pour savoir le contraire.

Pendant la majeure partie de ma vie, tout allait mal. J'ai perdu ma mère, mon père, mon oncle. Bon sang, j'ai même perdu Devlin. Même s'il était encore Alex, à l'époque. Mieux que quiconque, je devrais savoir qu'il ne faut jamais baisser sa garde. Avec Devlin, je l'ai fait. Et je ne peux pas m'empêcher d'avoir peur des conséquences.

⁂

Après le film, Devlin et moi montons à l'étage, laissant leur espace à Brandy et Christopher. Comme Devlin a reçu un million d'appels en absence pendant le film, il est assis au bureau, à rattraper tous les messages d'urgence.

Je suis sur le lit, à écouter de la musique en faisant défiler mes e-mails de moindre importance, lorsque mon téléphone vibre dans ma main. Le nom de Corbin apparaît à l'écran.

— Tu reprends mon bail, et soudain, on est les meilleurs amis du monde ?

— Non. Je pensais juste que je te manquais un peu.

— Clairement pas.

Nous éclatons de rire, puis il se racle la gorge.

— Écoute, j'appelle en fait pour dire que je suis vraiment désolé de ce qui est arrivé à la stagiaire de Devlin. J'ai suivi l'histoire et c'est brutal. Est-ce que tu vas bien ?

— Moi ? C'est dur. J'aimais vraiment Tracy et on commençait à devenir de bonnes amies. C'est gentil de me le demander.

Un peu ahurissant, aussi, de la part de Corbin. Mais je n'en dis pas plus.

— Je ne suis pas bête, Ellie. Je suis désolé pour ton amie, mais je voulais savoir si toi, tu vas bien. Enfin, Devlin doit craindre que tu deviennes une cible, non ?

— Tu n'es pas si bête, c'est vrai, dis-je après avoir reconnu qu'il a raison.

— Alors, sois prudente. J'imagine que Devlin te donne de bons conseils, mais surveille tes arrières.

— Je le ferai.

Après m'être éclairci la voix, j'ajoute :

— Merci beaucoup.

— De rien.

Un silence gêné s'attarde et je m'interroge sur l'ironie de cette étrange amitié naissante.

— Oui, bon, je voulais aussi savoir si je devais demander à un déménageur de te livrer tes affaires par camion ou s'il y a quelque chose dont tu as besoin plus rapidement. J'allais proposer d'apporter quelques trucs à la conférence de presse, demain, mais il s'avère que je ne peux pas venir. Petite urgence de mon côté. Enfin, j'écrirai quand même quelque chose en me basant sur les dépêches.

— Oh.

Je n'avais même pas réalisé que Devlin l'avait inscrit sur la liste.

— Par camion, c'est bien, merci. C'est dommage que je ne puisse pas te voir demain. Tout va bien ?

— Ma copine a fait une crise d'appendicite la nuit dernière. Opération d'urgence. Je t'appelle de l'hôpital. Elle va bien, mais je ne vais pas la laisser maintenant.

— Non, bien sûr.

Décidément, Corbin remonte de jour en jour dans mon estime.

— Tu as raison. En tout cas, merci d'écrire un papier à ce sujet. Plus son discours circulera, plus nous aurons de l'impact.

— Tu n'aurais pas une exclusivité pour moi ?

— À part ça, tu n'es pas le parfait connard que je pensais ? Pas vraiment ?

— Ça paraîtra en une, dit-il, me faisant pouffer de rire. Écoute, j'ai réfléchi à ta situation.

— Ma situation ?

— Oui, tu sais. Sans emploi et assise sur l'une des histoires les plus juteuses de la décennie. Honnêtement, Franklin a été ridicule de te virer, et je pense qu'il s'en rend compte. Ou alors, il en prendra conscience après cette conférence de presse.

— Je suis bien d'accord sur ce point.

— Alors écris-la, toi. La vérité sur Saint. Fais un article ou tout un dossier qui le montre au monde tel que tu le connais.

— En tant que pigiste pour *The Spall* ? Même pas pour un million. Même pas s'ils étaient prêts à me payer le triple de mon salaire et à me garantir la couverture.

— Non, c'est sûr. Mais on ne peut pas nier que l'histoire est énorme. Les gens voudront savoir comment le fils du Loup a réussi à se réinventer en tant que philanthrope. Qu'est-ce que tu fais à ce sujet ?

— Comment ça, qu'est-ce que je fais ?

— Tu es dans la position parfaite pour créer la meilleure com qu'un homme ait jamais connue. Écris une série d'articles et envoie-les en tant que pigiste au *LA Times* ou au magazine *Fortune*, je ne sais pas. Bon sang, fais une proposition à un éditeur et décroche un contrat pour un bouquin. Tu peux tourner ça à ton avantage, Ellie. Et puisqu'il donne une conférence de presse demain, je parie que Devlin sera d'accord pour dire que c'est une idée brillante.

— C'est ce que tu ferais à ma place ?

— Bien sûr que oui. Tu sais très bien que je suis peut-être un connard, mais je suis un bon journaliste. Mon instinct professionnel est excellent. Tu l'aimes, n'est-ce pas ?

— Oui, sincèrement.

— Eh bien, si j'étais amoureux et que j'avais la chance de faire quelque chose pour aider ma copine, je ferais tout ce qui est en mon pouvoir.

— C'est ce que tu fais, commenté-je avec douceur. Tu es à l'hôpital pour elle.

— Oh. Oui, évidemment.

Je souris. L'homme que je prenais pour le pire connard au monde a un côté sentimental, en réalité.

— C'est une idée brillante, lui dis-je. Et dans une certaine mesure, c'est déjà dans les tuyaux. J'ai commencé le profil de la fondation pour le magazine et j'ai beaucoup de notes sur Devlin. Sans compter que je sais exactement où creuser.

C'est une petite plaisanterie pour moi-même, je ne suis même pas certaine qu'il la comprenne.

À ma grande surprise, Corbin éclate de rire.

— Je n'en doute pas.

— Je vais en parler à Devlin. C'est une bonne idée, merci. Même s'il refuse, j'apprécie que tu l'aies mentionné. Tu as raison de dire que ça pourrait lui faire une très bonne pub. C'est peut-être même exactement ce dont il a besoin. C'est aussi exactement ce dont la fondation a besoin, car nous ne savons pas quelles seront les retombées en matière de dons, à l'avenir, compte tenu de sa nouvelle notoriété. Et honnêtement, même si on n'en récolte aucun fruit, ça en vaudra quand même la peine. Il a fait des choses extraordinaires et c'est une histoire qui mérite d'être racontée.

— C'est ce que je dis.

— J'ai compris. Au fait, Corbin ?

— Oui ?

— Tu es toujours un connard, mais plutôt pas mal.

❧ 20 ❧

A *utrefois...*

Alex regarda Anna, certain d'avoir mal entendu.

— Peter ? Il veut vraiment que je m'occupe de Peter ?

Anna acquiesça, presque aussi stupéfaite que lui.

— Ça t'étonne vraiment ? Tu devais bien savoir que Peter piquait dans la caisse.

— Non. Il doit tenir un autre livre de comptes en parallèle.

C'était un mensonge. Il s'en voulait de mentir à Anna, l'une de ses meilleures amies, mais si son père apprenait qu'Alex était au courant de cette déloyauté, ce ne serait pas bon pour lui. Mieux que pour Peter, certes, mais tout de même, il valait mieux ne pas prendre un tel risque.

Il grimaça à son trait d'humour noir, mais la vérité, c'était qu'il se savait pris au piège. Il était l'arme, Peter était la cible, et il ne pouvait absolument rien faire pour changer cela.

Frustré et incrédule, il se passa les doigts dans les cheveux, regrettant de ne pas pouvoir s'enfuir, s'échapper. Pourtant, même si c'était une option, où pourrait-il aller où son père ne le retrouverait pas ?

— Peter est mon ami, déclara-t-il enfin, conscient de laisser transparaître son chagrin.

— Mais que veux-tu que ça lui fasse, au Loup ?

Alex garda le silence et Anna pencha la tête.

— Enfin, Alex, tu sais comment ça marche. Tu es son héritier. C'est bien normal qu'il t'envoie. Il se fiche que tu sois devenu proche de Peter. Au contraire, c'est même encore plus propice. C'est exactement ce qu'il cherche.

— Je sais. Je sais.

Bien sûr qu'il savait. Il connaissait son enfoiré de père mieux que quiconque.

— Quand ?

— Dès que tu peux.

— Je n'en reviens toujours pas. Ça n'a pas de sens. Il n'y a personne d'autre sur ce territoire. Il a toujours laissé les autres s'en tirer quand ils dirigeaient une zone, au moins jusqu'à ce qu'il ait trouvé un remplaçant.

Il fit la grimace avant d'ajouter :

— D'accord, pas souvent, et ces autres types ont généralement perdu quelques doigts, mais il s'est montré plus clément. Mais pas avec Peter, son ami.

Bien sûr, voilà qui répondait à sa propre question. La trahison d'un ami ou d'un parent était plus douloureuse que les autres.

En face de lui, Anna haussa les épaules.

— Il est en train de changer les choses en ce moment. Il intègre des nouveaux, se débarrasse des anciens. Il a même engagé Manny sur les technologies, maintenant. Il y a un tas de trucs sur Internet auxquels Manny sait accéder. Ils appellent ça le *dark web* ou quelque chose comme ça. Ton père a l'air de penser que c'est un bon endroit pour se planquer. Son argent, surtout, et les détails de ses opérations. Je n'en sais rien. Je sais juste qu'il change plein de choses et qu'il m'a dit de te transmettre le message. Tu dois le faire, sinon toi et moi, on va se faire avoir.

Alex hocha la tête. Elle avait raison. Mais il ne voulait pas. Bon sang, il reporterait sans cesse cette mission s'il le pouvait.

— Je n'arrive pas à croire que Manny travaille pour lui.

Il essayait déjà de gagner un peu de temps, de repousser l'inévitable.

— Il n'aurait même pas dû être au complexe. Aurelia ne voulait pas qu'il reste.

— Depuis quand ce qu'une femme veut a de l'importance ? Et Aurelia est morte, tu te souviens ?

L'ironie de sa remarque ne lui échappa pas.

— Est-ce que Joseph t'embête toujours ?

Il la vit rougir, mais elle secoua la tête.

— Non. Plus maintenant. Il garde ses distances.

Il ne la croyait pas.

— Tu ne traînes plus avec lui, j'espère. Il est trop vieux pour toi et il te fait du mal.

— Je ne le vois plus, dit-elle sèchement. Et arrête de changer de sujet.

Il se renfrogna. Elle avait raison. Il essayait de gagner du temps.

— Tu dois partir juste après, dès que c'est fait, tu sais.

— Je sais.

— Ce sera trop dangereux de rester. Tu vas devoir partir sans dire au revoir. Je sais que tu l'aimes bien, mais tu dois juste déguerpir. Très loin et très vite.

— Je sais, je t'ai dit.

Il avait presque crié et le regretta aussitôt en la voyant tressaillir.

— Je peux venir avec toi, si tu veux, proposa-t-elle, presque dans un murmure.

— Non. Je vais le faire tout seul.

Elle le dévisagea, puis acquiesça.

— D'accord. Je te retrouve à la planque de Costa Mesa. Ensuite, on pourra retourner au Nevada ensemble.

— Ça marche.

Il inspira alors que le futur s'étalait devant lui, sombre et dangereux.

Il acceptait parce qu'il n'avait pas le choix. Il savait parfaitement que s'il ne faisait pas ce que son père lui demandait, alors le Loup le punirait.

Pas en le blessant – pas physiquement, du moins –, mais en lui enlevant quelque chose qui comptait pour lui. Et même si Alex n'avait jamais parlé d'Ellie au Loup, il savait très bien que Daniel Lopez se faisait un devoir de tout savoir.

Bien sûr qu'il était au courant. Et si Alex ne suivait pas ses ordres, elle serait morte dans la semaine.

Putain.

Voilà pourquoi Alex Lopez avait trouvé un coin, à environ deux cents mètres de là, où il pourrait s'installer en attendant de tirer. Il avait son sac à dos à côté de lui, avec son fusil et ses munitions, mais il n'aurait besoin que d'une seule balle. Le Loup s'en était assuré.

Il attendit, le soleil brûlant dans son cou, alors que la circulation battait son plein en contrebas. Il attendit de voir la cible – pas Peter, *la cible* –, et il la suivit dans son viseur jusqu'à ce que l'homme s'arrête, s'immobilisant juste assez longtemps pour qu'Alex fasse son travail.

Il pensa à son père.

Il pensa à El.

Et il appuya sur la détente.

Alors qu'il regardait Peter tomber, un trou dans la tête, il se détesta du plus profond de son âme. La seule chose qui rendait cela supportable, c'était sa certitude que, même s'il était sur le point de disparaître de la vie d'Ellie pour toujours, au moins, il l'avait sauvée en prenant celle de Peter.

❦ 2 1 ❦

De nos jours...

Sachant que j'ai à peine les compétences nécessaires pour prévoir un café et des beignets chez moi, je me demande bien comment Tamra a réussi à organiser une réception avec cocktails et desserts en moins de soixante-douze heures. Certes, la liste des invités est limitée et Tamra a du personnel sous ses ordres pour l'aider, mais quand même, je suis impressionnée.

Comme l'événement a lieu dans un délai très court, les lieux n'ont pas été décorés comme lors du gala auquel j'ai assisté peu de temps après avoir appris que Devlin Saint n'était autre qu'Alex Leto.

Cette nuit-là, j'étais sur les nerfs, encore sous le choc de la révélation et furieuse contre Devlin de m'avoir quittée, toutes ces années auparavant.

Ce soir, je suis à son bras, et la seule colère que je ressens est dirigée vers le monstre qui a divulgué sa véritable identité, imposant par ses révélations ce discours devant la presse.

— Elle a fait un travail incroyable, dis-je à Devlin.

— Comme toujours, répond-il, comprenant que je fais référence à Tamra.

— Je n'aime pas les raisons de ce discours, lui dis-je, mais je ne peux pas nier qu'une excuse pour porter une nouvelle robe et de nouvelles chaussures est toujours bonne à prendre.

— C'est ma devise, lance Devlin.

Je manque m'étouffer avec la gorgée de vin que je viens de prendre.

Décidant de nous accorder une thérapie par le shopping, Brandy et moi sommes allées faire les magasins, plus tôt dans l'après-midi, accompagnées de Reggie aux talents incomparables. Maintenant, je porte une robe noire à longueur de mollet, avec un corsage ajusté et une jupe séduisante, associée à des talons rouges Bruno Magli.

Reggie porte une robe rose chatoyante qui semble couler comme de l'eau sur son corps, assortie à des chaussures à talons plats. « Juste au cas où », a-t-elle précisé dans le magasin en fronçant les sourcils devant les escarpins qu'elle aurait voulu acheter. Je la vois à présent, de l'autre côté de la salle, en grande conversation avec deux autres membres des Anges dont je ne me rappelle pas les noms. Ils sont cinq au total. Tous ont quitté le théâtre de leurs opérations respectives, en Californie et en Arizona, pour venir offrir leur protection à Devlin durant la conférence de presse. Ronan, bien sûr, brille par son absence. Il dirige l'équipe qui va entrer par effraction dans la maison de Joseph Blackstone aujourd'hui, et je suis sur des charbons ardents en attendant le résultat.

Devlin aussi, sans doute, même s'il ne le montre pas.

Brandy n'est au courant de rien, ce qui ne l'a pas empêchée d'être nerveuse toute la soirée. Elle est venue avec la robe rouge dos nu que Christopher avait remarquée lorsqu'ils faisaient du lèche-vitrines, un jour. Elle l'a accessoirisée avec une adorable pochette de sa propre conception, une œuvre sur laquelle elle a travaillé récemment pour l'ajouter à l'inventaire de BB Bags.

Je ne les vois nulle part, cependant. J'espère que Brandy l'a trouvé et qu'ils sont quelque part ensemble. Il lui a envoyé un message ce matin pour lui dire qu'un problème était survenu avec son éditeur et qu'il la retrouverait ici. Mais il y a encore une demi-heure, il ne s'était toujours pas montré. La dernière fois que j'ai vu Brandy, elle avait l'air à la fois agacée et inquiète.

Tous les autres invités semblent apprécier les boissons et les mignardises offertes au buffet et sur les plateaux des serveurs qui circulent dans la foule. En plus des visages familiers des différents organes de presse, je repère des hommes d'affaires du coin et des acteurs de la communauté, comme le chef Randall, par exemple. Lamar est là, lui aussi. J'ai le cœur brisé en voyant la douleur sur son visage lorsqu'il jette un coup d'œil dans cette salle remplie de couples. Je suis allée le voir à plusieurs reprises, et chaque fois, il m'a dit qu'il allait bien. Que ça faisait mal, mais qu'il allait s'en sortir. Je n'en doute pas, même si j'aimerais pouvoir l'aider.

Je prends une inspiration, m'efforçant d'oublier le chagrin de Lamar. Je jette un nouveau coup d'œil circulaire. Décidément, la réception est vraiment parfaite.

— Je n'étais pas sûre, au début, dis-je à Devlin. Sans tables, ça me paraissait bizarre. Mais ça fonctionne plutôt bien.

Il n'y a que quelques tables à tréteaux disposées çà et là, principalement pour aider les journalistes qui pourraient encore prendre des notes à l'ancienne, avec un stylo et du papier.

— Je trouve aussi. Tamra a pensé qu'un discours assis suggérerait quelque chose d'intense et de lourd, alors que les cocktails, ça fait plus intime et amical.

— Même si la teneur de ton discours est clairement intense, il faut que tout le monde te voie tel que tu es. Pas comme un milliardaire distant.

— Je ne l'aurais pas forcément dit comme ça, mais oui.

La baie vitrée donnant sur l'océan est grande ouverte, permettant aux participants de circuler sur la terrasse en pierre. Nous nous y rendons à notre tour. Devlin n'a pas besoin de m'expliquer pourquoi. La terrasse surplombe les bassins entre les rochers, à marée basse, *nos* bassins. Il tient à garder cela à l'esprit avant de parler, pour se rappeler la raison pour laquelle il va tout rendre public ce soir. Avec un peu de chance, les ennemis de son passé reculeront, lui permettant de mener une vie plus sûre. Pour lui, pour moi, et pour tous ceux à qui il tient.

— Tout se passe très bien, annonce Tamra en venant nous saluer. Bien sûr, je ne suis pas étonnée. On ne l'annonce peut-être pas comme tel, mais tout le monde a conscience qu'il s'agit du premier événement depuis que le prix humanitaire a été annulé. Ils veulent savoir ce que tu as à dire pour te justifier.

Devlin sourit.

— Ne vous inquiétez pas. J'ai beaucoup à dire pour me justifier.

— Eh bien, reprit Tamra en riant, j'aurais aimé avoir un aperçu de ton discours. En tout cas, je serai dans le public en retenant mon souffle.

Elle pose la main sur son épaule dans un geste maternel, et je réalise à nouveau depuis combien de temps ils se connaissent, et tout ce qu'elle a vu Devlin surmonter. De tous ceux qui le connaissent, c'est sûrement elle qui se soucie le moins de l'impact négatif que pourrait avoir sur son moral la révélation de sa véritable identité. Après tout, elle l'a vu survivre à presque tout.

— À ce propos... dis-je une fois qu'elle est repartie dans la salle.

— À quel propos ? demande Devlin.

— À propos de tes justifications. J'aimerais commencer à publier une série d'articles à ton sujet. Un suivi de la conférence de presse que tu vas donner ce soir, en détaillant ton parcours et ce que tu fais avec la fondation. Je me disais qu'on pourrait le publier sur le site web.

— El, ma chérie, je ne suis pas sûr que je...

— Il faut contrôler ce récit, expliqué-je. J'en parlais avec Corbin et il...

Devlin se met à rire.

— Quoi ? me récrié-je. C'est une bonne idée. Tu vas prendre

position ce soir et annoncer que tu es quelqu'un de bien, mais ça ne t'empêchera pas de devoir affronter tous ceux qui veulent t'inventer une autre histoire, parce que les méchants, ça fait vendre. Un article par semaine. C'est le meilleur choix à faire. Demande à Tamra. Elle sera d'accord avec moi.

— Tu en as déjà parlé avec elle ?

— Non, mais je sais que j'ai raison.

— Pour être honnête, je le pense aussi.

— Vraiment ?

— Mais si je la paie pour assurer ma communication et mes relations publiques, c'est justement parce que je ne le fais pas moi-même. Nous en discuterons avec elle une fois que nous saurons comment mon discours de ce soir a été reçu par le public, d'accord ?

Je souris.

— Absolument. Et nous ne manquerons pas de lui dire que les articles déboucheront sur un livre, publié soit par un grand éditeur, soit par la fondation elle-même si nous n'en trouvons pas. Mais tu *sais* que nous en trouverons un.

Je me dresse sur la pointe des pieds pour l'embrasser.

— Surtout si on m'intègre à l'histoire. Le sexe fait vendre aussi, tu sais.

— On peut écrire que nous sommes sortis ensemble, mais s'il y a plus de détails que ça, je mets tout de suite mon veto à ce projet.

— D'accord. Tu sais, j'écrirai peut-être ces pages rien que pour toi...

Je laisse ma phrase en suspens, avec un ton sensuel.

Il rit.

— Attention. Je dois prendre la parole devant tout le monde dans une minute et il n'y aura pas de pupitre devant moi.

Je suis à la recherche d'une réponse spirituelle quand Lamar nous rejoint.

— Je ne sais pas comment tu fais, Saint. Tu n'as pas du tout l'air nerveux.

— J'ai donné beaucoup de conférences, mais jamais aussi centrées sur moi. Heureusement, Ellie est là pour me détendre.

Je cligne innocemment des paupières.

— Quand tu veux...

Ils discutent un moment avant que Tamra n'éloigne Devlin, annonçant qu'il va s'adresser à la foule dans quelques minutes. Lamar m'abandonne à son tour pour aller chercher le chef et je jette un coup d'œil alentour. Je découvre finalement Brandy de l'autre côté de la salle, en train de discuter avec Éric. Je les rejoins et nous échangeons quelques mots jusqu'à ce que le réceptionniste nous laisse pour aller se mêler aux invités, s'assurant de saluer les différentes personnes présentes.

Brandy se tourne vers moi, mais je ne sais pas ce qu'elle a l'intention de me dire, car au même instant, les lumières se tamisent et un projecteur se braque sur l'escalier où Devlin se tient, à peu près à mi-hauteur. Il a l'air calme et mesuré, pas nerveux le moins du monde.

Enfin, la salle entière est plongée dans le silence et Devlin balaie l'assistance du regard, s'attardant sur mes yeux avant de se tourner vers la foule.

— Mesdames et messieurs. Ce soir, j'aimerais vous raconter une histoire.

$$\text{❦} \quad 2\,2 \quad \text{❦}$$

Les mains sur la rampe, Devlin regardait la foule et les visages tournés vers lui avec curiosité. Il détestait les circonstances qui l'avaient conduit à ce moment précis, mais il devait admettre qu'il ressentait aussi un certain soulagement. Les secrets à garder représentaient un travail épuisant, et tant qu'il pouvait en assumer les conséquences, il était heureux d'avoir un souci en moins sur les bras.

— Tout d'abord, commença-t-il, je tiens à vous remercier d'être venus ce soir dans un délai aussi court. J'ai bien conscience que vous êtes tous intrigués et je vous promets que je n'ai pas cherché à vous appâter. Vous n'êtes pas ici simplement pour savoir que j'ai récemment acheté un bien immobilier en vue de bâtir un hôpital pour enfants à Riverside. Même si, bien sûr, j'espère que vous mentionnerez également cette initiative.

Il marqua une pause, profitant du brouhaha des rires qui fusaient dans l'assemblée. Il savait pertinemment qu'un grand nombre de journalistes et de soutiens de la fondation se sentaient en conflit, tiraillés. D'un côté, ils voulaient connaître la vérité après l'annonce sensationnelle de la filiation de Devlin Saint. De l'autre, ils admiraient sincèrement son travail et détestaient être mêlés à quelque chose que Devlin n'avait pas lui-même choisi de rendre public.

— Je suis ici ce soir non pour vous parler de la fondation – pas directement, du moins –, mais pour une raison très simple. Moi.

Il se tut un moment, son regard orienté vers Ellie et son sourire approbateur.

— J'aimerais vous donner l'image d'un Devlin Saint que vous n'avez jamais rencontré auparavant. Si ce n'est qu'en réalité, vous le connaissez déjà. Mon passé a façonné qui je suis aujourd'hui et depuis l'existence de ma fondation.

Jusqu'à présent, la foule semblait satisfaite. Il établissait même le contact visuel avec certains d'entre eux sans cesser de parler.

— D'après les causes que soutient cette fondation, peut-être que certains d'entre vous ont supposé que mon enfance n'avait pas été très rose ni ensoleillée. Ou peut-être avez-vous pensé que j'avais simplement de l'argent et que je voulais faire le bien autour de moi – ou trouver un bon plan fiscal.

Comme il l'avait espéré, quelques rires se firent entendre.

— Mais ce que j'espère vraiment, c'est que vous ne penserez pas à moi, mais aux personnes que cette fondation a aidées. Nous avons sauvé des victimes de maltraitance, nous avons contribué à former et à éduquer ceux qui avaient besoin d'un coup de pouce, nous avons travaillé avec les forces de l'ordre pour mettre fin aux réseaux de drogue qui asservissent les innocents et nous avons aidé à sauver des centaines de victimes à travers le monde, prises dans la toile mortelle du trafic d'êtres humains.

Il se pencha en avant, les mains sur la rampe.

— Voilà sur quoi vous devriez vous concentrer, et sur quoi vous vous êtes déjà concentré. Vous avez relayé tout ce que nous faisons, contribuant à diffuser un message d'espoir auprès de ceux qui avaient perdu un être cher ou qui avaient eux-mêmes besoin d'aide. Seulement voilà, une histoire, une indiscrétion, a changé la donne. Soudain, il ne s'agissait plus du bien que la fondation avait fait et ferait à l'avenir. Non, il est devenu question de mon père. Un homme qui correspond exactement au type d'être humain atroce que combat cette fondation.

Il ferma les yeux et inspira, sans craindre de dévoiler sa faiblesse. Car la vérité, c'était qu'il était bel et bien faible dans sa relation avec son père. Il s'était battu et il avait souffert pour laisser cet homme derrière lui. L'ennui, c'était que l'on ne pouvait jamais vraiment échapper à son passé. C'était une leçon que Devlin avait apprise à la dure.

Il refoula donc sa colère pour continuer son discours, cherchant des visages familiers dans l'auditoire.

— À chaque instant de sa vie, Daniel Lopez, mon père, a été un monstre vicieux et violent. Et maintenant cet homme – ce cruel ersatz d'être humain – vole la vedette à ceux qui la méritent. Voilà qu'un homme qui n'a jamais ressenti l'amour et qui a toujours gouverné par la peur et l'intimidation sort de sa tombe pour venir affaiblir l'organisme que j'ai œuvré à développer, véritable forteresse contre les hommes de son espèce.

Sa voix avait pris une inflexion sévère, à l'image de la haine qu'il laissait affleurer à la surface.

Au prix d'un gros effort, il parvint à se retenir. Cette conférence devait absolument rester professionnelle. Il montrait ses émotions, certes, mais il y avait une limite à ce qu'il était prêt à exposer de ses sentiments intimes – sauf en présence d'El.

Il prit une inspiration.

— Ce n'est pas un sujet que je voulais aborder, mais il le faut, car Daniel Lopez, le Loup, n'a pas sa place entre ces murs. Je vais donc vous raconter une histoire. Ce sera la seule et unique fois. Ensuite, cette fondation se concentrera sur sa mission qui consiste à combattre ce fléau du trafic d'êtres humains et autres crimes similaires, à fournir de l'aide, de l'éducation et de la formation à tous ceux et celles qui en ont besoin.

Il marqua une longue pause, regardant la foule. Dans le public, El le soutenait farouchement, de la fierté dans les yeux, alors qu'il reprenait sa respiration avant de continuer à chanter les louanges de sa fondation et de l'excellent travail qu'ils y faisaient en appuyant ceux qui avaient besoin d'aide et en soutenant les forces de l'ordre du mieux possible.

L'ironie ne lui échappait pas, naturellement. En ce moment même, sur son ordre, une équipe était à Chicago, sur le point de tuer un homme. Un homme qui le méritait, bien sûr. Mais tout de même, un homme dont Devlin avait lui-même signé l'arrêt de mort.

Certains dans cette salle pourraient le traiter d'hypocrite, mais en ce qui le concernait, il n'avait aucun doute. Pas plus que Tamra, Reggie, Ronan ni n'importe quel autre Ange dans le public. Plus important encore, il savait qu'El était à ses côtés, qu'elle soutenait non seulement ce qu'il était, mais aussi ce qu'il faisait. Et qu'elle comprenait l'histoire en profondeur. Celle qu'il ne raconterait pas à la foule ce soir, mais qui était à la base de tout ce qu'il avait entrepris, à commencer par son départ, toutes ces années auparavant.

Il redressa enfin les épaules et se lança dans son récit :

— Il était une fois une jeune femme. Elle s'est enfuie de chez ses riches parents. Elle a rencontré un homme. Un homme exotique. Un homme puissant et plein de charisme qui l'a sauvée de la rue pour l'emmener chez lui. Elle s'est mariée avec cet homme, elle est tombée enceinte et elle a eu un garçon. Quelque part en chemin, elle a appris la vérité sur son mari, qu'il n'était pas un homme bon, qu'il faisait du mal aux gens, et que non seulement il s'enrichissait sur leur dos, mais qu'en plus, il y prenait plaisir.

Il déglutit avant de poursuivre :

— Elle a trouvé le courage de s'enfuir en emmenant l'enfant avec elle. Cet enfant, bien sûr, c'était moi. Malheureusement, Daniel Lopez est un homme implacable. Il l'a vite retrouvée. Il l'a tuée. Il a tué ses parents et il m'a pris. J'étais très jeune, mais il a fait de moi un homme riche, car j'ai hérité de la fortune de mes grands-parents. Il a eu beau essayer de se les accaparer, le

Loup n'a jamais obtenu ces fonds. Cet argent, accumulé au fil des générations par un travail acharné et des investissements légitimes, est ma seule et unique source de revenus personnels.

Il laissa son regard embrasser l'assistance.

— Ai-je hérité de la fortune du Loup à sa mort ? Oui, j'en ai hérité. Je me suis aussi donné pour mission de disparaître, et pendant des années, j'ai réussi à me cacher. Je savais que les lieutenants et les ennemis du Loup me reprocheraient cette fortune mal acquise, ainsi j'ai décidé de changer d'identité. Comme vous le savez, je suis devenu Devlin Saint. Pendant que j'étais en cavale, quelqu'un a tué mon père. J'aurais pu redevenir Alejandro Lopez, mais je ne voulais pas de cette vie, ni de ce lien avec cet homme. Ce que je voulais, c'était faire table rase du passé. Mais cela, bien sûr, c'était impossible. Alors, j'ai fait ce qu'il y avait de mieux à faire. J'ai fondé cet organisme.

Il s'interrompit, prenant le temps de regarder l'assistance.

— Quant à l'argent que j'ai hérité de mon père, et que je considère comme impur, je l'ai dépensé uniquement pour cette fondation, pour changer le mal en bien, pour soutenir ceux qui avaient besoin d'aide, financer des programmes et des services destinés à améliorer la vie de ceux que mon père et des hommes comme lui ont blessés et dont ils ont profité. Mon père a utilisé les autres, il les a malmenés avant de les jeter comme des ordures. Maintenant, l'argent qu'il était si fier de gagner sur leur dos est employé pour réparer autant que faire se peut les dégâts qu'il a lui-même causés.

Il croisa le regard d'Ellie et le soutint tout en poursuivant :

— Je ne serais pas l'homme que je suis sans mon père. Ce sont ses péchés et les péchés de ceux qui lui ressemblent que je m'évertue à effacer et à réparer. Je ne suis pas mon père, et je n'admire certainement pas cet homme. En aucun cas je n'utiliserais pour moi ce dont j'ai hérité de lui. Cette seule idée me rend malade. C'est avec joie que je l'utilise à bon escient dans des programmes visant à détruire ce qu'il a construit, par tous les moyens à ma disposition.

À présent, ses yeux restaient fixés sur Ellie. Il la vit essuyer une larme. Elle connaissait tous les moyens à sa disposition – des moyens secrets, pour certains, qu'il ne pouvait pas annoncer publiquement –, et pourtant, la fierté irradiait sur son visage. C'était la meilleure validation qu'il puisse espérer.

Il inspira et annonça, ragaillardi :

— J'ai un objectif. Faire de ce monde un endroit meilleur, un endroit plus sûr. Je ne suis pas mon père. J'en ai parfaitement conscience. Et un jour, j'espère que le monde le comprendra aussi. Je ne nierai pas que cela a été un choc douloureux de me voir retirer le prix de l'humanitaire de l'année à la dernière minute. Mais ce n'est pas parce que j'ai maintenant un espace vide sur le manteau de ma cheminée. Non, si l'expérience est désagréable, c'est parce que le monde me juge... *nous* juge tous sur autre chose nos propres actions. L'endroit où nous sommes nés, par exemple. Notre couleur de peau. Le type d'emploi que nous occupons. Et, bien sûr, l'identité de nos parents. L'un des objectifs de la FDS a toujours été de lutter contre l'injustice et d'aider les victimes d'activités criminelles. Aujourd'hui, j'ai le plaisir d'annoncer la création du programme Valeur Intérieure pour aider les individus à s'élever au-dessus des circonstances imposées par leur naissance, remédier à la pauvreté et améliorer l'éducation. Ce programme travaillera directement avec les entreprises de toutes tailles, sur le plan de l'éducation et de la formation continue de leur main-d'œuvre, mais également en recrutant parmi eux les futurs membres de notre mission.

Il poursuivit sur sa lancée, exposant les détails préliminaires du nouveau programme, avant de redresser ses épaules, balayant la salle du regard.

— En résumé, je tiens à remercier le comité de m'avoir ainsi donné un nouveau but. Un trophée n'aurait fait que trôner sur ma cheminée. Mais en me refusant ce prix, le comité a contribué sans le savoir à la création d'un autre programme qui aura le potentiel d'aider des millions de personnes. Sous cet angle, je ne peux pas regretter ce qui s'est passé.

Saluant l'assistance d'un hochement de tête, il conclut :

— Merci à tous d'être venus. Nous avons des plaquettes d'informations et un communiqué de presse sur le programme Valeur Intérieure à votre disposition. Et, bien sûr, d'autres boissons et petits fours. Encore merci.

Les discussions reprirent dans la salle et le projecteur braqué sur Devlin s'éteignit. Il s'efforça malgré tout de ne pas soupirer, de ne montrer aucune faiblesse.

Mais il chercha El du regard, et la lumière qu'il vit dans le sien apaisa tous les doutes qui subsistaient encore.

Enfin, elle se dirigea vers lui, fendant la foule sans le quitter des yeux. Il vint à sa rencontre, lui aussi, avant de s'arrêter lorsque son téléphone se mit à sonner dans sa poche. Il le sortit discrètement et aperçut le message succinct de Ronan : « C'est fait. »

Blackstone était mort.

Le soulagement envahit Devlin, si violemment qu'il faillit trébucher dans les marches. L'instant d'après, Ellie était là. Après l'avoir chaudement félicité, elle lui demanda ce qui n'allait pas. Sa réponse fut évidente. *Rien.* Parce qu'en cet instant, tout allait bien.

Il lui prit la main et l'attira à lui.

— Je t'aime, lui dit-il. J'ai besoin de toi.

Il était bien conscient de se sentir survolté, sur un petit nuage. Après le discours, le texto, le poids du secret qu'il avait gardé si longtemps et dont, enfin, il était libéré. Il avait tant besoin d'elle. Si seulement il n'était pas contraint de se plier à ces fichues obligations sociales. Dans quelques minutes, il irait se mêler à la foule, mais pour l'instant, tout ce qu'il voulait, c'était El.

Il l'entraîna dans l'escalier jusqu'au premier étage, puis dans l'ascenseur jusqu'à son bureau.

— Devlin, qu'est-ce que tu...

Mais il la fit taire par un baiser fougueux et exigeant qui la fit d'abord gémir, puis fondre contre son corps. Elle était tout aussi impatiente que lui, quelques secondes plus tard, lorsque l'ascenseur s'ouvrit devant son bureau.

Dès qu'ils eurent franchi les portes, il la souleva sur son bureau, lui écartant les jambes alors qu'elle essayait de baisser sa fermeture éclair. Il n'hésita qu'une seconde, le temps de la regarder dans les yeux, de la voir murmurer plus qu'il ne l'entendit :

— Oui, oh, mon Dieu, oui.

Aussitôt, il la prit par les hanches et l'attira plus près avant de s'enfoncer en elle.

Seigneur, que c'était bon ! Il contempla son visage, avide de chacun de ses traits.

— Ouvre les yeux, exigea-t-il.

Il faillit perdre la tête lorsqu'elle s'exécuta, submergé par l'amour et la passion qui s'y reflétaient.

— Plus fort, chuchota-t-elle. Devlin, j'en ai besoin, moi aussi.

Arc-bouté au-dessus d'elle, il la repoussa sur le bureau et lui replia les genoux. Son membre était entre ses cuisses, ses mains sur sa poitrine. Sa bouche réclamait la sienne par un baiser aussi intense que leur corps-à-corps.

Il était proche, tout proche. Et il connaissait assez bien le corps d'Ellie pour savoir qu'elle l'était aussi.

— C'est ça, bébé, murmura-t-il contre sa bouche. Jouis pour...

La porte s'ouvrit.

— Saint, enfin, on doit... oh, *merde !*

❧ 23 ☙

— Oh, bon sang, soufflé-je en ajustant en toute hâte mes vêtements alors que Devlin en fait de même.

Lamar m'a déjà vue en sous-vêtements, là n'est pas le problème, mais pour autant que je sache, il ne m'a jamais vue faire l'amour. Et je ne pense pas que nous ayons besoin d'étendre notre amitié à cette dimension.

— Ça t'arrive de frapper ?

Devlin regarde froidement Lamar, qui répète en boucle « désolé, désolé », ses mots se superposant aux nôtres.

— Mais...

— Tu ne peux pas... commencé-je.

Mes paroles s'étouffent aussitôt dans ma gorge lorsque Brandy apparaît derrière Lamar, des larmes noircies par son mascara ruisselant sur ses joues.

— Oh, non.

J'attrape la main de Devlin et la serre avec force.

— Que s'est-il passé ?

L'expression de Lamar est tendue. Il fait un geste vers le coin salon du bureau.

— Vraiment, toutes mes excuses, bafouille-t-il. Je n'ai pas réfléchi. Je voulais juste vous rejoindre, tous les deux.

— Ça ne fait rien, répond Devlin sur un ton évasif, alors que mes joues sont encore brûlantes de honte. J'aurais dû penser à fermer la porte à clé. Que se passe-t-il ?

Devlin prend place sur un fauteuil en face du canapé où Lamar et Brandy sont maintenant assis. Quant à moi, je me perche sur l'accoudoir, stabilisée par la main de Devlin dans mon dos.

Lamar nous regarde tous les deux. Visiblement bouleversé, il tient la main de Brandy. Cette dernière garde le silence, mais les larmes continuent de tracer des sillons noirs sur son visage. La peur me noue les tripes, succédant à l'agacement de leur irruption dans le bureau.

— Lamar, tu me fais peur. Qu'est-ce qui se passe ?

— Christopher, chuchote Brandy d'une voix éraillée, à vif, et pourtant nette et forte.

Je regarde Lamar.

— Oh, mon Dieu. Est-ce qu'il est blessé ? Que lui est-il arrivé ?

Brandy étouffe un sanglot en essayant sans succès de me répondre.

— Je suis vraiment désolé, Sherlock, me dit mon ami à voix basse, comme si ce surnom pouvait adoucir le choc de ce qu'il s'apprête à annoncer. Mais il était au volant du 4x4. Celui qui a failli te tuer.

Je regarde Lamar, interdite, puis je me tourne vers Devlin. Je suis abasourdie, incapable de le croire. Nous l'avions rayé de la liste de suspects. Nous étions avec lui hier soir, à rire sur le canapé, et tout semblait parfaitement normal. Rien – absolument ment *rien* – ne suggérait qu'il gardait un aussi lourd secret. Et pourtant, en voyant le visage de Devlin en cet instant, je prends conscience que ce n'est pas vraiment une surprise.

Je reporte aussitôt mon attention vers Lamar, mais je ne pense pas qu'il ait compris que Devlin avait une longueur d'avance sur lui. J'en déduis donc que Devlin cherche à lui faire croire qu'il est tout aussi interloqué que moi.

— C'est dingue, dis-je, résumant mes émotions en quelques mots. Vous en êtes sûrs ?

— Dites-nous ce qui s'est passé. Quelle est votre source ? Est-ce que Christopher est en détention ?

Devlin me retient pour m'éviter de glisser de l'accoudoir lorsqu'il se lève et se dirige vers le mini-bar.

— J'ai besoin d'un verre. Quelqu'un d'autre ?

— Je suis en service, dit Lamar.

Brandy secoue la tête et je me lève pour aller m'asseoir auprès d'elle. Déjà, elle me tend la main.

— Bon, eh bien, je vais en prendre un, déclaré-je. Un scotch. Sec.

Devlin apporte les boissons et fait un signe de tête à Lamar.

— Alors ?

— Il y a quelques minutes, quelqu'un a appelé le commissariat pour demander où il pouvait envoyer les preuves dans l'affaire du délit de fuite d'Ellie. Le sergent lui a donné l'e-mail du département, et quelques minutes plus tard, un message est arrivé. Pas de texte, pas d'explication. Juste une photo. Trois photos, en fait, sous plusieurs angles. C'était Christopher, dans la voiture.

Il nous dévisage tour à tour, comme pour s'assurer que nous soyons attentifs. Je ne peux pas parler à la place de Devlin ou de Brandy, mais en ce qui me concerne, je suis tout ouïe.

— Est-ce que les images pourraient avoir été photoshoppées ?

— Théoriquement oui, mais j'en doute, répond-il avec une grimace. Le sergent vient de me les transmettre, puisque je travaillais sur l'affaire. Il sait que nous sommes amis et il se souvient de ce qui s'est passé quand tu as failli être renversée.

— Tu étais en train de déguster l'un des savoureux desserts au buffet quand tu as reçu un message avec ces trois photos ?

— Oui, c'est à peu près ça.

— Et il a reçu le coup de fil du sergent pendant qu'on discutait, ajoute Brandy.

Elle s'est essuyé les joues avec un mouchoir et commence à retrouver ses couleurs.

— Christopher était censé me retrouver ici pour écouter Devlin, mais il n'est pas venu. Je l'ai appelé et je lui ai envoyé des messages, mais rien. Je disais justement à Lamar que je commençais à m'inquiéter.

— Quand Brandy m'a dit qu'il lui avait posé un lapin, j'ai envoyé un agent à son Airbnb. Personne n'y était encore allé, puisqu'ils n'avaient pas d'identification positive tant que je n'avais pas vu les photos, et de toute manière, le département ne pouvait pas savoir où il logeait. Enfin, pas sans enquête, du moins. C'est une chance, puisque j'étais avec Brandy à ce moment-là.

— Il n'était pas là, devine Devlin.

— Non, et il n'y avait rien d'autre. Son ordinateur portable a disparu. Les valises ne sont plus là. Le frigo est encore rempli, mais à part la nourriture, il n'y a plus aucune trace de lui à l'appartement. Plus grand-chose, disons.

— Mais encore ?

— Il y avait un message, dit Brandy. Pour moi.

— Il t'a laissé un mot ? demande Devlin, dont le regard alterne entre elle et Lamar. Que disait-il ?

Lamar me passe son téléphone.

— C'est une photo que l'agent de service m'a envoyée. *NYCnewsFairy@gmail.com*, avec quelque chose qui ressemble à un mot de passe.

— C'est l'e-mail d'où provient la fuite, dis-je. Et c'est un mot de passe ? Vous vous êtes connectés ?

— Oui, répond Lamar en récupérant son téléphone. Pour autant qu'on sache, cette boîte mail n'a servi à rien d'autre.

Brandy me regarde, puis Devlin.

— Ça veut dire que la fuite vient de lui, n'est-ce pas ?

Je hoche la tête, profondément malheureuse pour mon amie.

— Oui. En effet.

— Pourquoi tenait-il à me le dire ?

— Je n'en sais rien, mais je pense que c'est parce qu'il tient sincèrement à toi. Il sait qu'il doit fuir, mais il voulait t'aider, toi et tes amis.

— On se fiche de ce qu'il veut ! s'exclame-t-elle. Bon sang, je regrette d'avoir fait sa connaissance.

— Je sais.

Mon bras sur ses épaules, je regarde Devlin avec impuissance. J'aimerais la consoler, mais nous n'avons pas terminé, il y a d'autres questions à poser. Je sais très bien que Devlin a hâte de les faire sortir de son bureau pour pouvoir contacter Ronan et les autres Anges qui sont en bas, à discuter çà et là dans la foule en ce moment même.

— Merci de nous avoir tenus au courant, dit Devlin, reportant son attention sur Lamar qui commence à se lever. J'imagine que tu te rends sur les lieux ?

— En fait, il y a autre chose.

Les sourcils de Devlin remontent sur son front et il s'immobilise, faisant signe à Lamar de continuer.

— Alors que je parlais avec l'agent envoyé à l'appartement de location de Christopher, j'ai reçu un e-mail. Celui-là ne venait pas du commissariat. Il venait de l'adresse de Joseph Blackstone.

Je regarde Devlin, déboussolée. D'autant plus qu'au moment où il prononçait son discours, l'équipe était censée avoir éliminé Joseph Blackstone. Le visage de Devlin est toujours imperturbable, alors je me tourne vers Lamar pour avoir des réponses.

— Tu dis que Joseph Blackstone t'a envoyé un e-mail ?

— Ou quelqu'un qui se fait passer pour lui. Mais là, il n'y avait pas de photos. C'était du texte uniquement.

— Qu'y avait-il écrit ? demande Devlin.

Lamar tapote à nouveau son téléphone, puis il le passe à Devlin. Je suis assez curieuse pour quitter Brandy et regarder par-dessus son épaule. C'est une chaîne d'e-mails écrits par Joseph Blackstone, dans lesquels il complotait la vengeance d'Anna avec son demi-frère, Christopher. Y compris une mention très spécifique du plan prévoyant que ce dernier m'écrase avec le 4x4 afin d'accaparer l'attention de Devlin.

Je le regarde par-dessus la tête de Lamar.

— Il n'y avait rien dans les affaires d'Anna ni sur aucun de ses appareils qui puisse laisser penser une chose pareille, que Christopher avait quelque chose à voir avec ça. Ce serait faux ? Ou alors, elle n'était pas au courant ?

— Bonne question, dit Lamar.

Devlin lui rend son téléphone.

— Deux solutions, soit Christopher était vraiment au volant de ce 4x4, soit quelqu'un tient à nous le faire croire.

— Joseph Blackstone ?

Devlin hoche la tête.

— C'est bien possible.

Je me retiens de justesse avant de laisser échapper la nouvelle de la mort de Blackstone. Au moins, l'équipe l'a éliminé maintenant. Devlin parvient à garder le secret en présence de Lamar et je me tais, moi aussi. Mon ami inspecteur fronce les sourcils, puis il prend son menton entre son pouce et son index en signe d'intense réflexion.

— Il veut qu'on se concentre sur la personne qui a essayé de renverser Ellie plutôt que sur celle qui a décidé de parler de ton père au monde entier.

— C'est une théorie qui se tient, répond Devlin. Si c'est vrai, alors ça veut dire que Blackstone a peur.

— Attendez, leur dis-je. J'aimerais voir quelque chose.

Je viens me placer à côté de Lamar et lui prends le téléphone. Cette fois, je fais défiler la chaîne d'e-mails jusqu'en bas.

— Il y a d'autres noms sur le premier message.

J'en reconnais certains, d'après ce que Devlin m'a dit. M. Espinoza, R. Duarte, et plusieurs autres.

— Leurs adresses ont disparu quand les sujets des messages ont dévié sur mon agression, mais ce sont sûrement des hommes de Blackstone.

— Nous essayons de les retrouver en ce moment même, dit Lamar.

Cela ne me surprend pas du tout. Mon Watson est doué dans son travail, après tout.

— Peux-tu me transmettre toutes ces informations ? demande Devlin, levant les yeux de son téléphone.

Sans doute parcourt-il les textos de Ronan.

— C'est déjà fait, répond Lamar. On avait décidé de tout se dire, tu te souviens ?

— Évidemment.

— Écoutez, c'est encore tout récent. Je retourne au commissariat.

Il nous regarde tous les deux et ajoute :

— Soyez prudents. Il n'est pas dans son appartement en ville, mais il pourrait être dans l'une de ses autres résidences. La police de Chicago va vérifier tout ça. Mais il pourrait aussi être en route pour vous rejoindre.

Lamar se tourne vers moi.

— Reste avec Devlin, Sherlock. Toi aussi, Brandy. Vous serez en sécurité. Si Blackstone a envoyé cet e-mail pour attirer l'attention sur Christopher, c'est peut-être que quelque chose de nouveau ne va pas tarder à se produire. Je veux que vous soyez tous protégés. Vous feriez mieux de retourner à la maison.

— Je m'en occupe, intervient Devlin.

Il tend la main à Lamar, et à mon grand soulagement, ce dernier la lui serre sans hésitation. J'avais craint qu'il ne reproche à Devlin la mort de Tracy, ne serait-ce qu'inconsciemment, mais cette poignée de main spontanée apaise mes appréhensions.

Dès qu'il quitte le bureau, j'ai envie de bombarder Devlin de questions, mais je ne peux pas, parce que Brandy est là et qu'elle ne sait pas tout. Nous pourrions la mettre dans la confidence, mais après le choc qu'elle a reçu aujourd'hui, je ne pense vraiment pas que ce soit le moment de lui imposer autre chose.

Devlin doit se faire la même réflexion, car un instant plus

tard, des coups retentissent sur la porte et Reggie entre sans attendre d'y être invitée.

Devlin a dû lui envoyer un message.

— Pourrais-tu rester avec Mademoiselle Bradshaw et la ramener chez elle ? Elle a reçu de mauvaises nouvelles et je ne veux pas qu'elle reste seule.

— Bien sûr.

— Reggie travaille en indépendante pour la fondation, explique Devlin à Brandy, une version plutôt fidèle de la vérité. Elle restera avec toi le temps qu'Ellie et moi fassions le tour de nos invités avant de quitter la réception sans entraîner trop de questions.

Je me retiens de lui rappeler que nous avons filé à l'anglaise pour un petit coup rapide, et que le moment s'est éternisé. Les questions à notre sujet doivent déjà aller bon train.

Bien sûr, je ne dis rien. Je me contente d'embrasser Brandy en lui promettant que nous ne tarderons pas.

Dès que les deux femmes ont disparu, j'avale mon reste de scotch.

—Je sais que nous devons aller discuter avec les invités, mais d'abord, dis-moi tout. Blackstone n'a pas envoyé cet e-mail, n'est-ce pas ?

— Oh, mais si, répond Devlin. Une seule fois. Et uniquement à Christopher pour commanditer l'agression.

— Ce qu'a annoncé Lamar n'était pas une surprise pour toi, je me trompe ? C'est le texto que tu as reçu tout à l'heure, en bas, n'est-ce pas ?

Il acquiesce.

— Penn et Claire ont une équipe à Chicago, tu te souviens ? Ronan y est, lui aussi, avec Charlie, Grace, et d'autres que tu ne connais pas encore.

—Je m'en doutais. Je me demandais pourquoi Reggie était ici, d'ailleurs, au lieu d'être avec eux.

— Elle a tiré la courte paille, répond Devlin.

—Je vois, dis-je en riant. Mais je ne comprends toujours

pas. Est-ce que la mission a été un succès, oui ou non ? Joseph Blackstone est mort ?

— Oui.

C'est une réponse brève et directe. Le soulagement m'envahit.

— Alors, explique-moi le reste. Comment Lamar a-t-il obtenu cet e-mail ?

— Pendant que l'équipe était sur place, elle a passé en revue un maximum d'appareils électroniques et de papiers.

— Ils ont trouvé ces photos de Christopher.

Il hoche la tête.

— Ça me brise le cœur pour Brandy, mais le doute n'est pas permis. Christopher conduisait le 4x4. Il y avait d'autres photos et d'autres messages sur l'ordinateur, beaucoup plus. Ronan n'en a transféré que quelques-uns. Le reste est en cours d'analyse.

— Il a peut-être agi sous la contrainte.

— Oui, c'est même probable. Les photos n'ont pas été modifiées ni mises en scène, mais quelqu'un s'est placé à l'avance sur son parcours pour les prendre. Tu remarqueras l'utilisation de l'objectif spécial pour que Christopher soit bien identifiable à travers la vitre teintée.

— Seigneur. Alors, ça veut dire que Blackstone a obligé son frère à faire ça, puis qu'il a eu le culot de sauvegarder les preuves pour pouvoir les utiliser contre lui plus tard, en cas de besoin ?

— Exact.

Je passe les doigts dans mes cheveux, brouillant ma coiffure sophistiquée.

— Nous savons que Christopher a témoigné contre Joseph. Ces deux-là ne s'aimaient pas. La contrainte me semble tout à fait plausible.

— Il y a plus, me dit-il.

Je grimace, mais lui fais signe de continuer.

— Il y avait des preuves que Christopher essayait de se réconcilier avec son frère. Apparemment, même son témoignage dans le cadre des accusations de trafic de drogue était prévu. Ça faisait partie d'une escroquerie de longue haleine, pour que Christopher puisse travailler avec Joseph sans que l'on pense qu'il était de mèche avec lui, étant donné leur brouille notoire.

— C'est abject.

Encore une fois, je ne pense qu'à mon amie.

— Prévoyait-il de s'en prendre à Brandy ?

Devlin semble abattu lorsqu'il répond :

— Je n'en sais rien. L'idée qu'elle soit blessée me répugne, mais je ne pense pas qu'il y ait d'autre issue possible. Soit il l'aimait vraiment, auquel cas ça n'a pas d'importance, parce qu'il est en fuite maintenant, soit il l'escroquait depuis le début pour se rapprocher de toi ou de moi, peut-être même de son entreprise. On ne le saura sans doute jamais. Quoi qu'il en soit, elle en souffre maintenant.

— C'est vraiment terrible. Et Lamar, dans tout ça ? Je croyais que tu devais tout lui dire.

Il fronce les sourcils.

— Je sais. Mais c'est une chose de lui transmettre des informations, c'en est une autre si ces informations ont été obtenues illégalement. Je me débrouillerai pour le lui faire savoir d'une manière ou d'une autre.

J'acquiesce, regrettant que mon ami ne sache pas tout en ce moment. Bien sûr, je comprends que c'est impossible.

— Tu ferais mieux de rentrer avec Reggie et Brandy. Je viens de leur envoyer un texto pour leur faire savoir que tu es en chemin. Elles sont toujours dans le hall, en train de parler avec Tamra.

— Devlin...

— Je ne tarderai pas. C'est de toi que Brandy a besoin, pas de Reggie.

Il a raison sur ce point et je ne discute pas.

— Tu vas vraiment nous rejoindre bientôt ? Ou tu vas retourner chez toi ?

Puisque Blackstone est mort, il a peut-être envie de passer du temps chez lui ce soir.

— On se voit plus tard, me dit-il résolument. La bonne nouvelle, c'est que Blackstone et plusieurs membres de son équipe sont morts. Les survivants ne vont pas s'en prendre à nous. Je connais ces hommes. Sans chef à leur tête, ce sont des incapables, des mercenaires qui se donnent au plus offrant. Ils trouveront un nouveau patron et ils passeront à autre chose. Mais je ne veux pas que tu sois seule ce soir, non plus. Alors, je te rejoindrai. On s'assurera que Brandy va bien, et Lamar aussi s'il reste une nuit de plus. Je l'espère. On a tous besoin d'une autre soirée télé, je crois.

Je me blottis dans ses bras et le serre avec force.

— Je t'aime, répété-je.

L'une des nombreuses raisons pour lesquelles je l'aime, c'est qu'il pense à mes amis autant qu'à moi.

🙚🙚🙚

— Je n'en reviens pas, dit Brandy alors que je lui tends une tasse de thé vert.

J'ai aussi apporté un muffin, l'un de ceux aux pépites de chocolat qu'elle a fait cuire hier. Je le pose sur la table basse en face d'elle.

— Enfin, je ne m'y fais pas. C'est tellement surréaliste. Christopher. Mon Christopher, et il a vraiment essayé de te tuer ?

Je m'assieds sur le bord de la table basse et me penche en avant, les coudes sur les genoux, pour la regarder dans les yeux pendant que nous parlons. Ses yeux sont gonflés par les larmes et nous portons encore les robes que nous avions à la conférence de presse et au cocktail. Son nez coule et elle l'essuie d'un revers de main.

Elle renifle, puis me regarde avec un sourire en coin tout en cherchant un nouveau mouchoir.

— Je suis une loque. Reggie doit me trouver complètement nulle.

— Pas du tout. Tu as vécu l'enfer.

Elle n'est pas là pour répondre, puisqu'elle est dans ma chambre où elle passe quelques appels. Je pense que c'est aussi pour nous laisser libres de parler, Brandy et moi. J'apprécie cette attention. Reggie est gentille, mais nous ne la connaissons pas très bien.

— Il essayait peut-être seulement de me faire peur, dis-je, appliquant au sujet qui nous occupe ma propension à me remémorer plus vivement les mauvais souvenirs que les bons. Ça a marché, mais il ne cherchait peut-être rien de plus.

— Eh bien, puisqu'il a disparu, j'imagine qu'on ne le saura jamais.

Je perçois l'amertume dans sa voix. Elle lui faisait confiance. C'était le premier homme avec qui elle vivait une relation vraiment sérieuse.

Elle croyait qu'ils avaient un avenir, qu'il était l'homme patient et attentionné qu'elle cherchait depuis toujours, un homme qui comprenait ses problèmes. Pas comme son père, qui l'évitait depuis le viol qu'elle avait subi. Et pas comme le seul autre homme avec qui elle avait couché, un crétin qui n'écoutait pas ses craintes et ses hésitations, uniquement intéressé par le sexe.

Et Dieu sait qu'il n'était pas comme Walt. L'ordure qui l'avait droguée et violée, à l'origine de tous ses problèmes avec les hommes. Récemment, il avait montré son affreux visage dans notre bar préféré et Devlin l'avait tabassé. Aux yeux de Brandy, cet acte avait fait de mon homme un héros.

— Tu n'as rien à regretter, lui dis-je. De ton côté, en tout cas. L'homme avec qui tu sortais, et dont tu étais peut-être en train de tomber amoureuse, se comportait comme un prince charmant avec toi. Parfois, les gens se plantent. Et on dirait qu'Anna et Joseph ont salement embrouillé la tête de Christopher.

— Tu crois que je m'en serais rendu compte ?

Elle hausse les épaules.

— Comment ai-je pu tomber amoureuse d'un type si facilement manipulé par son frère et cette garce ?

— Tu n'es pas fautive, lui dis-je avec détermination. Pas plus qu'à l'époque de Walt.

Elle acquiesce en refermant les bras autour de son buste.

— Je le sais, mais je crois que j'ai envie de me faire une petite soirée en mode apitoiement avec mouchoirs et pleurnicheries.

Je lui adresse un sourire.

— Tu es la plus douée pour organiser des soirées, alors même celle-ci sera réussie.

Comme je l'espérais, elle éclate de rire. Et comme nous sommes toutes les deux trop tristes, fatiguées et sous pression, ce petit gloussement se change rapidement en véritable fou rire, puis nous reniflons et hoquetons jusqu'à ce que je me retrouve sur le canapé, à côté d'elle. Nous tombons dans les bras l'une de l'autre en maudissant tous les hommes.

— Je ne peux même pas être jalouse de toi, me dit-elle. Enfin, si, je suis jalouse de ce que tu vis en ce moment avec Devlin, mais tu as dû traverser l'enfer pour en arriver là.

— Je sais. C'était dur pour tous les deux.

— Mais vous êtes ensemble, maintenant, et tous vos problèmes ont disparu. Je sais bien que vous avez dû travailler pour les surmonter, mais au moins, c'est résolu.

Elle hausse les épaules.

— En fin de compte, je dois être un peu jalouse.

— Une chose est sûre, ça a été long à venir.

Cela dit, elle a raison. Devlin et moi formons une équipe, maintenant. Je ne serai peut-être jamais la plus grande supportrice des Anges de Saint, mais je serais hypocrite de dire qu'ils ne devraient pas exister, pas alors que je me réjouis de la disparition de Joseph Blackstone en ce moment même.

— La vérité, c'est que toutes les relations rencontrent des

problèmes. Même si je t'accorde que celle-ci est beaucoup plus complexe que la plupart.

Elle esquisse un demi-sourire, mais cette fois, je n'ai pas droit à un rire franc. Je ne le mérite certainement pas.

— Tu crois que j'aurais dû voir des signes ?

— Non. Je te l'ai déjà dit. Je crois vraiment qu'il t'aime. Je pense que c'est juste l'une de ces relations maudites où tout dans la vie joue contre toi. Que ferais-tu s'il revenait ?

Elle écarquille les yeux.

— Oh, mon Dieu, tu crois que c'est possible ? Il a essayé de te tuer. Il est sûrement parti, non ?

— Oui, sûrement.

Honnêtement, je l'espère. Je ne pense pas qu'il essaierait de faire du mal à Brandy, et maintenant que Joseph est mort, il n'a plus aucun intérêt à s'en prendre à moi. Mais à moins qu'il ne soit derrière les barreaux, je ne veux pas le revoir.

Brandy secoue la tête.

— Waouh. S'il revenait. C'est... c'est un grand non. À moins qu'il puisse prouver d'une manière ou d'une autre qu'il ne conduisait pas cette voiture, alors c'est bel et bien fini entre nous. Je ne vois pas d'explication possible, même s'il a agi sous la contrainte.

Elle croise mon regard et ajoute :

— J'ai besoin d'un homme plus intègre que ça. Et honnête-ment, j'ai besoin de confiance. Comment pourrais-je encore lui faire confiance ?

— Je comprends. Tu sais, je pense que tu n'avais aucune raison de voir quelque chose de bizarre, dis-je en me mordant la lèvre inférieure. Mais moi, j'en avais peut-être.

Brandy acquiesce.

— La fois où tu l'as surpris avec Anna, alors qu'ils étaient censés écrire un livre et parler d'un personnage qui renversait quelqu'un avec un camion.

Elle grimace.

— Il faut croire que la réalité dépasse la fiction.

Je lève les yeux au ciel.

— Alors, reprend-elle, Anna voulait que tu disparaisses pour avoir Devlin à elle seule, et Christopher l'aidait ?

— Je pense que Joseph utilisait Anna pour obtenir des informations sur la FDS. Elle est à l'origine de ces failles de sécurité, elle lui fournissait des infos. Et Christopher essayait de se rapprocher de son frère.

— Pourquoi ?

— Je n'en sais rien, mais Devlin et moi, nous en avons un peu parlé. Il pense que Christopher a commencé à écrire des thrillers dans l'univers où ils ont tous grandi. Ça peut se comprendre. Mais comme certains de ses méchants sont devenus des gentils, il s'est mis à avoir envie de retrouver son frère. Ensuite, ils ont commencé à traîner ensemble de plus en plus souvent. Je crois qu'il était impressionné. Peut-être qu'il voulait se racheter après avoir témoigné contre lui. Ou peut-être que c'était une sorte d'arnaque pour faire croire que les deux frères étaient fâchés.

Elle pince les lèvres.

— Sournois. Mais possible, j'imagine.

— Ce qui en ressort, c'est qu'il a mal agi. Très mal, même. Mais je crois toujours que ce qu'il ressentait pour toi était réel.

Après une hésitation, j'ajoute :

— Tu étais amoureuse de lui ?

Elle sirote son thé, un stratagème évident pour éviter de répondre tout de suite.

— Je ne sais pas. Mais quand même, ça fait mal. Tu crois que ce serait douloureux même si ce n'était pas de l'amour ?

Je me rapproche et lui prends la main.

— Oui, ça ferait mal quand même.

Comme elle n'a pas touché à son muffin, je me penche pour l'attraper, mais je suspends mon geste en entendant que l'on appuie sur les touches du pavé numérique, à l'extérieur, pour désactiver le système d'alarme. Je me retourne et me penche sur le côté pour voir l'entrée. À la seconde où je constate que c'est

Devlin, j'ai l'impression que l'on m'a ôté un poids. Ce n'est qu'à ce moment-là que je réalise que je redoutais qu'il se trompe à propos de l'équipe de Blackstone. Certains de ces hommes pourraient être ravis de se venger au lieu de se disperser dans le vent.

Il entre dans le salon et me prend la main, mais son attention se porte vers Brandy.

— Tu tiens le coup ?

— Tout juste, dit-elle. Mais ça va aller.

— Oui, dit-il résolument. Ça va aller.

Son regard alterne entre nous deux.

— Est-ce que l'une de vous a besoin de quelque chose ? Je dois passer un rapide coup de fil.

Je secoue la tête.

— Non, vas-y.

Il m'embrasse sur le front et serre l'épaule de Brandy avant de monter dans notre chambre provisoire.

Comme si mes pensées l'avaient invoqué, mon téléphone sonne. Le visage de Lamar apparaît sur l'écran et je décroche :

— Salut. On était justement en train de parler de toi.

— Devlin est là ?

— Oui. Tu veux que j'aille le chercher ?

— Non. J'arrive bientôt. Je dois lui parler tout de suite.

❧ 24 ❧

Devlin terminait sa communication avec Penn lorsqu'il entendit le bip du pavé numérique, sur le perron. Ce bruit fut immédiatement suivi par le grincement de la porte qui s'ouvrait, en même temps que Lamar s'écriait :

— Où est-il ? Bon sang, où est Devlin ?

— Penn ? Je vais devoir te rappeler.

— Tout va bien ? demanda son ami.

— Ça va, mais j'ai une petite urgence.

— Compris. À bientôt.

Dès que Penn eut raccroché, Devlin tendit l'oreille. Il ne comprenait pas les détails de la conversation, en bas, mais il supposait qu'Ellie expliquait à Lamar où le trouver. Ses soupçons furent confirmés un moment plus tard quand elle l'appela :

— Devlin, Lamar a besoin de te parler. Tu veux bien descendre ?

— Non.

Cette seconde voix, plus forte, était celle du principal intéressé.

— Je monte.

C'était une déclaration, pas une question, et Devlin ne prit même pas la peine de répondre. Il était dans la partie bureau de la chambre, assis sur une chaise. Lorsque Lamar arriva sur le palier, il retourna les papiers sur lesquels il avait griffonné des notes et se leva.

— Qu'est-ce qui ne va pas, inspecteur ?

— Tu ne l'as pas fait personnellement, déclara Lamar en décrivant un cercle autour de Devlin. Ça, je le sais. Mais je suis convaincu que tu es derrière tout ça.

Devlin n'avait jamais remarqué combien Lamar était grand. D'habitude, la taille de Lamar lui semblait peut-être un peu diminuée à cause de sa personnalité avenante, comme s'il se faisait volontairement plus petit pour ne pas intimider. À présent, c'était tout le contraire. C'était un homme imposant, vigoureux, avec des bras et des mains capables d'amocher grave-ment un homme plus faible que lui.

Devlin n'était pas aussi grand, mais il ne manquait pas de force. Il y avait travaillé pendant des années et il connaissait l'étendue de ses compétences. En regardant Lamar, cependant, il se demandait lequel d'entre eux sortirait vainqueur d'un combat éventuel. Devlin, avec son talent et toutes les ruses qu'il avait apprises au fil des ans, ou Lamar, avec sa rage pure et glaciale.

Parce qu'une chose était certaine, Lamar était en colère.

— Tu ferais mieux de t'asseoir, inspecteur.

— Putain, Saint, je t'ai dit que si tu lui faisais du mal…

— Mais de quoi est-ce que tu parles ? Faire du mal à qui ?

— Ellie. De quoi crois-tu que je parle ?

— Ellie ?

Devlin en avait le tournis.

— Comment aurais-je fait du mal à Ellie ?

— Elle pense que tu fais partie des gentils. Elle pense que tu es exactement comme on le disait de Christopher. Un homme bon, souillé par le nom de son père. Ou, dans le cas de Christo-pher, celui de son frère. Mais il s'avère que le gentil Christopher n'était qu'une façade. Et toi, tu es loin d'être un saint, n'est-ce pas ? Ellie ignore complètement dans quoi elle s'est embarquée.

Devlin sentit son cœur se serrer. Il n'éprouvait pas la moindre envie de riposter avec véhémence, mais au contraire, il avait l'amer et douloureux besoin de lui dire la vérité. Toute la vérité. Comme Ellie, Lamar allait sûrement résister, au début.

Et comme Ellie, il finirait sans doute par comprendre.

Mais il ne pouvait pas tout dévoiler. Pas maintenant. Peut-être même jamais. À l'inverse, il ne pouvait pas non plus mentir ouvertement au policier. Techniquement, ce ne serait pas impossible, mais il n'en avait pas envie. À la place, il prit une inspiration et déclara :

— Je n'ai aucun secret pour Ellie. Elle sait exactement dans quoi elle s'est embarquée avec moi.

Lamar plissa les yeux.

— C'est véridique ?

Devlin désigna la chaise en face du bureau.

— Assieds-toi.

À sa grande surprise, Lamar s'exécuta.

— Je ne te mets pas à la porte. C'est déjà un bon point, non ? Et tu sais très bien que j'aime Ellie, alors accorde-moi des points de confiance pour ça aussi. D'accord ?

L'inspecteur fronça les sourcils.

— D'accord.

Devlin expira, puis il tira sa chaise et s'assit en face de Lamar.

— Il s'est passé quelque chose, et manifestement, tu penses que je suis impliqué. Tu veux bien me l'expliquer avec des phrases simples ? Crois-moi quand je te dis que je n'ai aucune idée de ce dont tu me parles.

Il était clair sur le visage de Lamar qu'il ne le croyait pas, mais ce n'était pas grave. Tant qu'il ne discutait pas, tant qu'il disait à Devlin ce qu'il savait ou pensait savoir, alors tout pourrait certainement s'arranger.

— Eh bien ? insista Devlin.

— Je sais que tu ne l'as pas fait. Tu étais devant une salle pleine de gens, à chanter les louanges de ta fondation et à expliquer pourquoi tu l'avais créée. Ce que je veux savoir, c'est si tu as engagé quelqu'un.

— Pour quoi faire ? Il s'est passé quelque chose pendant mon discours, à l'évidence, mais j'ai besoin de plus d'informations.

— Joseph Blackstone est mort. Tué dans sa maison pourtant extrêmement bien protégée, une seule balle dans la tête tirée par un sniper alors qu'il traversait devant la fenêtre de sa chambre. Il y a eu un raid, aussi. Son équipement électronique a été fouillé. La plupart de ses lieutenants se sont dispersés, mais certains ont été tués aussi.

Devlin se pencha en arrière, le visage complètement vide.

— Eh bien. Je l'ignorais.

C'était un mensonge facile. En réalité, il n'avait pas demandé les détails de la mort de Blackstone. Il avait pris la parole de son équipe pour argent comptant, sans poser plus de questions.

— Tu as engagé quelqu'un ? répéta Lamar.

— Non.

C'était la pure vérité. Il n'avait engagé personne pour cette mission.

— Qu'est-ce qui te fait penser ça ?

— Le timing. C'est trop pratique. Joseph Blackstone était une épine dans ton pied, et maintenant, il a disparu.

— Eh bien, je ne vais pas le pleurer, répondit Devlin. Tu as raison. Cet homme était un problème. Il a volé des secrets de mon opération et il a réussi à interférer avec un certain nombre de missions de sauvetage. Des innocents sont morts à cause de lui. Et beaucoup d'ordures qui auraient dû être sous les verrous depuis longtemps courent toujours. On finira par les avoir, mais les victimes de leurs actes ne reviendront jamais.

Lamar se pencha vers lui.

— Je comprends que tu as de l'argent, du pouvoir. Et je crois même que tu veux aider le monde et les gens qui partent avec une mauvaise main dans la vie, ceux qui ne peuvent pas s'aider eux-mêmes, qui sont torturés et tourmentés. Tu as le bras long, il n'y a aucun doute là-dessus. Mais engager des tueurs, ce n'est pas la bonne solution.

— Je t'ai déjà dit que je n'avais embauché personne. D'un point de vue purement hypothétique, cela dit, je ne suis pas sûr d'être d'accord avec toi.

Lamar pencha la tête sur le côté, mais ne dit rien, et Devlin prit cela comme une invitation à continuer.

— Que devraient faire les riches, si ce n'est protéger ? demanda-t-il. Nous ne sommes pas redevables envers la société ? Si tu as les ressources nécessaires pour rendre le monde meilleur, tu ne penses pas qu'il serait de ton devoir de le faire ?

— Tuer, ce n'est pas une bonne méthode, persista Lamar.

— Peut-être que si, parfois. Tu veux vraiment condamner celui qui a tué Joseph Blackstone ? C'est à cause de lui que Tracy est morte. Elle n'est pas une justification suffisante, à tes yeux ?

Lamar secoua la tête, les poings serrés sur ses genoux.

— Ce n'est pas comme ça que ça marche. J'ai prêté serment...

— Et ce n'est pas toi qui l'as tué. Tu n'as pas bafoué ton serment, inspecteur. Mais au fond, est-ce que tu n'es pas heureux qu'il soit mort ?

— Tu as raison, je suis heureux. Mais je peux être heureux qu'un monstre soit mort, tout en sachant que les règles ont été enfreintes.

— On vit dans un monde tout en nuances de gris, inspecteur. Et il faut bien que quelqu'un se trouve à la limite entre le bien et le mal.

— Oui, dit Lamar. Quelqu'un. Ce quelqu'un, c'est moi et les gens comme moi, qui ont juré de protéger et de servir. Pas les gens qui se faufilent dans les coulisses, en dehors des recours appropriés. L'anarchie, ce n'est pas la solution. Et l'argent non plus. Ton compte en banque ne te donne pas carte blanche pour prendre des décisions au nom du reste du monde.

— On parle toujours de manière hypothétique, là ? Je suis

d'accord avec toi. L'argent n'est pas déterminant, mais tu dois bien admettre que c'est plutôt utile pour agir. Du moins, ajouta-t-il en croisant le regard de Lamar, j'imagine...

Ce dernier soupira et ses épaules s'affaissèrent.

— J'aurais donné n'importe quoi, dit-il, *n'importe quoi*, pour être à la place de celui qui a appuyé sur la détente et éliminé ce fils de pute.

Devlin eut un mouvement de recul. Il ne s'attendait clairement pas à cela de la part de Lamar.

— Je comprends. Crois-moi.

— On devait tout se dire, Saint. Je suis presque certain que tu t'es foutu de moi, que tu as gardé le silence sur un tas de sujets.

Devlin demeura parfaitement immobile, dévisageant l'homme avant de demander :

— Aurais-tu vraiment appuyé sur la détente, inspecteur ? À la place du tireur embusqué, serais-tu passé à l'acte ?

Pendant un moment, Lamar se tut. Enfin, il secoua la tête.

— Je n'aurais jamais fait ça. Au grand jamais. Parce que ce n'est pas comme ça que les choses sont censées se passer. Mais, ajouta-t-il, le souffle court, j'aimerais tant être cet homme.

Devlin resta silencieux. Il ne savait pas trop quoi dire et il espérait que Lamar ne regretterait pas ses paroles le lendemain. Il parlait sous le coup de la colère et du chagrin, Devlin le savait. Mais il disait aussi la vérité, et il pourrait se sentir mal à l'aise en sachant qu'il lui avait dévoilé ce bref moment de vulnérabilité.

Au bout d'un moment, Lamar expira, brisant le silence.

— Je t'aime bien. Et Ellie t'aime. Et j'aime Ellie. C'est l'une des meilleures amies que j'aie jamais eues.

— Je sais.

— Alors, ne me mets pas dans une position inconfortable, d'accord, Saint ?

— D'accord, convint-il. Je vais faire de mon mieux.

— **A**lors, c'était quoi, ça ? demandé-je à Lamar lorsqu'il redescend l'escalier.

Je regarde devant lui en m'attendant à voir Devlin, mais il ne semble pas lui avoir emboîté le pas. Je reporte mon attention sur Lamar, attendant qu'il me réponde.

— Ce n'était rien. Un malentendu. Je suis juste sur les nerfs.

Je m'approche de lui et passe mes bras autour de ses épaules.

— Je suis vraiment désolée pour Tracy. Tu es sûr que tu fais bien de travailler sur cette affaire ? Ça doit te rendre fou de ne pas pouvoir laisser tomber, ne serait-ce qu'un moment.

Il m'étreint, puis se retire en secouant la tête.

— Non. Mais c'est gentil de penser à moi. J'avais juste... j'avais besoin de réponses. Eh bien, on dirait que je les ai, tout compte fait.

— Joseph Blackstone, confirmé-je. Je n'en reviens pas que tout soit arrivé si vite.

— Tu savais que Blackstone était mort ?

— Mort ? répété-je, dans une réponse qui n'en est pas vraiment une – techniquement, je n'ai donc pas menti à mon ami.

— Tué par un sniper.

Je tends la main et lui effleure le bras.

— Ne te sens pas coupable d'être content, lui dis-je. C'est quand même l'homme qui a tué Tracy.

— Je ne me sens pas coupable. Et je suis content qu'il soit mort.

Il croise mon regard.

— Mais bon sang, Holmes, je suis en colère de ne pas avoir fait tomber ce salaud moi-même.

— Je comprends, de toute façon, tu n'as aucune raison de culpabiliser. Bon, tu devrais aller te mettre en pyjama. Un autre film ce soir ?

Il secoue la tête.

— Je ne suis pas d'humeur. Je crois que je vais rentrer chez moi.

Je fronce les sourcils.

— Tu es sûr que c'est sans danger ?

Il hausse une épaule.

— Comment en être certain ? Mais si tu penses à Christopher, ça m'étonnerait qu'il se venge. Il a laissé le mot pour Brandy, n'est-ce pas ? Ça ressemblait à une confession et à des excuses.

— Peut-être, dis-je en croisant les bras. Mais il conduisait ce 4x4.

— Je sais. Enfin, je suis assez grand pour me débrouiller. Et Saint est ici, avec vous deux. Ça me semble largement suffisant. Pour ce qu'on en sait, il est parti pour de bon.

— J'ai compris.

— Il n'y a pas que ça, reprend Lamar. J'ai envie d'être à la maison. Et je veux passer chez le fleuriste et prendre des roses en chemin.

— Pour Tracy ?

— Pour les laisser devant sa porte.

Je hoche la tête.

— C'est une bonne idée.

Regardant autour de moi, je remarque que Brandy a disparu,

nous laissant probablement un peu d'intimité pour discuter de l'enquête.

— Tu devrais aller dire au revoir à Brandy.

Il acquiesce, et tandis qu'il la rejoint, je me dirige vers mon ancienne chambre pour rassembler ses affaires.

J'ai beau apprécier le confort de la chambre principale, j'ai le sentiment que Monsieur Plein aux As aimerait mieux que nous la quittions au plus vite. Ce soir, Devlin et moi allons retourner dans ma chambre. En fonction de l'état de Brandy, demain, nous pourrions même retourner chez Devlin. Lamar a raison. Il y aura toujours des menaces. À un moment ou à un autre, il faut reprendre le cours de sa vie.

Lamar revient au moment où je ferme son sac à dos.

— J'ai gardé tes vêtements sales. Je pensais les laver pour toi.

Il sourit.

— Merci, Sherlock.

— Tu es sûr que tu vas bien ?

— Ça va aller. J'ai juste besoin d'un peu de temps. Je ne sais pas si j'étais amoureux d'elle, mais elle me manque.

— Je comprends.

— Tu trouves ça bizarre que je sois presque déçu que cette affaire ait été bouclée si vite ?

Sa voix est chargée de culpabilité.

Je m'approche et lui prends les mains en secouant la tête.

— Non. Oh, Lamar, bien sûr que non. Tu as besoin de tourner la page. Tu as tant travaillé sur cette affaire. Comme tu as découvert qui l'a tuée, et que quelqu'un d'autre s'est rapidement chargé de le faire taire, c'est bien normal que tu te sentes un peu perdu. Tu dois avoir la tête en vrac.

Je fronce les sourcils en le dévisageant.

— Tu es sûr que tu ne veux pas rester une nuit de plus ? Je n'ai pas très envie de te savoir tout seul.

Il secoue la tête.

— Non. Ça va aller. Je vais rentrer chez moi, m'occuper des

fleurs, boire un verre de scotch et dormir pendant toute une année.

— Bon, très bien. Je t'aime, Watson.

— Je t'aime aussi, Sherlock.

Il m'embrasse sur le front et s'en va, s'arrêtant dans l'embrasure de la porte de ma chambre.

— Au fait, Brandy était en train de parler avec sa mère. Elle lui a dit que Christopher et elle avaient rompu. Ce n'est pas une mauvaise chose qu'elle prévienne Madame Bradshaw, tu ne penses pas ?

Je hoche la tête, mais je me sens mal pour Brandy. Elle a besoin d'une discussion à cœur ouvert entre filles, et je suis vraiment la seule à être présente pour elle. Sa mère n'est pas un mauvais choix, mais elle ne comprend pas. Quant à son père, il est distant depuis des années.

Je suis Lamar jusqu'à la porte, puis j'attends qu'il sorte et je réactive le verrou automatique. Une fois de plus, je jette un œil vers l'escalier pour voir si Devlin descend, mais je ne vois toujours aucun signe de sa présence. Je fronce les sourcils en me demandant de quoi ils ont parlé. Lamar semblait sur les nerfs, mais pas vraiment contrarié. Cependant, j'ignore comment Devlin l'a pris. Je commence à me diriger vers les marches, mais je me ravise pour aller voir Brandy.

J'approche de sa chambre et frappe légèrement à la porte. Je crois l'entendre me répondre d'entrer, alors je l'entrouvre pour m'apercevoir que tout ce que j'ai entendu, c'est le marmonnement des voix à la télévision. Je traverse la chambre sur la pointe des pieds et je l'éteins. Puis je me tourne vers mon amie. Elle est endormie, recroquevillée en boule sur ses couvertures. Je prends le couvre-lit et le ramène sur son corps, satisfaite de la voir sourire dans son sommeil. Je lui parlerai demain matin. Pour l'instant, ce dont elle a le plus besoin, c'est de repos. Ces derniers jours ont vraiment été terribles, à tel point qu'on croirait qu'il s'est écoulé toute une année.

Je ne vois toujours pas Devlin quand je quitte sa chambre, et maintenant, je n'ai plus le moindre prétexte pour l'esquiver. Je gravis donc les marches en me demandant dans quel état d'esprit je vais le trouver. En arrivant sur le palier, je le vois et mon cœur fond.

Il est assis bien droit sur le canapé du salon. Son corps est tendu, mais il est penché en avant, les coudes sur les genoux et la tête dans ses mains. Lorsqu'il se redresse, je croise son regard. J'y vois de la douleur et du chagrin. Cela pourrait être provoqué par mille et une causes. Je ne sais même pas par où commencer.

Tout ce que je peux faire, c'est le rejoindre. Je tombe à genoux devant lui, mes mains sur les siennes.

— Salut, toi.

Il ne dit pas un mot, se contentant de me caresser la joue. Enfin, il m'attire à lui. Il m'embrasse tendrement, me hissant sur ses genoux. Nous restons ainsi pendant un moment, à nous embrasser et à nous caresser en silence.

Puis il me prend dans ses bras et me porte jusqu'au lit. Je commence à parler, mais il pose le bout de son doigt sur mes lèvres. Lentement, il me déshabille, et je le regarde se délester de ses propres vêtements. Pendant tout ce temps, nous nous regardons et la chaleur qui ne nous quitte jamais vraiment augmente d'un cran.

Nous faisons l'amour en silence. Cela n'a rien du corps-à-corps torride et punitif dont je sais qu'il a parfois besoin — dont nous avons tous les deux besoin. Non, c'est tendre, suave, et si plein d'amour et de tendresse que mon cœur se noue. Le seul moment où j'ouvre la bouche, c'est quand l'orgasme déferle enfin. Je me cambre et crie son nom alors que mon corps tout entier chante de douceur et d'amour.

Ce n'est que plus tard, une fois que nous sommes comblés et enlacés, qu'il murmure :

— À quoi tu penses ?

— Que je ne sais pas trop ce que je suis censée ressentir en ce moment.

Son corps tremble et je devine qu'il rit.

— Je me demande bien comment je dois prendre ça.

Je me retourne pour lui faire face, mon propre rire comme un bouillonnement à l'intérieur de ma poitrine.

— Pas à cause de ça. À cause de tout. J'ai passé ma vie à veiller à l'application de la loi, et pourtant, je n'ai pas le sentiment que nous en ayons fini. Est-ce qu'on en a fini ?

— Fini ?

— On est en sécurité maintenant ? demandé-je, répétant la question que j'ai posée à Lamar.

Il se décale pour pouvoir se hisser sur le matelas et le drap tombe autour de ses hanches alors qu'il s'adosse contre la tête de lit.

— La sécurité, c'est un terme relatif, dit-il en me regardant. Christopher est toujours dans la nature.

— Je sais. Je viens d'avoir cette conversation avec Lamar. Il n'est pas inquiet.

— Il a peut-être raison.

J'acquiesce, puis je m'assieds en tenant moi-même le drap sur mes seins nus, même s'il est ridicule d'avoir une quelconque pudeur en présence de cet homme. Il m'a vue nue plus que quiconque. Mais pour l'instant, je me sens mieux en n'étant pas exposée.

— Joseph Blackstone est mort, pourtant. Et Anna aussi. Ils représentaient les pires menaces. Et je pense que ton discours tout à l'heure a clairement montré à tous ceux qui pourraient t'en vouloir pour l'argent de ton père que ces fonds n'existent plus en ton nom. Tout est lié à la fondation.

Je prends une inspiration avant d'ajouter :

— Ce que je veux dire, c'est qu'on a l'impression d'être à nouveau sur un pied d'égalité. Il y a de la douleur que nous devons surmonter, du chagrin que nous devons vivre. Il faut laisser le temps guérir, mais je ne pense pas que quelqu'un s'en prenne à nous maintenant. N'est-ce pas ?

Il secoue la tête.

— Ce n'est jamais très bon de parler dans l'absolu, mais tous les renseignements que mon équipe et moi pouvons rassembler suggèrent que nous ne craignons plus rien, maintenant. Sauf, bien sûr, que Christopher reste un point d'interrogation. Pas une menace en tant que telle, mais il est difficile d'en avoir le cœur net.

— Je pense qu'il a été manipulé, qu'il était faible. Je pense qu'il voulait une relation avec un frère qu'il aurait mieux fait d'ignorer. Mais c'est un homme bon. Je le sais. Je l'ai souvent vu avec Brandy. Il a un bon fond.

— Ça ne veut pas dire qu'on le raye de la liste, commente Devlin. Tu devrais le savoir aussi bien que moi.

Je ramène mes genoux contre ma poitrine et les serre.

— Je sais. Je sais. Mais je n'aime pas être cette personne.

— Je peux l'être pour nous deux. La personne prudente. Tu sais que je te protégerai toujours. Peut-être que ça fait partie du boulot.

Je lui offre un sourire, et je sais qu'il le pense, mais en même temps, je me demande si je ne suis pas en train de perdre pied. J'ai toujours rêvé d'une carrière dans les forces de l'ordre, d'attraper les méchants et de les mettre en prison. J'ai changé pour essayer de chercher la justice avec un stylo et du papier, et je pense que j'ai fait le bien autour de moi. Mais c'est vraiment épuisant. Je suis lasse de débusquer les malfrats. L'amour est revenu dans ma vie, maintenant, et j'ai envie de le savourer. Peut-être que, pour une fois, le monde est prêt à nous accorder ce bonheur.

— Tu réfléchis trop fort, dit Devlin en tendant la main pour me caresser les cheveux.

Je hausse les épaules.

— C'est l'un de mes plus gros défauts.

— Toi ? se récrie-t-il, feignant la stupeur. Des défauts ?

Je prends mon oreiller et le frappe, reconnaissante pour la légèreté du moment. Il s'en empare alors et, comme je ne le lâche toujours pas, il parvient à m'attirer vers lui. Je ris avant de m'installer de bonne grâce sur ses genoux, nue maintenant que le drap fin a glissé entre nous. Je sens à nouveau son excitation et je secoue la tête.

— Oh non. Cette partie de la soirée est déjà passée.

— Et si je veux un rappel ?

— Tu pourrais bien me convaincre.

— Tant mieux, dit-il en entortillant une mèche de mes cheveux autour de son doigt.

Il croise mon regard, et l'amour qui s'y reflète me donne l'impression d'être la femme la plus chanceuse au monde – et la plus humble aussi : qu'ai-je fait pour mériter un homme tel que lui ?

— Je pense qu'il l'aime vraiment, reprend Devlin à mi-voix.

Il me faut une minute pour prendre conscience qu'il parle de Christopher et Brandy.

— Moi aussi.

— Les documents que l'équipe a trouvés dans la maison de Blackstone suggèrent qu'il a subi des pressions. Tu dois avoir raison. Il ne représente sûrement pas une menace pour nous.

— Ça me fâche qu'il l'ait blessée. Je n'aime pas me dire qu'il est mauvais ni qu'il a fait de mauvaises choses. Mais maintenant qu'il est parti, je crois que tout cela est derrière nous. Sa relation avec Brandy, mais aussi toutes les menaces contre nous et nos proches.

Je prends une inspiration.

— Est-ce que tu comprends ce que je dis ?

— Tu ne veux pas qu'on aille le chercher.

— Je ne sais pas. Je pense qu'il a été victime des circonstances, victime de son propre manque de cran. Mais je crois aussi qu'il aimait vraiment Brandy. Et si tu le retrouves et que tu orientes la police vers lui, ou même si tu rends ta propre justice, ça ne va faire que prolonger la douleur de Brandy plus longtemps que nécessaire. Elle est en deuil maintenant, un peu comme Lamar. Et si Tracy ne peut pas revenir, Christopher le pourrait. On pourrait le ramener, avec l'impression de faire revenir un fantôme dans sa vie. Je ne veux pas qu'elle soit hantée.

— Cet homme a failli te tuer. Il a pris un 4x4 et il t'a presque renversée.

Je hoche lentement la tête.

— Je ne l'oublie pas. Mais il y a d'autres facteurs. Brandy est ma meilleure amie. Je ne veux pas que tout cela s'éternise plus longtemps qu'il ne le faudrait. C'est une tragédie et je veux qu'elle s'en sorte. Dieu sait que ce n'est pas la première tragédie qu'elle endure. Elle ne tournera pas la page si tu continues à enquêter et qu'on lui balance ça à la figure, encore moins s'il réapparaît.

Je le dévisage en essayant de savoir s'il est du même avis que moi, mais quand il s'y met, Devlin peut être l'homme le plus mystérieux de la planète. En ce moment, il semblerait qu'il s'y emploie.

— Devlin, à quoi penses-tu ?

Il se penche en arrière, la mine tendue.

— Je veux faire payer Christopher, dit-il.

Mon cœur se serre à ces mots.

— Je veux qu'il paie pour ce qu'il t'a fait, parce qu'il a aidé Anna à garder ses secrets et à faire toutes ses manigances. Je veux qu'il paie pour ce qu'il a fait au service de Joseph Blackstone pendant toutes ces années. Mais très égoïstement, je veux surtout lui faire payer de m'avoir fait ressentir une forme de proximité presque fraternelle avec lui, comme si nous étions tous les deux souillés par les péchés de nos familles. Moi, je ne mérite pas cette étiquette, et je ne pensais pas qu'il la méritait, lui non plus. Il s'avère que je me suis trompé.

— Ça fait mal. Il s'est fichu de toi.

Devlin part d'un petit rire.

— Eh bien, je n'aurais pas dit ça comme ça, mais oui, il s'est fichu de moi.

— Je suis désolée. C'est terrible. Mais je m'en tiens à ma

propre décision. Si ça ne tenait qu'à moi, je le laisserais tranquille.

Il croise les bras sur son torse et me fixe du regard, les lèvres pincées. Il garde le silence pendant si longtemps que je commence à perdre patience.

— Quoi ?

— Cet homme a commis des crimes, tu sais ?

— Oui, mais...

Devlin agite le doigt.

— Il n'y a pas de « mais ». Il a commis des crimes, et toi, tu dis qu'on devrait le laisser tranquille, que le système judiciaire ne devrait pas faire son travail.

Je ne sais pas vraiment où il veut en venir, mais j'ai ma petite idée. Alors, je me mords la lèvre en attendant qu'il poursuive.

Il ne se fait pas prier.

— En quoi est-ce différent de ce que font les Anges de Saint ?

— Je ne te demande pas de le tuer, dis-je.

— Pourtant, tu prends une décision. Tu franchis ce pas. Tu nous demandes de nous retenir. Ce que nous faisons, c'est tout simplement l'inverse.

Je n'ai pas envie de me disputer avec lui à ce sujet, notamment parce que je suis assez fatiguée pour que mon esprit n'arrive pas à trouver de bon contre-argument. À vrai dire, ça me frustre. Au lieu de quoi, je me contente de lui dire :

— Écoute, tu vas le poursuivre ou pas ?

Il rit et je sais qu'il comprend pourquoi je suis frustrée.

— Non. J'aimerais beaucoup, répond-il. Cet homme m'a mis en rogne de mille et une manières, surtout en blessant Brandy et en me faisant passer pour un idiot. Mais je ne vais pas le poursuivre parce que tu ne veux pas. Ce qui compte le plus à mes yeux, c'est que toi et tes amis soyez heureux.

La joie m'inonde et je souris.

— Bon, eh bien, d'accord !

Je me penche en avant, les mains sur sa poitrine, et je lui

donne un tendre baiser. Puis je me retire, une autre question au bout des lèvres. Je ne suis pas sûre de devoir la poser, mais une fois de plus, Devlin me connaît trop bien.

— Qu'y a-t-il ?

Je hausse les épaules.

— Je n'aime pas qu'il ne sache pas. Lui et Brandy.

Je n'ai pas besoin d'expliquer que le « lui » auquel je fais référence est Lamar, et que le sujet en question est l'existence des Anges de Saint.

— Je sais que ça ne te plaît pas, répond-il, mais je n'en suis pas encore au point où il me semble judicieux de les mettre au parfum. Je crois que c'est vraiment trop dangereux.

— Je pensais que ça t'ennuyait que je cache des choses à mes amis.

— Si tu en faisais partie, la situation pourrait être différente. Mais ce n'est pas le cas. Tu es une spectatrice, une observatrice. En fait, tu es mon talisman. Tu es bonne pour moi, tu me renforces et tu me centres.

— Je ne crois pas que je...

— J'en suis certain. Et ce n'est pas le problème. Mais je ne pense pas qu'il soit juste pour les autres membres de l'équipe que tes émotions vis-à-vis de tes amis entrent en jeu dans ces circonstances.

C'est un bon argument, auquel je n'avais pas pensé.

Il incline mon menton du bout du doigt.

— Si j'étais à la CIA, ça te gênerait de ne pas pouvoir dire à tes amis ce que je fais vraiment ?

— Non, je ne pense pas. Mais tu n'es pas à la CIA.

— Tu en es sûr ?

Il me fait un clin d'œil et je ris. Au fond, je dois admettre que non, je ne suis sûre de rien.

— Alors, je suis censée faire comme si tu étais un agent secret, et moi la pauvre femme laissée pour compte, qui ne sait pas ce que fait son homme quand il part en mission secrète ?

— Je pense qu'on peut jouer à ce jeu pendant un moment.

Il me retourne, m'arrachant un petit cri.

— Pour l'instant, reprend-il, je crois qu'on a tous les deux besoin de rester sous couverture.

Il glisse le long de mon corps et remonte le drap sur nous deux. Puis il m'embrasse, longuement, intensément, avec suffisamment de passion pour me faire oublier mes peurs, mes souhaits, mes soucis et mes secrets. En cet instant, je ne suis que désir, et une fois de plus, je laisse Devlin m'emporter sur une vague d'oubli bienheureux, éperdue dans le plaisir de sa peau contre la mienne.

❧ 26 ❧

Tard le lendemain matin, je regarde Devlin boucler la valise qu'il conserve depuis notre départ pour New York, il y a un millénaire de cela. Après nous être rendus directement sur la scène de crime, chez Tracy, nous sommes venus ici pour rester avec Brandy, puis nous sommes partis presque immédiatement pour l'Idaho.

C'était un tourbillon, et maintenant que Blackstone est hors d'état de nuire, Devlin est enfin prêt à retourner chez lui. Quant à moi...

Eh bien, je me sens un peu à bout de souffle.

— Viens à la maison avec moi, me dit Devlin.

— J'aimerais bien, tu le sais, mais je ne veux pas laisser Brandy seule en ce moment. Elle est fragile.

— Elle a peur que Christopher revienne ?

Je secoue la tête.

— Non. Nous sommes tous d'accord là-dessus, il y a peu de risques. Et puis, ton équipe de sécurité surveille la maison. Mais elle a traversé l'enfer et c'est ma meilleure amie.

— Je comprends, dit-il. Ça va me manquer de ne plus être ici. Mais ma maison me manque aussi. Et mon dressing.

J'éclate de rire. Sur ce point, je n'ai rien à redire.

— Sache que Jake sera très triste si la maison se vide. Il est au paradis des chiens avec tout ce monde. Une autre raison pour moi de rester.

Il vient s'asseoir à côté de moi sur le lit.

— Tu es une bonne amie. Pour tous les deux.

— Ça ne te dérange vraiment pas ?

— C'est une rupture ?

Je penche la tête et lui lance un regard éloquent.

— Je vais devoir prendre des douches froides ?

— Certainement pas.

— Alors, je pense que c'est très bien. Sincèrement. Enfin, tu dois quand même venir avec moi à la maison aujourd'hui. J'ai quelque chose pour toi.

Il a piqué ma curiosité.

— Vraiment ? Pour moi ? Qu'est-ce que c'est ?

— Si je te le disais, ce ne serait plus une surprise.

C'est idiot d'être si heureuse pour quelque chose d'aussi insignifiant, d'autant plus que j'ignore ce dont il s'agit, mais ces derniers jours ont été stressants, et la pensée que Devlin m'ait acheté quelque chose malgré tout ce chaos me rend indéniablement heureuse.

— Merci.

— Tu n'as même pas encore vu ce que c'est, dit-il en riant.

Je me penche en avant et l'embrasse.

— Aucune importance. Tu y as pensé. Tu as pensé à moi. Ce sera forcément génial.

Il pose la main sur ma nuque et m'embrasse à nouveau. Cette fois, sa langue me pousse à ouvrir la bouche. Notre baiser s'approfondit et je commence à m'y perdre, à en vouloir plus. Enfin, il me repousse avec un sourire diabolique.

— Voilà quelque chose que j'attendrai avec impatience.

— Idiot !

Mais je souris en le disant.

Nous jouons au jeu des vingt questions sur le chemin de sa

maison. Je n'arrive pas à deviner ce que c'est, mais j'ai appris que c'était plus grand qu'une panière, que ce n'était pas vivant et que c'était une chose que je désirais. À part ça, je n'ai aucune piste.

Nous sommes dans sa Tesla et il s'arrête avant de s'engager dans sa rue.

— J'aimerais que tu fermes les yeux, je te dirai quand tu pourras les rouvrir.

Je fais ce qu'il me dit avec une obéissance totale. Je sens la voiture bouger, et après avoir descendu la rue, je remarque qu'il tourne dans son allée. La voiture s'arrête, et c'est seulement à ce moment-là qu'il me dit :

— Bon, voilà. Ouvre les yeux.

Je m'exécute, puis me tourne vers lui en fronçant les sourcils. Tout ce que je vois, c'est la porte de son garage.

— C'est injuste. Tu m'as fait rêver pour rien.

— Quel manque de confiance !

Il prend alors la télécommande de la porte du garage et appuie sur le bouton. Elle commence à s'enrouler et Devlin appuie sur la radio. *L'Hymne à la joie* de Beethoven se fait entendre, produisant un effet presque comique.

Mais mon rire s'éteint dans ma gorge quand je vois ce que la porte du garage me révèle. Ma Shelby, aussi flambant neuve que le jour où l'oncle Peter me l'a offerte. Je reste assise, en état de choc, pendant un long moment. Enfin, je me tourne vers Devlin.

— Elle est réparée. Tu l'as réparée ?

Devlin sait mieux que quiconque combien ma Shelby compte pour moi. Elle fait partie de notre histoire, et je réalise en la regardant, dans le garage, que je suis en train de pleurer. Je me tourne à nouveau vers lui, les larmes aux yeux.

— Tu es incroyable.

— Je t'avais dit que j'allais la réparer. Tu as cru que je plaisantais ?

— Je ne pensais pas que ce serait aussi rapide.

— Eh bien, elle fait partie de la famille. On devait s'assurer qu'elle reçoive les meilleurs soins possible, et les plus rapides.

Je ne sais pas quoi dire, alors je me contente de regarder avec émerveillement ma belle voiture. Puis je me tourne vers l'homme que j'aime, presque incapable de croire qu'avec la vie que j'ai menée, je puisse avoir une telle chance.

Il prend ma main et la serre. J'ai l'impression qu'il lit dans mes pensées.

— Viens. Allons faire un tour avec elle.

Je suis tellement étourdie à cette idée que je tape dans mes mains. Il gare la Tesla sur un côté du garage à deux places, et pendant qu'il se rue à l'intérieur de la maison pour aller chercher quelque chose, je me glisse derrière le volant de ma Shelby et soupire. Je vais même jusqu'à me pencher pour embrasser le volant. Je passe la main sur son tableau de bord, puis je ressors. Je meurs d'envie d'en faire le tour pour l'admirer. Elle est en parfait état. Sa peinture bleue étincelle, ses pneus sont tout neufs, ses phares brillent.

Lorsqu'il revient, je me jette au cou de Devlin.

— Tu es incroyable. Pour info, je ferai tout ce que tu voudras cette nuit.

Il rit en m'attirant à lui.

— Si j'avais su que tu réagirais comme ça, je l'aurais fait réparer encore plus tôt.

— Ne t'avise pas de l'abîmer pour pouvoir la réparer à nouveau. Je vais te dire un secret. Tu peux presque toujours avoir ce que tu veux de moi. Mais il ne faut pas que ça te monte à la tête.

— Crois-moi, je suis très heureux de l'entendre.

Je me remets au volant et, cette fois, j'allume le moteur. Elle ronronne presque, et je sais qu'elle aussi est heureuse de me voir.

— On va où ? demandé-je.

— Conduis, c'est tout. On verra comment elle se comporte dans les virages et on finira aux flaques des rochers.

Je le regarde en coin.

— J'aime cette idée.

Elle se comporte aussi bien que d'habitude et j'emprunte les routes à une vitesse que la plupart des gens considéreraient comme excessive, mais qui, pour moi, correspond à la liberté, une glorieuse liberté. J'aime le contrôle, la réactivité. C'est un frisson. Une bouffée d'adrénaline. Un peu comme le sexe, d'ailleurs. Je décoche un coup d'œil à Devlin, mon sourire si intense que j'en ai mal aux joues.

Une fois sur la Pacific Coast Highway, je me calme. Enfin, je tourne à gauche pour pouvoir continuer vers le sud jusqu'à la frontière officielle de Laguna Cortez. La Fondation Devlin Saint n'est pas très loin, et dès que j'ai passé Pacific Avenue, je me gare sur le parking.

Je prends une grande inspiration, en meilleure forme que jamais. Je sais que mes cheveux sont tout ébouriffés, puisque je n'ai pas mis la casquette qui se trouvait habituellement dans ma boîte à gants, mais je m'en fiche.

— C'était le meilleur cadeau du monde.

Je suis tellement heureuse que je dois rayonner.

— J'ai trouvé que tu prenais ces virages un peu plus lentement qu'à la normale.

Je hausse les épaules. À vrai dire, ce n'est pas faux. C'est peut-être même vrai. Je prends sa main et la serre.

— Il faut croire que je ne suis pas aussi imprudente qu'avant.

Il acquiesce, et je sais qu'il comprend ce que je veux dire. Je suis passée à deux doigts de le perdre, autrefois. Je refuse de le perdre à nouveau.

Nous sortons de la voiture et commençons à marcher vers la fondation, mais nous n'entrons pas à l'intérieur. Il me précise qu'avant de rentrer, il devra passer prendre une boîte que Tamra a préparée pour lui, avec des documents qu'il doit examiner.

Mais pour l'heure, il ne s'agit que de nous. Les bassins à marée basse se trouvent derrière la fondation, et nous nous y rendons à pied. C'est le cadre de notre premier baiser. Nous semblons toujours attirés vers eux, presque comme un aimant.

Alors que nous marchons main dans la main, je me sens légère et libre pour la première fois depuis des jours.

— J'aime me sentir comme ça. En même temps, je ne peux pas m'empêcher de penser à Lamar et à Brandy. Ils ont tous les deux perdu quelqu'un, et je sais qu'il faudra beaucoup de temps avant qu'ils se sentent à nouveau aussi légers que moi en ce moment.

— Il ne faut pas te tourmenter, me dit-il. Ne te sens pas coupable d'aller bien. Tu dois prendre ton bonheur là où tu le trouves. Ils te diraient la même chose. Ce n'est pas comme si tu ne l'avais pas mérité. Tu as connu l'enfer, toi aussi. Plus qu'une seule personne ne devrait le vivre. C'est pareil pour moi. Alors, j'ai beau déplorer ce qu'ils ont perdu, moi aussi, en ce moment, ce que je ressens le plus, c'est la joie d'être avec toi.

Je hoche lentement la tête, m'imprégnant de ses paroles.

— Tu as raison. Et je sais que Lamar et Brandy ressentiraient la même chose.

Je serre sa main en signe de reconnaissance silencieuse lorsque nous atteignons les bassins. Je suis sur le point d'en dire plus, mais il pose un doigt sur mes lèvres pour m'imposer le silence. À ma grande stupeur, il met un genou à terre. Ma main se porte aussitôt à ma bouche. Ça ne peut pas arriver… Et pourtant, si.

C'est bien réel.

— El, tu sais que tu es l'amour de ma vie. Tu connais tous mes secrets maintenant, et tu ne t'es pas enfuie. À ce stade, même si tu le faisais, je te poursuivrais. Je te veux pour toujours. Et je te veux publiquement. Je veux que tu m'appartiennes. Tu es peut-être à moi en ce moment, mais je veux que le monde entier le sache. Je veux que ce soit officiel. Alors, ce que je dis, ma chérie, c'est que j'aimerais que tu m'épouses. Me feras-tu l'honneur d'être ma femme ?

Mes genoux se transforment en caoutchouc et je tombe sur

le sable à côté de lui. Mon cœur bat la chamade, mon esprit s'emballe. Je veux cet homme, moi aussi, je le veux à tout jamais.

Et ma réponse est une certitude absolue.

— Je n'ai pas de bague de fiançailles, dit-il, mais je sais que tu as gardé celle de ta mère. J'ai pensé que tu voudrais la garder, alors je me suis dit qu'on pourrait la faire adapter à ta taille.

— Je… c'est une pensée touchante.

Je déglutis en clignant des paupières, puis je respire posément et le regarde dans les yeux.

— Je t'aime, Devlin. Je t'aime plus que je n'aurais jamais imaginé pouvoir aimer quelqu'un. Et c'est un miracle que nous soyons à nouveau ensemble.

Il penche légèrement la tête.

— Je crois deviner un « mais »…

— Ça me surprend autant que toi. Seulement…

Je bredouille, m'efforçant de bien exprimer ce que j'ai sur le cœur.

— Seulement, j'aime tout ça aussi. Et je ne suis pas prête à ce que ça se termine.

— Ça ?

Il secoue lentement la tête et j'agite la main, comme s'il s'agissait d'une conversation parfaitement cohérente.

Comme il ne comprend toujours pas, j'essaie à nouveau :

— Ce qu'on vivait avant que l'enfer se déchaîne. Moi chez Brandy, toi chez toi. Quelques soirées ensemble pour pimenter le quotidien. Des dîners en amoureux. Des cocktails.

Je hausse les épaules.

— Des trucs normaux, quoi.

— Tu veux dire que nous ne sommes pas normaux ?

Je retiens un éclat de rire en lui prenant les mains.

— Je dis que je veux faire semblant de l'être. Au moins un peu. On n'a jamais connu ça et ça me plaît. En plus, si j'emménage avec toi, je perdrai ma maison. Et j'ai hâte de la rénover et d'emménager.

La maison de mon enfance a été proposée en location après

la mort de mon père, les revenus placés sur un compte à mon nom jusqu'à mes vingt et un ans. Depuis, j'ai continué à la louer en utilisant les revenus pour payer mon loyer de Manhattan.

Mais maintenant, mon locataire est sur le point de déménager. J'ai envie d'y retourner, de moderniser les lieux et d'y vivre pendant un certain temps, avec l'excitation de posséder un bien immobilier et la nostalgie de la maison de mon enfance.

— Je veux que tu m'aides à remplacer les plans de travail et à vernir les parquets. Ensuite, je veux qu'on baptise toutes les pièces de la maison. Je veux que tu passes me voir sur un coup de tête, que tu m'entraînes dans la chambre ou que tu déposes simplement des fleurs sur le pas de ma porte. Je veux que tu m'appelles tard le soir et qu'on regarde une émission ensemble, comme dans *Quand Harry rencontre Sally*.

Ça le fait sourire et il tend la main, effleurant ma joue avec son pouce.

— Tu veux de la romance.

— J'ai de la romance, lui dis-je. Maintenant, je veux tout le livre de contes de fées. Je veux ce qu'on n'a jamais eu quand on était jeunes. Je pense qu'on le mérite.

Je marque une pause, essayant de déchiffrer sa réaction, mais il a affiché son masque professionnel et je suis incapable de deviner ce qu'il a dans la tête.

— Tu es en colère ?

— En colère ?

Maintenant, je comprends ce qu'il pense. Il est abasourdi.

— En colère ? Pas du tout. Je… je ne sais pas trop. Je pense que je suis étrangement flatté.

— Vraiment ? Alors, tu comprends vraiment ?

— Oui. Et même si je ne comprenais pas, j'accepterais ton choix.

Je ne pensais pas qu'il était possible d'être plus heureuse que je l'étais quand la porte du garage s'est levée, pourtant je suis aux anges.

— Tu es vraiment d'accord avec ça ?

Il se tapote la lèvre inférieure, faisant mine de réfléchir.

— Tu as dit qu'il y aurait des soirées ?

— Beaucoup, lui assuré-je.

— Et des nuits ensemble ?

— Je ne peux pas garantir qu'on dormira, plaisanté-je, mais en théorie, oui.

— Alors, ça me va. Je suis vraiment d'accord avec le programme.

— C'est vrai ?

Ma voix est douce, presque timide, et je ne sais pas pourquoi.

Il soutient mon regard pendant un moment, puis il pose une main derrière ma tête.

— Tout ce que je veux, c'est toi, bébé. Tu ne l'as pas encore compris ?

— Alors, nous sommes sur la même longueur d'onde. Parce que tu es tout ce que je veux, moi aussi. Avec une belle robe de mariée élégante et les chaussures de la saison. Même si cette dernière partie peut attendre.

— À l'exception des chaussures.

J'éclate de rire.

— Tu me connais si bien.

Je ne me rends même pas compte que nous nous sommes relevés et que nous avons recommencé à marcher. Bientôt, nous sommes loin sur la plage. Nous parlons de tout et de rien. De la vie, de notre passé, de nos souvenirs. C'est vraiment merveilleux que, malgré tous les tourments que nous avons subis dans notre relation tumultueuse, nous en soyons arrivés là. Un couple solide, uni ensemble.

Quand j'étais jeune, j'ai toujours rêvé d'être la copine d'Alex Leto, et maintenant qu'il est devenu Devlin Saint, j'en rêve tout autant. Un jour, il me passera la bague au doigt. Et je me raccroche à ce beau projet, excitée par toutes les aventures que nous vivrons en chemin.

Ce n'est qu'en atteignant la limite nord de la ville, à l'endroit où les falaises commencent à se dresser sur le sable, que je prends conscience de notre environnement. Nous sommes juste devant la maison de l'oncle Peter. C'est l'une des rares maisons de Laguna Cortez qui se trouve du côté de la plage. C'est une superbe bâtisse contemporaine tout en verre, offrant une vue imprenable sur l'océan.

— Certains de mes meilleurs souvenirs sont ici. Et tu fais partie de chacun d'eux.

— Et certains de tes pires souvenirs, aussi.

Je hoche la tête.

— Ton départ. C'est mon pire souvenir de tous les temps.

Je pousse un profond soupir.

— Mais tu es revenu. Et tu es à moi. Alors, tout est bien qui finit bien.

Je le regarde d'un air suffisant et il part d'un rire spontané.

— Je t'aime, dit-il.

— J'espère bien.

— J'ai vraiment envie d'être à la maison avec toi en ce moment.

Je lui adresse un sourire malicieux.

— On devrait peut-être se dépêcher de rentrer, proposé-je.

— J'aime beaucoup cette idée. On doit s'arrêter pour récupérer les dossiers, mais dès que la boîte sera entre mes mains, on ramènera Shelby à la maison.

La promenade du retour est beaucoup plus rapide que l'aller d'un pas tranquille jusqu'à la maison de Peter. Nous sommes de retour à la fondation en un temps record. En chemin, Devlin envoie un texto à Tamra pour s'assurer qu'elle a déjà laissé la boîte à la réception. Je vérifie mon téléphone au même moment pour constater que j'ai manqué un appel de Brandy. J'envisage de la rappeler, mais Devlin fronce les sourcils en me demandant de presser le pas.

— Que se passe-t-il ?

— Je ne sais pas, mais Tamra ne répond pas à mes textos et ça ne lui ressemble pas.

Je me renfrogne à mon tour. Il a raison, ça ne lui ressemble pas du tout. S'il s'agissait de quelqu'un d'autre, je lui dirais d'attendre quelques minutes. Mais Tamra répond toujours à Devlin dans la seconde.

Nous nous dépêchons. L'anxiété succède rapidement à la légèreté de notre humeur. Je me dis que nous sommes ridicules, mais au moment où nous quittons la terrasse pour entrer dans le hall, je comprends que nos craintes étaient fondées.

Tamra est à côté d'Éric, à la réception, le regard assassin. Brandy est avec elle, les yeux rouges et gonflés.

— Qu'est-ce qui se passe ici ? demandé-je en accourant.

— Il l'a fait, dit Brandy. Il a fallu que ce sale con le fasse.

Je regarde Devlin par-dessus mon épaule, mais il a l'air tout aussi perdu que moi. Avant que nous puissions demander plus d'explications, Tamra prend la parole :

— William Tarkington, Walt, dit-elle, les yeux rivés sur Devlin. Il te poursuit pour agression.

❧ 27 ☙

Une fureur froide traversa Devlin. Sans la présence d'Éric, il aurait certainement brisé l'une des tables basses en verre. Mais Éric n'était qu'un employé, contrairement aux autres qui faisaient pratiquement partie de sa famille.

Au lieu de quoi, il demanda très calmement que la conversation se poursuive dans son bureau. Il sentit à peine la main d'Ellie dans la sienne alors qu'il traversait le hall d'entrée jusqu'à l'ascenseur. Il aurait payé cher pour passer ne serait-ce que quinze minutes avec un sac de frappe afin d'évacuer une partie de la rage qui s'était emparée de lui.

— Je savais qu'on aurait dû mieux contrôler les dégâts, dit Tamra dès que les portes de son bureau se furent refermées derrière eux. Tu ne devrais pas te battre dans les bars.

— Il l'a cherché, rétorqua Devlin. Je vous l'ai dit à l'époque.

— Mais je n'en sais pas plus.

Elle soupira, puis croisa les doigts sous son menton pour rassembler ses pensées. Il n'avait jamais réalisé à quel point Tamra était devenue une sorte de mère, pour lui, mais il ressentait à présent un désagréable pincement au cœur. Parce qu'il l'avait déçue. Et il recommencerait s'il le fallait.

Il prit une inspiration, évitant soigneusement le regard de Brandy.

Tamra plissa les yeux.

— Tu ne m'as jamais dit de quoi il s'agissait, Devlin. Je ne peux pas faire mon travail si je ne connais pas les détails. Arnold non plus, ajouta-t-elle, mentionnant leur juriste attitré. Et son avocat ? Tu imagines le malin plaisir qu'il prendra à souligner que le fils du Loup rôde dans les rues de Laguna Cortez en tabassant les gens. Et pour quelle raison ? Qu'est-ce que ce sale type a bien pu faire dans ce restaurant pour te mettre en rogne ?

— Aucune importance, dit Devlin alors qu'Ellie exerçait une pression sur sa main.

Elle était debout à côté de lui, lui donnant de la force. Il remarqua qu'elle aussi évitait de regarder Brandy.

Tamra, elle, la dévisageait ouvertement.

— Que s'est-il passé à ce dîner, Brandy ? demanda-t-elle, les sourcils froncés. Et d'abord, qu'est-ce que tu fais ici ? Comment étais-tu au courant ? Je viens à peine de l'apprendre par Arnold.

— Je...

Elle se trémoussait comme si elle était assise sur des charbons ardents.

— Lamar en a entendu parler. Et il me l'a dit. Parce que j'étais là, vous savez. Au dîner.

— C'est bien ce que je dis, reprit Tamra. Que s'est-il passé à ce fameux dîner ?

Lorsque Brandy leva les yeux et rencontra ceux de Devlin, il secoua la tête. Il ne voulait pas qu'elle dise la vérité. Pas de cette façon, pas si elle se sentait piégée à nouveau, sans avoir le choix.

— Brandy ? insista Tamra.

— C'était à cause d'Ellie, intervint Devlin avant que Brandy puisse répondre. Il a dit des choses particulièrement inconvenantes sur le fait qu'elle couchait avec moi.

— Et tu as perdu ton sang-froid ?

Il perçut l'incrédulité dans sa voix. Il avait du caractère, certes, mais tout le monde connaissait sa maîtrise de soi exemplaire.

— Oui. Il était question d'Ellie, après tout.

Tamra allait le croire. Et puis, le mensonge ne devait durer qu'un temps. Assez longtemps pour qu'il propose un petit accord qui ferait disparaître Walt, avec un beau contrat de confidentialité.

Les épaules de Tamra s'affaissèrent.

— Tu me surprends, dit-elle avant d'agiter la main. Bon, nous allons nous en occuper. Je suppose que ça fait partie de mon boulot. Quoi qu'il t'ait dit, Ellie, je suis désolée. Ça a dû être très grossier.

— Oh, oui. Vous savez comment sont...

— *Il m'a violée.*

Les mots parurent suspendus dans les airs, pendant un instant. Même Brandy, qui avait parlé, semblait douter de leur origine.

— Brandy, dit-il alors, tout doucement.

Ces paroles semblèrent la ramener à la vie.

— Non, répondit-elle en prenant une inspiration. Non, tu ne vas pas raconter des bobards à Tamra à cause de moi. Il m'a droguée et violée quand j'étais au lycée. Il m'a mise enceinte. C'est pour ça que Devlin a réagi aussi violemment.

Tamra regarda Devlin qui hocha la tête, confirmant la vérité.

— Je vois, fit-elle. Merci de m'avoir prévenue. Laisse-moi réfléchir à une façon de procéder sans avoir à partager ton secret avec le monde entier.

Elle fit un pas vers Brandy, puis croisa le regard de la jeune femme.

— Tu vas bien, maintenant ? Veux-tu que je trouve un professionnel à qui parler de tout ça ?

— Je ne sais pas, dit Brandy en se tournant vers Ellie. Je vais y réfléchir. En tout cas, j'apprécie votre proposition. Vous allez pouvoir éviter à Devlin d'être traîné dans la boue ? Vraiment ?

— Je ferai de mon mieux. En fait, je pense qu'on devrait...

La vibration de son téléphone attira l'attention de Devlin et il interrompit la conversation entre les femmes pour y jeter un œil, juste au cas où ce serait Arnold qui appellerait pour parler du procès.

Ce n'était pas Arnold. C'était pire. Apparemment, cette journée avait décidé de dérailler complètement. Elle avait commencé sur un nuage et voilà qu'elle dégringolait en enfer, lentement, mais sûrement.

À côté de lui, Ellie poussa un cri aigu et il comprit qu'elle lisait par-dessus son épaule.

Il croisa son regard. Elle avait l'air aussi en colère et frustrée que lui.

En face, le regard de Tamra alternait furieusement entre eux.

— Quoi ? C'est une mauvaise nouvelle ? C'est à propos de Walt ?

— Je ne sais pas, dit Devlin, s'efforçant de maintenir une voix égale. Tout ce qui est écrit, c'est : *Tu vas tout perdre, Saint. J'y veillerai.*

Tamra fronça les sourcils et il vit la colère dans ses yeux. Elle garda son calme, professionnelle comme toujours.

— Qui te l'a envoyé ?

— Aucune idée. Un numéro inconnu. Je vais essayer de le retrouver, mais j'ai l'impression qu'on aura autant de chance qu'avec les premiers textos qu'Ellie recevait.

— C'était Anna qui me les envoyait, commenta Ellie. En tout cas, c'est ce que nous avons supposé, d'autant plus qu'ils ont cessé après sa mort. C'est un élément crucial, d'ailleurs : elle est morte, donc ça ne peut pas être elle. Joseph Blackstone non plus. L'un des hommes sous ses ordres, peut-être, mais étant donné les circonstances, on pourrait envisager Walt...

— C'est raccord avec le timing, dit Devlin. Mais ça me semble plus grave que ce que j'aurais imaginé de la part de ce petit con.

— Il y a quelqu'un d'autre, intervint Brandy, ses grands yeux allant et venant entre Devlin et Ellie. Ça pourrait être Christopher. Je sais que tout le monde pense qu'il détestait son frère, mais si ce n'était pas le cas ? Ou si c'était juste une question de famille ?

Ses mots lui firent l'effet d'un coup de poing dans les tripes. Il savait combien cette suggestion coûtait à Brandy. Ellie lui lâcha la main pour aller s'asseoir sur l'accoudoir du fauteuil de son amie.

— Elle a raison, dit-elle. C'est notre principal suspect maintenant, non ?

Devlin vit la douleur sur son visage. Ce terrible sentiment de ne pas être capable de protéger ses proches. Une douleur qu'il ne connaissait que trop bien, et dont il aurait souhaité pouvoir préserver Ellie et Brandy pour toujours.

Mais c'était impossible. Il se contenta alors de répondre :

— Oui. Il est en tête de liste.

— Christopher et Walt, souffla Brandy. C'est comme si j'étais maudite.

— Je suis vraiment navrée, dit Ellie. Et si on partait ? Tamra et Devlin n'ont pas besoin de nous. Rentrons à la maison et gavons-nous de muffins aux pépites de chocolat jusqu'à tout oublier.

Elle croisa le regard de Devlin et y perçut un intense chagrin mêlé de détresse. L'horreur de ce que Brandy était en train de vivre. Et le gâchis de leur journée pourtant parfaite, ternie par la brusque intrusion de la réalité.

— C'est une bonne idée, renchérit Devlin. Je vous rejoins bientôt. Vous avez raison, Tamra et moi avons quelques petites choses à revoir.

— C'est bon, dit Brandy. Je peux rentrer toute seule.

Elle leva les yeux vers Ellie.

— Ça me plairait beaucoup de discuter et de traîner avec toi, à ne rien faire, mais pour l'instant, j'ai juste besoin d'être seule dans ma tête. Peut-être m'enfermer dans la salle de couture et faire le vide dans mes pensées.

Elle fit une grimace qui lui fronça le nez.

— Tu es d'accord ?

— Je... bien sûr. Mais tu es en mesure de conduire ?

— Oui, oui. Ce n'est pas loin. Et je suis peut-être bouleversée, mais je ne suis pas totalement incapable.

— Désolée, dit Ellie en la prenant dans ses bras. Je veux juste... je voudrais tant que ça aille mieux.

— Je sais que c'est ce que tu veux. Crois-moi, j'aimerais, moi aussi.

— Hmm...

— Bon, on se voit à la maison.

Elle se tourna vers Devlin et ajouta :

— Ellie ne dormira pas chez toi ce soir. Je fais appel au privilège de la meilleure amie et je la garde à la maison.

— Pas de souci. Je vous rejoindrai au Manoir Plein aux As dans la soirée.

Comme il l'avait espéré, elle sourit.

— Eh bien, dans ce cas, je vais vraiment devoir préparer des muffins.

Tandis qu'Ellie raccompagnait Brandy à sa voiture, Tamra et lui réfléchirent au meilleur moyen de régler le litige avec Walt. Le temps qu'ils terminent, Ellie était de retour.

— Nous pourrons bientôt y aller, nous aussi, dit-il en envoyant un nouveau texto. Je vais mettre Lamar sur l'affaire Walt.

— Un inspecteur de police ? s'inquiéta Tamra. Lamar aura pour mission d'enquêter sur toi.

— Je fais confiance à Lamar. Il fera ce qui est juste et il enquêtera comme il se doit sur cette affaire, déclara Devlin. La police mérite aussi de connaître tous les faits.

Tamra fronça les sourcils, mais elle finit par acquiescer.

— Honnêtement, commença Ellie, nous ne saurons rien tant que nous n'aurons pas découvert quelque chose sur le texto ou tant qu'ils n'en auront pas envoyé d'autres. Il y a trop de possibilités. Vu le timing, on pourrait pencher pour Walt, mais ça pourrait être Christopher aussi, ou l'un des lieutenants de Blackstone.

— C'est vrai, concéda-t-il. Sauf que je n'étais pas sur cette mission. Et Blackstone ne connaissait pas l'existence des Anges. Ça me semble assez clair, d'après les documents que l'équipe a trouvés chez lui. Ce qui veut dire que ses hommes n'ont aucune raison de croire que j'étais derrière l'assaut.

— Devlin, lui dit Ellie, ne sois pas naïf. Bien sûr qu'ils sont au courant. Ce type t'a harcelé. Il a joué avec tes nerfs, avec toutes ces failles de sécurité pendant des mois. Ce sont les Anges qui ont débarqué chez lui et personne ne les connaît. Les gens savent seulement que quelqu'un a finalement descendu Joseph Blackstone. Il suffit d'avoir suivi votre histoire pour supposer, à juste titre, que c'est toi qui as appuyé sur la détente.

❧ 28 ☙

A *utrefois...*

—Je comprends, général.

Alex se mit au garde-à-vous devant l'homme aux cheveux gris. Son titre était Général, mais Alex savait qu'il n'était pas en activité. Plus maintenant. Peut-être même jamais. Il était l'un de ces commandants qui avaient l'air de servir dans l'armée, mais qui, en réalité, étaient au service de forces moins officielles, le genre d'organisations qui se cachaient dans l'ombre, que les films faisaient passer pour de la fiction, mais qui, en réalité, étaient bien plus que cela.

— Vous comprenez bien toutes les implications ? demanda le général.

Alex acquiesça. Le gouvernement lui offrait l'arrangement de sa vie. Ce dont il avait rêvé et qu'il était certain de ne jamais pouvoir réaliser tout seul.

— Absolument. Je pense avoir été clair sur le fait que c'est une mission que je souhaite activement entreprendre.

Pendant un moment, le général resta assis. Puis il recula et se leva. Il contourna son bureau et vint poser la main sur l'épaule d'Alex.

— Vous êtes un bon soldat. Nous ne vous perdrons pas pour toujours. Mais certaines personnes ne vous reverront plus jamais. Vous pourrez vivre avec ça ?

— Oui, monsieur.

Alex avait répondu avec hésitation, pourtant même en parlant, il savait que c'était un mensonge. Le général était venu le voir en lui proposant d'accomplir ce dont il avait toujours rêvé, et Alex lui en serait éternellement reconnaissant. Il accepterait volontiers, et en contrepartie, il effectuerait les missions, engageant trois ans de sa vie en échange de l'aide dont il avait besoin. Mais certaines conditions étaient inacceptables. Cependant, c'était quelque chose qu'il avait l'intention de garder pour lui. Il avait appris beaucoup de choses au cours de sa vie, et notamment comment garder un secret et choisir des confidents capables, eux aussi, de tenir leur langue.

Il se contenta de répondre :

— Je suis prêt, monsieur.

— Demain, alors. 8 h. Présentez-vous à M. Johnson.

Il tendit la main à Alex, qui en fut étonné. Ce n'était pas un geste très militaire. Alex résista à l'envie de saluer, préférant serrer la main tendue avec fermeté.

— Nous comprenons que c'est ce que vous voulez, mais nous reconnaissons aussi que vous faites un grand sacrifice. Soyez-en remercié. Votre pays vous remercie.

Alex hocha la tête.

— Merci, monsieur.

— Avez-vous décidé de votre nom ?

— Saint, dit Alex. Mon nouveau nom sera Devlin Saint.

— Alors, tu vas vraiment le faire ?

— Tu crois que je ne devrais pas ? demanda Alex en regardant son ami Ronan, le seul avec qui il avait partagé son secret, jusqu'à présent, en tout cas.

— Non. Je te soutiens à cent pour cent. Seulement, ça ressemble à une histoire tout droit sortie des livres de Bourne.

Alex pouffa. Ronan n'avait pas tort.

— Tu es d'accord avec les conditions ?

Ronan pencha la tête, regardant Alex de haut.

— Qu'est-ce que tu en penses ?

Alex ne pouvait s'empêcher de rire. Ronan était l'homme le plus compétent qu'il connaissait. Et il était heureux de l'avoir dans son équipe quand tout serait terminé. Il n'avait pas encore décidé qui d'autre se joindrait à lui. Il allait parler à Tamra, c'était évident. Ce serait un peu délicat. Elle n'était pas dans l'armée, alors elle ne pouvait pas être un membre actif de l'équipe qu'il mettait sur pied. Mais elle serait un bon choix en tant que coordinatrice. Quelqu'un qui pourrait l'aider sur les divers aspects du monde qu'il voulait bâtir. Le côté secret et le côté public. Un côté public, qui essaierait de résoudre les problèmes du monde par la philanthropie et l'éducation. Un côté secret, avec un but similaire, mais des méthodes bien différentes.

— Et tu es d'accord pour faire ça ? demanda Ronan. Le prix qu'ils veulent te faire payer ?

— Oui. Bon sang, je n'ai rêvé que de ça toute ma vie.

Ronan connaissait l'histoire d'Alex. Qui était son père, comment il s'était échappé à l'armée en disant au Loup qu'il s'engagerait pour gagner en respectabilité ainsi qu'en compétences, avec le but de mieux réussir à se cacher pour faire prospérer les affaires de son père. Bien sûr, ce n'était qu'un tissu de mensonges.

— Je peux partir avec toi.

— Non. Je sais que tu pourrais venir, mais je ne veux pas. Je dois faire ça tout seul.

Ronan hocha lentement la tête.

— Alors, je te verrai à ton retour.

— Pas moi.

Ronan rit.

— Bon, tu as peut-être raison. Bonne chance, vieux.

Ce souhait de Ronan l'avait accompagné lorsqu'il avait quitté la base de la côte est pour se rendre dans le Nevada. Il y était allé en secret, employant des itinéraires qu'il avait planifiés des années auparavant, se frayant un chemin dans l'enceinte de la base sans être détecté, comme seul quelqu'un qui avait grandi sur place pouvait le faire. Il s'était installé, bien caché près du terrain d'entraînement où son père allait s'exercer tous les matins. Sa position était à trois cents mètres de là. Allongé sur le sol, son fusil prêt à faire feu pendant plus d'une demi-heure, il avait attendu que l'homme apparaisse enfin.

Daniel Lopez, alias le Loup. Il avait son pistolet à la main, les épaules en arrière, le torse bombé. Il marchait avec une fierté qu'il ne méritait pas, la démarche assurée.

S'il portait le poids ne serait-ce que d'une seule des milliers d'âmes dont il avait causé la mort, Alex ne le voyait pas. Finalement, son père se trouva debout sur le champ de tir, son arme brandie vers la cible.

Alex ne lui laissa même pas le temps de tirer. Il avait déjà armé son propre fusil et appuyé délicatement sur la détente. Il avait tenu compte du vent, de la distance, et le tir était net. En plein dans l'œil de son père – le genre de tir qui l'aurait rendu fier.

La détonation résonna dans l'enceinte. Il n'avait pas utilisé de silencieux. Il n'en avait pas envie.

À présent, il remballait son matériel. Il partit rapidement, utilisant une fois de plus les connaissances qu'il avait acquises en vivant dans cet enfer pour s'en sortir sans que personne ne le voie. Après avoir quitté l'enceinte, il prit la voiture qu'on lui avait laissée et se rendit à la planque prévue à l'avance. Il y resta une semaine avant de recevoir ses instructions.

Il les suivit alors jusqu'à la prochaine planque, puis une semaine plus tard jusqu'à la suivante. Enfin, il atteignit la dernière, qui servait aussi de centre médical. Il y demeura deux mois. Mais le temps et la douleur en valaient la peine, car lorsqu'il sortit après ce qui lui avait semblé durer une éternité, ce n'était pas sous l'identité d'Alejandro Lopez.

C'était Devlin Saint, et il entrait dans sa toute nouvelle vie.

❧ 29 ❧

De nos jours...

Je laisse Devlin conduire Shelby, car je veux appeler Brandy dès que nous serons dans la voiture. Elle répond à la première sonnerie et je lui dis :

— Comment vas-tu ?

— Bien.

Ce mot est net et je n'entends aucun sanglot. C'est déjà ça.

— Avec la colère, la situation est plus facile à gérer, dit-elle, comme si elle répondait à ma question tacite.

— Je suis contente de l'entendre.

Je fais une grimace avant d'ajouter :

— Pas que tu es en colère, mais...

— ... que je ne me sois pas roulée en boule pour pleurnicher dans un coin jusqu'à ce que tu reviennes ?

— Bon, d'accord, peut-être pas aussi dramatique, dis-je en riant, mais c'est l'idée. Alors, ça va vraiment ?

— Oui. Je crois que oui. Je suis seulement... très en colère. Je ne pense pas avoir jamais été aussi furieuse de toute ma vie.

— C'est parce que Walt est horrible et qu'il essaie de suggérer que c'est Devlin l'affreux dans cette histoire.

— C'est ça. Oui. C'est exactement ça. C'est un sale type et il essaie de tout renvoyer au visage de Devlin. Il est bien content de me jeter dans la mêlée, moi aussi, histoire de... je ne sais pas, avoir son nom aux actualités ou quelque chose comme ça. Est-ce qu'il pense que je ne vais pas me battre ? Il pense que je ne dirai pas ce qu'il m'a fait ?

Je ne réponds pas. Il est logique que ce soit sa pensée, en effet. Cela fait des années, et elle n'a rien dit. Que pourrait-il penser d'autre ? Il ne sait pas qu'elle était prête à parler, ce soir, pour protéger Devlin, ce pour quoi je l'aime encore plus. Mais je suis contente que ça ne se soit pas passé comme ça. Devlin est en acier, certes, mais Brandy est plus fragile. À vrai dire, je ne veux pas que le destin la malmène.

— S'il te plaît, dis-moi que tu es en chemin. Je pensais que je voulais être seule, mais en fait, j'aimerais bien avoir de la compagnie dans ma colère.

— On arrive. On va d'abord passer chez Devlin, parce qu'il doit récupérer quelque chose, mais ensuite on vient chez toi. Ça va aller ? Tu veux qu'on vienne plus tôt ? Tu es sûre que ça va ?

J'ai l'air d'une mitrailleuse qui la bombarde de questions et j'essaie de me calmer, mais je suis en colère et j'ai peur pour elle.

— Non, non. Ça va. Je vais bien. Vraiment. Je suis seulement énervée et j'ai besoin de mes amis.

— D'accord. Reste énervée et on se joindra à toi dès qu'on sera là.

— Ne t'inquiète pas pour ça. J'ai le sentiment que je vais rester sur les nerfs pendant au moins vingt-quatre heures. Après, ça pourrait se calmer, mais j'en doute.

Malgré tout, je ris.

— L'alarme est réglée ?

— Oui, oui. Tu n'as pas à t'inquiéter. Et Jake est juste à côté de moi.

— Je ne suis pas tout à fait sûre que ça me rassure, niveau

sécurité. Jake est sûrement le chien le plus gentil du monde et je suis presque certaine qu'il pourrait ensevelir un potentiel intrus sous ses coups de langue.

Elle émet un grognement.

— Jake me demande de te dire qu'il se sent insulté par ton manque de confiance.

— Eh bien, embrasse-le pour moi, dis-je en riant.

Honnêtement, ce n'est qu'en partie vrai, de toute façon. C'est un chien adorable, mais je sais aussi qu'il n'hésiterait pas à protéger Brandy.

Je raccroche au moment où nous atteignons la rue de Devlin. Il ne s'engage pas dans l'allée, garant simplement la Shelby au bord du trottoir, devant sa maison. Il descend et s'arrête assez longtemps pour me regarder.

— Tu veux venir ? Je n'en ai que pour une minute.

— Si tu y tiens, pourquoi pas, mais ça ne me dérange pas de rester assise ici, dans ma beauté fraîchement carrossée, et de me prélasser en compagnie de ma formidable Shelby.

— Repose-toi autant que tu voudras, répond-il en riant. Comme je l'ai dit, je n'en ai que pour une minute.

Je le regarde faire le tour de la voiture, puis descendre le trottoir jusqu'à la porte d'entrée. Il a vraiment des fesses incroyables et il est particulièrement beau avec le jean qu'il porte aujourd'hui.

Je soupire, appréciant le beau spectacle de ce qui m'appartient. Je le regarde arriver devant la porte et saisir le code. Je peux même entendre les petits bips, de là où je me trouve. Puis je l'entends pousser un juron. Il se retourne et accourt vers moi. Il est à mi-chemin de la voiture quand il s'écrie :

— Au fait, j'allais te demander si...

C'est alors que le monde explose.

Devlin est projeté en avant par une boule de flammes et de débris, et soudain, j'ai la gorge à vif. Je réalise que je suis en train de crier. Je me rue hors de la voiture, pousse la portière de Shelby et me précipite en avant, saisissant Devlin à bras-lecorps pour l'attirer vers moi. Sa chemise brûle et nous nous démenons pour la lui retirer. Je le pousse dans l'herbe et le retourne, étonnée qu'il s'en soit sorti presque indemne.

Il se raccroche à moi et nous respirons péniblement, tous les deux, tout en reculant sur la pelouse encore intacte, tournés vers les décombres de sa maison partie en fumée.

⬥

Mes oreilles sifflent. On dirait une scène de guerre, dans la rue. Devlin dit quelque chose, mais je ne l'entends pas. Son poids sur moi est écrasant. Je respire péniblement, les yeux rivés à la scène surréaliste. Le monde semble brûler.

Il y a un rugissement dans ma tête et il me faut un moment pour comprendre que ce sont des sirènes en approche.

— Bébé ? Bébé, tu vas bien ?

Je cligne des paupières, essayant de comprendre les mots. On dirait du sable dans mes oreilles, épais et lourd.

— *El*. Ellie, bébé, fait Devlin en se déplaçant pour me laisser de l'air.

Je prends une inspiration avant de me mettre aussitôt à tousser. Il me hisse vers le haut, puis me retient en me tapotant le dos pendant que j'essaie de contrôler mon corps. Une fois que la toux s'estompe, je m'écarte pour voir son visage. Il est couvert de cendres, mais c'est bien lui. Je manque fondre en larmes en prenant conscience de ce que j'ai failli perdre.

— Oh, mon Dieu, dis-je. Devlin. Oh, mon Dieu, Devlin.

— Ça va. Je vais bien, bébé. Tout va bien. Tu es blessée ?

Pendant un instant, je ne comprends pas.

— Moi ? *Moi ?*

L'horreur du moment repasse dans mon esprit, comme un film en boucle.

— Est-ce que toi, tu vas bien ? Est-ce que tu es blessé ? Est-ce que tu t'es cassé quelque chose ? Mon Dieu, cette explosion t'a vraiment projeté dans les airs.

Mes mots se bousculent les uns les autres.

— Tu l'as compris ? Tu as senti que quelque chose n'allait pas ? Que s'est-il passé ? Pourquoi tu n'es pas entré dans la maison ? Oh, Seigneur, heureusement que tu n'étais pas à l'intérieur.

Il ne répond pas. Il me serre à nouveau contre lui et je me raccroche vigoureusement à son corps, tremblant de tous mes membres. J'aurais pu le perdre. J'ai failli le perdre à ce moment précis. Je me mets à sangloter, et en même temps, je m'en veux de perdre la tête. Mais je ne supporte pas l'idée de ne plus avoir Devlin à mes côtés et je n'arrive pas à accepter ce qui vient de se produire.

Il me tient dans ses bras, son visage contre mes cheveux. J'entends sa respiration, ses murmures me disant que tout va bien. J'étreins avec chaleur ces mots contre moi, parce que pour l'instant, c'est la seule chose qui compte. *Tout va bien*. La maison a disparu, mais il est vivant. Par miracle, Devlin est en vie.

Je commence à trembler.

— Tu as failli y passer, Devlin, si tu n'avais pas fait demi-tour pour...

— Je sais, je sais.

Il me serre plus fort, me câline, et je m'agrippe à ses bras, déterminée à ne plus jamais le lâcher.

— On a failli se perdre.

— Mais ce n'est pas le cas. Tu es là. Moi aussi. Nous sommes en sécurité.

— Mais...

— *Non*.

Ce mot est catégorique, comme s'il pouvait tenir la tragédie à distance par sa seule volonté. Mais je sais qu'il en est incapable. Comme mes parents, comme Peter, j'ai bien failli le perdre. Quelques centimètres dans la mauvaise direction et je l'aurais perdu.

— Tout va bien, dit-il d'une voix chevrotante. El, regarde-moi. Je suis toujours là. Je ne suis ni ta mère ni ton père. Nous l'avons vaincu, dit-il. Nous avons déjoué ce connard.

Un rire étouffé m'échappe, dont le bruit inattendu me fait sursauter.

— Ce connard de destin, dis-je avant d'essuyer mes joues humides. Nous avons réussi, n'est-ce pas ?

— Oui.

— Tu ne peux pas contrôler le monde, dis-je, mon regard attiré par ce qui était autrefois sa belle demeure.

— Non.

Il prend mon menton et m'oblige à le regarder.

— Mais je vais essayer, crois-moi.

J'acquiesce avant de me laisser aller dans ses bras. Soudain, nous sommes entourés de lumières clignotantes, et bientôt, un pompier pose une couverture autour de nous et nous entraîne avec prévenance à l'écart. Nous nous asseyons derrière le camion de pompier et un ambulancier nous examine. Il finit par déclarer que nous sommes tous les deux en bonne forme, même si Devlin présente quelques bosses et contusions sur les bras et les genoux.

C'est un constat si dépouillé pour une situation aussi surréaliste. Il ne dit même pas un mot sur les dégâts causés à mon âme.

— Mon Dieu, vous en avez de la chance.

Je lève les yeux et le soulagement envahit mon corps quand je découvre Lamar. Immédiatement, j'éclate en sanglots. Je me soutiens à Devlin en me levant, puis je passe un bras autour de mon ami, qui me serre si fort que je crains qu'il me casse une côte. Mais je m'en fiche. Je n'essaie même pas de me dégager.

— Que s'est-il passé ? demande-t-il à mon oreille. Que s'est-il passé ?

Je secoue la tête et recule en clignant des yeux à travers mes larmes, jusqu'à ce que je puisse les voir plus distinctement, tous les deux. Sans quitter Devlin, je m'écroule à côté de Lamar sur le marchepied à l'arrière du camion. Je jette un coup d'œil vers ma Shelby, mais elle est saine et sauve. Quelques morceaux de bois brûlé ont atterri non loin d'elle, mais rien ne l'a éraflée. Je suis étrangement soulagée. Si je n'avais perdu qu'elle, j'aurais pu m'en remettre, mais je suis heureuse de n'avoir rien perdu. Ni personne.

Je me rends compte que Devlin et Lamar me regardent, tous les deux. Je hoche la tête, me forçant à me ressaisir.

— Tout va bien, dis-je pour les rassurer. Vraiment. Je vais bien.

Je prends les mains de Devlin.

— Et toi ?

Sa mâchoire se crispe, mais il hoche la tête. Ce n'est pas le grand enthousiasme, mais ça va.

— Si tu étais entrée dans cette maison avec moi, nous serions morts tous les deux, dit-il. Je suis revenu à la voiture pour te demander quelque chose. Si tu avais été avec moi, je t'aurais posé ma question à la porte. Nous aurions été juste là quand la bombe a explosé.

Je surmonte une autre vague de nausée et lève les yeux pour rencontrer ceux de Devlin.

— Qu'allais-tu me demander ? dis-je bêtement.

Il rit et je ne peux pas m'en empêcher, moi non plus.

— Je ne m'en souviens même pas. Oh, attends. J'allais te demander si tu voulais que je rapporte l'une de mes bouteilles de scotch chez toi.

Il jette un coup d'œil à la maison.

— J'imagine que ma proposition tombe à l'eau, maintenant.

Je glousse – un rire aigu et bizarre. C'est le choc, je le sais, mais j'ai quand même envie de grimacer.

— Les ennemis de ton père, à ton avis ? demande Lamar.

Je suis contente qu'il essaie de rester professionnel. J'ai besoin de prendre mes distances avec mes émotions, avec l'horreur. Je dois penser comme la policière que j'étais et la journaliste que je suis toujours.

— Je ne pense pas, répond Devlin. J'ai parlé avec quelqu'un

que j'avais connu avant, il n'y a pas si longtemps, et d'après lui, il ne reste pas beaucoup de personnes actives dans le business qui auraient une dent contre moi. En plus, s'ils avaient prêté attention à mon discours, ils sauraient que je ne dispose pas personnellement de l'argent de mon père. Ils ne sont peut-être pas contents de savoir qu'il est utilisé à des fins caritatives, mais je ne pense pas. Crois-le ou non, la plupart d'entre eux sont parfaitement d'accord pour aider les femmes et les enfants. Ils voulaient juste s'assurer de recevoir leur part des bénéfices.

Il hausse les épaules.

— En fin de compte, je pense honnêtement qu'ils se fichent un peu de moi. Si l'argent était sur mon compte en banque, ce serait peut-être différent. Si certains des collègues de mon père étaient encore actifs dans l'organisation, je suis sûr que ce serait une autre histoire. Mais en l'état actuel des choses, ils ne figurent pas sur ma liste.

Je le savais déjà, bien sûr, mais pour la première fois, je suis frappée par ce changement. Au début, l'une des raisons pour lesquelles Devlin est resté si loin de moi était la crainte de représailles de la part des hommes avec lesquels son père avait frayé.

— Si ce n'est pas eux, alors qui ? s'enquiert Lamar.

— Un proche de Joseph, dis-je.

Nous avons déjà abordé ces questions avec Tamra, même si les circonstances étaient bien moins graves.

— Christopher, déclare Devlin d'une voix froide, dure et atone.

Je me tourne pour le regarder.

— Tu penses vraiment que...

— Il avait le code, m'interrompt-il. C'est Christopher qui a donné le code de mon alarme à Anna. Et c'est *nous* qui le lui avons donné.

Une fois de plus, je me sens mal.

— Tu as raison. Ça faisait partie du coup monté.

— Et je ne l'ai pas changé. Putain, je n'en reviens pas d'avoir oublié de le changer. J'avais la tête ailleurs après tout ce qui s'est passé. J'ai laissé cette agression personnelle m'atteindre et j'ai manqué ce détail. Je n'ai pas changé mon putain de code.

Je lui prends la main.

— Ce n'était pas ta faute.

À son regard, il semble penser le contraire. Que c'est entièrement sa faute.

— Tu n'as pas reçu de notification sur ton téléphone, te disant que quelqu'un se trouvait sous ton porche ? En train de trafiquer ta serrure ?

— Non, dit Devlin. Rien du tout.

Il semble agacé de ne pas y avoir pensé plus tôt. Il retire ses lunettes, dont un verre est fendu, et se frotte l'arête du nez.

— Alors, quelqu'un avec des compétences techniques. Peut-être Christopher, à supposer qu'il nous ait caché ses talents. Ou qu'il ait reçu de l'aide.

— Ce n'était peut-être pas lui, avance Lamar. Un homme comme toi n'a pas qu'un seul ennemi.

Malgré cela, il est clair que Christopher semble tout indiqué. À en juger par tous ses secrets, je ne serais pas surprise d'apprendre qu'il est doué en technologie. Et puis, il a disparu à un moment si opportun. Ajoutez à cela sa relation avec Blackstone et Anna, et il figure tout en haut de la liste, en grosses lettres. Aucun d'entre nous n'hésiterait si nous ne craignions pas de causer plus de douleur à Brandy, que nous aimons tous les trois.

La sonnerie de mon téléphone nous fait sursauter et je baisse les yeux. Sans surprise, c'est elle. Je lève la tête et croise leurs regards. Ils ont compris de qui il s'agissait.

— Je dois décrocher ?

— Réponds, m'encourage Lamar. Ça doit être partout aux infos. Elle est sûrement morte d'inquiétude.

Je pourrais me gifler. Évidemment que les médias en parlent. C'est la maison de Devlin Saint, et nous sommes à l'ère des réseaux sociaux. Je réponds avant que la sonnerie retentisse une troisième fois.

— Oh mon Dieu, oh mon Dieu. Tu vas bien ?

Sa question a fusé avant même que je puisse dire « allô ».

— À la télé, on dit que la maison de Devlin a explosé…

— Brandy, tout va bien ! Brandy !

Elle ne répond pas et je commence à être vraiment inquiète. Puis sa voix revient :

— Oh, putain.

Maintenant, je me fais un sang d'encre. Je sais qu'elle a peur, mais Brandy n'est pas du genre à dire des grossièretés.

— Quoi ? Qu'est-ce qu'il y a ? Tu vas bien ?

— Je viens de recevoir un texto. C'est Christopher. Il dit qu'il n'a rien fait. Qu'il est désolé pour tout. Mais il veut que je sache qu'il n'est pas responsable.

Je lève les yeux pour découvrir Devlin, les sourcils froncés, intrigué. Il est clair qu'il n'arrive pas à comprendre ce que je dis avec un seul côté de la conversation.

— Christopher t'a envoyé un texto ? dis-je, à la fois pour que Devlin et Lamar puissent suivre et pour être absolument certaine d'avoir tout bien compris.

— Oui, oui !

— Et il dit qu'il n'a rien fait. Comme ça, rien d'autre ?

— Non.

— Tu le crois ?

En fait, ce n'est pas à Brandy que je pose la question. C'est l'opinion de Devlin qui m'intéresse. Mais elle répond à mon oreille.

— Je ne sais pas. Je ne sais pas quoi penser.

— Brandy. Il faut que je parte. La police est là. Lamar aussi. Il va chercher un véhicule de patrouille pour nous emmener chez toi, Devlin et moi. On arrive bientôt. D'accord ? Je ne pense pas que tu sois en danger, mais garde la porte fermée et l'alarme enclenchée. Promis ?

Elle promet. Dès que je raccroche, je regarde Devlin et Lamar.

— Alors ? Qu'en pensez-vous, les gars ?

— À propos de Christopher ? fait Devlin. Je ne sais pas non plus. Pour être honnête, en ce moment, je m'en fiche un peu. La seule chose qui compte pour moi, c'est de te garder en sécurité.

— Je vais faire ce que tu as dit, intervient Lamar.

Il fait signe à un agent en uniforme de venir et lui donne l'adresse de Brandy.

— Pas de discussion. Allez chez elle, restez-y, ne partez pas avant que j'arrive. Je serai là dès que possible et je vous tiendrai au courant, tous les deux.

Il nous regarde avec détermination.

— Promettez-moi que vous resterez là-bas. Promettez-moi que vous ne ferez rien d'inconsidéré.

Je serre la main de Devlin, puis acquiesce.

— C'est promis. On reste là-bas et on t'attend. Donne-nous rapidement des nouvelles, d'accord ?

Lamar acquiesce et Devlin tend la main pour la lui serrer.

— Merci, dit-il.

Lamar fronce les sourcils.

— En quel honneur ?

— Je ne sais pas. Parce que tu assures. Parce que tu es un ami fidèle et parce que tu es là, tout simplement.

30

Nous faisons ce que Lamar nous dit et rejoignons Brandy. Devlin commence immédiatement à faire les cent pas dans la maison, l'énergie émanant de son corps par vagues alors qu'il cherche des réponses. Moi aussi, je veux des réponses, mais pour l'instant, je ne peux pas l'aider à les obtenir. Je suis encore trop engourdie. Dire que j'aurais pu perdre Devlin en un clin d'œil. Cette pensée ne cesse de me hanter.

Elle me pèse, me terrifie. Et je n'ai pas l'habitude de vivre dans la peur.

Voilà pourquoi je rejette mes propres appréhensions pour me concentrer sur Brandy. Moi, au moins, j'ai su toute ma vie que les gens peuvent vous être enlevés en un claquement de doigts. Mais ces derniers jours ont durement frappé ma meilleure amie. Elle a aperçu la face cachée du monde, cet aspect que j'espérais ne jamais revoir. Elle a vécu l'enfer avec Walt pendant toutes ces années, et j'ai toujours pensé que cela remplissait largement son quota.

J'aurais dû m'en douter. Après tout, je suis bien placée pour savoir que l'univers peut être un vrai connard.

— Je n'y crois pas, dit-elle, blottie sur le canapé avec Jake.

Pas Walt... Lui, il est capable de tout, mais ça m'étonnerait qu'il soit assez intelligent ou courageux pour poser une bombe.

— Tu penses à Christopher, n'est-ce pas ? Je comprends. Je l'aime bien, moi aussi.

— Je lui faisais confiance. Est-ce que ça fait de moi la personne la plus naïve de la planète ?

— Oh, ma chérie, non. Bien sûr que non. J'avais confiance en lui, aussi. Tu crois que Devlin ou moi, nous t'aurions laissée seule avec lui, même après avoir appris son lien de parenté avec Joseph ?

— Nous avons déjà eu toutes ces discussions. J'ai partagé tant de choses avec lui.

Elle resserre les bras autour de son corps.

— S'il a fait ça, alors c'est un putain de psychopathe. Ou un sociopathe. Pire, les deux. Je n'arrive pas à m'y faire. Ce n'est pas une bonne personne.

Elle renifle, puis essuie ses larmes.

— Pourtant, je le croyais.

— Ce n'est pas ta faute, dis-je en lui prenant la main, celle qui ne caresse pas Jake.

— Je sais. Mais ça n'aide pas. Et puis... je sais qu'il pourrait le faire. Une bombe, je veux dire. J'ai lu son premier livre. Il y avait un engin explosif dedans et il a fait toutes sortes de recherches. C'est écrit au dos. Il doit savoir comment s'y prendre.

— C'est pour ça qu'on s'intéresse à lui, précise Devlin derrière nous, nous faisant sursauter. Parce que c'est possible et qu'il ne faut rien négliger. Mais Ellie a raison, ce n'est pas ta faute.

Elle acquiesce, sans paraître très convaincue même s'il confirme ce que j'ai dit.

— Ça aiderait si on savait où il est. A-t-il laissé entendre quelque chose qui puisse te donner un indice ?

Elle secoue la tête.

— Non, mais il a laissé ce mot pour moi, alors on sait qu'il est responsable de la fuite de renseignements. Cela dit, c'est forcément plus sérieux. Pourquoi aurait-il braqué un projecteur sur lui ? Ça n'a vraiment aucun sens.

— Non, en effet, acquiesce Devlin. Mais comme tu l'as dit, il a des connaissances, sans doute plus qu'on ne le croit, en raison de son lien avec Joseph. Quand il a avoué être à l'origine de cette trahison, il ne s'attendait peut-être pas à se retrouver dans cette position.

Il me faut un moment pour comprendre ce qu'il veut dire.

— Tu penses que quelqu'un lui en a donné l'ordre ?

Devlin hoche la tête.

— À moins qu'il soit en bien meilleurs termes avec Joseph qu'on ne le pensait. Le chagrin et la colère peuvent conduire un homme à faire des choses insensées.

— Comme faire sauter la maison de celui qui a tué son frère, commente Brandy. Même en sachant qu'il se retrouverait en haut de la liste des suspects ?

— Je suis désolé, répond Devlin. Mais c'est ce que je crois.

Sa gorge tressaute lorsqu'elle déglutit.

— J'aimerais bien le savoir, mais je n'ai aucune idée de l'endroit où il peut être.

— Ne t'inquiète pas pour ça. Nous avons des ressources, et ce n'est peut-être pas lui.

Il pose une main sur l'épaule de Brandy, puis propose de lui apporter une tasse de chocolat chaud.

— Ça va aller.

— Eh bien, moi, je vais m'en faire une, alors préviens-moi si tu changes d'avis.

Alors qu'il se dirige vers la cuisine, je me lève et lui emboîte le pas. Je n'en ai pas terminé avec cette conversation.

— Ce n'est sûrement pas Walt, dis-je en le coinçant devant l'arrière-cuisine. Alors, s'il s'avère que le texto de Christopher disait la vérité, qu'est-ce que ça veut dire ? Y aurait-il quelqu'un de nouveau sur le radar ?

Devlin soupire, visiblement éreinté.

— À ce stade, je ne croirai rien sans en avoir la certitude. Mais tu as raison. Je ne pense pas que ce soit Walt. Son coup d'éclat ressemble surtout à de l'opportunisme, pour me soutirer des dommages et intérêts dans le sillage de la révélation sur mon père et la mauvaise réputation que j'en retire. Ce qui est arrivé à ma maison, par contre, c'est une vengeance.

— Je suis d'accord, dis-je en passant mes bras autour de lui. Mais de qui ? En rapport avec Blackstone, très probablement, mais il est mort. Alors que vas-tu faire ?

— Tu veux vraiment connaître la réponse à cette question ?

Je fronce les sourcils. Ce que je sais, c'est qu'il va retourner à l'étage et téléphoner à Ronan, Reggie, Penn, Claire, Charlie, Grace et tous les autres Anges que je n'ai pas encore rencontrés. Ils vont établir un plan pour en découvrir un maximum, en utilisant toutes les méthodes possibles, y compris celles auxquelles les forces de l'ordre n'ont pas accès. Pas légalement, du moins.

Quant à Walt, même s'il ne le dit pas, je suis certaine que l'équipe va fouiller de ce côté-là aussi. Devlin peut croire que ce minable n'a rien à voir avec ça, mais il n'abandonnera pas complètement cette piste avant d'en avoir le cœur net. Il va faire quelques recherches dans son passé, à l'aide de ces outils qui permettent de petits raccourcis dans les enquêtes de police et les procédures judiciaires.

J'aimerais dire que je désapprouve, qu'il ne peut pas faire ça, qu'il doit respecter le protocole et faire confiance aux autorités pour trouver les réponses. J'aimerais le dire, mais je ne peux pas, parce que je ne suis plus certaine d'y croire. Au lieu de ça, je le serre contre moi.

— Je vais rester ici avec Brandy. Toi, fais ce que tu as à faire, d'accord ?

Il hausse légèrement les sourcils et je suis certaine qu'il comprend mon sous-entendu. Enfin, il acquiesce, m'embrasse sur le front, se retourne et se dirige vers ma chambre.

— Devlin, lancé-je, résistant à l'envie de le rejoindre, d'écouter ses échanges et de réfléchir à toutes les informations qu'ils ont recueillies pour voir si je peux tirer quelque chose des bribes de ragots, de renseignements et de preuves qu'ils ne voient peut-être pas.

Mais quand il s'arrête, se retourne et me regarde, la seule remarque qui me vient, c'est :

— Fais-moi savoir si tu trouves quelque chose.

Une ébauche de sourire effleure ses lèvres et je sais qu'il comprend.

— Bien sûr, répond-il.

L'instant d'après, il est parti.

❧ 31 ❧

Le lendemain matin, je me réveille sur le canapé avec une couverture, groggy et désorientée. Je me lève, la tête sens dessus dessous. Je me rends dans la cuisine en titubant pour préparer du café, mais je découvre que Brandy est déjà là, à siroter un liquide froid et vert.

— Salut, dis-je. Devlin est debout ?

— Je ne sais pas trop. Il est venu hier soir et il t'a recouverte, juste avant que j'aille me coucher.

— Il aurait dû me réveiller.

— Crois-moi, répond-elle en riant, il a essayé. Il a envisagé de te porter au lit, mais on a décidé de te laisser.

— Waouh. Je ne me souviens de rien du tout.

— Tu étais épuisée. Tu avais eu une sacrée journée.

C'est vrai. Je me sers une tasse de café et m'apprête à aller voir Devlin quand Brandy me demande :

— Combien de temps faut-il pour rendre une déclaration publique de nos jours ?

Je la dévisage, perplexe, essayant de donner un sens à ses mots.

— Qu'est-ce que tu veux dire ?

— Par exemple, si je voulais dire quelque chose sur ce que

Walt fait subir à Devlin, dans quel délai ça pourrait être imprimé dans une vraie publication, pour que les gens le voient ? Pas seulement sur un fil Twitter, tu vois ?

— Honnêtement, quelque chose comme ça sur tes propres réseaux sociaux deviendrait viral assez rapidement une fois que les gens le remarqueraient. Mais si tu préfères donner à tes propos une certaine légitimité en les publiant dans un media officiel, je dirais que ça dépend du media. S'ils sont ou non du genre à publier régulièrement, ou s'ils attendent une date de publication officielle.

Je la regarde plus attentivement.

— Brandy, à quoi est-ce que tu penses ?

— Ça me remue, toute cette histoire. La maison surtout, bien sûr, mais je ne peux absolument rien y faire. Tout a commencé quand la réputation de Devlin a été compromise à New York, non ?

Je hoche la tête en essayant de suivre le fil de ses pensées.

— Eh bien, je ne peux rien faire à ce sujet, non plus. C'est vrai, Devlin est un type bien, et je le sais. Mais je ne peux pas dire que son père n'est pas son père.

— Ma chérie, je sais que tu es bouleversée par tout ça. Mais je ne te suis pas, là.

— Tu ne comprends pas ? Ce que Walt lui fait, c'est de la calomnie.

— Je sais. Mais il a porté plainte pour agression, et Devlin l'a bel et bien agressé. Que veux-tu y faire à ce stade ?

— Je vais tout dire en public. Comme j'ai dit que je pouvais le faire, avant.

— Devlin t'a recommandé le contraire. Il peut se débrouiller. C'est la vérité, tu sais. En tout cas, l'explosion de sa maison n'a rien à voir avec ton silence.

— Je le sais. Mais j'ai besoin de faire quelque chose. Et puis, Devlin m'a dit de ne pas le faire pour lui, mais il ne s'agit pas de lui. Pas vraiment. Il est question de moi et de ce que je représente. Je ne peux pas laisser les gens penser que Devlin n'est pas quelqu'un de bien, alors que je sais pertinemment le contraire. Franchement, j'en ai assez de ne pas me défendre contre les hommes. J'ai fermé les yeux sur ce que pouvait être Christopher...

— Attends, attends. Alors, maintenant, tu penses vraiment que Christopher est impliqué dans tout ça ?

— Forcément. Même s'il m'a envoyé ce message débile pour me dire qu'il n'était pas responsable de la bombe, qu'est-ce que ça change ? Je trouve même cette précision un peu louche.

Elle prend une gorgée de sa mixture végétale avant de continuer :

— Mais le problème, ce n'est même pas de savoir s'il est innocent ou non. Il l'a dit, et moi, je l'ai suivi sans me poser de questions. Il est impliqué dans tout ça, même si c'est le type le plus innocent de la planète. Et moi, tout ce que je fais, c'est rester plantée là, à me laisser ballotter par la marée.

Ses mots s'enchaînent sans discontinuer.

— Ce n'est pas seulement Christopher. C'est Walt, aussi. C'est le fait que je me suis dégonflée et que je n'ai rien dit. À combien d'autres femmes a-t-il fait le même coup ? Et maintenant, il revient avec le culot d'accuser Devlin ? C'est ridicule. J'ai du pouvoir, tu sais. Un pouvoir que je pourrais utiliser pour venir en aide à Devlin. Un pouvoir que je pourrais utiliser pour m'aider moi-même. Pour une fois, j'aimerais avoir un peu de nerf.

Elle secoue la tête, puis lève les mains au ciel comme si elle en avait trop dit et qu'elle ne savait plus sur quel pied danser.

— Je comprends, lui dis-je avec compassion. Je comprends vraiment.

— Tu vas m'aider ?

— Oui. Laisse-moi juste aller le voir...

— Non. Ce n'est pas la décision de Devlin. C'est la mienne. Je fais ça pour moi. C'est quelque chose que j'ai besoin de faire. Devlin m'a déjà fait savoir qu'il n'avait aucun problème à ce que je dise ce que j'avais besoin de dire. Et ça, j'en ai besoin. S'il te plaît, aide-moi à publier mon histoire. Il a déjà bien assez de soucis sans l'inquiéter avec mes décisions.

J'y réfléchis, mais elle a raison. C'est la décision de Brandy et Devlin va s'inquiéter. Il aura peur qu'elle soit affectée de se retrouver sous les projecteurs, elle aussi, mais elle vit dans le silence depuis longtemps et je sais bien que ça la ronge.

— D'accord. Je vais t'aider à t'exprimer. Malheureusement, je ne peux pas publier la chronique pour toi, puisque je suis au chômage maintenant. Mais on va voir si on peut trouver un autre magazine qui pourrait la mettre en ligne assez rapidement.

— Ce serait bien s'il avait l'auditoire et la portée de *The Spall*, dit-elle.

— Oui. Je réfléchis. Je dois bien connaître quelqu'un. Un de mes collègues qui serait prêt à faire ça pour moi dans son magazine, comme un service. Quelqu'un qui…

Je m'interromps en réalisant que j'ai justement la personne idéale dans ma poche de derrière.

Dix minutes plus tard, Brandy est assise à l'îlot de cuisine, devant son ordinateur portable, en pleine visioconférence avec Corbin. Il lui a demandé s'il pouvait utiliser des extraits de la vidéo dans l'article.

— Ça le rendra plus viral, a-t-il expliqué.

Je fronce les sourcils, parce qu'elle me semble plutôt nerveuse.

— Ne le fais pas si tu n'es pas à l'aise, dis-je.

Comme c'est un appel vidéo, je sais qu'il peut m'entendre, même si je ne suis pas à l'écran.

— Mais il faut que ce soit votre propre décision, ajoute Corbin. Même si j'apprécie l'avis d'Ellie.

Cette fois, j'entends un petit sourire en coin dans sa voix.

Je lève les yeux au ciel, exaspérée, mais bien sûr, il ne peut pas me voir.

Brandy pouffe. Je lui ai parlé du nouveau climat de détente

entre Corbin et moi, et je pense qu'elle s'amuse de nous voir ensemble.

— Alors, vous voulez juste que je parle et que je raconte mon histoire, et vous choisirez les meilleures parties pour les mettre sur Twitter ou ailleurs ?

— Oui. Si vous voulez les approuver d'abord, c'est possible.

— Non. Je ne veux pas me voir en vidéo. Si je m'écoutais, je ne voudrais rien diffuser.

Elle me jette un rapide coup d'œil avant de dire :

— Je vous fais confiance.

Corbin rit.

— En sachant qu'Ellie est assise à côté de vous, ça en dit long. De votre part à toutes les deux.

— Bon, dit Brandy. Alors, je dois commencer à parler ?

— Allez-y.

Brandy me lance un regard à mi-chemin entre la terreur et l'enthousiasme. Je l'encourage avec un hochement de tête et un geste de la main. Elle se mord la lèvre inférieure, prend une grande inspiration, regarde fixement l'écran de son ordinateur, puis éclate de rire.

— Excusez-moi, excusez-moi. Ça me fait vraiment bizarre.

— Prenez votre temps, dit Corbin, plus aimablement que je ne l'en aurais cru capable. Je pourrai modifier. Et je vous promets que je ne vous ferai pas passer pour une idiote.

— Tu n'as pas intérêt, ajouté-je. Je sais où tu habites, maintenant.

Il ricane, une fois de plus, mais notre échange de plaisanteries semble avoir détendu Brandy, qui prend une profonde inspiration avant de se lancer.

— J'ai gardé le silence pendant des années, dit-elle. Mais je connais Devlin Saint personnellement, et à la lumière des accusations que William Tarkington a portées contre lui, je ne peux pas garder le silence plus longtemps. En un mot, Devlin est un homme extraordinaire. Tout le contraire de William, ou Walt, comme il se fait appeler.

Elle reprend son souffle et ses yeux croisent les miens. Je lui dis qu'elle se débrouille bien.

— Walt est la raison pour laquelle je m'exprime, poursuit-elle. Ses actes m'y ont poussée, m'ont mise en colère. J'ai écouté ses accusations contre Devlin Saint et la fureur m'a prise. Parce que je connais ces deux hommes. Plus que ça, je sais pourquoi cette prétendue agression a eu lieu. Devlin a pris position pour moi. Il m'a défendue, parce que je ne l'avais pas fait alors que c'était mon droit le plus strict.

Elle tend silencieusement la main en dessous de l'écran et je la prends, lui conférant ma force.

— J'aurais dû m'imposer, me battre, continue-t-elle. Il y a toutes ces années, quand j'étais jeune, et plus récemment, quand j'ai revu Walt. Lorsque j'étais au lycée, Walt était à la fac. Nous nous sommes rencontrés à une fête. Il m'a droguée et violée. Je suis tombée enceinte, et quelque part, il y a une petite fille dans une famille heureuse, parce que je l'ai donnée à l'adoption.

Elle ferme les yeux et inspire profondément. Je ne peux m'empêcher de penser que c'est le plan vidéo parfait.

— Mais j'ai pris une décision intelligente. J'ai demandé aux parents adoptifs si je pouvais garder un échantillon de son ADN. Ils savaient comment j'étais tombée enceinte et ils ont eu la gentillesse d'accepter. Il a été conservé, pendant toutes ces années, dans un établissement recommandé par mon médecin. Je sais que lorsque cet ADN sera analysé, il prouvera ce que je dis. Que William Tarkington est un homme dangereux. C'est un homme qui pense pouvoir prendre ce qu'il veut, et si le monde ne le lui donne pas, il est prêt à déformer les faits pour les tourner en sa faveur. C'est ce qu'il m'a fait, à moi. Et c'est ce qu'il est en train de faire à Devlin.

Elle sourit.

— Devlin Saint l'a blessé ? Pauvre chou.

Elle se penche en avant. Décidément, elle a trouvé son rythme maintenant.

— Devlin Saint l'a blessé dans cette ruelle parce qu'il me

défendait. Parce que Devlin est un homme bon, qui connaît l'histoire que je viens de vous raconter, une histoire que j'ai gardée en moi pendant toutes ces années. Une histoire que j'aurais dû révéler il y a longtemps, parce que j'ai l'intime conviction de ne pas être l'unique victime de Walt. Si j'avais eu le courage de parler plus tôt, peut-être qu'on l'aurait arrêté. Peut-être qu'il serait en prison à l'heure actuelle. Peut-être qu'il n'aurait jamais mis les pieds dans ce bar et que Devlin n'aurait pas eu à se lever pour prendre ma défense.

Elle se penche en arrière et Corbin lui fait signe de continuer, alors que, de mon côté, je lui dis qu'elle s'en sort très bien. Elle respire, se mord la lèvre, puis continue :

— Je ne connais pas les tenants et les aboutissants d'un point de vue légal. Je ne sais pas si cela innocente Devlin de cette accusation d'agression. Je ne suis pas avocate. Je n'y connais rien. Et même si je ne veux pas que Devlin ait des ennuis avec la justice, ce n'est pas pour ça que je m'exprime. Je le dis parce qu'il le faut. Parce que Devlin Saint est quelqu'un de bien, qui a connu beaucoup de déboires qu'il ne méritait pas, récemment. Et parce que Walt est un homme mauvais, qui mérite tous les regards noirs que les gens lui lanceront une fois qu'ils auront entendu ce que je viens de dire. J'espère que ça va tout changer pour lui. J'espère qu'il réalisera enfin qu'il ne peut pas s'en sortir en essayant de tordre la réalité, que ce soit par le mensonge ou par la drogue. C'est tout. Merci.

Elle attend un moment, puis hausse les épaules. La confiance qu'elle semblait projeter durant l'enregistrement de la vidéo s'évanouit aussitôt et elle me regarde avec la même expression que lorsque nous étions petites, à l'école primaire.

Je m'approche et la serre dans mes bras.

— Tu as été incroyable.

À l'écran, Corbin confirme.

— C'était vraiment génial, Brandy, dit-il. Sérieusement, c'était formidable. Si vous vouliez que cette vidéo fasse le tour de la toile, je pense que vous avez fait le bon choix. Le message va passer, croyez-moi. Si quelqu'un considère encore Devlin comme une ordure et Walt comme un héros pour l'avoir dénoncé, alors ce sont des abrutis.

Brandy renifle et passe le dos de la main sous son nez.

— Merci.

— Cependant, je dois dire une dernière chose avant de rédiger cet article et de poster la vidéo.

Brandy fronce les sourcils et je suis curieuse, moi aussi.

— Quoi ?

— En êtes-vous sûre ?

— Pourquoi cette question maintenant ?

— Parce que ce que vous avez dit était vraiment bien. Non seulement vous l'avez exprimé clairement, de façon sincère et avec des références à des preuves réelles que vous détenez, ce qui va intéresser tout le monde, mais cela implique aussi Devlin Saint. Nous savons tous que cette vidéo va faire le buzz. Il y a quelques jours, je ne vous aurais pas dit ça. Vous m'avez donné la permission, alors je l'aurais seulement postée. Mais ma perspective a un peu changé, récemment. J'ai vu des collègues bombarder Devlin de questions pour savoir qui était son père. Et je l'aurais probablement fait, moi aussi. Après tout, c'était un vrai scoop.

Brandy et moi échangeons un regard, acquiesçant en silence.

— Enfin, bref, voilà. Je l'ai rencontré. Et j'ai écouté son discours, l'autre soir. Cette révélation lui a fait beaucoup de mal. C'était une information et ils avaient tous les droits de lui en demander la confirmation en public. Mais je me demande s'ils ont bien fait. Alors, j'essaie de réfléchir un peu plus avant de publier. Est-ce vraiment ce que vous voulez ?

Je suis sous le choc. J'avais changé mon point de vue sur Corbin, certes, mais je ne m'attendais pas à un tel revirement. J'ai les larmes aux yeux quand je pense à ce qu'il est prêt à abandonner. Un article d'enfer et les lauriers qui l'accompagnent. Et voilà qu'il y met un frein, par amitié et par respect. Qui l'aurait cru ?

L'esprit de Brandy ne s'est pas égaré comme le mien. Et elle ne semble pas du tout sentimentale. Au contraire, elle acquiesce farouchement en regardant directement la caméra.

— Merci de le demander. Mais oui. Je vous donne l'autorisation de publier la vidéo.

Le visage de Corbin exprime enfin une jubilation absolue.

— Eh bien, d'accord. C'est tout ce que je voulais savoir. Brandy, ma belle, vous venez peut-être de lancer ma carrière. Merci.

Je m'esclaffe. C'est bon de retrouver un soupçon de l'ancien Corbin. J'ai l'impression que la Terre tourne à nouveau sur son axe.

— Alors, c'est fini ? demandé-je.

Il hoche la tête.

— Je vous enverrai un message avant la mise en ligne pour que vous vous teniez prête. Je peux écrire ça rapidement et le poster dans quelques heures. Formidable, n'est-ce pas ? J'imagine que le plus tôt sera le mieux.

— Absolument, répond Brandy. Walt a l'air d'être à fond dans cette affaire. Je continue à voir son nom en tendance sur tous les réseaux.

— Très bien. Je vais l'écrire, le mettre en page et en avant. Je vous tiens au courant. Et merci encore pour cette exclusivité. Oh, Ellie, où es-tu ?

Je me penche à nouveau pour qu'il puisse voir mon visage.

— Merci, me dit-il.

— De rien. Rends-lui justice. J'espère que tu ne nous décevras pas.

Il s'offusque.

— Bon, je raccroche maintenant. J'ai du travail à faire.

Joignant le geste à la parole, il coupe la communication.

Brandy ferme l'application, puis son ordinateur, et elle se tourne vers moi.

— Oh mon Dieu, lâche-t-elle.

Je la prends dans mes bras.

— Tu as fait exactement ce qu'il fallait. Je suis tellement fière de toi.

— Fière de quoi ?

La question provient de derrière nous, et nous sursautons toutes les deux, nous séparant avec culpabilité avant de nous tourner vers Devlin.

Je croise le regard de Brandy et elle me fixe des yeux avant de lui dire :

— Je me remets tout juste de Christopher, tu sais.

— Hmm, fait-il en croisant les bras sur son torse. Tu veux bien réessayer ?

Brandy secoue la tête.

— Non. Ça ira. Mais je suis un peu fatiguée. Tu peux demander à Ellie, ou attendre, au choix. Ce n'est pas comme si c'était un secret, de toute façon. Ce serait impossible.

Son regard alterne entre nous.

— Je vais m'allonger.

Je hoche la tête alors qu'elle quitte la cuisine, puis je me pelotonne dans les bras de Devlin.

— Tu veux bien me dire de quoi il s'agissait ?

Je me laisse aller contre lui en secouant la tête.

— Non. Elle a raison, tu le sauras bien assez tôt. Disons seulement que je suis vraiment très fière de ma meilleure amie.

❦ 32 ❦

Lorsque la nouvelle parut enfin, vers quinze heures cet après-midi-là, et que l'interview de Brandy fut diffusé, Devlin travaillait à son ordinateur. Tout d'un coup, il ne pouvait plus rien faire à cause des notifications qui clignotaient en rafale sur son écran.

Au début, il se contenta de les rejeter, puis il les lut. Bientôt, il trouva la vidéo et la regarda. Il se trouva fasciné, ravi des nombreux soutiens témoignés envers Brandy et lui-même, et aussi fier qu'un homme puisse l'être de la manière dont elle avait géré la situation.

Il travaillait dans la chambre d'Ellie, mais il descendit trouver Brandy dans le salon qu'elle avait converti en atelier pour son entreprise de sacs à main.

— Tu n'étais pas obligée de faire ça.

— Je sais, dit-elle avec un sourire à la fois satisfait et espiègle.

— Je suis content que tu l'aies fait, bien sûr. Je t'avais dit de t'abstenir à moins d'en être sûre, et j'ai pu voir dans cette interview que tu l'étais. Ce que tu as dit... ça compte beaucoup. Et je pense que ça va peser dans la balance.

— Je l'espère. C'est pour ça que je l'ai fait.

Il sourit.

— J'ai déjà reçu de nombreux soutiens, beaucoup de personnes qui affirment être de mon côté. Alors, merci.

Elle le rejoignit et il la serra dans ses bras.

— Je suis vraiment heureuse que tu sois de nouveau dans ma vie, lui dit-elle. Je suis surtout contente que tu sois de retour dans celle d'Ellie. Vous allez si bien ensemble.

— Je ne vais pas te contredire.

D'un mouvement de tête, il désigna sa machine à coudre.

— Bon, je te laisse. Tu as besoin de quelque chose ? De l'eau ? Du thé ?

— Non, ça va. Merci.

Il brandit le pouce en signe d'encouragement, puis il alla se préparer un café. Il espérait que Lamar passerait, car il était curieux de savoir si sa vidéo avait donné lieu à des appels au poste, mais l'inspecteur n'avait pas pris de nouvelles d'Ellie aujourd'hui et Devlin en déduisait qu'il était en plein milieu de l'enquête sur l'explosion.

Le déjeuner était à peine passé, pourtant il avait déjà l'impression que la vidéo de Brandy venait clore une longue et rude journée. Il emporta son café et se dirigea vers le porche arrière, se figurant qu'il y trouverait Ellie en train d'écrire.

Au lieu de quoi, elle était endormie sur la chaise longue.

Il n'était pas surpris. Après tout, ils étaient aussi épuisés que s'ils étaient passés dans le tambour d'un sèche-linge.

Devlin aussi ressentait le poids de la fatigue et il était tenté de la rejoindre pour une sieste. Jusqu'à présent, sa journée avait été composée d'écrans d'ordinateur et de vidéoconférences avec divers membres des Anges, pour discuter de théories et de suspects. Il avait délégué des tâches à tous ses agents, qui lui avaient rapporté, tout au long de la matinée, de minuscules détails dont aucun ne semblait les rapprocher de l'identité du mystérieux poseur de bombe. C'était certainement lié à Blackstone – une vengeance pour avoir éliminé ce fils de pute, sans doute –, mais ils n'avaient aucun moyen d'en être sûrs.

Leur seul avantage, c'était que la boîte que l'équipe avait prise chez Blackstone – et que Tamra lui avait remise après la promenade sur la plage – ne se trouvait pas dans ses mains quand il avait rejoint sa porte d'entrée. Sinon, elle aurait brûlé, car il l'aurait sans aucun doute posée près de la porte pour revenir parler à Ellie. Ils auraient perdu toutes ces précieuses informations.

En fait, il l'avait laissée dans le coffre de la Shelby, et il avait passé une grande partie de la journée à examiner son contenu en espérant qu'un indice lui sauterait aux yeux. Au lieu de quoi, les seules infos qu'il avait relevées étaient quelques noms familiers de son époque dans la communauté. Des garçons avec qui il avait joué et qui étaient devenus des truands respectueux du code de son père.

Il avait clairement reconnu au moins une dizaine de noms, et une dizaine d'autres lui disaient vaguement quelque chose. Des hommes comme Franklin Dewitt, dont le père avait géré les comptes du Loup pendant des années. Romeo Duarte, un proche de Joseph. Manuel Espinoza, le petit frère d'Aurelia. Carlos Garcia, une grosse brute lorsqu'il était petit, devenu encore plus massif. Il avait travaillé comme agent de sécurité pour le Loup à l'âge de seize ans, parmi les plus jeunes à occuper cette fonction, mais le gamin était doué et il alimentait le genre de haine que le Loup considérait comme de la loyauté. La liste continuait, des noms à n'en plus finir. Tant de souvenirs. Tant de foutues possibilités.

Et aucun moyen de savoir si l'un d'entre eux avait placé la bombe. Aucun moyen de savoir s'il était sur la bonne piste. Pas tant qu'ils n'auraient pas retrouvé et interrogé l'un de ces hommes.

L'un d'entre eux devait bien savoir quelque chose, c'était évident.

Et si ce n'était pas le cas ? Alors, Devlin et son équipe seraient de retour à la case départ. En attendant, il restait optimiste.

Comme la base de Blackstone se trouvait à Chicago, Penn et Claire étaient en première ligne des opérations. Jusqu'à présent, cependant, ils n'avaient pas rapporté de bonnes nouvelles, et Devlin craignait que ce soit une longue mission plutôt qu'une incursion éclair rapide avant une résolution fulgurante.

En plus de la coordination avec l'équipe, il devait aussi jongler avec la compagnie d'assurance à propos de l'incendie, la presse suite à l'explosion et la révélation sur son père, et des bailleurs de fonds cherchant à lui offrir leur soutien ou, au contraire, à être rassurés même après sa conférence de presse. Sans parler des appels sur la vidéo de Brandy et l'héroïsme supposé de Devlin, qui avait remis Walt à sa place.

Tamra, Dieu merci, s'occupait de tout à la fondation, mais Devlin savait qu'il ne pouvait pas s'absenter éternellement. Il s'accordait encore une journée, puis il y retournerait. Il devait d'abord s'assurer que tout était en ordre et sans danger, chez Brandy. Lamar s'était arrangé pour que la police surveille la maison, mais il voulait faire venir sa propre équipe. Il avait rappelé à Laguna Cortez plusieurs agents affectés à des opérations moindres jusqu'à ce que les choses se tassent.

Bien sûr, ce dont il avait le plus envie, c'était de se blottir contre El et dormir. En règle générale, il n'était pas du genre à fuir la réalité, mais en l'occurrence, il était très fatigué et il savait qu'il n'avait pas les idées claires. Il avait subi trop d'événements successifs, trop vite. Trop d'épreuves à traverser, trop de questions encore sans réponse.

Après tout, peut-être avait-il bien besoin d'une sieste. Cela lui éclaircirait les idées. Peut-être...

La sonnerie aiguë de son téléphone le tira de ses pensées. C'était Lamar. Devlin répondit par un bref :

— Ne quitte pas.

Son téléphone venait en même temps de lui indiquer un signal de Ronan, et il envoya à son ami le nouveau code d'alarme – qu'ils avaient pris la décision de changer toutes les deux heures – afin qu'il puisse entrer dans la maison.

— Voilà, dit-il à Lamar. Excuse-moi. Je t'écoute.

— Nous avons reçu de bonnes nouvelles après la vidéo de Brandy.

L'inspecteur n'avait pas été content d'apprendre que Brandy avait pris cette initiative sans lui en parler. Mais il comprenait ses raisons et il regrettait seulement de ne pas l'avoir su pour pouvoir être présent et la soutenir au moment de la diffusion.

— Que se passe-t-il ? demanda Devlin.

— Walt dit que quelqu'un lui a offert de l'argent pour porter plainte pour agression.

Devlin se redressa.

— Qui ?

— Il n'en sait rien. Il a dit que c'était anonyme. Il était d'accord pour dire que c'était stupide d'accepter du liquide en de telles circonstances, mais il maintient sa plainte. Tu l'as vraiment passé à tabac.

— Avec le contexte, je ne crains pas vraiment une condamnation. Vous l'avez confronté à des photos d'identité judiciaire pour qu'il dénonce celui qui l'a payé ?

— Oui, mais ça n'a rien donné jusqu'à présent.

— Dommage. Tiens-moi au courant, d'accord ?

Devlin était sur le point de raccrocher quand Lamar continua :

— Ce n'est pas tout. Je veux que Brandy et toi, vous veniez au poste à la première heure demain matin. Apparemment, Walt aimerait une rencontre. Vous seriez prêts ?

— C'est une affaire civile. Pourquoi fait-il appel à la police ?

— Son avocat ne nous lâche pas. Il veut porter plainte. Honnêtement, je suis content d'être dans le circuit. Ce sera plus facile pour moi de m'occuper de Brandy.

— Eh bien, je ne sais pas ce qu'il espère, mais je n'y vois aucun inconvénient.

Dans le pire des cas, il se contenterait de regarder ce fumier dans les yeux, et de laisser Walt soutenir son regard.

— Quand ?

— Je réserve une salle de conférence à neuf heures demain matin.

Devlin hésita.

— Voyons, tu sais que c'est pour le mieux.

— Non. Je n'hésite pas à cause de ça. Seulement, je ne veux pas faire subir une nouvelle rencontre à Brandy encore une fois, surtout si tôt. Mais tu as raison. Je vais aller lui parler. À moins que tu ne l'aies déjà fait ?

— Non. Je peux l'appeler, si tu veux.

— Ça va aller. Je vais le lui dire. Sauf si elle est réticente, on se voit demain.

❦

Brandy se pencha en avant et frotta affectueusement sa paume sur le tableau de bord alors qu'ils sortaient du quartier dans le soleil du matin.

— Je suis si heureuse que tu aies restauré la Shelby, dit-elle. Elle m'avait manqué.

— À moi aussi, répondit Devlin, sans mentionner que sa Tesla lui manquait aussi.

Comme elle avait été détruite dans l'explosion, ils avaient emprunté Shelby, promettant à Ellie qu'ils seraient très prudents avec son bébé remis à neuf.

— Ils ont fait un travail incroyable, poursuivit Devlin. Je sais à quel point Shelby compte pour Ellie.

Brandy changea de position sur son siège.

— C'est très important que tu le comprennes. Plus important encore, que tu comprennes pourquoi Shelby compte à ses yeux.

Elle hésita avant d'ajouter :

— Tu lui fais du bien, tu sais. Pour être honnête, je n'en étais pas certaine, au début.

Il se tourna pour la regarder dans les yeux, profitant d'un arrêt à un panneau de signalisation.

— Tu veux dire, quand elle est arrivée en ville et que je faisais de mon mieux pour la repousser ?

Brandy pouffa.

— Oui, eh bien, tu as échoué lamentablement.

— Au fond, je n'essayais même pas, dit-il en souriant.

— J'imagine. Mais ce n'est pas ce que je voulais dire. Je parlais de quand on était jeunes. Enfin, je t'aimais beaucoup. Je t'ai apprécié dès le premier jour où tu nous as proposé d'aller chercher une pizza pour la soirée cinéma. Mais ensuite, vous êtes sortis ensemble, et j'étais la seule à savoir. J'ai dû garder le secret et ça m'a fait peur.

Elle soupira avec un grand mouvement d'épaules.

— Je... j'imagine que j'avais peur que tu sois ce genre de mec plus âgé qui allait lui faire du mal, même si vous sembliez très bien ensemble. J'avais l'impression que ça ne pouvait pas durer. Et puis tu es parti, et là, je t'ai franchement détesté.

— Moi aussi, je me suis détesté.

— On dirait que vous étiez maudits, tu sais. Et j'ai toujours eu l'impression que vous aviez le mauvais œil.

Elle haussa les épaules.

— J'imagine que c'est à peu près ça.

— Oui, convint Devlin avec un petit rire. Les secrets me collaient à la peau comme des fantômes à l'époque.

— Plus maintenant ? Je ne veux pas dire avec moi. Je me fiche que tu aies des secrets pour Lamar ou moi. Mais ça m'inquiète toujours un peu, j'ai peur que tu puisses repartir.

— Non, dit-il avec plus de véhémence et de conviction qu'aucune autre déclaration dans sa vie. Je n'ai plus de secrets pour Ellie. Et je vais te jurer ce que je lui ai juré, à elle. Je ne la quitterai jamais.

Brandy le dévisagea pendant une minute, puis elle finit par hocher la tête, visiblement satisfaite.

— Bon, d'accord.

— Je lui ai demandé de m'épouser.

Il n'avait pas prévu de lui dire ça, mais les mots avaient

précédé sa pensée. Il les regretta immédiatement. N'était-ce pas à Ellie de l'annoncer à sa meilleure amie ? Il n'en était pas sûr. Tout ce qu'il savait, c'était que dans le contexte de cette conversation, il était important pour lui que Brandy le sache. Non seulement parce qu'il en était venu à l'aimer comme une sœur, mais aussi parce qu'il voulait lui assurer qu'il ne ferait plus jamais de mal à El.

Brandy le regarda, abasourdie.

— Vous êtes fiancés ? Oh mon Dieu, je vais la tuer. Elle ne m'a rien dit du tout.

— En fait, je crois que j'ai parlé sans réfléchir. Non, figure-toi. Nous ne sommes pas fiancés. La vérité, c'est qu'elle a dit non.

— Je rêve !

— Crois-moi, j'ai été aussi surpris que toi, répondit-il en riant. Mais elle avait une bonne raison.

Brandy retint un cri et croisa les bras sur sa poitrine.

— Ah bon ?

— Elle veut qu'on sorte ensemble. Finies ces cachotteries que tu trouvais si gênantes quand on était gamins. Elle veut quelque chose d'ouvert, avec plus de temps en public ensemble. Et je peux le comprendre. Je le soutiens, même. Ce qui compte, c'est qu'un jour, elle porte mon alliance à son doigt.

— J'aime bien, dit Brandy. Merci de me l'avoir dit. Et je suis folle de joie pour vous deux. C'est un peu comme des fiançailles de fiançailles.

Ils échangèrent un rapide sourire avant de continuer à rouler en silence. Il y avait un accident sur la route, droit devant, alors il bifurqua, empruntant le chemin inverse du commissariat.

— Dis-moi, pourquoi on fait ça ? demanda Brandy.

Devlin n'eut pas à lui demander ce qu'elle voulait dire.

— Lamar semble penser que ce sera utile. Il pense que Walt pourrait même abandonner les poursuites après ça.

— Tu crois ?

— Pour éviter la publicité qu'on pourrait lui faire ? Oui. Je pense que nous avons une bonne chance.

— Il y a un « mais »... ?

Il ricana.

— Tu commences à trop bien me connaître, dit-il. Le problème, c'est que c'est un joker, et je ne sais pas ce que...

— Oh !

Devlin jeta un coup d'œil vers elle et constata qu'elle était penchée sur son téléphone.

— Qu'y a-t-il ?

— C'est Ellie. Elle dit qu'il y a une urgence, qu'on doit rentrer tout de suite. Merde, tu peux faire demi-tour ? Je viens de lui répondre qu'on arrivait.

Il avait déjà tourné le volant, exécutant son demi-tour dans le parking d'un centre commercial en pleine rénovation. Il décrivit un arc de cercle, évitant les quelques voitures et fourgons d'ouvriers stationnés sur les lieux. Le capot de la Shelby pointait déjà vers la rue lorsque ces mêmes véhicules se mirent soudain à bouger, leur barrant le passage.

Des hommes en noir en sortirent, avec des masques sur le visage et des armes au poing.

Deux d'entre eux tirèrent, faisant voler les pneus en éclats. Quatre autres braquaient leurs canons directement sur eux.

À côté de lui, Brandy poussa un gémissement et il lui prit la main, espérant apaiser ses craintes même s'il savait que cela ne l'aiderait pas du tout.

— Sortez de la voiture, ordonna l'un des hommes. Et venez avec nous.

$$\text{❧}\quad 33\quad \text{❧}$$

A*utrefois...*

Devlin se tenait dans le hall du magnifique immeuble de bureaux tout en béton, en verre et en acier de la Fondation Devlin Saint. Il avait passé des heures avec l'architecte Jackson Steele à discuter de sa vision pour la fondation et de l'image qu'il voulait donner au monde.

À présent, il tournait lentement sur lui-même, admirant l'incroyable escalier flottant, la salle de réception accueillante et la sublime baie vitrée qui pouvait être ouverte en grand pour donner sur une superbe terrasse avec vue sur le Pacifique.

— C'est parfait, dit-il à l'homme qui se tenait à ses côtés. C'est tout ce que j'avais imaginé et plus encore.

Jackson Steele sourit.

— C'est ce que je pensais, répondit-il, la fausse modestie ne faisant pas partie de ses traits de caractère. On se sent bien, ici, même si les matériaux sont bruts et arides, pas chaleureux comme le bois.

— Ils reflètent ce que les gens que nous avons aidés ont vécu.

— Exactement, renchérit Jackson. Personne ne le remarquera consciemment, mais quelque part au fond d'eux-mêmes, ils sentiront que ce bâtiment correspond à votre mission.

Devlin acquiesça, en parfait accord. Il comprenait pourquoi l'architecte de renommée mondiale – ou « starchitecte » – avait bâti sa réputation si rapidement.

— Je suis heureux que vous ayez accepté la mission, dit Devlin. Je n'aurais pas pu rêver d'une meilleure image auprès du public.

— Vous allez faire un travail incroyable ici, à la Fondation Devlin Saint. Je devais rendre justice à sa vocation et à ses objectifs.

C'était vrai, songea Devlin. Le but de la fondation était de réparer les dégâts causés par son père et les hommes de sa trempe, d'aider les femmes et les enfants, tous ceux qui avaient besoin d'une réhabilitation ou d'une formation professionnelle après avoir été emprisonnés ou forcés à travailler dans des ateliers clandestins, des usines de fabrication de drogue et autres domaines tout aussi avilissants.

Il voulait aider et éduquer, offrir des services de conseil et d'adoption si nécessaire, faire son possible pour essayer de rendre le monde meilleur pour les personnes qui s'étaient retrouvées engluées dans la toile d'araignée tissée par des hommes aussi méprisables que son père. Il voulait rendre leur force à ces personnes, afin qu'elles puissent se débarrasser de l'étiquette de victime et devenir celles qu'elles étaient censées être sans accident de parcours.

Le fait que Jackson l'ait compris, ne serait-ce qu'un peu, affectait Devlin plus qu'il ne l'aurait cru. Cet homme avait du talent et une vision, il croyait en son projet. Ce retour et ce soutien valaient tout l'or du monde.

En même temps, il ne pouvait s'empêcher de se demander ce que dirait Jackson Steele s'il était au courant de la seconde entreprise pour le moins souterraine de Devlin. Une organisation – ou plutôt, un collectif informel – que son ami Ronan avait surnommée les Anges de Saint.

Les Anges n'avaient aucune affiliation avec la fondation, mais pour Devlin, c'était une entité tout aussi importante. Alors que la fondation fournissait de l'aide d'une manière très publique, la mission des Anges était plus privée : empêcher les hommes comme son père de faire de nouvelles victimes en amont ou d'exercer des représailles après-coup.

C'était une mission dont il rêvait depuis son enfance au sein de la communauté, une mission pour laquelle il avait travaillé depuis son départ de Laguna Cortez, il y avait des années de cela.

Les Anges étaient à l'origine de la disparition d'Alex Lopez et de la naissance de Devlin Saint. Il avait été un fantôme entre ces deux moments – et un fantôme redoutable, qui éliminait le type de personnes que les Anges poursuivaient à présent. Il avait perfectionné ses compétences avec le soutien du gouvernement, même s'il ne s'en réclamait pas, et il avait gagné sa liberté de l'armée en mettant en application ce qu'il avait appris.

Même avec les Anges et la fondation, il savait qu'il devait se contenter de réduire la part de douleur et de corruption dans le monde, et pourtant, chaque vie sauvée ou reconstruite en valait la peine. Il avait payé le prix fort pour cela, y compris en tournant le dos à Ellie.

Ça en valait la peine, se disait-il. Elle ne pourrait jamais être à lui, certes, mais la vie qu'il avait maintenant construite serait suffisante.

Il le fallait.

$\maltese$ 34 $\maltese$

D*e nos jours...*

Devlin retira ses mains du volant et les leva lentement. Il jeta un coup d'œil sur le côté et hocha la tête pour faire comprendre sans un mot à Brandy qu'elle devait faire la même chose. Elle était devenue livide, et même blanche, exsudant des vagues de terreur.

Il voulait lui dire qu'ils allaient s'en sortir, que tout irait bien, mais il garda le silence. D'une part, il ne savait pas si ses ravisseurs avaient la gâchette facile. D'autre part, il redoutait de faire une promesse qu'il pourrait ne pas être en mesure de tenir.

Il savait qu'ils avaient été suivis par l'un des policiers chargés de surveiller la maison. Pendant un moment, il espéra que l'agent avait vu l'attaque et envoyé un message radio avant de continuer à rouler tranquillement. Mais il entendit alors l'un des voyous parler à l'autre : « Le cochon est mort au coin de la rue », et tout espoir que leur situation ait été signalée s'évanouit pour de bon.

— Sors de la voiture, espèce de connard.

Cette voix ne lui était pas familière. Elle était éraillée. Devlin eut beau essayer de la faire correspondre à une voix dans sa mémoire, il en était incapable. C'était sans importance. Il savait que cet homme devait être lié à Joseph Blackstone. Il savait pourquoi on les enlevait et il s'en voulait d'avoir sous-estimé ces hommes. Sans chef, il avait vraiment cru qu'ils se sépareraient.

Maintenant, il était là, entouré de ces malfrats qu'il avait consacré toute sa vie à combattre. Et Brandy correspondait en tout point au genre de femmes qu'il avait passé toute sa vie à essayer de protéger. Et pourtant, ils se retrouvaient aux portes de la mort à cause des choix qu'il avait faits.

— Allez, salope, lança un autre en ouvrant d'un coup sec la portière du côté passager, saisissant le bras de Brandy.

Elle essaya péniblement de défaire sa ceinture de sécurité, mais il l'invectiva, lui ordonnant de garder les mains en l'air.

— Elle essaie de sortir, fils de pute, s'exclama Devlin. Tu ne vois pas qu'elle est attachée ?

Le tireur à ses côtés le frappa au front avec la crosse de son pistolet.

— Ferme-la.

Assommé, Devlin vit des éclairs de lumière exploser sous ses paupières. Il avait envie de frapper cette ordure, prendre son élan et lui assener un coup de poing. À un contre un, il savait qu'il pouvait le vaincre, mais les probabilités n'étaient pas de son côté. S'il commençait à se battre, même s'il avait la moindre possibilité de gagner, il savait très bien que la présence de Brandy réduisait ses chances.

Au bout du compte, l'un d'entre eux serait mort, et il ne pourrait pas se regarder en face si le sort tombait sur elle.

Bien sûr, il n'était pas téméraire. Il ne se battrait pas sur un coup de tête. Et il ne la laisserait pas se battre, non plus.

— Fais ce qu'ils disent, fit-il en fixant l'homme comme pour le défier de le frapper à nouveau. Fais exactement ce qu'il dit.

Mais l'homme à côté de lui garda le silence. Il se contenta

d'un geste de son arme, les faisant sortir tous les deux de la voiture.

— Les mains derrière le dos, lança un troisième homme.

Les yeux de Brandy rencontrèrent ceux de Devlin par-dessus la Shelby, et la terreur qu'il y vit lui noua l'estomac.

— Ça va aller, dit-il, espérant de toutes ses forces que ce n'était pas un mensonge.

— Tu peux rêver, lança l'un des hommes.

Les deux plus proches utilisèrent des serre-câbles pour leur lier les mains dans le dos. Devlin eut une dernière occasion de croiser le regard terrifié de Brandy avant que les hommes ne leur enfoncent des sacs sur la tête, attachés mollement autour du cou. Il n'y avait pas de trous pour les yeux. Il se retrouva dans le noir, avec un fin rayon de lumière filtrant sous la bordure.

Puis quelqu'un le prit par le coude et le poussa en avant. Il entendit le bruit d'un moteur, puis un crissement de freins. On lui ordonna de monter avant de le pousser sans ménagement à l'intérieur. Une autre paire de mains s'empara de lui et on le jeta sur une banquette. Sans doute se trouvaient-ils dans l'un des fourgons qu'il avait aperçus sur le parking.

— Assieds-toi, lui dit son ravisseur. Et ferme-la.

Il obtempéra. D'après les mouvements qui lui parvenaient depuis l'autre côté du sac, il était certain que Brandy se montrait tout aussi docile. Tant mieux. La situation était désespérée, mais plus elle était coopérative, plus elle tiendrait longtemps et meilleures seraient leurs chances.

Oh, mais personne n'était dupe ! Leurs chances étaient quasi-nulles. Personne ne saurait avant un moment qu'ils avaient été enlevés, et encore moins leur destination. Il espérait qu'il y avait des caméras de sécurité à proximité du centre commercial, des vidéos susceptibles d'aider la police et sa propre équipe à identifier le fourgon et à le suivre.

Une fois qu'ils auraient pris conscience de leur disparition, Ellie et Lamar seraient capables de retrouver la Shelby. C'était une certitude. Il lui avait fait installer un dispositif de suivi GPS après l'accident, et l'appli se trouvait sur le téléphone d'El. Ce serait la première chose qu'elle vérifierait.

Mais c'était un maigre réconfort, puisque Devlin et Brandy seraient partis depuis longtemps. Leur seul espoir, c'était que ses amis retrouvent le fourgon à temps et parviennent à le prendre en filature. Ce qui, il le savait, était un espoir bien infime.

Cette pensée l'anéantit.

Le souvenir du début de matinée l'envahit, ainsi que la peur que le baiser furtif déposé sur les lèvres d'Ellie n'ait été leur tout dernier. *Non.* Il ne pouvait pas se permettre de penser comme ça. Il devait garder les idées claires et ne jamais cesser de penser à elle.

Brandy et lui allaient s'en sortir, d'une manière ou d'une autre. Aucune autre issue n'était envisageable.

De l'autre côté du fourgon, il entendit Brandy respirer. Il voulait la consoler, mais il avait peur qu'ils soient punis tous les deux s'il tentait quoi que ce soit.

Au lieu de quoi, il pensa à Ellie. Il l'imagina à nouveau dans ses bras, une fois qu'il aurait réchappé à cela. Il était doué, après tout, il avait de l'entraînement. Mais ce n'était pas un film, et il pouvait difficilement se battre contre une demi-douzaine d'hommes armés. Surtout avec Brandy dans les tirs croisés.

Il se concentra ensuite sur le trajet, notant mentalement chaque virage, la texture du goudron, le moment où ils furent transférés du fourgon à une voiture normale.

Il sentait les changements de chaussée, les ralentissements de la voiture, quand ils étaient sur l'autoroute et quand ils empruntaient une bretelle de sortie.

L'arrière-pays, se dit-il. Ils se dirigeaient vers l'intérieur des terres, et il essaya de compter pour estimer la distance qu'ils avaient parcourue. Cela ne servait peut-être à rien, mais c'était une information, et en cet instant, les informations étaient les seuls atouts dont il pouvait disposer.

L'autre avantage de se concentrer sur la route, c'était que cela lui évitait de penser à la peur tenace qu'Ellie coure elle aussi un danger. Après tout, il y avait peut-être eu un second raid à la maison, et elle avait été enlevée, elle aussi.

Il n'en savait rien. Il ne pouvait *pas* savoir.

Peu importe ce qu'on lui ferait une fois qu'ils auraient atteint leur destination, Devlin savait que cette grande inconnue serait la pire des punitions.

— Merde, Lamar, je ne sais pas !

Je suis désolée de crier sur mon ami, mais je suis complètement paniquée.

— Tout ce que je sais, c'est que j'ai reçu ce texto bizarre de Brandy, qui me disait de ne pas m'inquiéter et qu'ils étaient sur le chemin du retour.

Dès que le message a atterri sur mon téléphone, j'ai appelé Ronan, mais je suis tombée sur sa boîte vocale. J'ai appelé Lamar juste après, sans culpabiliser le moins du monde d'avoir tenté l'Ange de Saint en premier. Devlin et Brandy ont des problèmes, et Ronan ne s'embarrasse pas avec le protocole.

J'ai beau avoir désespérément besoin de son aide, je suis aussi très heureuse d'avoir Lamar de mon côté.

— Respire profondément.

Sa voix est calme et posée, mais je le connais assez pour savoir qu'il est inquiet, lui aussi.

— Je suis en route. Dis-moi où je dois te retrouver.

— Au centre commercial abandonné, à l'intersection de Hancock et Grace Street.

Je suis dans la voiture de Brandy et, comme je ne suis pas reliée à son système, j'ai mon téléphone sur haut-parleur. Je me réjouis que Devlin ait installé une puce de suivi GPS sur ma Shelby, mais en même temps, je suis terrifiée à l'idée de ce que je vais découvrir en arrivant au centre commercial. Mon flair d'ancienne policière semble s'être complètement évanoui dans cette crise. Je suis engourdie et j'ai peur. Mais je me force à penser, à parler.

— Je suis à environ 1,5 km.

— Je serai juste derrière. Reste au téléphone avec moi, et s'il arrive quelque chose, tu passes devant sans t'arrêter. Compris ?

Je déglutis, redoutant de ne pas avoir la force de continuer à conduire. Bien sûr, je comprends pourquoi il le faut.

— Oui. Comme tu voudras. Mais dépêche-toi.

Je laisse le silence s'installer sur la ligne, trop atterrée pour parler, mais rassurée par la présence de Lamar, à l'autre bout. Je sais que je n'exagère pas – il est absolument impossible que Brandy m'ait envoyé le message que j'ai reçu –, pourtant j'espère de tout mon cœur que ce n'est qu'une horrible et terrifiante méprise.

Que se passe-t-il ? Ne t'inquiète pas. On revient.

D'un côté, le message de Brandy suggérait clairement une urgence, mais de l'autre, on aurait dit que c'était moi qui avais appelé à l'aide. L'ennui, c'était que je ne lui avais pas écrit. Alors, de quoi Brandy parlait-elle ?

Tout ce dont je suis sûre, c'est qu'ils étaient à bord de la Shelby, que j'ai la possibilité de suivre ma voiture et qu'apparemment, elle est garée à moins d'un pâté de maisons. Je conduis comme une dératée, mettant à l'épreuve la petite Ford de Brandy en parcourant la distance jusqu'au parking, où je m'arrête dans un crissement de pneus à côté de ma Shelby.

— Ellie ?

La voix de Lamar est faible dans le combiné.

J'entends le son de ma propre voix quand je réponds :

— Ils sont partis.

J'ouvre la portière et m'élance vers la Shelby. Je ne touche à rien, mais je jette un coup d'œil dans l'habitacle, comme s'ils pouvaient être cachés sur le plancher. Ils se sont volatilisés. Aucun signe, aucun indice.

— Ne touche à rien.

C'est la voix de Lamar, par la portière ouverte de la Ford. Je reviens récupérer mon téléphone, auquel je me raccroche comme si ma santé mentale en dépendait.

— Lamar...

J'entends la peur dans ma voix et je me déteste aussitôt. Je voudrais être plus forte, mais je ne le suis pas, et je dois redoubler d'efforts pour ne pas m'effondrer sur l'asphalte.

— Ne touche à rien, reprend-il.

— Je sais. Je n'ai rien touché. Ils doivent relever les empreintes.

— Je suis à une rue de toi et j'ai une équipe en route. Pas seulement les empreintes. La voiture pourrait être piégée.

— Oh, mon Dieu...

— Excuse-moi d'être aussi direct, mais je ne veux pas que tu sois blessée.

Je hoche la tête. Je comprends bien, et j'essaie de faire appel à ma formation, à mon héritage familial, mais rien n'y fait. Il est arrivé quelque chose à l'homme que j'aime et à ma meilleure amie, et j'ai un mal fou à garder des pensées cohérentes.

Comme il l'avait promis, Lamar arrive peu de temps après. Il s'arrête à côté de moi et sort de sa voiture.

— Les secours arrivent, m'annonce-t-il, bien que les sirènes au loin soient suffisamment explicites. Bon, on va tout revoir.

Je lui raconte encore une fois comment j'ai reçu le message, un texto qui n'avait aucun sens. C'est ce qui m'a fait prendre conscience que quelque chose ne tournait pas rond.

— Et maintenant, il y a la voiture sans Devlin ni Brandy. Évidemment, je ne me suis pas trompée.

À côté de moi, Lamar hoche la tête.

— Oui, évidemment.

J'appuie mon poing contre mes lèvres, comme si cette pression désagréable et inhabituelle allait retenir mes larmes. Ça ne marche pas. L'instant d'après, je suis dans les bras de Lamar qui essaie de me consoler.

Mais rien ne me réconforte. C'est impossible, pas tant que je n'aurai pas retrouvé Devlin et Brandy. Je parviens toutefois à maîtriser mes larmes et je m'éloigne de Lamar, les joues humides et le cœur battant la chamade. Je suis impuissante et j'ai horreur de ça.

Pendant qu'il m'étreignait, d'autres policiers sont arrivés. À présent, l'équipe ratisse les lieux à la recherche de sans-abri susceptibles de vivre dans les bâtiments abandonnés et d'avoir été témoin de quelque chose. Apparemment, le propriétaire a arrêté la construction suite à des problèmes de financement et le centre commercial désaffecté est devenu un refuge de fortune.

— Il y a des caméras de sécurité, m'annonce Lamar. Benton est en train de parler avec la banque. Espérons qu'ils les ont gardées actives après la saisie.

J'acquiesce, rassurée par toute cette activité, mais ce n'est pas suffisant. Loin de là.

Je me tourne à nouveau vers Lamar pour le supplier de passer à l'étape suivante, mais il me regarde déjà, le front soucieux.

— Quoi ? demandé-je.

— Je l'ai déjà dit à Devlin, alors tu le sais peut-être aussi, mais Walt a avoué avoir été payé 100 000 $ pour porter plainte.

— Alors, il est dans le coup ?

J'entends ma voix suraiguë sous le coup de l'incrédulité. Walt est un con, mais nous savons bien qu'il n'a pas l'étoffe d'un poseur de bombes. C'est un pleurnichard, pas un combattant. Et je ne l'imagine pas réussir un kidnapping.

Lamar secoue la tête.

— Je ne pense pas. Il jure que c'était anonyme. Quelqu'un est venu le voir et lui a dit qu'il devait porter plainte, et que s'il le faisait, son patron le paierait. Il a porté plainte, les types ont payé, et voilà, fin de l'histoire.

— Et tu le crois ?

Personnellement, ça me semble plausible, mais je veux aussi l'avis de Lamar, d'autant plus que mon jugement est altéré en ce moment.

— Je sais, dit Lamar. C'est une ordure, d'accord, mais pas un parfait abruti.

— Bon, alors il a compris qu'il avait mis les pieds dans le plat et il est passé à table, si on peut dire ?

— Exact. Nous aurions fini par le découvrir, mais le fait qu'il l'ait évoqué de lui-même va jouer en sa faveur.

Même si je méprise cet homme, je ne peux pas dire le contraire.

Je commence à faire les cent pas, l'esprit agité.

— Ils le surveillent toujours, déclaré-je. Enfin, peut-être pas à cette seconde, mais ils l'ont fait. Il ne s'agissait pas de pousser Walt à poursuivre Devlin, il était question de manipulation. Je parie qu'ils ont même suggéré que Walt demande cette réunion. C'est bien son initiative, n'est-ce pas ?

Lamar fronce les sourcils.

— Oui. C'était son idée.

— Ils avaient besoin d'un moyen d'attraper Devlin quand il serait seul et qu'il se sentirait en sécurité. Par exemple, sur le chemin du commissariat de police.

— Ils ne pouvaient pas prévoir que Brandy s'exprimerait publiquement. Mais ils n'allaient pas laisser passer leur chance juste parce qu'elle se trouvait aussi dans la voiture.

— Oh, mon Dieu.

Je suis atterrée qu'elle ait été entraînée dans tout ça, sachant combien elle doit être terrorisée.

À supposer qu'elle soit encore en vie.

Je m'étrangle à cette idée, mais j'essaie désespérément de me ressaisir.

— On a une vidéo !

Un policier que je ne connais pas fait signe à Lamar depuis l'autre côté du parking. Son intervention m'aide à me recentrer.

Lamar et moi nous précipitons vers lui, mais dès que je vois les images, j'ai envie de vomir : Devlin et Brandy, les mains liées et le visage couvert d'un sac, sont poussés à l'arrière d'un fourgon blanc.

Mais ils sont vivants. Au moins, à ce moment-là, ils étaient tous les deux bien vivants.

— Commencez à vérifier les vidéos de la circulation, ordonne Lamar. Remontons la piste de ces enfoirés.

— Lamar, commencé-je avant de m'arrêter lorsque mon téléphone sonne.

J'ai programmé une tonalité spécifique pour Ronan, après lui avoir laissé des messages, et maintenant, je me raidis avec impatience.

— Je... laisse-moi décrocher. C'est Ronan. Je vais lui dire ce qui s'est passé.

Lamar sait que Ronan et Devlin sont proches. Cependant, il n'en sait pas plus.

Il fait un signe de tête à un autre officier, puis s'éloigne en vitesse pendant que je vérifie mon téléphone.

Ce n'est pas un appel, c'est un texto.

Je serai là dans cinq minutes. Dis au revoir. Tu vas venir avec moi.

Je reprends mon souffle et regarde Lamar. Ronan doit avoir des informations, même si j'ignore comment il est au courant pour l'enlèvement. Mais je ne peux pas parler à Lamar des Anges de Saint.

Je décide donc de lui dire que Ronan est venu à ma demande, et que nous repartons ensemble pour que je ne reste pas seule pendant qu'il travaille.

Mon ami ne cherche même pas à remettre en cause mon histoire, trop concentré sur sa conversation avec le technicien qui s'occupe des flux vidéo.

— On ne devrait pas attendre ? demandé-je à Ronan lorsqu'il se gare.

Il ne m'a jamais demandé où j'étais, et je réalise que Devlin a dû mettre également une puce GPS sur la voiture de Brandy. Ou sur mon téléphone. Je l'interrogerai plus tard. Pour l'heure, je suis contente qu'il m'ait retrouvée facilement.

— Non. Ils ont laissé le fourgon à Fashion Island. Les flics s'en rendront compte bien assez tôt. Après ça, c'est une impasse.

— Fashion Island ?

C'est un centre commercial de plein air, à Newport Beach.

— Comment as-tu appris que Devlin avait des problèmes ?

— Sa montre, explique Ronan. Elle a un tracker. Il a déclenché le SOS.

J'expire, le soulagement se mêlant à l'espoir.

— Tu l'as trouvé ? Ronan, comment...

— Ellie, non.

J'entends le regret dans sa voix.

— On a trouvé la montre, dit-il sur un ton impassible. Charlie et Grace sont toujours là-bas, à travailler sur les preuves. Apparemment, leurs ravisseurs leur ont fait enfiler des combinaisons. On a trouvé leurs vêtements et la montre dans la benne à ordures. Une belle montre, d'ailleurs. Tentante pour un criminel, pourtant ils l'ont jetée. Nos types sont prudents.

— Et les vêtements de Brandy ? Elle est vraiment avec eux ?

Cela me répugne, mais au moins, ça veut dire qu'elle est vivante. Pour le moment.

Il prend une grande goulée d'air et ses mains se crispent sur le volant.

— Cette femme ne mérite pas ça. Elle a trop subi.

— Elle va s'en sortir, dis-je, entendant les trémolos dans ma voix.

— Elle est plus forte qu'elle n'en a l'air, commente Ronan en me lançant un regard de biais. J'ai entendu son interview. Tu as raison, elle va s'en sortir.

J'acquiesce sans dire un mot. J'apprécie qu'il essaie de me consoler et de me tranquilliser, mais je connais la chanson. Je suis peut-être une sorte de victime, dans ce scénario, mais j'ai aussi été de l'autre côté. Et je sais que la force ne compte pas toujours, et que la vérité est peut-être que je ne reverrai jamais Brandy ni Devlin.

◈

Je déteste me sentir impuissante, mais c'est ce que je ressens pendant l'heure qui suit, durant laquelle je ressasse tout ce qui s'est passé. Toujours aucun résultat.

Les Anges de Saint qui sont en ville, comme Charlie, Grace et quelques autres que j'ai vus à la réception, se trouvent sur le terrain. Ronan coordonne depuis la cuisine, et Reggie, qui s'avère être un génie de l'informatique, apparemment, travaille à distance depuis le *Seaside Inn*, d'où elle pirate le système de caméras de surveillance de la ville.

Quant à moi ? Je me sens inutile, à faire les cent pas dans la cuisine.

— Excellent, dit Ronan. Continue.

Il effleure son oreillette pour interrompre la communication, puis il m'annonce que Reggie a retrouvé l'image d'une Toyota en train de quitter Fashion Island. L'angle était suffisant pour qu'on puisse apercevoir la banquette arrière.

— Passager avec un sac sur la tête. On fait difficilement plus précis.

— D'accord. Et d'autres caméras ? On peut retracer l'itinéraire ?

— On y travaille. En coordination avec la police, aussi.

À ces mots, je lève la tête, surprise.

— Vraiment ?

— On fait tout ce qu'il faut. En plus, tout le monde dans l'équipe est un agent assermenté. Reggie a fourni la plaque d'immatriculation et un avis de recherche a été émis. Si quelqu'un la voit, on en entendra parler. En attendant, on cherche de notre côté.

Trente minutes plus tard, on frappe à la porte. Je vérifie l'application de sécurité, puis je fronce les sourcils en constatant que c'est Reggie.

— Qu'est-ce que tu fais ici ? demandé-je. Tu es censée surveiller les caméras de circulation.

Elle est pâle et visiblement fatiguée, ses longs cheveux bruns et raides attachés en queue de cheval derrière sa tête. Elle se pince l'arête du nez, regardant Ronan, puis moi.

— On est dans une impasse, déclare-t-elle. Ellie, je suis vraiment désolée. On va le retrouver, mais pour l'instant, c'est le noir complet.

Tout mon corps devient glacial.

— De quoi tu parles ?

— On suivait la Toyota. On a réussi à la trouver sur certaines caméras de circulation. Ils se dirigeaient vers l'est, sur l'Interstate 10.

— D'accord, et que s'est-il passé ?

— On l'a perdue, mais on s'est dit qu'on allait la retrouver plus loin. C'est ce qu'on fait, d'habitude, et on a des tas de ressources dans tout l'État. Le problème, c'est qu'on a trouvé la voiture.

— Comment ça, vous avez trouvé la voiture ?

Elle se tourne vers Ronan.

— Abandonnée, dit-elle. Dans une zone où il n'y a aucune caméra pour nous indiquer ce qui s'est passé ensuite. On estime que Devlin et Brandy ont été transférés dans un autre véhicule, mais on ignore à quoi il ressemble et où il est allé.

— Oh mon Dieu ! je m'entends dire. Non, non, non.

Je sens la main de Ronan sur mon épaule et j'entends sa voix sereine :

— Nous les retrouverons.

C'est tout ce qu'il me dit, mais ça me rassure un peu, même si je ne sais pas vraiment pourquoi. Nous n'avons pas la moindre piste.

— Où est la voiture, exactement ? demandé-je. Et qui l'a trouvée ?

— La police locale, répond posément Reggie. Elle est à Riverside. On imagine qu'ils sont partis vers les montagnes. Mais ce n'est qu'une supposition.

— Merde, dit Ronan. Les caméras sont limitées là-haut, et avec tous les bâtiments abandonnés et les maisons fermées pour la saison basse, ça va être un vrai défi. Je suis désolé, Ellie, mais je ne peux pas prendre de gants.

Je secoue la tête.

— Non. Je ne veux pas. Seulement...

Ma voix se brise et Reggie tend une main, qu'elle pose dans mon dos. La pression est agréable. Elle me stabilise. Mais ce n'est pas suffisant.

— Alors, quelle est notre prochaine étape ?

— Nous allons continuer à chercher, évidemment. Nous allons obtenir des cartes de la région et voir s'il y a quelque chose qui semble assez isolé pour intéresser leurs ravisseurs, puis nous enverrons une équipe vérifier chaque endroit un par un. C'est un vaste espace. Honnêtement, notre meilleur espoir est peut-être d'attendre qu'ils nous contactent.

— Tu crois qu'ils le feront ?

— Je l'espère, dit Ronan. Mais si c'est pour une vengeance...

Je n'ai pas besoin d'entendre la suite. Je sais ce que cela signifie. Devlin et Brandy ont de gros problèmes, et nous ne savons pas du tout comment les sauver.

Mon téléphone vibre et je baisse les yeux, espérant que c'est Devlin sans y croire, tout en sachant que ce ne sera pas le cas. Je le sors de ma poche arrière. Quelle n'est pas ma surprise lorsque je découvre le message sur mon écran de veille.

Ils mourront à l'aube.

Je ne me rends même pas compte que mes genoux se sont dérobés avant que Ronan s'élance pour me rattraper. Il prend le téléphone, consulte le message et étouffe un juron grossier.

— Il est déjà presque midi.

J'ai horreur de mon timbre de voix, de ma gorge obstruée par les larmes.

— Comment allons-nous les trouver ?

Ma question reste en suspens. Soudain, on frappe à la porte. Je regarde Ronan et Reggie, mais il est clair qu'ils n'attendent pas d'autres membres de l'équipe. Ronan a toujours mon téléphone à la main. Il ouvre l'application de sécurité et marmonne :

— Oh, bordel.

— Quoi ? Qui est-ce ?

Il sort son arme en se rapprochant de la porte, aussitôt imité par Reggie. Je ne suis pas armée pour le moment, mais ce ne serait pas une mauvaise idée, même si je suis en sécurité dans la maison de Brandy.

Je recule pour les laisser prendre les devants. Ronan ouvre la porte et je reste sans voix. Parce que là, sur le seuil, je découvre Christopher Doyle.

❈ 36 ❈

Il était à nouveau avec elle.

Devlin ne savait pas comment, il ignorait pourquoi, tout ce qu'il savait, c'était qu'Ellie était à nouveau dans ses bras, et il se sentait enfin entier. Elle ne disait rien, ses yeux posés sur lui avec intensité.

C'était un moment qu'il ne voulait pas perdre, cette sensation d'être avec elle, en sa présence, comme si elle l'entourait, le protégeait, l'enveloppait... mais contre quoi le défendait-elle ? Il ne s'en souvenait pas. Il savait seulement qu'il s'était passé quelque chose de mal. Maintenant... eh bien, maintenant tout était rentré dans l'ordre.

Il tendit la main vers elle, mais fronça les sourcils lorsqu'elle sembla s'évanouir dans la brume pour revenir lorsqu'il retira sa main.

— El ?

Elle se contentait de sourire. Enfin, elle se leva, ses mains de part et d'autre de son visage. C'était un contact étrange, comme un baiser électrique. Et quand il la regarda à nouveau, il lui sembla que ses yeux étaient en feu.

Ses lèvres s'entrouvrirent et elle prononça deux mots : *Réveille-toi.*

Il se renfrogna.

— Réveille-toi.

Une fois de plus, il secoua la tête. Il ne comprenait pas. Il n'était pas endormi. Il était avec Ellie. Il était là où il voulait être, et…

— Devlin, Devlin, s'il te plaît, réveille-toi !

C'était comme s'il avait été arraché du paradis. Sa tête cognait, en proie à une migraine lancinante, et il avait envie de vomir. Tout était gris autour de lui. Rien n'avait de sens.

Il était debout contre un poteau, les mains liées derrière lui, pris au piège. Il se débattit, mais il ne pouvait pas bouger.

— Devlin ?

Brandy. Il inspira vivement quand la réalité le frappa de plein fouet. Lentement, il parvint à se concentrer sur la pièce. Sa tête palpitait et il se souvenait d'un objet dur claquant frénétiquement contre lui alors que leurs ravisseurs les tiraient hors du fourgon pour les faire monter sur la banquette arrière d'une voiture.

On ne leur avait retiré les sacs qu'une fois qu'ils furent non seulement dans cette pièce, mais ligotés à des poteaux. Et ensuite, après avoir dégagé la tête de Devlin, on l'avait encore frappé pour faire bonne mesure.

— Devlin ?

Il percevait l'urgence dans la voix de Brandy, mais il bougeait et pensait avec une lenteur infinie.

— Devlin, tu vas bien ?

— Oui. Juste un peu groggy.

— J'ai cru qu'ils allaient te tuer. Franchement, j'ai même cru que tu étais mort.

Il pouvait entendre la terreur et les larmes dans sa voix.

— Je ne suis pas encore mort.

Elle tenta de rire, et même si ce ne fut qu'un petit hoquet, il s'en réjouit.

— Est-ce qu'ils sont entrés dans la pièce depuis qu'ils nous ont attachés ? Est-ce que tu as vu leurs visages ? Sais-tu où nous sommes ?

— Non. Mais on a fait une longue route.

— Avec du dénivelé, ajouta-t-il alors que ses souvenirs commençaient à affluer.

À la manière dont ses oreilles s'étaient débouchées, l'inclinaison de la voiture, la tension du moteur, ils étaient allés vers le nord, puis vers l'est, et son hypothèse la plus probable était qu'ils avaient quitté l'Interstate 10 pour prendre la direction de Big Bear, sans doute.

Mais ce n'était qu'une supposition.

— Je suis dans les vapes depuis combien de temps ?

— Quelques heures, je crois. J'avais tellement peur qu'ils t'aient vraiment tué. Puis tu as commencé à parler. Tu as appelé Ellie.

Il perçut un sanglot étouffé lorsqu'elle prononça le nom de son amie.

— Devlin, est-ce qu'on va pouvoir rentrer un jour ?

— Bien sûr !

Que pouvait-il dire d'autre ? Elle méritait la vérité, mais il ne voulait pas lui infliger la peur qui l'accompagnait. Du moins, pas encore. Pas avant d'avoir pu évaluer pleinement la situation et décider si peut-être – seulement peut-être –, ils avaient une chance de trouver une issue positive.

— On a besoin d'informations. Il faut connaître leur objectif. Pour ça, il nous faut du temps. Penses-tu pouvoir rester calme, me faire confiance ?

— Rester calme ? Je ne sais pas. Te faire confiance ? Absolument. Cela dit, pour être honnête, Devlin, même si tu es un type vraiment incroyable, je ne vois pas vraiment ce que tu peux faire debout dans une cave avec tes bras attachés dans le dos.

Il y avait une note d'humour dans sa voix, mais aussi une certaine tension. Elle était effrayée et elle faisait tout ce qu'elle pouvait pour ne pas céder à la panique.

Jusqu'à présent, elle s'en sortait plutôt bien.

Quant à sa situation actuelle, elle n'avait pas tort.

— J'ai l'impression qu'ils ont enlevé les attaches en plastique et lié mes poignets avec une corde, dit-il. Qu'est-ce que tu en penses ? Tu les as vus m'attacher ?

— Oui. Ils nous ont fait sortir de la voiture et ils t'ont encore frappé avant de te porter à l'intérieur et de te jeter par terre. Je ne savais pas ce qu'ils allaient faire de moi, mais ils m'ont amenée ici juste après toi. Ils m'ont poussée contre le poteau, et ensuite, ils ont sorti une corde. Blanche. En nylon, je crois. Ils m'ont mis les bras dans le dos et ils ont attaché mes poignets.

— Ils t'ont fait du mal ?

— Non.

Après une pause, elle ajouta :

— J'ai tout le corps engourdi et j'ai vraiment très faim, mais ça va. Ils ont attaché mes chevilles au poteau, aussi. Pas à toi, par contre. Je ne sais pas pourquoi.

Lui non plus n'en savait trop rien, mais il avait le sentiment qu'il allait bientôt le découvrir.

— Tu as vu quel genre de nœud ils ont fait ?

— Aucune idée, désolée.

— Ça ne fait rien.

Il ne savait même pas pourquoi il lui posait ces questions. Ses poignets étaient trop serrés pour qu'il puisse avoir une quelconque prise sur les cordes avec ses doigts, de toute façon.

Mais selon le nœud, s'il se tortillait suffisamment, peut-être pourrait-il le défaire. Il en doutait, convaincu que celui qui l'avait attaché savait ce qu'il faisait, mais l'incompétence était une caractéristique très répandue. Peut-être que son ravisseur n'y connaissait rien en nœuds.

— Je suis vraiment désolée. Je ne te suis d'aucune utilité, et maintenant, tu es…

— Allez, l'interrompit-il doucement. Tu t'en sors très bien. Respire, Brandy. Respire.

— *D'excellents conseils de la part du grand Devlin Saint.*

Ces mots résonnèrent dans la pièce. Devlin se dévissa le cou, mais il ne parvint pas à repérer la personne qui venait de les prononcer.

Il y avait quelque chose de familier dans cette voix, et il était certain que lorsque son interlocuteur se présenterait devant lui, il le reconnaîtrait. Un fantôme du passé. Un revenant d'une vie antérieure.

Il tendit l'oreille, les pas approchant par-derrière. Il entendit Brandy retenir son souffle et il regretta de ne pas pouvoir lui prendre la main. Enfin, l'homme entra dans son champ de vision. Il était trapu, plus jeune que Devlin de quelques années, mais plus abîmé par la vie. Ses yeux profonds semblaient trop grands par rapport à sa petite bouche et ses cheveux sombres encadraient un visage à la fois bouffi et encore poupin.

Il le reconnut alors, le reflet du visage de l'enfant sur celui de l'adulte. Un homme qu'il n'avait pas vu depuis plus de dix ans. Manuel Espinoza. *Manny*.

Le petit frère d'Aurelia.

— Manny ? C'est vraiment toi ?

— Eh bien, eh bien. Tu me flattes.

Il avait une voix basse, profonde et rocailleuse. Une voix de radio. Et surtout, une voix qui ne correspondait pas au visage de l'homme qui parlait.

— Le grand Devlin Saint se rappelle qui je suis. Qui l'aurait cru ?

— Pourquoi fais-tu ça ?

Manny le regarda en clignant des paupières comme un hibou, lentement et délibérément.

— Bon sang, *Devlin*. Je pensais que ce serait évident. Pour que tu perdes tout.

Devlin secoua la tête sans comprendre.

— Tu veux de l'argent ? Je te donnerai de l'argent. Je n'ai aucun problème avec ça. Laisse-la partir et nous en discuterons.

Manny fit deux pas et se campa devant Devlin, puis il tendit le bras et lui assena un coup de poing dans le ventre. Tout l'air fut expulsé de ses poumons et il tressaillit, remontant ses genoux par réflexe.

Puis Manny le frappa à nouveau et Devlin comprit pourquoi ses chevilles n'avaient pas été attachées comme celles de Brandy. Manny voulait l'illusion d'un combat.

Il voulait que Devlin donne un coup de pied, s'en prenne furieusement à lui. Mais il n'allait pas s'y plier. Il n'y avait aucun bénéfice à frapper un persécuteur qui vous avait attaché. Non, sauf si vous aviez un plan pour l'emporter.

L'horrible vérité, c'était que Devlin n'avait pas le moindre plan. Il était plus impuissant qu'il ne l'avait été depuis des années. Impuissant et responsable de Brandy. Cette réalité lui pesait lourdement.

Il avait besoin d'un plan, mais pour le formuler, il devait connaître l'intention de Manny.

— Laisse tomber, *Saint*. C'est des conneries tout ça. Tu n'es qu'un loup déguisé en saint, espèce de connard.

Devlin mit un point d'honneur à ne pas réagir. Au lieu de quoi, il croisa les yeux de son ravisseur.

— Tu m'as attaché pour pouvoir m'insulter et me frapper ? C'est quoi le problème, Manny ? Tu te crois toujours au CP ?

— Tu ne veux pas...

— Tu aurais dû m'appeler. On se serait rencontrés sur le ring, on aurait pu avoir un combat loyal.

— Va te faire foutre, lui dit Manny avant de lui décocher un nouveau coup de poing dans le ventre.

Devlin sursauta, des lumières explosant derrière ses paupières, mais il garda les yeux sur Manny et réussit à se donner une contenance lorsqu'il répondit :

— Tu as toujours été un petit tricheur, n'est-ce pas ? Tous ces jeux d'ordi auxquels tu jouais ? Aurelia m'a raconté comment tu les reprogrammais pour pouvoir gagner. Elle était fière que tu sois doué en informatique. Moi, je trouvais que tu étais un mauvais perdant.

— Tricher ? Moi ? C'est à mourir de rire de ta part. Parce

que tricher, c'est avant tout se mettre en scène, n'est-ce pas ? Et pour ça, tu es un champion hors catégorie. Tu t'es forgé une nouvelle identité, tu as bafoué les règles. Tu as balancé les règles du jeu pour tout réinitialiser.

Il fit un pas de plus, la tête penchée en arrière pour pouvoir regarder Devlin dans les yeux, en ricanant.

— Alors dis-moi, *Saint* ? Qui est le champion pour transgresser les règles, Manny Espinoza ou Alejandro Lopez ?

Devlin garda le silence.

— Alors ?

Manny avança encore, toujours prudemment hors de portée au cas où Devlin déciderait de le frapper. Il baissa la main et présenta deux doigts. Immédiatement, un homme tout en noir accourut à ses côtés. Sans doute l'un des hommes de la voiture. Il avait une arme, qu'il pointa sur le genou de Devlin.

— Si tu bouges un seul muscle, je te pète la rotule. C'est compris ?

— Oui, répondit-il d'une voix mesurée.

— Tu veux savoir pourquoi je fais ça ?

La voix de Manny était à la fois mielleuse et sèche.

— Parce que je veux te voir tout perdre. Absolument tout. Je veux te voir perdre ta réputation, ta maison, ta femme, tes amis.

Il jeta un regard de biais vers Brandy.

— Elle ne faisait pas partie de notre plan initial, celle-là. Dommage que je me sois trompé de fille, mais je suis sûr que sa mort te hantera aussi.

Il se retourna vers Brandy.

— Désolé, petit chou. Mauvais endroit, mauvais moment, avec le mauvais ami.

La gorge de Brandy tressauta, mais à part cela, elle ne réagit pas. En cet instant, non seulement il était fier d'elle, mais il comprenait comment elle avait réussi à si bien s'en sortir après le viol et comment elle avait trouvé la force d'en parler publiquement. Brandy Bradshaw était bien plus forte que les autres ne le pensaient.

Malheureusement, il ne pouvait pas le lui dire. D'ailleurs, il ne pouvait même pas la regarder, pas sous peine de risquer leurs vies. Il devait absolument garder son attention sur Manny, trouver sous quel angle appréhender ce gamin qu'il avait connu autrefois et qui était devenu un monstre vengeur.

— Tu ne vas même pas me dire pourquoi ?

— Pourquoi ? Tu es bête ou quoi ? Tu m'as tout pris. J'ai perdu ma sœur à cause de toi. Elle s'amusait toujours avec toi, le soir. Moi, je devais aller me coucher. Mais le petit Alex Lopez, lui, il allait où il voulait. Tu as descendu Joseph, aussi, n'essaie même pas de le nier. Et le pire dans tout ça ? Tu as descendu le Loup.

— Qui a dit que c'était moi ?

Manny ricana.

— Tu penses vraiment que je suis stupide ? demanda-t-il en le foudroyant du regard. Admets-le. Avoue que tu l'as tué.

Même si Devlin savait qu'il jouait avec le feu, qu'il attisait un putain de serpent, pour une fois il voulait dire la vérité. Il voulait que les gens qui avaient admiré le Loup sachent que c'était lui qui avait éliminé ce bâtard.

Regardant Manny droit dans les yeux, il lui dit lentement et distinctement :

— Oui. Je l'ai tué.

Il crut que Manny allait craquer après cet aveu, qu'il ordonnerait à l'homme armé de le tuer. Il se dit qu'il allait au moins recevoir un nouveau coup bien placé dans les intestins.

Devlin était prêt à tout, mais pas à voir Manny éclater de rire.

— Il t'a toujours recommandé de surveiller tes arrières, dit-il une fois que ses hoquets se furent apaisés. Il t'a toujours dit que l'ennemi à craindre était celui que tu ne voyais pas venir. Pas vrai ? Pas vrai ?

Devlin hocha sobrement la tête.

— Tu n'as pas très bien appris ta leçon, on dirait ! Parce que tu ne m'as jamais vu arriver, je me trompe ?

— Non, Manny, je ne t'ai pas vu arriver. Je crois que j'en attendais trop. Je pensais que tu aurais le même cœur que ta sœur, que tu serais bon. Dommage, j'ai eu tort.

— Bon ? *Bon ?* J'ai été incroyable, putain. Et après ton départ, ton père était tout à moi. Il m'aimait bien. Il me faisait confiance. Il me confiait tout son travail informatique. J'étais *vital* pour lui. Et tu me l'as enlevé, comme *ça*, ajouta-t-il en claquant des doigts. Maintenant, on va voir si tu apprécies ce que je te réserve. Mais ne t'inquiète pas. Je te laisserai regarder quand je tuerai ta jolie petite Elsa. Pour info, sache que je ne bluffe pas.

Une terreur glaciale s'empara de Devlin. Manny avait-il déjà enlevé Ellie ? Était-elle quelque part dans ce bâtiment, en ce moment même ? Manny avait-il vraiment l'intention de l'amener ici et de la tuer sous ses yeux ?

Hors de question.

Devlin se raccrocha à ce mantra, le laissant alimenter sa fureur. Hors de question.

— Tout, poursuivit Manny, y compris ta vie. Tout ce que tu as construit va s'écrouler. Tu penses que ta précieuse fondation survivra quand ils apprendront que tu as tué la fille ?

— La fille ?

— Ta petite garce de copine, qui d'autre ? Ça ressemblera à une dispute d'amoureux et ils auront tout l'ADN dont ils ont besoin. Je te remercie d'avance pour ça. Oh, ne t'inquiète pas trop pour la douleur. On s'assurera de faire les prélèvements de peau et de sang après ta mort.

Il haussa les épaules en ajoutant :

— Ou peut-être pas. Autant s'amuser un peu. Ah, j'ai presque oublié, dit-il en riant. Une fois qu'elle sera morte, tous ces affreux textos que tu lui as envoyés seront révélés au grand jour. Ceux dans lesquels tu parlais de lui faire du mal. Tu la traitais de salope qui devait tenir sa langue, sinon tu le lui ferais payer.

— Je n'ai jamais...

— Tout le monde apprendra quel genre d'homme tu étais. Ils verront que c'est toi qui l'as tuée, pas moi. Tu l'as tuée parce que tu le pouvais, pour le simple plaisir du geste.

De l'autre côté de la pièce, Brandy prit une inspiration trop vive. Devlin n'osa pas regarder dans sa direction, uniquement focalisé sur Manny.

— Sale tordu, enflure !

Les mots restèrent suspendus dans les airs alors que Devlin s'efforçait de garder une respiration régulière. Il devait rester calme et ne pas laisser la fureur l'envahir. Il devait réfléchir. Il ne pouvait pas réagir sous le coup de la colère, il devait se montrer intelligent, prudent et précis. La vie d'Ellie en dépendait.

L'essentiel, c'était qu'il parvienne à se libérer. Ellie avait besoin de lui.

Malheureusement, il ne pouvait rien faire.

Il était pris au piège, encerclé par les loups.

❧ 37 ☙

— **C**hristopher ?

Je fixe du regard l'homme sur le pas de la porte, transie de peur. Impossible que ce soit une coïncidence.

— Où est-elle ? Où sont Devlin et Brandy ?

Je fais un pas en avant, sans même savoir ce que j'ai l'intention de faire, mais je suis brutalement tirée en arrière par une main puissante agrippée à mon t-shirt. Prestement, Ronan me pousse derrière lui et colle le canon d'une arme à feu sous le menton de Christopher.

Ce dernier reste parfaitement immobile, la tête penchée en arrière. Je vois sa pomme d'Adam rebondir dans sa gorge et son pouls palpiter sous sa peau tendue. Il ne dit rien. À en juger par le niveau de tension auquel Ronan est soumis, ce n'est pas plus mal. Je me fiche bien que Ronan lui fasse sauter la cervelle, mais je ne suis vraiment pas d'humeur à nettoyer du sang sur le porche.

— Un seul faux mouvement et tu es un homme mort, dit Ronan.

Lentement, il retire son arme, laissant Christopher baisser le menton.

— Entre, ordonne-t-il avant de refermer la porte d'un coup de pied derrière lui.

— Maintenant, parle ! exigé-je à mon tour. Où sont Devlin et Brandy, merde ?

— Je... je suis venu ici pour aider. Je n'ai pas contribué à leur enlèvement. Je n'ai rien à voir avec ça. Je vous le promets.

— Et pourquoi devrait-on te croire ? Tu as essayé de me renverser avec un 4x4, espèce de connard.

— Je ne voulais pas. Joseph ne m'a pas laissé le choix. S'il te plaît, je t'en supplie, tu dois me croire. J'ai fait mon possible pour ne pas te heurter. Il n'était pas content. Il m'en a fait baver après ça.

Je me tourne vers Ronan et croise son regard, aussi froid que la glace. Je n'ai aucune idée de ce qu'il pense. Quant à moi, je n'ai qu'une préoccupation, Devlin et Brandy.

— Savez-vous où Devlin et Brandy sont détenus ?

La question vient de Reggie, qui m'a rejointe, la mine fermée.

— Parce que sinon, vous ne nous êtes d'aucune utilité.

Je retiens mon souffle, attendant que Christopher réponde, mais je sursaute lorsqu'on frappe à la porte. La voix de Lamar retentit :

— Bon Dieu, Ellie, laisse-moi entrer.

Je croise alors le regard de Ronan, essayant de lire dans ses pensées, mais son expression est impénétrable. Ce type doit être sacrément doué en interrogatoire. Enfin, je lui fais signe d'ouvrir la porte.

Lamar fait irruption dans l'entrée et s'arrête net en voyant Christopher. Son regard alterne entre nous.

— Ça alors, dit-il. Je crois que j'ai fait le bon choix.

Je fronce les sourcils.

— Qu'est-ce que tu veux dire ?

— Officiellement, nous n'avons rien. Je viens avec vous.

— Lamar... dis-je en secouant la tête. Nous ne sommes pas... Je veux dire, oh, et puis merde !

— Elle veut dire que nous n'avons pas l'intention de respecter les règles, précise Ronan de but en blanc.

— Mais vous avez l'intention d'aller les chercher, non ?

— Bien sûr, répond Ronan.

Lamar jette un coup d'œil à Christopher.

— Et vous avez une piste.

— On dirait bien.

— Alors, j'en suis !

— Tu es sûr ? demandé-je avant de déglutir. Les conséquences...

— Il s'agit de Brandy, répond-il en me prenant la main. Et de Devlin.

Je hoche la tête, clignant des paupières pour refréner mes larmes.

Apparemment satisfait, Ronan reporte son attention sur Christopher.

— Maintenant, réponds à cette putain de question. Sais-tu où ils sont détenus ?

— Oui. Enfin, je crois. C'est pour ça que je suis ici. Je suis censé leur apporter des provisions. Mais Manny détient Brandy, et...

— Manny ?

— L'un des gamins, à l'époque, sur le domaine avec Devlin, explique Ronan. Accessoirement, l'un des lieutenants de Joseph.

Christopher acquiesce.

— Je sais ce dont il est capable. J'ai pensé...

— Quoi ? demandé-je.

Il baisse les yeux.

— Tout ce que je veux, c'est aider. S'il vous plaît, dit-il d'une voix cassée. Ils ont Brandy.

Je perçois une authentique douleur dans sa voix et j'essaie de ne pas me laisser affecter.

— Tu as essayé de me tuer, répété-je, serrant la main de Lamar cette fois.

— À cause de Joseph. Il est... c'était... ma famille. La seule famille que j'aie jamais vraiment eue. Alors, quand il m'a demandé mon aide, j'ai accepté. J'apprécie Devlin, j'aurais dû refuser. Mais vous ne connaissiez pas Joseph.

— C'est de l'histoire ancienne. Maintenant, dis-moi pourquoi je devrais te faire confiance.

J'ai beau vouloir m'autoriser à considérer Christopher comme notre réponse, je sais qu'il est bien plus probable qu'il soit l'appât d'un piège qui le dépasse.

Il me regarde, puis Lamar, et du coin de l'œil, je vois Reggie et Ronan visiblement perplexes.

— Je l'aime, annonce enfin Christopher en me regardant. J'aime Brandy. Je comprendrais tout à fait que vous ne me croyiez pas, dit-il en entendant Ronan ricaner amèrement, mais je n'ai jamais voulu faire de mal à personne.

— Sale fils de pute, vocifère l'ami de Devlin.

Christopher grimace et s'empresse de poursuivre :

— Je suis venu à la FDS parce que Joseph voulait ma présence. Anna lui avait dit qui était vraiment Devlin. J'ai utilisé mes livres comme couverture. Tout ce que j'étais censé faire, c'était recueillir des informations sur lui : où il allait, qui comptait à ses yeux, tout ce que Joseph pourrait utiliser contre lui.

Il prend une inspiration frémissante.

— Oui, je l'admets, quand Joseph a estimé que le meilleur moyen d'atteindre Devlin serait de t'éliminer, j'y ai contribué. Je le regrette. Je le regrette sincèrement. Je sais que vous ne me faites pas confiance et je m'en fiche. Mais vous devez me croire à propos de Brandy. Je l'aime. Il n'était pas censé l'enlever. Elle ne devait pas être avec Devlin aujourd'hui.

Ronan me regarde, mais je ne sais pas quoi faire. J'ai envie de détester cet homme, et en un sens, c'est le cas. Mais une partie de moi éprouve aussi une profonde pitié.

C'est un homme naïf qui s'est retrouvé aux prises avec un frère autoritaire, un frère qui exerçait son pouvoir pour de mauvaises raisons. Maintenant, il est mort, et Christopher est perdu. Qu'il aime réellement Brandy ou non, toujours est-il qu'il n'a jamais été l'homme qu'elle croyait.

Cela dit, ces questions sont sans importance pour l'instant. Tout ce qui compte, c'est de savoir si je le crois. Parce qu'alors, il pourrait véritablement nous être utile. Cela signifie que nous pourrions avoir une chance.

Mieux encore, Christopher est très probablement notre *seule* chance. Parce que s'il sait où sont Devlin et Brandy, même si rien n'est certain, c'est un risque que je suis prêt à prendre.

— Baisse ton arme, dis-je à Ronan.

Le dieu nordique se penche sur moi, toujours aussi dubitatif.

— Qu'est-ce que tu dis ? Ce n'est pas toi qui diriges cette opération.

— Tu crois ? Ma meilleure amie. Mon petit ami, l'homme que j'aime de tout mon cœur. Ce sont eux qui sont en danger dans cette histoire. Pas moi, ni toi, ni Lamar, ni Reggie. *Eux*. Et je ferai tout ce qui est en mon pouvoir, y compris vendre mon âme au diable s'il le faut, pour les sauver.

— Si tu l'écoutes, tu pourrais vraiment vendre ton âme au diable. Tu ne le vois pas ? Imagine que ce soit une vengeance pour ce que Devlin a fait, alors le meilleur plan qu'ils puissent avoir, c'est de t'attirer là-bas et de te tuer sous ses yeux. Il faut qu'il y assiste. Lui donner la mort ne leur servira pas à grand-chose. Devlin a été entraîné pour endurer les pires douleurs. Mais te regarder mourir ? Je crois que c'est la seule forme de torture qui pourrait le briser.

Je n'avais pas vu la situation sous cet angle. Sans réfléchir, je jette un coup d'œil à Reggie. Elle acquiesce.

— Il a raison.

Un frisson d'effroi me glace jusqu'aux os.

— Je ne peux tout de même pas rester sans rien faire au prétexte que je cours un danger.

— Tu ne seras pas en danger, m'assure Christopher. Ou disons que tu le serais s'ils savaient que tu es là. Mais je ne leur dirai rien. Je te le jure. Je te le jure sur la vie de Brandy.

J'entends la passion et la ferveur dans sa voix, et je pense à toutes les fois où je l'ai vu avec elle, à leurs rires dans le salon.

Enfin, ma décision est prise.

— Si c'est le mauvais choix, j'en assume la responsabilité. Mais nous allons lui faire confiance. Et vous deux, je vous demande de suivre mon exemple.

Reggie hoche la tête et je lui en suis reconnaissante, même si ce n'est qu'un mouvement léger, la preuve qu'elle accepte mes conditions. Lamar aussi. Ronan, en revanche, n'est pas aussi conciliant. Au lieu de me répondre, il se tourne vers Christopher.

— Qu'as-tu à offrir exactement ?

— Je sais où ils sont. Je suis censé les retrouver là-bas avec des provisions. Il y a des années, Joseph a acheté ce terrain. Ça doit faire au moins dix ans. Une cabane, près de Big Bear, sur un ancien passage, une piste d'Indiens. C'était une cahute, au début, il y a un siècle. Plus tard, elle a été utilisée par les trappeurs. Et à l'époque du New Deal, elle a servi de bureau pendant la construction de la route. Sauf que cette route n'a jamais été terminée. En fin de compte, il ne reste qu'un petit tracé à moitié effacé, avec une cabane isolée à flanc de montagne.

— Continue. Ils sont dans cette cabane ?

— Il a construit une maison par-dessus, mais c'est au même endroit. La cabane constitue la base. Il y a eu de l'exploitation minière, à un moment donné, et les colons y ont pratiqué du commerce avec les Amérindiens. C'est un coin très riche en histoire, plutôt intéressant. J'ai envisagé d'écrire un livre à ce sujet, mais...

— Christopher.

Ma voix est dure et tranchante. Je n'en ai rien à faire du genre de livre qu'il veut écrire. Ce que je veux savoir, c'est où sont Devlin et Brandy.

— Désolé, désolé.

Il s'essuie les mains sur son jean.

— Alors voilà, c'est là qu'ils seront. Les fondations se composent de plusieurs couches superposées et il y a un sous-sol en pierre. Il les aura forcément enfermés en bas.

— Et qu'est-ce qu'il compte faire avec eux ?

Christopher hausse les épaules.

— Les tuer. Mais il veut Ellie en premier. C'est pour ça qu'il m'a envoyé. Je vous l'ai dit. Il veut que Devlin souffre avant de mourir.

— Tu es censé me conduire jusqu'à Manny.

— Oui. Avec les provisions.

— C'est un piège, affirme Lamar. C'est forcément un piège.

— Je vous promets que non, dit Christopher. S'il vous plaît. Je vous en prie, je dois m'assurer que Brandy est en sécurité. Elle sera la première qu'il tuera. Il le fera pour punir Devlin, pour l'affaiblir et pour qu'il sache ce qui l'attend avec Ellie. Il ne lui reste pas beaucoup de temps. Si vous ne me faites pas confiance, je peux le comprends, mais s'il vous plaît, au moins, croyez-moi.

Ronan regarde Reggie et elle comprend le message silencieux. Elle s'adosse contre le mur, son arme au poing, le canon orienté négligemment vers lui.

— Et si on attendait ici pendant que ces trois-là ont une petite discussion ?

❧ 38 ☙

— **O**n est foutus, n'est-ce pas ? chuchota Brandy.

La terreur que Devlin perçut dans sa voix le tortura plus que toutes les tentatives de Manny.

— Nous n'avons pas encore déclaré forfait, décréta-t-il à voix basse.

Ils étaient seuls, maintenant, mais il imaginait qu'on les écoutait aux portes. Leur conversation n'avait pas grande importance, de toute manière. Ce n'était pas comme s'ils avaient un plan pour s'évader.

— Mais...

Il ferma les yeux et inspira, évaluant la réalité de leur situation.

— Mais, reprit-il, nous ne sommes pas dans une bonne position. Je suis désolé, Brandy.

— De m'avoir dit la vérité ? Je m'en rends bien compte toute seule.

— De ne pas avoir réalisé que c'était un piège, de ne pas avoir eu la prévoyance de suggérer des voitures séparées, ou que Lamar envoie un véhicule de patrouille pour nous emmener au poste. Tu es ici pour la seule raison que tu étais avec moi.

C'était comme vivre avec son père, une fois de plus. Il s'était fait un ami, s'était rapproché d'un entraîneur, et systématique-ment, ses connaissances étaient tuées. On aurait dit que son père pouvait flairer le moindre bourgeon de joie et qu'il se donnait ensuite pour mission de l'écraser sous le talon de ses bottes en peau de serpent.

— Ce n'est pas ta faute, Devlin. Et puis, nous ne sommes pas encore morts.

Sa voix était forte, mais elle chevrotait malgré tout.

— Pas encore morts. Pas *encore* morts ? fit soudain la voix de Manny dans la pièce caverneuse. Vous voulez bien m'expliquer ce que vient faire « encore » dans cette équation ? L'instant présent vous file entre les doigts, les amis.

Il se retourna, faisant signe à quelqu'un dans l'ombre.

— Attrape la fille. Amène-la par ici.

— *Non !* s'écria Devlin, au désespoir. Laisse-la tranquille. Elle n'a rien à voir avec ça.

— Elle est importante pour toi. C'est la meilleure amie de la salope que tu te tapes. Et puisque la salope n'est pas là, celle-ci fera l'affaire.

Devlin se contorsionna, donnant des coups de pied de toutes ses forces, en vain.

Il les vit bâillonner Brandy, puis la détacher. Son cœur se tordit lorsqu'ils la traînèrent devant lui avant d'utiliser une poulie pour la suspendre à l'envers au plafond. Et ensuite... Oh, Seigneur ! Ils lui entaillèrent le cou. Pas beaucoup, juste assez pour que le sang s'écoule lentement, mais sans coaguler, entraîné vers le sol par la gravité.

Il vit ses larmes et sa terreur. Il voulait lui crier qu'il la sauverait, mais que pouvait-il bien faire ? Tout ce pour quoi il avait travaillé, tout ce qu'il avait bâti... Tout se résumait à cet instant, où il était impuissant à sauver cette pauvre innocente.

Manny s'approcha de lui et enfonça son arme sous son menton.

— Frappe-moi et je tire. Ferme les yeux et je tire. Tu vas la regarder mourir, Saint. Et si tu obéis aux règles, alors peut-être que je te tuerai, une fois qu'elle sera morte. Ça t'évitera de voir ta précieuse Ellie mourir à son tour.

Il arma le pistolet.

— Non, en fait. Ça ne risque pas.

— Je vais te tuer, putain, gronda Devlin. Je jure devant Dieu que, d'une manière ou d'une autre, tu es à moi.

— Eh non, rétorqua Manny. Je ne pense pas. Honnêtement, je me lasse déjà de ce petit jeu.

Il simula un bâillement.

— On s'emmerde ! Je crois que je vais te laisser mourir en sachant qu'elle sera la suivante, mais que tu es trop minable pour faire quoi que ce soit.

Il recula d'un pas et toisa Devlin du regard avant de revenir lui coller le canon dans le cou une dernière fois.

— Tu n'es pas un saint, Alejandro. Mais si tu crois à ces conneries, il est grand temps de faire tes prières. Parce que le prochain bruit que tu entendras, ce sera l'explosion de mon arme.

❦ 39 ❧

Je fais tourner la bague de fiançailles de ma mère à mon doigt, debout à côté de la Land Rover de Ronan. Nous sommes sur une colline en surplomb de la cabane. Lamar et l'équipe des Anges se préparent pendant que je fais les cent pas, frustrée et terrorisée.

— Je veux y entrer avec vous, dis-je à Ronan quand il revient après avoir conduit Christopher à l'emplacement où Reggie et les autres examinent sa carte grossièrement dessinée. Je ne peux pas attendre ici à me rouler les pouces.

— Non seulement tu peux, mais tu vas le faire.

— Merde, Ro...

— *Non.* Écoute-moi. Tu n'es pas formée pour ça. Tu as été agent de police de base pendant quoi ? Cinq minutes ? Tu sais peut-être tirer, mais tu n'es pas entraînée. Et une fois que Devlin sera libre, tu veux vraiment qu'il soit déconcentré en essayant de te protéger ? Parce que mon but est de le sortir de là aussi vite que possible, sain et sauf. Brandy et lui. Il a besoin d'être vif, d'avoir tous ses réflexes. Tu penses qu'il en sera capable s'il te croit en danger ?

— Ronan...

Cette fois, ma voix est épaissie par les larmes qui s'accumulent.

Ses épaules s'affaissent, et pour la première fois, je devine une certaine vulnérabilité chez cet homme.

— Il t'aime, Ellie. Tu es sa faiblesse. Il n'a pas besoin de faiblesse en ce moment. Fais-moi confiance, je te le ramènerai.

Je déglutis.

— Et si tu ne peux pas ?

— Alors, nous serons deux à me détester.

Je cligne des paupières pour chasser mes larmes et j'acquiesce.

— Je dois juste attendre ?

Il secoue la tête.

— Non. Tu es armée. Et tu es ici pour surveiller cette zone. Christopher sera avec toi. J'ai confiance en lui, et je me méfie en même temps. Il n'est toujours pas exclu que ce soit un piège, et dans ce cas, il nous a servi une performance digne d'un Oscar. Je refuse qu'il y aille. S'il tente quoi que ce soit de dangereux, tu élimines ce fumier.

Je hoche la tête, puis je vérifie mon Glock, m'assurant d'avoir un chargeur plein et une balle dans la chambre.

Avec un soupir, je m'adosse contre la Land Rover. En bas, j'aperçois un bosquet et un groupe de rochers parmi lesquels – Christopher nous l'a assuré – est camouflée la sortie arrière de la cave tout en pierre des origines. C'est par là que l'équipe va exfiltrer Devlin et Brandy.

Si je n'y vais pas, j'ai bien l'intention de rester ici, sans bouger d'un pouce.

Christopher s'approche, les mains attachées dans le dos.

— Alors, maintenant, on attend.

— Oui, dis-je en m'efforçant de rester calme. On attend.

Quinze minutes plus tard, j'ai perdu toute ma nonchalance. Je commence à m'affoler. L'équipe a disparu, elle s'est introduite dans la maison et, vraisemblablement, elle est descendue dans ce fameux sous-sol. Mais je n'y vois rien, je n'entends rien.

Christopher fait les cent pas devant moi et je lui crie grossièrement de s'arrêter.

— Tu me rends folle. Ils devraient être sortis maintenant, non ? Pourquoi ne sont-ils pas encore dehors ?

— Je n'en sais rien. Je suis désolé.

Je me détourne, reportant mon attention sur les rochers et les arbres.

J'entends ses pas derrière moi et je fais volte-face, redoutant soudain qu'il me fasse dévaler la falaise.

Mais il ne m'agresse pas. Au contraire, je vois du remords dans ses yeux, des larmes même.

— Je l'aime vraiment, me dit-il. Ils doivent la sauver. Il le faut.

Je hoche la tête, les yeux brûlants. Sans y penser, je commence à le rejoindre. J'ai trop besoin de me raccrocher à quelqu'un d'autre qui partage mon chagrin. Mais je me fige au dernier moment en remarquant son visage. Au début, je suis troublée. Puis je réalise qu'il regarde par-dessus mon épaule.

Je me retourne et je reste bouche bée en regardant dans la vallée. Je distingue une forme, puis une autre. L'équipe tout entière émerge du bosquet.

Un éclat blond m'accroche le regard, j'entends le petit cri de joie que pousse Christopher. Et puis...

C'est mon tour de rester sans voix. Parce que Ronan porte Brandy, et Devlin est à côté d'eux. Il s'arrête et lève les yeux. Nos regards se croisent, et en cet instant, je crois que je n'ai jamais été aussi heureuse.

J'ai envie de l'appeler, mais je sais que ce n'est pas prudent. Prenant mon mal en patience, je me retourne pour partager ma joie avec Christopher... Mais à la place, c'est un cri de terreur qui m'échappe.

Parce qu'un homme aux cheveux noirs et aux traits juvéniles se tient là, derrière moi, une arme pointée sur ma poitrine.

— Espèce de petite garce, me dit-il.

Alors même que mon univers perd toute sa cohérence, il ouvre le feu.

❧ 40 ❧

U*n peu plus tôt...*

Il est grand temps de faire tes prières. Parce que le prochain bruit que tu entendras, ce sera l'explosion de mon arme.

Ces mots ignobles résonnaient dans la tête de Devlin, qui en percevait toute la vérité. Il faillit lui donner un coup de pied, cherchant à lui infliger autant de douleur que possible, à défaut de plus.

Mais il résista à cette envie, parce qu'il savait très bien qu'il risquait de se faire tirer dessus. Quant à Brandy...

La pauvre femme serait torturée.

Pour le moment, grâce à Dieu, elle ne ressentait pas de douleur. De la peur, oui. De l'inconfort, sûrement. Mais pas de douleur.

Si Devlin se défendait, il savait que Manny la reposerait au sol avant de la torturer. Il l'écorcherait vive, la violerait, la brûlerait.

Il voulait que Devlin assiste au supplice.

Manny ne l'avait peut-être pas formulé explicitement, mais

il le savait. Il le savait, parce que c'était comme ça que son père opérait.

Alors, il se retint. Sans renfort, il était inutile de chercher à se défendre.

Manny se rapprocha, déplaçant son canon vers la tempe de Devlin.

— Tu te crois intelligent. Mais tu le seras beaucoup moins quand ta cervelle aura giclé contre le mur. *Bam* ! s'écria-t-il avant d'éclater de rire.

Bon sang, Devlin avait sursauté à ce cri.

— Quelle mauviette, gloussa Manny – un véritable gloussement de basse-cour. Le grand Devlin Saint est une putain de mauviette. Merde alors, si seulement ton père pouvait...

Boum !

Pendant une fraction de seconde, Devlin crut que Manny avait tiré. Puis il se rendit compte de ce qui se passait. Levant les deux genoux, il prit son élan pour décocher un coup violent. Manny s'était déjà détourné, son arme avec lui. Avançant tout le haut du corps pour un effet de balancier, Devlin lui écrasa ses talons dans le dos. Il eut la satisfaction de voir cette ordure s'étaler par terre, son arme s'envolant de sa main.

Mais Manny se releva d'un bond avant de se précipiter dans un coin sombre au moment même où l'équipe faisait irruption dans la salle. À proximité, dans les pièces adjacentes et à l'étage, Devlin entendit des bruits de combat. Il vit Ronan entrer en trombe dans la cave, suivi de Lamar.

— Brandy ! leur cria-t-il. Elle est blessée.

Ronan se précipita vers elle alors que Lamar se retournait, assenant un violent coup de pied dans la poitrine de l'un des voyous qui avaient attaché Devlin.

Enfin, il traversa le sous-sol en toute hâte pour venir le libérer.

— Ellie ?

— Elle est dehors. Elle va bien.

— Comment vous nous avez retrouvés ?

— Grâce à Christopher, dit Lamar. Ce petit con est venu nous voir.

De l'autre côté de la salle, il entendait les cris de son équipe qui résonnaient dans la maison. La radio de Lamar se mit à crachoter et Devlin entendit Reggie leur donner les dernières nouvelles. La voie était libre. Il n'y avait plus personne dans la maison, les hommes tous morts ou capturés.

Mais Manny, lui, s'en était tiré.

— C'est une vieille bâtisse. Il y a un souterrain quelque part, commenta Devlin.

Un tunnel qui lui permettrait de sortir de la propriété ou de trouver une cachette en attendant qu'ils partent. Mais ils le débusqueraient. Devlin savait que son équipe ne reculerait pas avant de l'avoir trouvé.

— Brandy ? demanda-t-il alors que Ronan se relevait.

— Dans les vapes. Elle a perdu beaucoup de sang et nous allons la faire examiner, mais j'ai bandé sa blessure et elle va s'en sortir. Allez, venez, dit Ronan à la jeune femme d'une voix douce que Devlin ne lui connaissait pas. Passez les bras autour de mon cou.

— Ça va, répondit-elle. J'ai juste un peu la tête qui tourne.

— Je vous soutiens.

— Merci d'être venus, dit-elle alors que ses paupières se fermaient. Je ne voulais vraiment pas mourir.

— Non, dit Ronan. Ça se comprend.

Il lança à Devlin et Lamar un regard qui en disait long. La joie du sauvetage, la tristesse de ce qu'ils avaient enduré, surtout Brandy.

— Allons-y, déclara Devlin. Le reste de l'équipe passera les lieux au peigne fin.

Ronan ouvrit la voie dans un couloir tout en pierre. De faibles rayons de lumière se frayaient un chemin dans l'obscurité, à travers les interstices d'une porte en bois branlante. Lamar la poussa et Ronan le précéda, Brandy dans ses bras.

Devlin les suivit et l'inspecteur ferma la marche, vérifiant leur périmètre à mesure qu'ils franchissaient l'encadrement.

Enfin, Devlin leva les yeux… et il s'arrêta net.

Ellie.

Elle croisa son regard, et pendant un instant magique, tout alla pour le mieux dans le meilleur des mondes. Mais ensuite, elle se retourna. À sa plus grande horreur, Devlin vit Manny sur cette même colline. L'instant d'après… Oh, mon Dieu ! Il brandissait une arme.

Un mouvement flou s'ensuivit, puis une détonation sèche.

Devlin crut que son cœur allait exploser avant que la réalité ne s'impose.

Ellie était encore en vie.

Ce flou qu'il avait vu, c'était Christopher. Il avait encaissé la balle qui lui était destinée.

Mais elle était toujours là-haut, et Manny aussi. Ce monstre venait de se précipiter en avant, saisissant Ellie, et voilà qu'il…

— *Tiens* !

Devlin se retourna pour voir Lamar lui lancer une arme. Ce n'était pas la sienne, il ne connaissait pas sa précision.

Mais il n'avait pas d'autre choix, et surtout, il n'avait pas le temps.

Il n'y avait qu'un seul moyen de s'en sortir. La seule chose que Devlin pouvait faire, c'était prier pour qu'une fois la poussière retombée, Ellie soit de retour dans ses bras.

$$❦ \quad 41 \quad ❦$$

Je tremble.

Bon sang, Christopher est tombé à mes pieds, et je tremble de tous mes membres. Je m'en veux et je suis terrifiée. Une véritable terreur viscérale. Ce n'est pas la peur de mourir, ça ne m'inquiète plus depuis très longtemps. Mais ne plus revoir Devlin, perdre cette chance, la voir s'éloigner de nous, alors qu'il est si proche.

— Espèce de garce, grogne mon assaillant. Alors, c'est toi la gentille petite pute qui le fait craquer ?

Je réagis par réflexe, avec l'intention de m'enfuir, mais il s'élance et me rattrape, m'attirant à lui. Je trébuche sur Christopher. Mon agresseur fait mine de renifler mes cheveux, puis il me lèche la joue.

— Tu sens bon, tu as bon goût. Je comprends pourquoi il t'aime bien. Je suis sûr que tu vas lui manquer.

Il commence à lever son arme et la terreur me traverse à nouveau, parce que je sais très bien qu'il ne me reste que quelques secondes à vivre. La peur, le deuil et Devlin... Oh, Seigneur, Devlin !

Pan !

Je sens le sang humide, les éclats de chair, les débris d'os pointus.

Je titube, désorientée, hébétée.

Mais toujours en vie.

En vie ?

Je porte la main à ma tête. Il y a une substance poisseuse dans mes cheveux et sur ma peau, mais mon crâne est intact. Lentement, je baisse les yeux. Et là, dans un réflexe incontrôlable, je vomis sur le corps de l'homme au visage enfantin qui me retenait en otage.

Il a un trou dans l'œil et l'arrière de son crâne a été arraché. Une balle à pointe creuse.

Comment ?

Mon esprit refuse de fonctionner et je tombe à genoux.

Ce n'est qu'une fois assise entre deux cadavres que je comprends ce qui s'est passé. Je rampe jusqu'au bord de la falaise et jette un œil dans la vallée. Je cherche Devlin du regard, mais il n'est pas là.

Il n'est pas là ?

Je commence à me mettre à genoux, mais je me fige. J'entends des branches qui craquent et des pieds qui martèlent le sol. Je commence à reculer, cherchant une cachette, mais lorsque le feuillage s'écarte, c'est Devlin qui apparaît dans mon champ de vision.

— *Ellie.* Ma chérie, tu vas bien ?

Il est à genoux et je me jette à son cou, pleurant à chaudes larmes. Je sanglote sans retenue, submergée par le raz de marée des événements de la journée. J'aurais pu le perdre. D'ailleurs, j'aurais pu me perdre moi-même. Et pourtant, nous sommes là, bien vivants. Bien vivants et bienheureux.

— Brandy ?

— Avec Ronan, me dit-il. Elle va s'en sortir. Elle a perdu un peu de sang. Il lui fait boire quelque chose.

Je hoche la tête, essayant de comprendre, mais je n'y arrive pas. Le seul message qui s'attarde dans mon esprit, c'est le principal : ils sont en sécurité.

— Viens, dit-il en m'aidant à me relever. Je vais te conduire jusqu'à elle.

Il m'accompagne vers l'un des autres 4x4.

— Tu l'as tué. Celui qui me menaçait. Tu lui as tiré dessus depuis le fond de la vallée.

— Manny, dit-il platement. Je suis désolé, tu sais.

Je cligne des yeux sans comprendre.

— C'était risqué. Inconscient, même. J'aurais pu te tuer si je n'avais pas été précis, si la visibilité avait été mauvaise. Mais je ne savais pas quoi faire d'autre, et je devais...

— Tu m'as sauvée, dis-je résolument. Il m'aurait tuée. Nous le savons tous les deux.

Je commence enfin à me calmer et je lui tire la manche pour l'arrêter, glissant mes mains dans les siennes.

— C'est vraiment fini, cette fois ?

— Oui. C'est vraiment fini.

Il baisse les yeux et soulève ma main, effleurant du doigt le solitaire en diamant à mon annulaire gauche.

— Tu as quelque chose à me dire ?

J'étouffe un petit rire.

— C'est un talisman. Tu ne pouvais pas mourir et m'abandonner si nous étions fiancés. Tu ne me ferais jamais ça.

Il éclate de rire. C'est vraiment la plus belle musique au monde.

— Jamais, confirme-t-il. Mais tu disais que tu voulais qu'on sorte ensemble comme deux jeunes amoureux pendant quelque temps.

Je lui souris, une larme au coin de l'œil.

— J'ai besoin de toi, Devlin. J'ai besoin de te faire mien. C'est un besoin qui vient de là, dis-je en pressant sa main sur mon cœur.

— Moi aussi, répond-il avec tendresse.

— Alors, on pourra peut-être sortir ensemble pendant nos fiançailles.

— Tout ce que tu voudras, El. Tant que tu es à moi.

— Toujours.

Enfin, sous le regard de toute l'équipe, je me love entre ses bras et me perds dans un long et langoureux baiser avec l'homme que j'aime.

ÉPILOGUE

Le soleil décline à l'horizon, faisant scintiller le Pacifique. Je suis sur la terrasse de la fondation, tournée vers les flaques entre les rochers à marée basse et l'océan chatoyant au-delà.

— Tu es magnifique, dit Devlin en s'approchant de moi pour me prendre la main. Comme si tu étais auréolée de feu.

Je penche la tête et le regarde. La courbe de sa mâchoire, la cicatrice redoutable sur son visage.

— Et toi, tu ressembles à un guerrier. En même temps, c'est exactement ce que tu es.

— Je me battrai toujours pour toi.

— Je sais, dis-je en me rapprochant.

Il passe son bras autour de moi. Derrière nous, j'entends le tintement des verres et les conversations. C'est une fête, après tout, mais je ne me sens pas coupable d'avoir Devlin pour moi toute seule pendant quelques minutes.

C'est trop court, pensé-je lorsque j'entends claquer des talons sur le sol. Mais je souris en regardant par-dessus mon épaule pour découvrir Tamra, les autres invités de la petite fête formant une foule mouvante derrière elle.

— Vous voilà !

— Je suis vraiment désolée d'être en retard, dit-elle en nous prenant les mains. Toutes mes félicitations. À quand le grand jour ?

— Au printemps, expliqué-je. En mars.

— Et tu es impatiente ?

— Bien sûr.

Je souris à Devlin.

— Nous le sommes tous les deux.

— Je ne suis pas sûr de me réjouir de retourner sous le feu des projecteurs, dit-il en riant, mais je suis fou de bonheur pour Ellie. Et pour la publicité supplémentaire que ça apporte à la fondation.

Je lève les yeux au ciel. La fête de ce soir est une petite réception entre amis pour fêter la parution de mon prochain livre, *Saints et Pécheurs*, déjà sous presse. Jusqu'à présent, les premières critiques, les précommandes et le buzz général sont dithyrambiques. Les gens font la queue pour lire l'histoire du fils du Loup devenu philanthrope, sans parler des détails plus juteux comme notre histoire d'amour et l'enlèvement. Nous avons même été contactés par des producteurs comme Michael Holt, un gros bonnet de Los Angeles. Mais surtout, je suis ravie de pouvoir sensibiliser le public aux œuvres de la fondation et à la générosité de Devlin.

Pendant que nous discutons, Brandy et Lamar approchent. Je m'attends à ce que Ronan se joigne à nous, mais il est toujours près du feu, en grande conversation avec Reggie, quelques autres Anges et Corbin, à qui j'ai dédié le livre. Après tout, c'est lui qui me l'a suggéré.

Même si Ronan ne nous rejoint pas, je capte son regard dans notre direction. Ou plutôt, dans la direction de Brandy.

J'ai failli lui demander s'il se passait quelque chose entre eux, mais elle ne semble pas du tout s'en rendre compte.

— As-tu raconté à Tamra le reste de l'histoire ? demande-t-elle.

Je me rends compte qu'elle a un mal fou à garder mon secret

et qu'elle piaffe d'impatience.

Devlin ricane avant de me donner une petite tape sur les fesses.

— Je vois que quelqu'un a enfreint notre pacte.

— Brandy a un laissez-passer, rétorqué-je. Règles de colocation.

— C'est vrai que c'est Brandy.

Ils échangent un sourire. Ils se sont toujours bien entendus, tous les deux, mais depuis l'horreur à Big Bear, leur amitié s'est vraiment renforcée, tout comme la mienne avec Ronan. Je jette à nouveau un coup d'œil dans sa direction en me demandant s'il regarde toujours Brandy, mais il est focalisé sur Reggie, à présent. Je fronce les sourcils. Peut-être était-ce mon imagination ?

— Hmm, fait Tamra en se raclant la gorge. Le reste ? De quoi s'agit-il exactement ?

— Moi non plus, je ne sais pas, intervient Lamar en levant la main dans un geste qui me fait rire. Je suis très mécontent.

Je regarde Devlin. Peut-être veut-il appeler Ronan pour qu'il apprenne la nouvelle avant que nous l'annoncions officiellement la semaine prochaine. Mais il ne semble pas le juger nécessaire et je ferme les yeux. Évidemment, il l'a déjà dit à Ronan, tout comme je l'ai annoncé à Brandy.

Il croise mon regard, puis se penche et chuchote, assez bas pour que je sois la seule à l'entendre :

— On se punira mutuellement plus tard.

Je réprime un éclat de rire.

Quand je retrouve l'usage de la parole, je prends la main de Devlin.

— Nous avons fixé une date, annoncé-je. Le samedi après la parution du livre, nous allons nous marier. Brandy sera ma demoiselle d'honneur, naturellement. Mais j'espérais que tu me conduirais à l'autel, demandé-je à Lamar en lui prenant la main.

— Ellie, tu plaisantes ? Bien sûr, avec joie.

Je lui souris en versant quelques larmes. C'est ridicule, je ne suis pas aussi sentimentale en temps normal. Quoique, il semblerait...

Je me tourne ensuite vers Tamra, mais c'est Devlin qui intervient :

— Vous avez été aussi proche qu'une mère pour moi, dit-il. Et ce serait un grand honneur si vous étiez à nos côtés quand nous prononcerons nos vœux.

— Oh.

Je vois les larmes dans ses yeux et elle hoche fébrilement la tête.

— Bien sûr que je serai là, dit-elle en nous regardant. Nous sommes une famille.

Je n'ai pas conscience que je pleure avant de sentir les larmes sur mes joues.

— Ellie ? fait Brandy.

Je serre la main de Devlin et adresse un sourire larmoyant à mes amis... ma famille.

— Tout va bien, leur dis-je. Je suis heureuse, c'est tout.

Mais c'est bien plus que cela, et quand je croise le regard de Devlin, je sais qu'il comprend. Autrefois, j'ai tout perdu dans cette ville. Mais aujourd'hui, avec Devlin et tous ceux que j'aime, j'ai retrouvé le monde entier.

FIN

*Ne manquez pas l'histoire de Brandy et Ronan dans **Jeux de vilains** !*

Abonnez-vous pour recevoir des mises à jour !
http://bit.ly/JKFRNews

Envie d'en découvrir plus ? Voici un extrait du premier tome de la série Le Monde de Stark (Jamie et Ryan)

APPRIVOISE-MOI - CHAPITRE 1

— *Et bien*, me dis-je, *c'était vraiment une sacrée fête.*

Le dos tourné à l'océan Pacifique, j'observe l'équipe qui démonte habilement les jolies tentes blanches. On a déjà débarrassé les restes du festin et jeté les déchets. L'orchestre est parti il y a des heures, les derniers invités ont pris congé.

Même les paparazzis qui campaient sur la plage dans l'espoir d'accaparer quelques photos juteuses du mariage de ma meilleure amie, Nikki Fairchild, avec l'archimultimilliardaire et ancien champion de tennis Damien Stark ont disparu depuis longtemps.

Poussant un soupir, je me dis que ce vague à l'âme qui m'envahit n'est pas du spleen. C'est plutôt la gueule de bois après une nuit blanche passée à boire et à faire la foire. Bien sûr, je me raconte des histoires. J'ai un cafard monstrueux, mais je suppose que c'est normal. Après tout, je viens d'assister au mariage de ma meilleure amie avec le seul homme dans tout l'univers totalement et irrémédiablement parfait pour elle. C'est génial, et j'en suis vraiment et sincèrement heureuse, mais elle l'a trouvé sans s'être envoyée en l'air avec la totalité de la population masculine de Los Angeles.

Par rapport à moi, qui me suis sauté environ quatre-vingts

pour cent de cette population et qui n'ai toujours pas trouvé un mec comme Damien, je pense qu'on peut dire sans risque de se tromper que Nikki a trouvé le dernier homme convenable.

Bon, peut-être pas le dernier, me corrigé-je au moment où mes yeux tombent sur Ryan Hunter qui descend le petit chemin serpentant de la maison de Malibu de Damien vers la plage où je me trouve maintenant. Ryan est le chef du service de sécurité de Stark International, et lui et moi avons été *de facto* l'hôte et l'hôtesse de cette soirée post-mariage depuis que les jeunes mariés se sont envolés en hélicoptère vers leur bonheur conjugal.

Ryan ne fait pas partie des quatre-vingts pour cent, et c'est vraiment regrettable. Cet homme est grave sexy, avec ses yeux bleus perçants et ses cheveux châtains, coupés court, presque une coupe militaire qui accentue les traits fermes et virils de son visage. Il est grand et svelte, mais fort et sexy. J'ai eu l'occasion de le voir maintenant aussi bien en jean qu'en smoking, et la seule vue de la courbe de ses fesses ferait venir l'eau à la bouche de n'importe quelle femme.

Nous avons peu à peu fait connaissance au cours de ces derniers mois et pour moi, c'est un ami. Franchement, j'aimerais pouvoir voir en lui plus que ça, et je crois qu'il pense comme moi, bien qu'il lui reste encore à faire le premier pas.

J'ai remarqué comment il me fixe, la chaleur qui flamboie dans ses yeux quand il croit que je ne le regarde pas. Peut-être est-il timide, mais j'en doute. Il a en lui un quelque chose de dangereux, qui convient parfaitement à son boulot comme responsable de la sécurité pour quelqu'un comme Damien et une entreprise comme Stark International.

Nikki m'a dit un jour que Ryan n'aimait rien autant que d'aller à la chasse aux monstres. Je la crois, et pendant que je le regarde descendre le long du chemin, ses mouvements alliant grâce et puissance, je l'imagine aisément dans une bataille, et je suis sûre qu'il ferait tout pour remporter la victoire.

Non, je ne crois pas que Ryan Hunter soit timide. Tout ce

que je sais, c'est qu'il n'a jamais fait un geste vers moi, et ça, c'est vraiment regrettable.

Et bien entendu, maintenant c'est trop tard. Demain, je prends la route pour rentrer chez moi au Texas, cela fait partie de mon nouveau but dans la vie, que je me suis récemment fixé afin de mettre de l'ordre dans mon bordel. Et dans le cadre de tout ce plan *Réparer ma vie*, j'ai mis le holà aux coucheries. Je me concentre sur Jamie Archer. J'essaie de savoir qui elle est et ce qu'elle veut, et le premier point de ce plan, c'est d'éviter de faire des cochonneries avec n'importe quel mec séduisant qui croise mon chemin.

Sérieusement, les hommes appartiennent au passé maintenant.

Jusque-là, le plan fonctionne. J'ai trouvé un locataire pour mon appart à Studio City il y a quelques mois ; après quoi, je suis rentrée vivre à nouveau chez mes parents à Dallas. C'est dur d'être une actrice de vingt-cinq ans à Los Angeles, surtout une actrice qui doit encore décrocher un rôle décent. Il y a tellement de jeunes minets qui sont plus mignons que moi – et qui le savent. Et beaucoup trop d'opportunités pour une rapide partie de jambes en l'air.

Le Texas est plus lent. Plus facile. Et même si on ne peut pas prétendre que ce soit la capitale mondiale du spectacle, j'ai déjà passé plusieurs essais, et je pense que je pourrais même avoir quelques chances de décrocher un job comme journaliste auprès de l'antenne d'une station locale. J'y ai passé un entretien juste avant de prendre l'avion pour venir ici pour le mariage, et j'espère avoir des nouvelles du directeur des programmes très prochainement.

Et, oui, j'avoue que j'ai aussi réalisé une audition pour une publicité ici en Californie du Sud, mais je n'ai pas eu le job. Je me dis que c'est tant mieux, car si j'avais été prise, je serais restée à Los Angeles, parce que j'aime Los Angeles et que mes amis sont ici. Mais dans ce cas, je me serais retrouvée dans le même cercle vicieux – auditions et baise – et tout ce processus destructif aurait recommencé de plus belle.

Tout en regardant l'équipe finir son travail, je me dis que le plan est bon. Le plan est sage.

Alors qu'une douzaine d'ouvriers traînent le dernier poteau de la tente vers un camion proche, le surveillant vient vers moi avec un bloc-notes et un stylo-bille. Il me fait parcourir la liste, et je coche dûment tous les différents points pour confirmer que les derniers détails ont été réglés.

Puis je signe le formulaire, je le remercie et le regarde monter dans le camion et s'éloigner.

— Donc, voilà qui est fait, dit Ryan en s'approchant.

Il est toujours en pantalon de smoking et chemise blanche amidonnée, mais sa large ceinture a disparu, tout comme sa veste. Il a l'air follement séduisant, mais ce sont ses pieds nus qui me font craquer. Un mec, pieds nus en smoking sur une plage, a quelque chose de foutrement désinvolte, et je ne peux pas ne pas me demander si Ryan Hunter n'a pas aussi quelque chose de diabolique en lui.

Et si oui, aurai-je un jour l'occasion d'entrevoir cette partie satanique ?

— Plus aucune voiture dans l'allée, continue-t-il alors que j'essaie de retourner dans le monde réel. Je viens de signer la facture pour la société de voituriers. Je pense que nous pouvons tranquillement dire que c'est emballé. Et que c'était une réussite. (Son sourire est lent et aisé, et incontestablement très séduisant.) C'était vraiment une sacrée fête.

J'éclate de rire.

— Je pensais justement la même chose.

Mon estomac fait quelques contorsions, et je me dis que c'est la faim. Tout bien réfléchi, le champagne ne nourrit pas tant que ça, et je suis sûre qu'avoir dansé toute la nuit a brûlé les trois parts de gâteau de mariage que j'ai dévorées.

Bien entendu, je me raconte encore des bobards. Ce n'est pas la faim qui réveille ces papillons dans mon estomac. C'est

Ryan. Et comme je suis plantée là, espérant secrètement qu'il me touche enfin, l'irritation monte en moi. Car, putain de bordel, pourquoi ne m'a-t-il pas déjà touchée ? Nous avons passé pas mal de temps ensemble. Nous avons même dansé ensemble à l'occasion de plusieurs sorties en groupe avec des copains. Sans nous toucher, peut-être, mais quand même assez proches pour que l'air entre nous soit saturé de promesses.

Et une fois, alors qu'une alarme sécurité s'était déclenchée chez Damien, celui-ci avait envoyé Ryan voir comment j'allais. Je portais un minuscule bikini à peine dissimulé par un bout de tissu, et j'étais sérieusement canon. Mais il n'avait pas fait un geste. Nous avons fini par parler pendant des heures, ce qui était bien, je lui ai même fait des œufs, ce qui représente à peu près le summum de mes talents culinaires.

Je suis sûre de ne pas avoir imaginé cette vibration entre nous, pourtant, il n'a pas pris une seule fois l'initiative d'aller plus loin. Je n'arrive pas à comprendre pourquoi, et toute cette situation m'agace au plus haut point.

Sauf que je ne suis pas censée être agacée – Ryan ne joue aucun rôle dans mon plan.

Il se dirige vers la rive, et je lui emboîte le pas. Je m'étais débarrassée de mes chaussures dès que les ouvriers avaient démonté la piste de danse, car la plage s'accorde mal avec des talons de cinq centimètres, et sentir le sable sous mes pieds est fabuleux.

J'adore flâner sur la plage le matin. Il y a tant de choses à regarder – les mouettes furetant à la recherche de leur petit-déjeuner, les ondes se déversant en ourlet blanc mousseux sur le sable, les corps fermes et bronzés des surfeurs d'une vingtaine d'années attendant les vagues matinales. C'est comme un petit bout de paradis.

Et ce matin, Ryan apporte une valeur ajoutée au panorama. Il a retroussé ses manches, libérant ses avant-bras musclés, et quand il se penche pour ramasser un joli coquillage pourpre, je suis fascinée par ses mains. Elles sont grandes et fortes, mais à le voir tenir le coquillage, je ne puis m'empêcher de penser que ses mains sur moi seraient merveilleusement douces.

Je commence à accélérer le pas, car ma tête n'est pas vraiment supposée divaguer ainsi, mais il tend vers moi la main qui contient le coquillage.

— Un souvenir, déclare-t-il, et en dépit de son sourire désinvolte, il n'y a rien de désinvolte dans la flamme embrasant ses yeux.

Son regard brûle assez fort pour me traverser. Dans ma nuque, les racines de mes cheveux picotent, et pendant un bref instant, je ne suis plus certaine de savoir comment respirer.

— Je n'aimerais pas du tout que tu retournes au Texas et que tu oublies tout ce que tu as laissé derrière toi.

— Oh.

Ma voix s'est voilée, et je saisis le coquillage, mes doigts effleurant sa paume. Je sens le choc du contact qui descend jusque dans mes orteils, et j'attends qu'il m'attire à lui. Qu'il me touche. Qu'il fasse n'importe quoi pour que je ne reste pas juste plantée là avec le feu au cul.

Il n'en fait rien – et l'aiguillon pointu de l'exaspération se creuse un chemin à travers le mur de concupiscence. Je ferme ma main sur le coquillage et m'efforce de lui décocher un sourire tout aussi désinvolte.

— Merci.

Par chance, ma voix a l'air normale, bien que je sois aussi franchement émue qu'incontestablement irritée. Émue parce que c'est un magnifique coquillage, et un geste très tendre. Irritée parce que maintenant, je reçois des signaux contradictoires d'un mec super-sexy qui ne m'a toujours pas effleurée et auquel je ne devrais avoir aucune raison de m'intéresser.

Par contre, ma libido n'a pas encore reçu le message, car des milliers d'étincelles explosent en moi. À vrai dire, le feu s'était déjà déclaré dès ma première rencontre avec Ryan.

Du calme, ma fille.

J'inspire profondément et je récite ce qui depuis le temps

s'est transformé en mantra : *le plan. Le Texas. Tourner la page. Nouvelle Jamie.*

Je me remets en marche, car il m'a trop remuée pour que je puisse tenir en place.

— Vas-tu prendre l'avion aujourd'hui ? me demande-t-il en épousant le rythme de mes pas.

— Pas l'avion. La voiture.

Je le vois perplexe – Nikki avait été retenue dans une réunion et avait prié Ryan de venir me chercher à l'aéroport, il y a juste un peu plus d'une semaine. Encore une rencontre qui avait déclenché en moi un feu d'artifice – mais il ne m'avait pas frôlée une seule fois.

Franchement, il faut que je mette fin à cette analyse mentale, ça va me donner des complexes.

— Penses-tu faire un peu de lèche-vitrine chez les concessionnaires de voitures aujourd'hui ?

— Nikki et Damien m'ont offert une voiture pour mon anniversaire, bredouillé-je, car je suis encore un peu embarrassée par un cadeau aussi incroyable.

Non pas qu'il soit extravagant pour un type comme Damien. Aucun doute que pour lui, même l'Australie ne serait pas excessive.

— Bon anniversaire, dit Ryan, et l'inflexion de sa voix me fait penser que lui-même serait un sacrément beau cadeau.

Surtout avec un gros ruban rouge noué juste au bon endroit.

Je me racle la gorge, refoulant cette idée.

— Bon. Ouais, en fait, ce n'est pas vraiment mon anniversaire. Ils avaient simplement pensé m'en faire cadeau parce que ma Corolla a connu des jours meilleurs. Et j'ai dit que je ne pouvais pas l'accepter, et Nikki a répondu...

Je me tais en haussant les épaules.

— C'est une bonne amie.

Maintenant, il marche dans le ressac, les vagues se brisant autour de ses pieds.

— Elle est froide ? lui demandé-je en indiquant ses pieds d'un geste de la tête.

— Un peu. (Il lève la tête, son regard m'enveloppe avant de rencontrer enfin le mien.) Mais je suis disposé à accepter toutes sortes de trucs pour obtenir quelque chose que je désire.

Ouahou.

— Je vois. (Je déglutis, puis je serre les poings pour éviter de me pencher vers lui, de l'attraper par le col et de l'embrasser.) Et alors, tu désires quoi ?

—Marcher sur la plage avec toi, évidemment.

Et ça y est. Ce *boum,* ce *déclic.* Il me prend par la main d'un geste léger et aisé. Apparemment amical, mais en fait c'est tellement plus.

Il est ardent, me dis-je. *Fort. Taciturne. Solide.* Le genre de mec qui sait ce qu'il veut et poursuit méthodiquement et implacablement son but.

Est-ce moi, son but ? Je frissonne légèrement et je me projette dans ma tête un petit bout de *Tant qu'il y aura des hommes.* Non que j'aie déjà vu le film, mais j'ai vu cette fameuse étreinte dans le ressac, et je suis plus que ravie de laisser mon imagination combler les lacunes.

— Tu ne rentres pas au Texas aujourd'hui, n'est-ce pas ? (Il m'observe de près, son regard aussi profond et intense que le Pacifique derrière nous.) Tu ne t'es pas couchée de la nuit. Tu ne devrais pas prendre de risques.

— Non, je ne rentre pas, dis-je, tout en imaginant les vagues qui se brisent sur moi et le corps de Ryan tout chaud au-dessus du mien. Je passe la nuit ici et je prends la route dès demain, à l'aube.

— Je suis bien content de te l'entendre dire. (Sa voix est soyeuse comme le whiskey, et je me demande si elle n'est pas en train de m'enivrer quelque peu.) Je me ferais du souci pour toi.

Je ne bouge pas, tout émue, et j'attends qu'il amorce un geste. Mais ce geste ne vient pas.

Je me dis que c'est là une bonne chose.

Et puis je me dis que je suis une foutue menteuse.

Ensuite, je me remémore *le* plan.

Mais vous savez quoi ? Merde au plan. Le plan, c'est pour le Texas, après tout. En fait, j'ai déjà décrété que tant qu'elle est en Californie, Jamie Archer est un désastre ambulant. Alors pourquoi ne pas être un désastre une dernière fois avec cet homme incroyablement sexy qui me fait vibrer ?

Sauf que cette option ne semble pas figurer au programme.

Car Ryan ne bouge toujours pas. J'envisage de faire moi-même le premier pas. Après tout, jamais je n'ai hésité à encourager un homme que je voulais dans mon lit. Pourtant, avec Ryan, on dirait que je ne suis pas capable de faire ce premier pas, c'est bizarre. Je me sens timide et gauche, alors que je ne le suis jamais.

Peut-être qu'il s'agit du mirage du plan. D'une culpabilité résiduelle. D'une justification préventive. Peut-être que mon subconscient me dit que s'il vient vers moi, alors un bon coup californien ne pose pas problème. Mais que moi je le relance, c'est totalement contraire aux règles.

Tout cela n'est qu'un tas de conneries alambiquées et tordues, mais je n'ai jamais prétendu que mon subconscient pratiquait la pensée linéaire.

Allez, fonce !

Bon sang, ça ne devrait pas être si difficile. Avoue, franchement. Quand j'ai décidé de me sauter Kevin en seconde du lycée, je l'ai acculé dans la buanderie, posé ma main sur son entrejambe et je lui ai demandé s'il voulait baiser. Alors, pourquoi diable avec Ryan Hunter, serais-je comme une fillette de sixième à son premier béguin ?

Bon. D'accord. Je vais faire le grand saut...

Je m'éclaircis la voix.

— Alors, donc... dis-je, et je ne continue pas.

Je pense que c'est peut-être lui qui va reprendre.

Mais il n'en fait rien. Il se contente de me regarder, plein d'intérêt innocent et d'une curiosité tranquille. Son expression est neutre, et pourtant j'ai clairement l'impression qu'il s'amuse.

— C'est juste que je n'arrive pas à te déchiffrer, me laissé-je échapper.

— Vraiment pas ?

— On a passé de bons moments ensemble, non ? Et je t'ai vu me regarder. (Je passe ma langue sur mes lèvres, je déteste me sentir aussi énervée.) Et je sais que moi je t'ai regardé. Alors, que se passe-t-il ?

— Il se passe quelque chose ?

Je penche un peu la tête et lui décoche mon plus beau sourire séducteur.

—Tu ne m'as jamais fait une avance, dis-je avec cette voix qui laisse clairement transparaître que j'accueillerais très volontiers une telle initiative à ce moment précis.

— Non, admet-il. Je ne t'en ai jamais fait.

— Oh. (Mentalement, je fais machine arrière. Ce n'était pas là la réponse que j'attendais.) D'accord. Alors, pourquoi pas ? Je ne t'intéresse pas ?

— Au contraire. J'ai peut-être supposé que toi tu n'étais pas intéressée.

— Sérieusement ?

— Depuis un petit moment, je ne te perds pas des yeux, Mademoiselle Archer. Et d'après ce que j'ai vu, tu n'es nullement timide quand il s'agit de faire des avances à un homme que tu veux.

Je perçois la passion rêche qui voile sa voix, mais j'ignore s'il est sérieux ou s'il se moque de moi. Je sais seulement que plus il me regarde avec ces yeux bleus indéchiffrables et plus il me parle avec cette voix sexy et musicale, plus je fonds, au point que j'ai peur de me dissoudre sur place et d'être emportée par la prochaine marée.

— Oh, m'exclamé-je bêtement.

Bon sang, je voudrais sentir ses mains sur moi. J'ai couché avec un tas de mecs, mais il me semble en ce moment que jamais je n'ai aussi désespérément aspiré à être touchée par un homme.

Je réfléchis au plan. J'évoque mon échappatoire.

Je pense au fait que cette échappatoire exige que ce soit lui qui fasse le premier pas.

Et puis, songé-je, *qu'est-ce qu'on s'en fout ! Vas-y, fonce !*

— D'accord, dis-je en réprimant cette maudite nervosité, puis je glisse ma main sous sa chemise et le serre contre moi.

Il a une odeur de musc et de désir et j'inspire profondément, laissant son parfum m'envahir, me réchauffer. Même pas quelques centimètres nous séparent, et l'air que nous respirons semble scintiller, chargé de passion.

Je presse mon autre main contre sa cuisse et dans une lente caresse, plus haut, plus haut, toujours plus haut, j'effleure la dure longueur de son érection. Mes cuisses tressautent, et mon sexe se contracte sous l'emprise du désir. Chaque parcelle de mon corps est à vif, comme si j'étais parcourue par un fil électrique, lançant des crépitements et des étincelles.

Nous sommes de la même taille, et je n'ai qu'à me hausser un petit peu sur la pointe des pieds pour réclamer sa bouche contre la mienne. Je ferme ma main sur le bronze de sa verge et je la sens tressauter à mon contact. Je l'entends geindre, et je n'en mouille que plus.

Ses mains ébouriffent mes cheveux, il m'attire à lui en m'embrassant plus profondément, en me baisant avec sa bouche, brutalement, me faisant mouiller, mouiller infiniment, et la seule chose que je voudrais, c'est glisser ma main dans son pantalon et le libérer, puis tomber sur le sable, remonter ma robe et hurler pendant qu'il me prend plus fort que je n'ai jamais été prise de toute ma vie.

Je reste pantelante quand il se retire. Je suis l'incarnation du désir, mes seins douloureusement impatients qu'il les touche, ma vulve pulsant d'envie. Je suis déchaînée, désespérée, et en voyant dans ses yeux le même désir sauvage, je sais que cette matinée sera incroyablement grisante.

— Bon, répété-je d'une voix étouffée et lourde d'envie. Là, c'est moi qui ai pris les devants.

— Et là, dit-il gentiment en s'éloignant d'un seul pas de moi. C'est moi qui dis non.

Apprivoise-moi
Tente-moi
Attise-moi

À PROPOS DE L'AUTEUR

J. Kenner (alias Julie Kenner) est une auteure de best-sellers internationaux figurant aux classements des journaux *New York Times*, *USA Today*, *Publishers Weekly* et *Wall Street Journal*. Elle a écrit plus d'une centaine de romans, de romans courts et de nouvelles dans toutes sortes de genres littéraires.

Selon *Publishers Weekly*, JK est une auteure qui a un « don pour le dialogue et la création de personnages excentriques », et le *RT Bookclub* estime qu'elle a su « répondre aux besoins du marché en créant des antihéros scandaleusement attirants et dominateurs, et des femmes qui fondent pour eux. » Six fois finaliste de la prestigieuse récompense RITA (*Romance Writers of America*), JK a remporté son premier trophée RITA en 2014 pour son roman *Claim Me* (tome 2 de sa trilogie *Stark*) et le second en 2017 pour son roman *Wicked Dirty*. Elle a vendu des millions de livres, publiés dans plus de vingt langues.

Au cours de sa précédente carrière, JK a exercé comme avocate en Californie du Sud et au Texas. Elle vit actuellement dans le centre du Texas, avec son mari, ses deux filles et deux chats plutôt lunatiques.

Visitez son site web www.juliekenner.com pour en savoir plus et pour entrer en contact avec JK sur les réseaux sociaux !

Newsletter en français - http://jkenner.com/FR-NL

Newsletter en anglais - http://jkenner.com/JK_NL

www.jkenner.com

* 9 7 8 1 9 5 3 5 7 2 2 9 5 *